太空异客

Gravity

（美）苔丝·格里森 著

陈杰 译

新星出版社 NEW STAR PRESS

目 录

1 　海洋

11 　发射

75 　空间站

105 　疾病

191 　尸检

229 　嵌合体

305 　源起

357 　海洋

海　洋

1

加拉帕戈斯海沟

南纬零度三十分，西经九十度三十分

阿赫恩驾着潜艇在海沟的边缘滑行。

斯蒂芬·D.阿赫恩的身体平躺在"深海航行四号"潜艇的甲板上，他把头靠在锥形的潜艇前端，心中荡漾着一种在广阔天地间任意翱翔的惬意感觉。艇外是寒冷而漆黑的水底世界，阳光无法照射到此，只有身体能发出荧光的生物不时给这无尽的黑暗带来一抹亮色。透过潜艇侧翼的灯光，阿赫恩可以看到从上方的水域不断飘落下细小、绵软的组织碎片，延绵不断，仿佛下雨一般。这些组织碎片是从原生动物的尸体分解下来的，它们从洋面穿过几千英尺的海水，最后跌落到大洋的最深处。

阿赫恩沿着海沟的边缘，驾着潜艇在动物残骸形成的雨雾中越过海底山谷的边缘，来到深海下的平原地带。这里看上去十分荒凉，但生命活动的痕迹还是随处可见。动物通行的道路和劳作形成的印记经过经年的沉积已经蚀刻成一定的图形，雕刻在海底的沉积平原上。在这里同样还可以发现人类的踪迹，阿赫恩看见水底有一根生锈的铁链缠绕在笨重的铁锚上。另外还有一个汽水瓶斜插在水底的软泥中。即使是在水底，同样可以感受到外部世界的巨大影响。

突然，一幕令人万分惊奇的景象映入了阿赫恩的眼帘，水底出现了一片烧焦的林木。再一看，原来是些灰黑色的烟囱管道，每根大约有二十英尺高，直插在地表的泥土中，外壁上的金属大部分已经被水溶解而剥落下来。为了防止潜艇碰上这些"大家伙"，阿赫恩开始小心翼翼地调控起小艇的控制板来。

　　现在开始需要保持和水面指挥部的联系了，阿赫恩对着话筒说道："我现在的航速是每小时两海里，我已经找到了海水升温的源头，有些大烟囱在我的潜艇附近。"

　　耳机中海伦的声音嘶嘶作响："那些大烟囱看上去如何？"

　　"非常漂亮，我想带回去一个自己用。"

　　海伦被逗乐了："别去管那些东西了，你该做探测的准备了，你到达布满金属块的区域没有，离你现在的位置应该不远了。"

　　阿赫恩暂时中断了谈话，视线透过阴暗的海水不停地逡巡着。不一会儿，他报告说："我找到那儿了。"

　　金属锰凝结的小块在海底四处散布着，这些小块是由金属与海底的砂粒、碎石经过长期奇妙的固化作用结合在一起的，是钛和其他一些贵金属的重要载体，但是阿赫恩对这些金属块并不感兴趣，他要搜寻的是价值更大的宝贝。

　　阿赫恩平静地说道："我准备沿着海沟下去了。"

　　他操纵着操作杆引导小艇越过了海底平原的边缘，当航速上升到二点五海里的时候，潜艇两侧的船翼开始带动小艇下潜，这时，船翼所起的作用与飞机机翼的作用完全相反，它们能够带动着潜艇不断下降。从这一刻起，阿赫恩开始了自己的海沟探险之旅。

　　随着潜艇的不断下沉，阿赫恩开始不断地报着下潜的深度："一千一百米，一千一百五十米……"。

　　"注意你周围的地形，要知道，这个海沟的形状是狭长的！另外，你有没有在监测温度的变化？"

　　"温度刚开始上升，现在是华氏五十五度①。"

---

　　① 即摄氏十二度。

4

"我估计你离热源地还有一段距离，继续下潜，水温还会不断升高的。"

一片条纹状的阴影突然出现在阿赫恩的眼前，他全身打了个激灵，不由自主地把操纵杆向前一推，顿时船的右舷向外猛转过去，透过船的外壳阿赫恩感受到船体和不明物体发生了强烈的碰撞。

"上帝啊！"

"史蒂夫①，你那边情况怎样？发生了什么事情？"

阿赫恩处于十分亢奋的精神状态，他能感受到自己的心在怦怦乱跳。他自言自语道："上帝保佑我吧！千万不能损伤了船的外壳！"透过自己粗重的呼吸声，他仔细地聆听着海水与潜艇的撞击声，想借此判断外壳的损伤程度。目前他处于海平面下三千六百英尺，这个深度的水底压力超过了一百百帕。万一船体有了裂缝，让海水乘隙而入，那么人无疑会被海水撕个粉碎。

"史蒂夫，快说话！"传来海伦焦急的声音。

汗水此时已经浸透了他的身体，阿赫恩好不容易才说出话来："吓死我了，我的艇好像撞上了海沟。"

"船撞坏了没有？"

阿赫恩抬头向顶窗外看去，说："现在我无法做出判断，但我猜测船的前端撞上了山谷的突出部分。"

"那么你还能控制住潜艇吗？"

阿赫恩轻轻地推起操纵杆，试图把潜艇稳住，他做到了。完成这一动作后，他不由得长舒了一口气；"好像没出什么问题，是些不明物体游过我的潜艇，让我虚惊一场。"

"不明物体？"

"这些东西游得很快，我只能看到上面的条纹，它们像蛇一样咻溜一下就过去了！"

"你所说的东西是不是长着普通鱼类的头部，而身体却像鳗鱼那样？"

---

① 史蒂夫，斯蒂芬的昵称。

5

"对，我看到的就是这么个东西。"

"那是深海鲇鱼，就是希腊传说中的三头狗怪啦！"

原来是这么个东西，神话中地狱的看门狗，阿赫恩自嘲地耸了耸肩膀。

"这种动物对光和热很敏感，你越接近热源，这种动物出现的就会越多。"

阿赫恩对海洋生物学知之甚少，也没有兴趣深究下去。这些漂浮在船舱外的动物对于他来说仅仅是一些新奇的玩意，或许还可以把它们作为路标呢！想着这些，他双手紧紧地按在控制台上，继续下潜。

水下两千米，而后又潜入到了三千米深的地方。"刚才鲇鱼到底有没有损坏潜艇的外壳？"随着深度的不断增加，阿赫恩的心头一直被这个问题困扰着。

下沉到四千米以后，他能感受到，随着艇身的不断下降，海水施加在潜艇四壁的压力也在不断加强。这里的水中含有从水热发源地散发出的硫磺颗粒，因此比刚才更暗了。侧翼的灯光很难透过这些金属块，照亮附近的区域。由于光线不足，阿赫恩无法掌握附近的地势，于是他只能小心翼翼地把潜艇驶出了这片满是硫磺的海域。如他所愿，视线终于开阔了。而潜艇已经顺利到达了水热口的一侧，这里的海水虽然没有受到岩浆热度的直接影响，但水温还在继续攀升。

目前的水温已经达到了华氏一百二十度①。

条纹状的阴影又一次出现在了阿赫恩眼前，这一回他没有再惊慌失措了，他紧紧地拉住操纵杆，控制好船体。这里的鲇鱼更多了，看上去它们就像肥壮的蛇类一样，只是头部都朝着下方蜿蜒在海水中。阿赫恩知道，这片海水是从深海的火山口喷射而出的，含有大量的硫化物，具有非常强的毒性，极不适于生物生活。但是，即使是在这黑暗、高温且毒性大的环境中，仍然有生命顽强而又美丽地生存着，这令阿赫恩感到非常惊异。除了鲇鱼之外，在海沟的四壁他还发现了管状蠕虫，这些海底昆虫长约六英尺，头部硕大，外面好像还戴了一层

---

① 即摄氏四十九度。

猩红色的羽毛头饰；巨大的海蛤成群地漂浮着，它们不时地从白色的蛤壳中伸出柔软的红色舌头来进行呼吸；一些通体苍白的海蟹，也舞动着它们巨大的身躯在海底山谷的缝隙之间穿行着。

虽然舱内的空调依然在努力地工作着，但阿赫恩仍然能够感觉到周遭的气温在不断地升高，

水下六千米，华氏一百八十度①。下方更靠近海底火山口的海水经过沸腾岩浆的加热作用，水温更是高达华氏五百度②。如果有一种生物还能够生活在这种暗无天日、剧毒的高温海水中，那真算得上是奇迹了。

"目前深度六千零六十米，我什么都看不见了！"

耳机中海伦的声音更加微弱，而杂音却更大了："大约再下潜二十米，岩壁上会有一个突出的部分，你注意观察一下。"

"我看着呢！"

"放慢下潜的速度，不要错过那里。"

"六千零七十米，外面的海水看上去像一碗豌豆汤一样浑浊不清，大概我把方向弄错了！"

"……声呐显示……你的上方发生塌陷！"耳机中传来一阵歇斯底里的叫声，然后一切归于沉寂。

"请你再重复一遍，我没有听清楚。"

"在你上方的海沟发生塌方了，碎石正向你坠落下去。马上撤出！"

她还没说完，坠落的岩石已经砸在了潜艇上，阿赫思慌忙间将操纵杆向上一推，阴暗中只见一块巨大的黑影直向这边坠落下来，山体的碎片像雨水一般朝着海沟的深处倾泻。岩石与潜艇外壳撞击所发出的声音也越来越响，接着阿赫恩耳边传来一阵巨大的轰鸣声，潜艇重重地震了一下，仿佛一记重拳打在心窝上。

阿赫恩的头部条件反射地抽搐了一下，牙关紧紧咬住，身体向一

---

① 即摄氏八十二度。
② 即摄氏二百六十度。

侧倾斜下去。他听见潜艇的右舷与侧面突起的岩石摩擦发出金属特有的悲鸣声，船体开始不住地颤动，顶窗外沉积物形成不规则的形状笼罩下来。他急忙按下"抛除重物"的紧急按钮，胡乱地拨弄着操纵杆想引导潜艇上升。但"深海航行四号"只是朝前方侧倾下去，外壳完全碰上了岩石，停下不动了。阿赫恩吓呆了，潜艇的右舷完全卡进了岩石的缝隙里，他只能拼命地摆弄着操纵杆，试图重新摆正潜艇的位置。

但用尽一切方法，潜艇还是没有任何反应。

阿赫恩停下来歇息了一会儿，想静下心来，摆脱极度恐慌的精神状态。他思忖着，为什么自己现在不能移动了？为什么潜艇对任何操作都没有反应？他开始耐心地检查起两块数字显示屏和以前从未留意过的后备电源来。经过检查，电源没有问题，深度计也能正常工作，上面显示着现在的深度是六千零八十二米。

外面的沉积物逐渐消散了，借助侧翼的灯光阿赫恩已经可以看到外面的大致情况。从顶上的小窗向外看去，可以看到黑色的岩石以及上面密密麻麻分布着的管状蠕虫。接着他又伸长脖子转向右面观察右舷外的情况，他被眼前的景象惊呆了。右舷牢牢地卡在两片岩石之间，既不能前进半步，也完全不能后退。完了，我被困在这一万九千英尺深的天然坟场里了！

"史蒂夫，你把看到的拍下来了？听见我说的话了吗？请回答！"

阿赫恩完全不知道自己在说些什么，只是感觉从腹腔中发出怯懦而微弱的声音："我不能动了，右舷被卡住了。"

"试着拍打一下船舷，轻轻击打或许可以使卡口变松。"

"这个方法我已经用过了，我尝试了能想到的一切方法，但是一点效果都没有！"

耳机里一片沉寂。阿赫恩禁不住胡思乱想起来，我是不是再也无法看到他们了？他们是否已经把我放弃了？他开始怀念起海上的轮船以及甲板在波涛上晃动的感觉；还有那太阳，今天早晨的阳光是那样灿烂美丽，小鸟在阳光中自由地飞翔，海平面在阳光的照耀下奕奕生辉……

正当他内心充满绝望的时候，耳机里突然响起了这次探险的资助人帕尔默·加布里埃尔的声音，一如往昔般平静而有威严："现在我们已经启动了救援程序，另一艘潜艇已经下去了，我们会尽一切努力把你弄上来。"稍微停顿了一下，他改变了话题："你现在能看见什么东西吗？周围的情况怎样？"

"我在水热源头正上方的一块石架上。"

"你能辨认出多少东西？"

"请再说一遍，我没明白你的意思。"

"你现在的深度正好是六千零八十二米，我们所要探测的东西也应该在这个位置。说说看，你所在的山麓突起到底是什么形状的？是块岩石吗？"

我马上就要死了，他还在关心那该死的石头。

"史蒂夫，打开控制台上的脉冲二极管，告诉我们你看到了些什么？"

阿赫恩强迫自己把心思放到仪表盘上，打开了二极管的开关。

灯光瞬时照亮了四周的水体，他聚精会神地注视起眼前呈现出的全新景象。早前他只注意到岩石表面上的蠕虫，现在他的注意力完全被所在石架上分布的大块物体残片吸引住了。这些残片看上去就像先前在上层水面看见过的金属锰，但是这些残片上都有缺口，像是参差不齐的玻璃切口。他又向右侧望去，看着那些卡在船舷上的岩石，他脑海中闪过一个念头。

他喃喃地说道："海伦是对的！"

"我听不清楚。"

阿赫恩调整了一下呼吸，对着话筒喊道："海伦的判断是正确的，这里有大量的铱金属，我看的非常清楚——"

这时耳机里插进来加布里埃尔的声音："你船上的电源快耗尽了，建议你马上——"声音一下子消失了。

阿赫恩继续狂喊："我无法把看见的东西拍下来！"

可是再也没有任何回应。

他能清楚地听到自己狂乱的心跳和粗重的呼吸声。静下心来，不要让氧气消耗得太快。

阿赫恩静静地坐在船舱里，看着顶窗外各种生物在有毒的海水中穿行着：蠕虫慢慢地移动着身体，吸收着海水中少之又少的营养物质；没有眼睛的海蟹在岩石的缝隙中前行。他就这样默默地观察着，丝毫没有意识到时间的流逝。

灯光终于完全灭了，空调的风扇也停止了转动，完全没有电了！

阿赫恩关上了脉冲二极管的开关，现在只有潜艇的侧翼还散发出一点灯光，艇内的温度开始升高，外面的海水由于熔浆的加热作用达到了华氏一百八十度①，热量已经开始通过船体传导进内舱。如果任由这种情势发展下去，高温就能把他烤干。阿赫恩感受到第一粒汗珠从头皮中渗出，沿着下巴滴落下去。他仍旧一动不动，呆滞着看着海蟹在岩石上自由地伸展着四肢。

船舷上的灯光突然闪了一下。

然后，完全熄灭了。

_____

① 即摄氏八十二度。

发射

2

七月七日
两年之后

终止

任务专家埃玛·沃特森的耳麦里充斥着固体火箭助推器发出的轰鸣声和轨道飞行器产生的牙齿碰撞般的咯咯声,在这些杂音中她清晰地听到有人大声地命令"终止"。实际上在组员之中从来没有人大声地说过话,但在这个时刻,她知道必须得尽快做出决定了。之前她也从来没有听见过坐在她前面座舱里的机长鲍勃·基特里奇和引航员吉尔·休伊特发过什么指令,她本人也没有必要这么做。作为一个团队,他们在一起已经合作很长时间了,彼此之间都能读懂对方的想法,一般而言,按照航天飞机飞行控制面板上闪烁着的红色警示灯,他们每个人都能自觉地进行下一步的操作。

几十秒之前,在轨道飞行器与大气层强烈摩擦开始震动的时候,奋进号航天飞机也经受了在发射过程中所遇到的最大应力。面对这一情况,基特里奇只是简单地把节流阀回调到百分之七十以减轻震动。现在控制面板上的警示灯提醒他们三台主发动机中有两台已经失灵了。在这种情况下,他们无法依靠目前还能正常运行的一台主发动机

13

和两套固体火箭助推装置使航天飞机继续绕着轨道前行。

他们必须终止发射。

"控制台，这里是奋进号，"基特里奇说。他的声音干脆有力，听不出丝毫的担忧或是恐惧。"报告控制台，现在我们无法使节流阀的压力上升。刚才航天飞机遇到最大应力时，左边和中间两台主发动机都失灵了。我们现在被困舱内，无法继续前进，请求终止发射，返回着陆点。"

"我是罗杰。听着，奋进号机组全体成员，地面已经监测到你们的两台主发动机失灵，请在固体火箭推进燃料烧完以后，马上执行返回着陆点流程。"

埃玛已经在一沓备忘文件中翻找起来，她从中取出一张名为"终止返回着陆点"的小卡片。虽然机组人员都掌握了所有规程的每一个步骤，但是在遇到紧急情况的慌乱时刻，一些重要的应对措施很可能会想不起来，这时这些备忘卡片就可以起到提醒的辅助作用了。

埃玛的心跳加快了，她看了一遍行动的大致流程并把这些流程用蓝色笔清晰地标识了出来。仅仅从理论上来说，在两台主发动机失灵的情况下，执行"终止返回着陆点"的流程可以起到防止航天飞机坠毁的作用，前提是在执行完这个流程后，机组成员的操作必须产生一系列近乎奇迹的效果。首先，他们必须在机身与巨大的外油箱脱离之前，关掉最后一台主发动机并且放光油料，接着基特里奇要把轨道飞行器调整到合适的高度，把方向对准指定着陆点。他会有一次机会，但也就只有这一次机会，可以把他们安全带回肯尼迪航天中心的着陆点。任何一个微小的操作失误都会使奋进号葬身大海。

他们的生死现在完全掌握在基特里奇的手中。

在基特里奇在和任务控制中心的联系中，他的声音听上去仍然非常镇定，其中略带一丝焦躁，因为此时距最大应力点已经过去了两分钟，他们面临着下一个临界点，阴极射线管上的指标已经下降到了五十以下。按照规程，这时固体火箭推进燃料应该已经烧光了。

当推进器消耗完最后一点燃料后，航天飞机的速度明显放慢了，埃玛马上感受到了这一变化。接着机窗外现出一片绚烂的光芒，埃玛侧身望去，原来这是固体火箭推进器在脱离机体时爆炸产生的。

伴随着发射过程中巨大轰鸣声的消失，航天飞机陷入不祥的沉寂之中。机身也不再剧烈地抖动了，航天飞机平稳地航行着，几乎听不见任何声音。在这突如其来的静寂之中，埃玛感觉到自己的心跳在不断加快，心脏不规则地乱跳着，就好像重拳不断地打在她的胸口。

"控制台，这里是奋进号，"基特里奇说，声调还是非常平稳，"固体火箭推进器已经脱离了。"

"收到，我们已经通过显示屏看到了。"

"开始进行终止进程。"基特里奇一边发出指令，一边按下了"终止"按钮，调节转盘现在已经指在了"返回着陆点"这一档上。

在耳麦里，埃玛听到了吉尔·休伊特的呼叫声："埃玛，为大家读一下这个进程的注意事项！"

"我已经准备好了。"接着埃玛就开始大声朗读起来，她本人的声音也出人意料地如同基特里奇和休伊特那般镇静自然。任何听到他们之间对话的人都不会料想到他们此时正面临着天大的灾难。在这个危难的时刻，他们承担起了机器的职责，每个人都压抑着心头的恐惧，通过记忆和重复训练时的动作来完成每一步操作。航天飞机上的计算机自动记录着执行返回程序的实时动态，他们现在仍然在发射的路径上，当航天飞机放光燃料时他们已经攀升到了四十万英尺的高度。

现在，当轨道飞行器开始沿着固定轨道运行时，快速的旋转使埃玛突然感到一阵晕眩，发辫也被甩到了鼻子上。刚才在视线中已经翻转过来的地平线，在他们返回肯尼迪航天中心的路途中突然又重新跃入了眼帘，目测大约有四百英里那么远。

"奋进号，控制台呼叫，现在把最后一台主发动机关掉。"

"明白，"基特里奇回答道，"主发动机已经关闭了。"

在控制面板上，三台主发动机的指示灯突然同时闪起红光，他已经把主发动机全部关闭了。二十秒后，外挂的油箱将坠入大海。

高度下降得很快，埃玛心想，但是我们终于可以回家了。

埃玛开始按照自己的操作步骤进行操作了。这时又响起一声警报，控制台上闪烁起新的仪器故障显示灯。

"控制台，三号计算机停止工作了！"休伊特叫起来，"我们搜索不到雷达信号，重复一遍，我们搜索不到雷达信号了。"

"可能只是发生了机械故障，"安迪·墨瑟说，他是坐在埃玛身旁的另一位任务专家。"我建议先断开这台计算机。"

"不，可能是数据总线破损了！"埃玛打断了他的话，"我想我们应该启用备用电脑。"

"就这么干。"基特里奇做了裁定。

"转到备用电脑，"休伊特说。她打开了五号电脑。

信号重新出现了，所有人都松了一口气。

炸药的巨响标志着空油箱已经脱离了机身，无法看到它是否已经按预期落向了大海。但是他们都知道又顺利地度过了另一个临界点。现在轨道飞行器可以比较自由地飞翔了，就像一只肥胖而又慵懒的大鸟飞行在回家的路上。

休伊特再一次叫嚷起来："天哪！辅助电力系统又出问题了！"

又一个蜂鸣器开始响起，埃玛的下巴不由自主地抽搐了一下。辅助电力系统崩溃了。接着传来另一声警报，埃玛怀着惊惧的心情转向控制台，一连串红灯同时亮了起来。显示屏上所有的数据都消失了，只剩下乱糟糟的黑白条纹。发生了致命的计算机故障。现在航天飞机在没有导航数据的情况下飞行，已经完全失去了控制。

"我和安迪正在设法恢复辅助电力系统。"埃玛大声叫道。

"启用下一个备用电脑！"

休伊特拍打着开关诅咒道："伙计们，我的心情糟透了，看来情况是无法扭转了——

"再做一次吧！"

"仍旧无法重启。"

"航天飞机好像撞上什么东西了！"埃玛哭叫道，同时感觉到自己的腹部翻转起来。

基特里奇重重地扳起操纵杆，但是航天飞机已经严重偏离了轨道。现在地平线出现在垂直方向了，然后又倒转过去。下一次的翻转来得更迅猛，在不断地回旋中，地平线反复在海洋和天空之间扭曲着。

真是一次死亡飞行！

埃玛听到了休伊特的呜咽声，还听到基特里奇认命般平静地说："我们完了。"

旋转的速度更快了，很快达到了致命的极限。旋转突然间中断了，随着一声巨响，一切都结束了。

天地间一片沉寂。

耳麦中传来总指挥官调笑的声音："太遗憾了伙计们，你们没能及时把所有问题都解决。"

埃玛一把扯下了耳机。"那样做不公平，哈泽尔！"

吉尔·休伊特也愤愤不平地抗议道："伙计，你是想杀了我们，在这种情况下，没有方法能够逃生的。"

埃玛是机组成员中第一个从飞船驾驶模拟舱中爬出来的，她和身后的伙伴们一起，进入了没有窗户的控制室，三位指导员正端坐在指挥台前等着他们的到来。

总指挥官哈泽尔·巴拉脸上挂着调皮的微笑，逐一与基特里奇小组中四位略带怒气的组员打招呼。虽然哈泽尔长着一头蓬松的褐色头发，体态丰满，外表上看与普通居家妇女毫无二致，但实际上，她是一位异常严厉的教官，她通常会给航天学员设置最困难的模拟环境，就好像她会以学员的失败为乐一样。哈泽尔清楚地知道，每次升空都很有可能以灾难告终，她希望自己的学员能掌握所有的生存技能，永远不要在任务中失去他们之中的任何一个。

"这次模拟训练真是太苛刻了，哈泽尔。"基特里奇抱怨道。

"嗨，你们不是活着回来了吗！我就是要把你们身上那股骄傲气焰给打下去！"

"看看你们干的好事吧。"安迪嚷道，"在升空的过程中两台主发动机同时失灵？数据总线破损？辅助电力系统崩溃？然后给我们的五号备用计算机又无法启动？在整个过程中你们到底设置了多少故障？太不现实了。"

另一个指导员帕特里克诡异地笑着说：“你们这些人看来还没有顾及所有的故障呢。”

“还有什么故障吗？”

“我在氧气包的传感器上动了点手脚，但你们当中没有一个人注意到气压的变化，难道不是吗？”

基特里奇只能报之以苦笑。“那个时刻我们哪儿还有什么时间啊？我们还要应付其他的故障呢！”

哈泽尔抬起一只强壮的胳膊以示休战。“好了，你们本来也许应该能够发现氧气包的压力问题并把它解决掉。但是公平地讲，你们能在返回地面的逃生过程中处理这么多问题，我们已经觉得非常惊讶了。我们只是想在模拟训练中增加一些内容，使训练更为有趣而已。”

“你们可真是把十八般武艺全用上了。”休伊特哼着说。

“实际情况是，”帕特里克说道，“你们几个还是有点骄傲。”

“应该说是自信吧。”埃玛说。

“这就对了，”哈泽尔出来打圆场了，“自信对于宇航员来说是非常有利的品质，你们在上周的模拟飞行训练中体现出了卓越的团队精神，连高登·阿比都说那次演练给他留下了深刻的印象呢。”

“老大那样说了吗？”基特里奇的眉毛吃惊地挑了起来。高登·阿比是约翰逊航天中心宇航员培训中心的总管，平时十分安静，性格孤僻，在中心没有人真正了解他。他在任务布置会议上可以自始至终不发一言，但是大家都确信他已经用脑子把所有的细节都记下来了。宇航员们总是带着崇敬而又有一点畏惧的心态来看待阿比。阿比握有最终分配飞行任务的权利，因此他既能造就，同时也能终止一个宇航员的航天梦。能够得到阿比的赞扬对于基特里奇的机组来说无疑是个非常好的消息。

哈泽尔停顿了一下，轻轻地跺了一下地板。“但是，”她接着说道，“阿比认为你们对这次模拟飞行有点太轻视了，还需要做一项别的测试。”

“阿比到底希望我们做些什么？”休伊特问道，“难道要我们经历上万种刀劈火烤的不同方法他才会满意吗？”

18

"灾难的形式可不是单一固定的。"

哈泽尔平静的话语使大家都哑口无言。挑战者号航天飞机失事以后，宇航员们都意识到下一次灾难的发生只是时间问题而已。从事航天事业的人仍然对那次事故心有余悸。大家都很忌讳谈论在太空任务中的死亡问题，因为谈论这个问题就好像意味着承认它发生的可能性一样。谈论这个问题还能使人联想到，如果发生了又一起挑战者号事故，就会有另一些名字被镌刻到纪念柱上去。

哈泽尔意识到自己在他们高涨的情绪上浇了一盆凉水，这可不是个结束训练的好方法，因此她又把话题转了回去。

"我说这些仅仅是因为你们现在已经组合成了一个非常协调的团队。我会努力帮助你们继续提高。现在离发射还有三个月，目前你们的状态都不错，但是我希望你们能够更好一些。"

"伙计们，"帕特里克坐在控制台前自己的位置上说。"还是那句话，不要忘乎所以啊！"

鲍勃·基特里奇低下头故作谦卑地说："我们现在回家修行去了。"

"过分自信是危险的。"哈泽尔再次告诫大家。她从椅子上站起来直视着基特里奇。基特里奇比她高半个头，已经有三次驾驶航天飞机升空的经验了，他完全有信心再一次完成航天飞行任务。但是哈泽尔从来不会被他或其他任何宇航员吓倒，不管面对的是航天科学家还是战斗英雄。因为他们知道哈泽尔如此严厉的目的只有一个：希望他们在执行完任务后能够活着回来。

哈泽尔抬头盯着基特里奇说："鲍勃，你已经非常熟悉这一套了，但现在你的做法是在让你的机组同伴把航天误认为是件非常容易的事。"

"不，你错了，是他们把任务变简单了。因为他们都非常优秀。"

"那我们倒要好好看一看了，下次模拟飞行设在下周二，霍利和希古奇将在现场检查，我们也会在飞行中加一些新的花招。"

基特里奇露齿一笑。"好吧，想办法杀了我们吧。但要公平啊。"

"老天可不会跟你讲什么公平，"哈泽尔严肃地说，"不要指望我会跟你讲什么公平。"

埃玛和鲍勃·基特里奇坐在"夜航"俱乐部的长条凳上,一边啜饮着啤酒,一边谈论着白天的模拟飞行。自从他们四个宇航员在十一个月前被召集在一起,组成一百六十二乘务组开始,他们就建立起这种近乎仪式的小酌习惯。每个礼拜五的晚上,他们都会在约翰逊航天中心航天局一号路上的"夜航俱乐部"里聚会,交流这一周训练中的得与失。哪些地方做的不错,哪些地方还需要加强,往往是他们交流的主题。这个机组是由基特里奇亲自挑选成员并一手建立起来的,这种周末小聚的活动同样也是他发起的。虽然每周他们都要在一起工作六十个小时以上,但他还是情愿呆在基地里。埃玛一开始曾经猜想这可能是因为基特里奇最近刚刚离婚,不愿意独守空房的缘故。随着对这位机长了解的逐步加深,她意识到这种交流是基特里奇为了把工作做得更好而采用的一种激励方法。基特里奇天生就属于蓝天。纯粹出于兴趣,他阅读了大量枯燥的航天手册。他把所有的空闲时间都花在了航空航天局的失重训练室里,好像非常讨厌把自己固定在陆地上的重力中似的。

基特里奇不能理解为什么他的同伴训练一结束都会急着回家,今天看到只有两个成员坐在"夜航俱乐部"他们惯常所在的位置上,他觉得非常落寞。吉尔·休伊特去参加她侄子的钢琴颂诗会了,而安迪·墨瑟则在庆祝他的第十个结婚纪念日。今天只有埃玛和基特里奇照常出现了俱乐部里,他们已经回顾完了一周的训练,两人都沉默下来。通常他们之间谈论的话题一旦脱离了工作,便无法进行下去。

"我明天准备坐 T - 38 飞机到怀特桑兹实验场去进行失重训练,"基特里奇打破了沉默,"你愿意和我一起训练吗?"

"恐怕不行,我和我的律师约好明天见面。"

"看来你和杰克一定要打离婚官司了?"

埃玛叹了口气,说:"已经无法回头了,杰克请了律师,现在我也有了自己的律师,看来离婚已经无法避免了。"

"听你的口气,你好像还有别的想法。"

埃玛重重地把酒杯摔在吧台上。"我可没有任何其他想法。"

"那么你为什么还戴着他的戒指?"

埃玛低下头来看着手指上的黄金婚戒。借着酒劲她想一下子把戒指扯下来,但是戒指纹丝不动,毕竟已经戴了七年了,戒指仿佛已经钉在了手指肌肉里,不肯与主人分离。埃玛咒骂着再一次用力向外拉,这次用的力气非常大,当戒指拉过指关节的时候,甚至带下了一点皮肤。她赌气般地把戒指扔在桌子上,说: "好了,这回我自由了。"

基特里奇笑了。"你们闹离婚的过程比我整个婚姻生活的时间都要长,你们到底是为了什么而纠缠不清呢?"

埃玛深陷进自己的座位,突然变得十分疲惫。"我们对每一件事情都会发生争执。我承认有时候我确实不很理智。几周以前,我们两人坐在一起把财产开列了一张清单,想列出哪些是我要的,哪些是他要的。我们事先说好要心平气和地讨论分家的问题,做两个礼貌而成熟的大人。但是,还没分到一半,我们就已经闹得不可开交了,谈判自然也无法进行下去。"她叹息道。实际上,在他们的生活中,这样的争吵几乎是家常便饭。他们两个都是非常固执,很容易动怒的人。不管是在早前的热恋过程中,还是后来闹离婚的阶段,两人之间随时会摩擦出些火花来。"我们两人只在一件事情上达成了共识,"埃玛补充道,"猫归我。"

"你可真幸运。"

埃玛向基特里奇看过去。"那你有什么遗憾的事情吗?"

"你是不是指离婚的事?我可从来没有后悔过。"他的回答斩钉截铁,但眼皮却耷拉下来,就好像是在故意遮掩一个他们两人都知道的事实一样。他显然仍然对自己失败的婚姻懊丧不已。像他这样一个对危险毫不畏惧,即使身旁有几百万磅片刻间就要爆炸的炸弹也不会退缩逃避的战士,同样也会被孤独和离别所刺伤。

"最后我找到了问题所在。"基特里奇说,"普通人不理解我们,那是因为他们没有梦想。和我们这些宇航员结婚的人不是圣人就是殉道者,或者压根儿就是一个不关心伴侣死活的人。"他自嘲地笑了起来。"波妮从来都不是一个殉道者，她不能理解我的梦想。"

埃玛安静地看着吧台上闪着金光的结婚戒指。"杰克跟波妮不同，他是理解我的。"她幽幽地说，"航天同样也是他的梦想，但正因为如此，我们的婚姻毁掉了。我能上天，而他却不能，他是被落下的一个，他无法接受这个事实。"

"杰克需要更成熟一点，他必须面对现实，并不是每个人都能心想事成。"

"你知道，我真的不想让周围的人把他当作掉队的人来看待。"

"嗨，可他确实被放弃了呀！"

"他还能怎么办？他知道如果他们不让他飞行，他就永远不会有什么飞行任务，那么他在这里就完全没有位置了。"

"这样做完全是为了他好，你必须承认这一点。"

"他们放弃他完全是出于一种医学上的假设。照我看，曾经得过肾结石并不意味着他将来还会得肾结石。"

"沃特森医生，你是专业人士，在医学上我听你的。但是请你告诉我：当你知道了杰克身体上的问题，你还希望让他作为你航天旅行的同伴吗？"

埃玛停顿了一下，说："作为医生，我会许可他参加航天飞行。因为我知道他在太空中可以干得很出色。他拥有这么多专业知识，我不明白为什么他们不允许他上去。我的确是在和他闹离婚，但是就个人而言，我尊敬他。"

基特里奇笑了笑，然后拿起酒杯一饮而尽。"你也同样无法客观地面对他无法上天的事实，对吧？"

埃玛还想争辩下去，但意识到自己并没有更多的理由。基特里奇是对的。每次当他们提到杰克·麦卡莱姆的时候，她都无法做到客观公正。

他们信步走出俱乐部。休斯敦的夏夜潮湿而又闷热。埃玛走到俱乐部停车场上停了下来，抬起头仰望着天空。城市闪烁的灯光遮蔽了部分星空，但是她仍然能分辨出天空中不同的星座。天空中有仙后座、仙女座和北斗七星。她还能清楚地回忆起在若干年前的一个夏夜，她和杰克并肩躺在草地上，一起遥望着星空。那时候杰克轻柔地咬着她的耳朵说："天堂里都是好姑娘，埃玛，你也属于那里。"也就是在那个夜晚，埃玛意识到自己已经爱上杰克了。

回忆着那段美好的时光，埃玛默念道："杰克，你也属于那里，不会错的。"

埃玛打开车门，坐进驾驶室。她取出皮夹，找到那枚戒指。戒指在车里闪着金光，她回想起了戒指所代表的七年婚姻生活，现在，可真是到头了。

埃玛重新把戒指收回皮夹。她突然觉得自己的左手光秃秃的，特别冰凉。我必须开始习惯这种生活。她对自己这样说。然后便发动了汽车。

3

七月十日

杰克·麦卡莱姆医生听到医院门口传来第一辆救护车的警笛声，他对同事说："伙计们，看咱们的了！"当他从休息室向外面的救护车停车平台奔跑时，感觉到自己的心跳加速得很快，肾上腺激素不断上涌，处于非常亢奋的精神状态。通过急救频道他已经了解到目前有不止一位病患正在被送往米尔斯纪念医院的途中，但患者目前的情况还不得而知。现场的急救人员报告说，这些病患是在四十五号国家公路上的一次十五车连环相撞事故中受伤的，其中有两位重伤伤员，其他十几位伤员预诊判断为轻伤。重伤员被立即送往了海湾医院和得克萨斯州立医院。其他一些规模较小的医院，其中包括米尔斯纪念医院，则要为接收其他轻度伤员做好准备。

杰克站在救护车停车平台上环顾了一眼周围站着的医护人员，目的是确认所有的急救人员是否已经做好了充分的准备。此时他看到另一个急救医师安娜·斯莱扎克就站在他的右边，看上去冷静而果敢，显然已经做好了一切的准备。他们两人的后援队伍包括四个护士，一个担架员和一个畏缩的实习医生。这个实习医生一个月前刚从医学院毕业，毫无急救的实际经验，是完全指望不上的。这阵势非把他吓傻不可，杰克想着。

在现场警卫的指挥下，救护车驶上斜坡，掉头把车尾对准救护平台，然后关上了警笛。杰克猛拉起后车门，把注意力集中到伤者身上——伤者是一位年轻的女士，头颈部位已经被固定器固定住了，金色的秀发上散落着星星点点的血迹。大家把伤者抬出救护车，杰克这才有机会从近处看到伤者的脸部，一种似曾相识的寒意瞬间涌上了他的心头。

"黛比。"他惊叫道。

伤者抬起头来，眼神迷乱地看着他，似乎并没有马上认出他来。

"我是杰克·麦卡莱姆。"他说道。

"噢，杰克。"伤员闭上眼睛呜咽开来，"我的头部受伤了。"

杰克轻轻地拍打着她的肩膀以表示安慰。"亲爱的，我们会照料你的，完全不用担心。"

护士们推着她穿过急诊区大门，奔向外伤治疗室。

"你和她认识?"安娜问杰克。

"她的丈夫是宇航员比尔·哈宁。"

"你的意思是不是说她丈夫现在正在空间站上?"安娜笑了，"看来我们要打个超长途电话才能通知到他了。"

"如果有通知的必要，联系她丈夫是非常简单的。基地可以马上和哈宁联系。"

"你希望由我来治疗她吗?"在这种情况下这是一个必要的问题。医生通常会避免治疗家人或朋友。如果手术台上心跳停止的病人是你认识或热爱的人，你往往不能做出客观公正的判断。虽然黛比和他以前也一起参加过一些社会活动，但杰克认为，黛比对他而言，仅仅是一个熟人，还谈不上是朋友，作为医生来说，他完全能够坦然对待黛比。

"还是我来吧。"他说着便跟着活动医疗床进入了外伤治疗室。他现在已经开始盘算起治疗方案来。从表面看，黛比只在头皮上有一个裂口，但是因为碰撞的部位是在头部，他还必须排除头盖骨和脊柱骨折的可能性。

当护士采血取样，并把黛比余下的衣物小心除去的时候，救护车上的急救员简洁地向杰克说明了黛比的情况。

"她的车在连环撞车事故中处于第五位，据我们的初步了解，她的车先是被后车狠撞了一下，车身在道路中间横过来了，接着遭到第二次撞击，这次被撞的部位在驾驶室这侧，车门完全陷进去了。"

"她一时失去了知觉，直到我们使用了心肺急救复苏仪以后，她才苏醒过来。接着我们就帮她做了肩部固定。到现在为止，心脏和脉搏都非常稳定，她无疑是一个幸运儿。"急救员摇晃着头说，"有机会你可以看看她后面那个家伙的样子。"

杰克走到治疗床边，开始检查起伤员来。黛比的两个瞳孔都有光感，眼部括约肌的活动也很正常。她能够说出自己的名字，也知道自己在哪里，只是无法回忆起今天的日期了。符合暂时性失忆的基本特征，杰克想。仅凭这点理由就可以让她入院治疗了，也许仅仅需要观察一晚。

"黛比，现在要送你去照 X 光，"杰克说，"我们要确保你没有骨折。"然后，他转向护送的护士。"带她去做增强式 CT 扫描吧，重点检查头盖骨和颈椎部分，还有……"他没有说下去，注意力被呼啸而来的警笛声吸引住了。

又一辆救护车到了。

"把这些片子拍好了给我。"他命令道。接着转身朝救护车平台跑去，急救队伍又重新在那里集结起来。

远处传来微弱的警笛声，渐渐和眼前救护车的警笛声混成一片。杰克和安娜警觉地互视着，一下子来了两辆救护车？

"好像又回到了过去那段时间。"杰克咕哝着。

"外伤治疗室空出来了么?"安娜问道。

"刚才那个病人去照 X 光了。"当第一辆救护车倒车的时候，他快步走上前去，在停车的同时拉开了车门。

这次的伤者是一个中年男人，身体显然超重了，皮肤黏湿而苍白。惊吓过度，杰克第一时间做出了判断。这个病人没有流血，也看不出伤在哪里。

"他遭遇了一场小车祸。"急救人员在把这个男人推向治疗室的路上告诉他们。"我们把他拖出汽车的时候，他的胸部受了点小伤，目前心率正常，精神有一点兴奋，但是没有早搏现象，低压九十，我们在救护车上给他服用了吗啡和硝基核苷酸①，而且给他吸了六公升的氧气。"

现在所有的人都集中在了治疗室里。当安娜听取一位救护车急救人员的报告时，护士们正在麻利地安装心脏急救设备，采集心电图数据。杰克则扯下了心脏治疗仪上的套子，正在专心地研究着上面的数字。

"是前壁心肌梗塞。"他告诉安娜。

安娜点了点头。"我认为他对纤维蛋白过敏。"

一个护士在急救大厅的门口大声叫道，"又来了一辆救护车。"

杰克和另两位护士赶忙跑了过去。

一个年轻女子躺在担架上，不住地颤抖和尖叫。杰克看了一眼女子受伤的右腿，整条腿被撞得横了过来。看到这种情况，杰克意识到必须马上为她进行手术。杰克用刀裁开了她的衣物，露出臀部的骨折创口。当她的膝盖撞上挡泥板时，股骨头全部翻转过来了。看着女子扭曲的大腿，杰克几乎要当场呕吐出来。

"需要吗啡么？"护士问他。

他点头表示认可。"她需要多少，就给她多少。她的伤势非常严重，大腿骨完全错位了，然后再想办法找一位矫正外科医生——"

"麦卡莱姆医生，请马上到 CT 室。麦卡莱姆医生，请马上到 CT 室。"

杰克看了看墙壁上的警报器。黛比·哈宁有麻烦了。他一个箭步跑出诊疗室。

黛比静静地躺在 X 光扫描台上，一个急诊护士和一个技师呆立着望着她。

"我们刚做完脊椎和头盖骨的扫描，她就昏迷了，"技师说道，"我们没有办法唤醒她，她对任何外部刺激都毫无反应。"

---

① 临床心脏病急救药物的一种。

"她昏迷了多长时间？"

"我不知道。等我们发现她不再能和我们对话时，她已经在治疗床上躺了十五分钟了。"

"有没有为她做 CT？"

"计算机出故障了，需要再过几个小时才能修好。"

杰克拿起笔形电筒往黛比的眼球上照了照，心猛地一沉，左边的那只瞳孔已经放大且对灯光毫无反应。

"把 X 光片拿过来让我瞧瞧。"杰克吩咐道。

"脊椎部分的 X 光片已经拍好了，现在在机器的暗箱里面。"

杰克快步走进隔壁的暗房，认真地研究起夹在机器后部暗箱里的 X 光片来，在颈部的片子上他没有看到骨折的痕迹。黛比的脊柱十分坚固。他取下颈部的 X 光片，把头盖骨处的 X 光片放在暗箱的最上面，起先他并没有觉察出有什么异样，仔细看他才发现在左边的颞骨上有一条微细的裂纹，这条裂纹很不起眼，初看上去像是片子上的一小条刮痕。但是，这的确是骨裂。

一个问题涌上心头。骨裂是否造成了脑膜中动脉的破损？如果是那样的话，头盖骨内很容易发生淤血的状况。当血液凝集，脑压上升到一定程度以后，大脑会受到挤压，这就可以解释她为什么会昏迷且瞳孔放大。

必须立刻把脑部的淤血排出来。

"马上把她送回手术室。"

三人用最快的速度把黛比转移到滚轮床上，然后奔跑着把床推过走道。当他们把黛比送入一间空的诊疗室后，杰克朝着值班护士大喊："赶紧呼叫神经外科大夫！告诉他们这里有一位患者颅内出血，我们这边已经在做头颅开洞手术的准备了。"

杰克清楚黛比现在真正需要的是一间设施齐全的手术室，但因为她的病情恶化地如此迅速，他们已经没有时间去等空的手术室了。只能把诊疗室当做临时的手术室了。他们把黛比抬到治疗台上，手忙脚乱地把心电监视仪缠绕着的导线按在她的胸口。呼吸越来越紊乱，需要进行插管治疗了。

正当他打开治疗包准备取出其中的气管插管时，一个护士尖叫起来："没有呼吸了！"

杰克急忙从包里摸出喉镜并迅速把它插入黛比的喉咙。过了片刻，气管插管也安放到位了，氧气开始输送进黛比的肺叶。

一个护士插上了电动剪刀，黛比金色的秀发如丝般滑落在地板上，渐渐露出了光秃秃的头皮。

值班护士从值班室里探出头来说："神经外科大夫被车流堵在路上了，起码还有一个钟头才能到。"

"那赶紧让别的大夫过来！"

"其他大夫全被叫到州立医院去了！重伤员几乎全是头部受伤。"

上帝啊，我们完了。杰克一边低头看着黛比，一边绝望地想。随着时间的推移，黛比颅内的脑压不断地上升着。脑细胞也在渐渐地死去。如果是我的妻子，一秒钟我也不会等。

他痛苦地思索着，然后做出了决定。"快把医用曲柄钻拿出来，我来钻洞吧。"他看着护士吃惊的目光，故作镇静地补充道："做这个手术就像在墙壁上钻个洞，我以前尝试过的。"

在护士继续为黛比的头皮清理消毒时，杰克已经穿上了手术服，戴上了塑胶手套。当拿起无菌纱布的时候，他的心跳在加速，但是手却依然很稳，他对自己能够有如此表现而略微有一些惊异。事实上他以前确实做过头颅钻洞手术，但那已经是在好几年以前了，况且那次还有专业神经外科大夫的指导。

没时间了，她就要死了，开始干吧！

杰克拿起解剖刀在左侧颞骨上方划了一道笔直的口子，鲜血马上渗了出来。他先是拿海绵吸干了切口周围的鲜血，然后用医用喷管烧灼那里的表皮组织，这样能起到止血的功效。处理完切口以后，他小心翼翼地把解剖刀深入到头皮内，通过帽状腱膜到达脑膜处，在这个位置轻轻地用解剖刀刮擦了一下，然后收回解剖刀，把头骨的表面显现出来。

放下解剖刀，杰克又接过医用曲柄钻。曲柄钻是一种常用的工具，完全用手来操作，看上去很古典，你常常可以在祖辈的百宝箱里觅到它的踪影。首先他把曲柄钻的铲状钻头深深地钻入头骨以打开一个洞口，然后转动起圆柄把洞口扩大。他吸了一口气，将曲柄钻深钻下去，直通大脑。汗珠开始从前额滑落下来。在没有 CT 机协助定位的情况下，杰克完全依靠自己的临床经验做着判断，他甚至不知道自己推进的方向是否正确。

一股鲜血突然从杰克钻出的洞口中飞涌而出，溅落到四围的护帘上。

一位护士递给他一个脸盆，杰克收起曲柄钻看着鲜红色的血液喷涌出头皮，瀑布般倾泻到了脸盆里。他赌对了，位置没错。随着血液流淌，黛比·哈宁颅内的压力终于降下来了。

杰克做了一下深呼吸，感到肩部的压力一下子舒缓下来，肌肉又酸又疼。

"咱们把头骨缝上吧！"杰克说。然后他就放下曲柄钻，拿起吸入导管操作起来。

在录像画面中，一只白鼠悬挂在半空中，就像飘浮在透明的海水里一样。埃玛·沃特森医生正奋力朝白鼠的方向飘游过去。埃玛细长的双腿用劲蹬踏着，优雅得好似一位水下舞蹈家。被梳成几股的深棕色头发飘散开来，围成了一个巨大的光环。不一会埃玛终于抓住了白鼠，转过身来，面对着摄像机。接着，她又举起了注射器和针头。

这段影像是两年前埃玛参加亚特兰蒂斯号第一百四十一号机组执行太空探测任务时拍摄的。虽然时间已经久远，但这仍是高登·阿比最喜欢的太空宣传影片，正因为如此，航天航空局的蒂格礼堂里还循环播放着这段太空录像。谁不喜欢看埃玛·沃特森呢？她的动作敏捷而又轻灵，眼眸中流露出对新知的强烈渴望，周身闪耀着聪慧的火花。埃玛眉上细小的伤疤和门牙上微薄的裂缝（据说那是在一次鲁莽滑雪后留下的纪念品）则记录着她丰富多彩的业余生活。对于高登来说，埃玛虽然是个非常有魅力的女人，但他最看重的却是她的智慧和能力。因而他对埃玛宇航事业的前景非常看好。

作为宇航员培训中心的主任，高登握有挑选宇航员的重要权力。

平时他和手下的宇航员们都保持着一段安全的——许多人称之为"无情的"距离。他自己也曾经是个宇航员，做过两次机长，即使这样，他还是被同事们看成是一个"铁面无情"的人，待人冷淡，背景神秘，从不和他人闲聊。阿比自己倒是非常满意这种安然而又相对不为人所知的状态。虽然他现在已经在航天航空局中身居高位，但局里的大多数人并不认识他。他在局里的作用就是处于幕后培养合格出色的宇航员，并向外界展示这些宇航员的形象。埃玛的那段录像就是其中的代表，那是一个能抓住亿万国人眼球的优秀宇航员的形象。

录像放完了，银幕上出现了航天航空局的"肉球"标志。标志的主体是一片蔚蓝的星空，在星空的中央装饰着椭圆形的轨道和红色的斜叉。接着画面上又出现了航天航空局局长勒罗伊·科内尔和约翰逊航天中心的长官肯·布兰肯什普，他们正准备登上基地大厅内的讲坛回答台下众人的问题。这次他们的任务，直白地说，就是要争取更多的经费。而他们将要面对的，则是一群戴上了有色眼镜的议员，他们来自于众参两院中不同的附属委员会，将会最终决定航天航空局的预算。连续两年，航空局面临着预算的大幅削减，一股悲观失望的气氛充斥着整个大厅。

看着台下那些衣冠楚楚的政客，高登就像是见到了一群外星生物。这些政客到底怎么了？为什么他们会如此短视？这些问题一直困扰着他。显然这些政治家并没有他心中那个强烈的信念：人与动物的区别就在于人对知识有着强烈地渴望。每个孩子都会问一个相同的问题：为什么？孩子从出生时的单纯好奇，发展到动手摸索，最后才能找出科学的真理。

但是这些民选的官员已经丢失了使人与动物产生区别的那份好奇心。他们到休斯敦后没有问为什么要进行太空开发，却总是在问为什么我们要承担空间站运行的绝大部分经费？

开始，科内尔想出了一个主意，要让这些政客感受一下"汤姆·汉克斯之旅"，这个称呼是从电影《阿波罗13号》里借用而来的，它代表着航天航空局的最高成就。他首先向客人们展示了国际空间站的最新进展，还让他们实实在在地与宇航员们握手。这不正是他们想要的吗？能够亲自触摸到光芒四射的楷模，触摸到英雄。接着又把他们带到了约翰逊航天中心，参观了宇航大厦和飞行控制中心，丝毫不介意他们之中的有些人连飞行控制台和任天堂手柄的区别都分不出来。他只是希望这些闪亮的新科技可以使客人感到震撼，从而转变成航天事业的支持者。

但是这种做法并没有起到预期的作用，高登沮丧地想。这些政客根本不买科内尔的帐。

航天航空局这次遇到了强有力的反对者，首当其冲来自于坐在前排的资深参议员菲尔·帕里什。这个来自南卡罗来纳的七十六岁高龄的参议员，以从不妥协的鹰派人物而著称。帕里什的论调是在保持目前防务总开支不变的前提下，适当削减航天航空局的经费。他从椅子上扭转庞大的身躯，转过身来面对着科内尔，慢吞吞地说起话来。

"你们在那个空间站上花费的资金已经超过预算几十亿美金了，"帕里什说道，"但是我并不认为美国人民会把加强国防的希望寄托于你们在空间站上做的那些精彩的实验上面。再说，这些实验是国际合作的项目，对吧？为什么我们要承担其中大部分的经费？从哪方面可以让我看到这些累赘会为我们南卡罗来纳的百姓造福？"

科内尔局长对帕里什的问题报以职业性的微笑。科内尔是一个政治动物，他的个人魅力和领导能力使其在报界和政界颇受欢迎。他花费了大量的时间周旋在华盛顿的国会大厦和白宫之间，争取更多的经费去满足航天航空局那永远填补不上的缺口。科内尔是航天航空局的招牌，而布兰肯什普则是约翰逊航天中心内部掌管具体事务的长官，仅仅为内部人员所熟识。他们两个是航天航空局的阴阳两极，秉性完全不同，很难想象他们是如何组成一个和谐的领导班子的。航天航空局内部流传的一句笑话是这样说的：勒罗伊·科内尔是个华而不实的说客，而肯·布兰肯什普却完全相反，是个实而无华的实干家。

科内尔流利地问答着帕里什参议员的提问。"您刚才问到为什么其他国家没有对空间站进行投资。参议员先生，现在我要告诉你，别的国家也都在为空间站进行投资，因此那里是名副其实的国际空间站。我承认，苏联人现在的确面临着资金短缺的情况；同样，我也承认，我们必须在某些方面同他们保持一定的距离。但是在国际空间站上，他们和我们一样，都投入了相当的精力，他们现在已经在那里派驻了自己的宇航员，他们有必要协助我们共同维持国际空间站的正常运行。关于为什么我们需要有空间站这个问题，让我们回顾一下国际空间站在生物、医学、材料科学和天体物理等领域所做的研究吧，这些研究的成果现在已经惠及我们日常生活的方方面面。"

听众席中又站起了一个人，高登看到他不由得倒吸一口凉气。如果还有人比帕里什参议员更值得轻视，那一定就是面前的这位蒙大拿州众议员乔·贝林汉姆了。这个人在外表上是一副硬汉的派头，实质上完全是一个反对科学的文盲。在贝林汉姆参加的上一次选战中，他鼓吹公立学校都要学习神创论，应该废弃教授生物的课本，而用《圣经》取而代之。兴许他还认为火箭是由天使来驱动的呢。

"我们分享给苏联人以及日本人的科技成果现在到底在发挥着什么作用？"贝林汉姆问道，"我的意思是说，我们现在把这些高科技的秘密都公开了，怎样才能避免他们利用这些知识调转枪口来威胁我们呢？为什么我们要去相信苏联人？"

恐惧而又偏执。无知而又迷信。这个国家现在充斥着这样的观点。贝林汉姆提出的问题让高登十分沮丧，带着失望的心情，他转身准备离开这里。

这时他注意到宇航员办公室的主任汉克·米拉尔一脸阴沉地走了进来。他直直地注视着高登，高登马上意识到麻烦来了。

高登轻手轻脚地与米拉尔一起来到了大厅外的过道上。"发生什么事情了？"

"比尔·哈宁的妻子出交通事故了，情况听上去不妙。"

"上帝啊！"

"鲍勃·基特里奇和伍迪·埃利斯现在已经在公共事务办公室待命了，我们必须过去说点什么。"

高登点头表示同意。他的视线穿过大厅的门廊，看见贝林汉姆众议员还在为着分享技术的危害性而喋喋不休。他跟着汉克一脸严肃地走出大厅，经过大院走向隔壁一幢大厦。

四个人在后勤办公室碰了面。一百六十二机组的机长基特里奇脸色通红，看上去非常激动。相形之下，国际空间站的飞行主管伍迪·埃利斯却要镇静得多。实际上，即使是处于危机之中，高登也从来没有看见埃利斯心慌意乱过。

　　"这次事故有多严重？"高登问道。

　　"哈宁夫人在四十五号公路上遭遇了严重的连环撞车事故，"汉克说。"救护车把她送到了米尔斯纪念医院，杰克·麦卡莱姆在急诊室遇到了她。"

　　高登默默地点了点头。虽然杰克现在已经不在宇航员的序列中，但他们都对杰克非常了解。他目前仍然在航天航空局借用的飞行医生的花名册上。一年以前，他辞去了在航天航空局的大部分职务，前往一个私人诊所担任急诊医师。

　　"黛比的情况是杰克通知的。"汉克说。

　　"他有没有提到黛比目前的情况？"

　　"头部严重受伤，目前人还在重症监护室观察，处于昏迷状态。"

　　"预计情况乐观吗？"

　　"他说不上来。"他们都在思考这一惨剧对航天航空局到底意味着什么，后勤办公室里一片死寂。汉克叹了口气，打破了难熬的沉默。"我们必须马上通知比尔车祸的情况，我们不能对他有所隐瞒，但问题是……"他没有继续说下去，其实他也没有必要说下去了，大伙都明白问题所在。

　　比尔·哈宁正在国际空间站上工作着，原计划他的这次航天任务将持续四个月，现在刚刚过去了一个月。这个坏消息一定会使他遭受到很大的打击。在所有会给太空生活带去困难的因素中，这类会引起宇航员情绪波动的事件是航天航空局最忌讳的，一个情绪低落的宇航员会给整个行动带来巨大的危害。几年以前在苏联的联盟号飞船上，同样的情况也发生过一次，当时地面把宇航员沃罗德亚·蒂祖洛夫母亲的死讯传到了飞船上。得知母亲的死讯以后，蒂祖洛夫连续几天把自己关在飞船上的一个太空舱内，拒绝和莫斯科的指挥中心联系，他把悲伤情绪传染给了联盟号飞船上的每一个工作人员。

"哈宁夫妇结婚还没有多久，"汉克说，"我现在就可以告诉你们，比尔无法应付这一切。"

"你是在建议我们把他换掉？"高登问道。

"我认为下一班航天飞机升空时，应该把他换下来。现在距离下一班航天飞机出发还有两周的时间，这段时间对他而言必将是十分艰难的。我们不应该让他在这种情况下，完成四个月的太空飞行任务。"汉克说完这段话，又轻轻地补充了一句，"不要忘了，他们还有两个小孩子需要照顾。"

"比尔的替补是埃玛·沃特森，"伍迪·埃利斯说，"我们可以让万斯的一百六十机组带她上去。"

当埃利斯提到埃玛名字的时候，高登显得非常平静，刻意掩饰着自己对埃玛的欣赏。"你们认为沃特森行吗？她做好提前三个月上去的准备了吗？"

"作为比尔的候补，埃玛已经掌握了太空舱上大部分的试验技能，因此我认为让她上去换下比尔是一个恰当的选择。"

"如果她先上去了，我可不会高兴的。"鲍勃·基特里奇说道。

高登疲倦地叹了口气，转身对着基特里奇说："没有人认为你会高兴的。"

"沃特森是我这个机组不可或缺的组成部分，我们已经形成了一个有机的整体，我可不想把它给拆散了！"

"你这个机组三个月后才会上天，还有足够的时间去做调整呢。"

"这样干的话，我的工作就更困难了。"

"你是不是在说，在三个月内你不能再次组建一支全新而训练有素的队伍？"

基特里奇不敢再多嘴了。"我并不是这个意思，我只是认为，我的团队现在已经磨合得非常好了，如果沃特森离开了，大家都会非常失落的。"

高登又转向汉克："一百六十万斯机组现在准备得怎么样了？"

"就他们那个机组而言，已经没有任何问题了。另外对于他们来说，埃玛仅仅是个乘客而已，与他们带到国际空间站的其他物品并没有什么区别。"

高登认真地思索着。他们谈论的是几种不同的方案，但事情的发展会面临到许多不同的可能性。也许黛比·哈宁会马上苏醒过来，并且恢复得很好，这样比尔就可以继续留在国际空间站完成他的任务了。但是和航天航空局的其他同事一样，高登在处理问题时早已学会了为事态发展过程中任何可能发生的偶然事件先做好计划，这样，真有情况发生的时候，马上就可以采取相应的措施。

高登看着伍迪·埃利斯，做出了最后的确认。伍迪心领神会。

"就这样吧。"高登说。"把埃玛·沃特森给我找来！"

埃玛看见杰克正站在医院门厅走廊的另一端与汉克·米拉尔交谈。虽然埃玛只能看见杰克的背影，但是从身上套着的绿色工作服，埃玛还是一眼认出了他。七年的婚姻生活使她不用看到杰克的脸就可以通过举止认出他来。

眼前杰克的身影与他们相识的时候毫无二致，当时他们都是檀香山市立医院急诊科的住院医生。初次见面时，他站在护士值班室里，低头在便笺上写着什么，宽阔的肩膀疲惫地斜撑着，头发散乱，像是刚从床上爬起来一样，事实上，他也的确是刚刚起床。过去的那个夜晚，他几次被急救的呼叫所惊醒，因此现在胡子拉碴，睡眼惺忪。但当他转过身来，第一次与埃玛四目相对时，一种莫名的情愫瞬间在两人的心中油然而生。

十年过去了，杰克那油亮黝黑的头发已露斑白，肩膀和初次见面时一样因疲惫而低耸着。他们已经有三个星期没有见面，也就是在几天之前在电话里简单地交谈过几句，这次谈话同样因观点的分歧而不欢而散。长期以来他们一直不能理智地相互面对，即使是一个非常简单的话题，他们都无法坐在一起平静地交谈。

带着些许忧虑，埃玛朝着杰克的方向走去。

汉克·米拉尔首先认出了埃玛，脸马上紧绷起来，仿佛预见一场战争马上就要在此发生，他想在交火前赶紧离开这里。杰克一定是注意到了汉克表情的变化，转过头来，想知道到底发生了什么。

一瞥见埃玛，他一下子呆住了，脸上自然地绽放出欢迎的笑容，埃玛的到来使他又惊又喜。但马上另一种心情涌上了心头，他的笑容凝固了，取而代之的是一种漠然的中性表情。像是一个陌生人，埃玛悲哀地想到。如果他明显地流露出敌意，她倒会觉得好受点。因为那样至少表明了虽然缘分已尽，但曾经幸福的婚姻生活还是在两人之间留下了一些羁绊。

在杰克淡然的目光中，埃玛感觉自己同样也摆出了一副中性的表情。她同时向面前的两个男人说话了，并没有特别针对其中的某一个。

"高登跟我说黛比出事了，"她说，"她现在怎么样了？"

汉克斜眼看了一下杰克，指望他来回答这个问题。但杰克默不作声，汉克只能心不甘情不愿地给以回答，"她仍然昏迷着，我们在值夜呢，你愿意和我们一起看看她吗？"

"当然。"她说着便向家属探望室走去。

"埃玛，"杰克朝着她的背影叫道，"我们可以坐下来好好地谈一谈吗？"

"我稍后再来找你们两个。"汉克边说边退出了就诊大厅。等到汉克在拐角处消失后，两个人的视线交会了。

"黛比的情况不是很乐观。"杰克说。

"情况到底怎样？"

"是颅内出血。她刚来的时候是清醒的，也能小声说话，但后来病情急转直下。这个时候我正在处理另一个危重病人，没有及时注意到她的病情变化。要不是我后来在她的头皮上打了一个洞……"他停顿了，把视线转向一边。"她目前需要呼吸机的帮助才能维持生命。"

埃玛伸出手想安慰他，但马上又收了回来，因为她知道这样做只能使杰克把手从他的身上抖落下来。杰克已经很长时间不愿接受埃玛的安慰了。不管埃玛说的是什么，言辞是如何的诚恳，他都会认为埃玛是在怜悯自己，自己是被埃玛看轻的。

"杰克，这种情况下你很难做出正确及时的诊断。"埃玛也只能这样说了。

"我本该更早些觉察出来的。"

"你自己也说过的，黛比的情况是突变性发展的，不要对自己最初的诊断表示怀疑。"

"这些想法并不能让我更好过些。"

"我可没有想让你更好过一点！"埃玛恼怒地说，"我只是在陈述一个简单的事实，那就是你做的诊断没错，你已经尽力了。你难道每次都要对自己这样严苛吗？"

"我们这次讨论的不应该是我的事情，对吗？"杰克大声回应，"我想接下来倒应该来谈谈你的事了。"

"你到底想说什么？"

"黛比现在不可能马上出医院，这意味着比尔……"

"是的，高登·阿比已经通知我做好接替他的准备了。"

杰克问道："已经决定了吗？"

埃玛点了点头。"比尔就要回来了，我会随下一个机组上去接替他的工作。"说着她把目光移向紧急治疗室。"他们有两个小家伙，"她轻柔地说，"他不能再呆下去了，再呆三个月是无论如何不行的。"

"你还没有做好准备，你还没时间——"

"我会做好准备的。"埃玛反驳道。

"埃玛。"杰克伸出手想抚慰她。埃玛对他的触碰感到非常诧异。她直直地看着杰克，杰克马上松开了手。

"你什么时候出发前往肯尼迪航天中心？"

"下周开始隔离准备。"

他听了这句话，看上去非常吃惊，一个字也说不出来，仿佛完全没有理解她话中的含义。

"你倒是提醒我了，"埃玛说，"当我不在的时候，你能不能帮我照顾一下汉弗莱？"

"为什么不能把它送到动物寄养所去？"

"把猫圈养三个月未免太残酷了。"

"这个小怪物还是见东西就咬吗？"

"够了，杰克。只有当它在感觉到被忽略时才会做些出格的事，对它好一点，它是不会破坏你的家具的。"

医院的扩音喇叭传来呼叫声："麦卡莱姆医生请速到急诊室，麦卡莱姆医生请速到急诊室。"

"我想你该走了。"埃玛说着便转身准备要走。

"请等一下，这事情发生得太快了，我们还没来得及好好谈一下。"

"如果是关于离婚的事，我不在的时候，你尽可以去找我的律师。"

"不是那个。"他突然爆发的怒气让埃玛吓了一大跳。"不，我才不想和你的律师说什么呢！"

"那你要和我谈什么呢？"

杰克瞪了她一会儿，好像是在搜索着合适的语句。"我想跟你聊聊这次任务，"他最后终于说了出来，"太匆忙了，感觉上不是很好。"

"你到底什么意思？"

"这次你是临时决定上去的，况且还是跟着一个完全陌生的机组。"

"万斯那个组很棒，跟他们上去我才不会担心呢。"

"你考虑过空间站没有，到最后很可能会让你在那儿呆上六个月。"

"没有任何问题，我可以应付的。"

"但是这些都不在计划之中，这一切变动可都是临时决定的啊。"

"那杰克你说我该怎么办？临阵脱逃？"

"我不知道！"沮丧之中，他的手胡乱地抓着头发，"我真的不知道该怎么办！"

他们沉默地站着，不知道接下去该说些什么，也都不准备结束这次谈话。七年的婚姻，埃玛想到。这就是七年婚姻的结局，两个人既无法平静地呆在一起，也做不到友好地从对方身边走开。更可悲的是，没有时间留给他们去解决这些问题了。

扩音器中重新响起了呼叫："麦卡莱姆医生，急诊室找。"

杰克看着埃玛，表情忧郁。"埃玛——"

"去吧，杰克，"埃玛催促说，"有人需要你。"

杰克哀叹了一声，然后朝着急诊室的方向跑去。

埃玛转过身，朝另一个方向走去。

4

七月十四日

国际空间站

通过节点一号舱顶上的观察孔，威廉·哈宁博士失神地望着二百二十英里下方飘浮在大西洋洋面上的云层。他碰触着观察孔上的玻璃，手指轻掠过上面的真空防护栏。他悲哀地想，正是这些设施把他与家人、与妻子分隔开来。他凝视着脚下的地球，大西洋消失了，北部非洲映入眼帘，接着出现的是印度洋。夜幕降临了，地球上的物体慢慢地沉入无尽的夜色之中。尽管哈宁的身体处于失重状态，在半空中浮动，但悲伤溢满了胸口，使他几乎不能自由地呼吸。

同一时刻在休斯敦的一间医院里，他的妻子正顽强地为生存而战，可是他却什么忙也帮不上。他还要在这个鬼地方困上两个星期，能做的只是看着黛比所在的那个城市。也许哈宁从此再也不能看到她，触碰她了。在未来的两周里，哈宁所能采取的唯一摆脱痛苦的方法不外乎是闭上眼睛，幻想自己就在妻子的身旁，手指与妻子紧紧地缠绕在一起。

黛比啊，你必须坚持，你必须战斗，我就快回来了。

"比尔，你还好吗?"

哈宁回过身，看见黛安娜·伊斯特斯正从美方的实验舱朝着节点舱的方向飘移过来。他对黛安娜的嘘寒问暖感到十分惊讶，因为即便他们已经在这狭小的空间里共处了一周的时间，但他和面前这个英国女人还是没能熟稔起来。黛安娜太生硬，太冷淡了。尽管面貌姣好，但哈宁从来没有被她吸引过。当然，黛安娜也没有对他表示出一丝一毫的兴趣。事实上，她好像对米切尔·格里格斯比较感兴趣。格里格斯在地球上还有个望眼欲穿的妻子，不过他们两人对这个现实情况都好像并不在意。在国际空间站，黛安娜和格里格斯就好像双子星座的两个半球，在强大重力的推动下，互为依存地旋转着。

在一个密闭的空间里生活的六个人，分别来自于四个不同的国家，这种现状并不能让人感到愉快。六个人之间会结成不同的联盟，这种联盟关系还经常会发生变化，空间站里充斥着"我们"对"你们"的敌对情绪。在密闭空间生活时间太长而造成的压抑感或多或少地影响着每一个人。苏联人尼古拉·鲁登科生活在国际空间站的时间最长，近来他变得越来越阴沉，动不动就会发火；而来自日本空间厅的松山健一郎，则为自己英语表达能力差而感到沮丧，经常会呆在一旁不置一词。在这些人当中，只有卢瑟·艾姆斯和每个人都保持着良好的关系。当休斯敦传来黛比车祸的消息时，只有卢瑟知道该怎样安慰比尔，他所说的话完全出于人的本性，这些话深深地打动了比尔。卢瑟是亚拉巴马州一个受人爱戴的黑人牧师的儿子，从父亲那里，他学会了如何去安慰一个处于低谷的灵魂。

"比尔，不会有任何问题的。"卢瑟说，"你马上就能回家看妻子。去和休斯敦联系一下，让他们立即派架航天飞机过来把你带回去，要不然，等一会休斯敦和我联系时，由我来和他们说也行。"

但黛安娜对此事表现出来的态度与卢瑟完全不同。像分析其他问题一样，她平静地向比尔指出，目前情况下，即使他马上就回去，对黛比的康复也毫无用处，黛比还处于昏迷状态，她甚至可能根本不知道比尔就在自己的身边。这个女人的行事风格就像她在实验室里培养的结晶体那样冰冷无情。比尔是如此看待黛安娜的。

因此他对黛安娜的主动问候感到非常吃惊。黛安娜犹豫不决地进入了节点舱，如同以往那样拒人于千里之外。她那金色的长发在半空中如同飘浮的海草一般轻拂着脸庞。

哈宁调转头，重新凝视着窗外。"我在等待休斯敦的出现，"他说。

"你的邮箱里又来了一组新的邮件。"

哈宁没有回话，只是出神地看着窗外破晓的晨曦辉映着东京这座大都市闪烁出的点点灯光。

"比尔，你应该对邮件中提到的一些事项给予关注，如果你觉得自己无力应付，其他人可以帮你承担这些工作。"

工作。看来黛安娜想要和他谈的只是工作。她所关注的不是哈宁现在的感受，而是他能不能完成实验室里指定的工作。国际空间站每天的日程都是严密安排好的，没有什么时间留给大家去思考或感伤。如果有一个成员无法继续工作了，那么其他人必须分担起他的工作，不然实验就无法继续进行下去了。

"有些时候，"黛安娜用一种不堪一击的逻辑说道，"工作是使人忘却悲伤的最好方法。"

哈宁用手指对着东京渐渐模糊的灯光。"不要假惺惺的，黛安娜，你愚弄不了任何人。"

黛安娜一时没有接上话来。哈宁这时只能听见空间站那惯有的嗡嗡噪音，对于这种声音，他已经习以为常了，平时几乎完全觉察不到。

她息事宁人地说道："我非常能够理解你，现在这段时间对你来说确实很不容易。困在这里没有办法回家，的确太残酷了。但你没有别的选择，只能等待下一班航天飞机来接你回去。"

哈宁爆发出一阵尖锐的笑声："为什么要我等啊？我可以在四个小时之内回到家的。"

"好了，比尔。认真面对现实吧。"

"我当然是认真的。我可以登上返回舱，马上就走。"

"你一个人乘着救生艇离开，把我们留在这里？你显然没有清醒地思考过问题。"她停顿了一下，换了个话题。"我想，借助某些药

42

物，你可能会更好过一点，当然这仅仅是为了能帮助你度过目前这段时间。"

哈宁侧身面对着黛安娜。他心中郁积的悲伤和痛楚顿时化作满腔的暴怒。"吃一颗药丸就能把所有问题解决掉，你是不是这个意思？"

"你知道我不是这个意思，比尔。我仅仅是想确保你不要做出什么丧失理智的事来。"

"你他妈的，黛安娜。"说着，他双腿猛然向下蹬了一下，飘过黛安娜身边，朝着实验室的方向而去。

"比尔！"

"就像你刚才说的那样，我还有工作要做！"

"我告诉过你的，我们可以分担你的工作。如果你感觉到——"

"我自己来做这天杀的工作！"

哈宁飘浮进美方的实验室。黛安娜没有跟随他一起过来，他对此感到一阵轻松。回身望去，他看见黛安娜回到了居住区，想必她是回去检查返回舱的状态了。这艘返回舱是在未知的灾难降临空间站时，用来解救所有六位宇航员的唯一救生装置。他早前威胁说要带走返回舱，对于自己的不冷静，他感到十分懊悔。现在黛安娜一定能够感受到自己的情绪已经稳定下来了吧。

光是置身于这离地二百二十英里闪耀的沙丁鱼罐头里，已经够人受的了。如果再被周围的同伴怀疑，那处境就会更为糟糕。哈宁当然想不顾一切地往家里奔去，但他素来不是一个意志薄弱的人。多年来的训练和心理测试，表明了比尔·哈宁是一个训练有素的宇航家——不是那种为了自己就可以危害同伴的人。

他蹬着实验室墙壁，从实验舱飘浮到自己的工作台，开始检查起新到的邮件来。至少有一件事黛安娜说的不错，工作的确可以把他的注意力从黛比身上转移开来。

大多数邮件是从位于加利福尼亚的航天航空局艾姆斯生物研究中心发过来的，一般都是些日常数据的验证请求。因为空间站上的实验大部分由地面上的科学家来掌控，有时科学家会对接收到的数据提出疑问。他下滑鼠标，浏览着这些信件。当看到一个关于需要对宇航员的尿液和粪便进行采样的请求时，他不由自主地做了个鬼脸。而后他继续向下浏览，并在一则标题异样的邮件处停了下来。

这封邮件与其他的不同，它不是由艾姆斯生物研究中心发出的，而来自于一个私人的研究机构。现在，有许多私人研究机构出资在空间站上做一些实验。哈宁经常能收到航天航空局以外的科学家发来的邮件。

这封邮件就是从加利福尼亚拉霍亚的海洋科研中心发过来的。

收件人：威廉·哈宁博士，国际空间站生物科学研究员
发件人：海伦·科尼格，海洋科研中心首席研究员
回邮主题：第二十三号细胞培养实验（太古代细胞培养）
邮件正文：最近接收到的数据表明在细胞培养基中出现了事先没有预料到的大幅增长，请用太空舱上的测量设备重新测量，验证一下这组数据。

又一个可有可无的请求，哈宁疲倦地想。许多太空实验是根据地面上科学家的指令来进行操作的，通过不同的视频或自动抽样设备，数据被自动记录在不同的实验机架上，这些数据经过计算得出一定的分析结果直接传送给地球上的研究者。国际空间站上的设备都是一些复杂的电子或机械设备，小故障的出现是不可避免的。这也是国际空间站需要人类存在的原因——时常要去检修这些脾气捉摸不定的实验仪器。

哈宁从用于实验的计算机上调出有关二十三号细胞培养实验的文件，然后重新通读了一遍。培养基中的细胞是太古代的生物细胞，这些细胞是从深海火山口收集的菌状海洋细胞，对人类是无害的。

哈宁飘行着穿过实验室，来到细胞培养柜前。然后把自己穿着袜子的那只脚伸进脚蹬，固定好自己的位置。这个细胞培养柜是个配置有液体循环设备和氧气供给设备的盒状设施，里面放置着二十多组细胞培养基和生物组织标本。其中大多数实验都是自动进行的，不需要宇航员的介入。比尔在空间站已经四周了，之前仅仅看过一次二十三

号试管。

哈宁把盛放着细胞和生物组织的那层托盘拉开，二十四个不同的试管整齐地排列在托盘的四周。他找到了二十三号试管并把它拿了出来。

他立刻警觉起来，试管的盖子由于某种未知的原因膨胀开来，液体不像他想象的那样略微有一点浑浊，而是呈蓝绿色。他把试管上下颠倒摇晃了一下，培养基没有移动，它不再是单纯的液体了，而是显得有些黏滞。

哈宁校正了微质量测量仪，然后把试管放在测量仪的插槽内，不一会儿，数据出现在了屏幕上。

出大错了，他想。一定发生了污染。要么是原先的取样不纯，要么就是混进了别的物质，从而破坏了原始的细胞环境。

他开始写起致科尼格博士的回复邮件来：

> ……你们得到的数据我已经验证过了。培养基发生了很大的变化。看上去它已经不是液体了，而是一种胶粘的固态物质，亮晶晶的，呈蓝绿色。也可能被污染了……

写到这里，敲击键盘的手指停了下来。他想到了另一种可能性：微重力的影响。比如说，在地球上，组织培养一般是在平坦的试纸上进行的，只会在平面上向两个方向扩展。在失重的太空环境中，没有重力的影响，这些组织扩展的表征与在地球时明显不同，它们会向二个方向延展，呈现出一种在地球上永远不可能出现的形状来。

如果二十三号培养基也是由于类似的原因发生了变化，而不是被污染了呢？如果这仅仅是太古代细胞在失重情况下的自然表现形式呢？

但他马上否定了这些疑问。这种变化太富有戏剧性了。光凭失重状态这一外部条件想必不足以让单细胞的组织演变成块状的绿色物质。

他继续向下写道：

……在下一次航天飞行时，我将取一个二十三号培养基的样本带回地球。如果你们有进一步的指令，请再次回复——

　　哈宁的耳边突然传来抽屉的闭合声，回头一看，原来是松山健一郎正在自己的实验台前工作。他到底在这里呆了多久了？这个男人像平时一样悄无声息，比尔一点也不知道他是何时进来的。在一个没有方向，听不到脚步声的世界里，打个招呼往往是让别人注意到你的最佳方法。

　　松山健一郎注意到哈宁看见了自己，他敷衍着点了一下头，然后又埋头于自己的工作。这种淡漠的态度激怒了比尔。松山现在简直成了空间站上的幽灵，无声无息地四处游荡，几乎让每个人都受过惊吓。当然比尔也知道这是松山对自己的英语能力不自信而造成的，为了避免受到嘲讽，他尽量在人前保持沉默。但是，他至少也应该做到在进入另一个地方的时候简单地问声好，免得吓着其他五位同事啊。

　　比尔重新把注意力投入在了二十三号试管上，他在思索着，在显微镜下这块黏滞的物体会是什么样的呢？

　　比尔把二十三号试管放到一个有机防护盒里面，关上盒盖后，戴着手套的手通过盒子边的开口伸进了盒子内部。这样做的话，万一发生了泄漏，也只会泄漏在盒子内部，不然流散的液体会毁坏空间站的电力线路，从而造成严重的危害。他轻轻地打开试管的封口，他刚才发现封口已经膨胀了，势必已经处在极大的压力之下，即使这样，当封口像香槟酒瓶的盖子一样弹落的时候，他还是被惊出了一身冷汗。

　　蓝绿色的水珠开始在防护盒内扩散，比尔慌忙将手抽了出来。液体紧贴着盒子的内壁，像活物一样颤动。它活过来了。在某种外力作用下，这些微组织群凝合在一起组成了胶状物质。

　　"比尔，我们必须谈谈。"

　　说话声打断了他的思考。他迅速盖上了试管，转身面对着刚刚进入实验舱的米切尔·格里格斯。黛安娜飘走在格里格斯身旁。好一对

46

壁人啊！比尔想。两人都穿着航空航天局海军蓝的衬衫和藏蓝色的短裤，显得苗条而又精神。

"黛安娜告诉我你的状况不太好，"格里格斯说。"我们刚才和休斯敦方面通过话了，他们建议你服用一些药物，认为那样可能会对你有点好处，可以帮助你顺利地度过接下来的几天。"

"你们让基地为我担心了，是不是？"

"他们非常担心你，我们同样也是如此！"

"听好了，我刚才跟黛安娜说的开走返回舱的话只是单纯的调侃而已。"

"但是这些话让其他乘员都感到紧张了。"

"我不需要安眠药，让我一个人呆着就行了。"他说着就把二十三号试管从防护盒里拿了出来，然后放回细胞培养柜。他太生气了，无法继续工作下去。

"比尔，你必须让我们相信你。在空间站上，大家必须互相扶持。"

比尔狂怒地面对着格里格斯："你是不是把我看成了一个疯子？是不是这样？"

"我们都知道，现在你满脑子都是你妻子的事情。我能理解你。我们——"

"你不会理解的，我想这些天来你不会那么思念你的妻子的。"说着他颇有深意地瞥了一眼黛安娜，然后舒展起身体，离开实验舱，进入了当中的连结舱。他本来想回居住区休息一下，但在门口看见卢瑟正在那里准备午饭，便停止了浮行。

没有地方可以让我躲藏，没有地方能让我一个人呆着。

泪水夺眶而出，他转身回到舱口，重新进入了节点一号舱。

背对着同伴们，他透过瞭望窗远眺着地球，太平洋的沿岸又一次出现在了视野当中。新一轮的昼夜循环开始了。

又是一轮新的等待。

松山健一郎看着格里格斯和黛安娜做着标准的浮行动作离开了实

验舱，他们的动作非常优雅，像是金发的天使。松山健一郎经常在旁人不注意的时候注视着他们两人；他尤其喜欢看黛安娜·伊斯特斯，金色的秀发，皮肤苍白，好一个晶莹剔透的美人！

他们把松山一个人留在了实验室里，他又可以放松了。空间站上太多的纠纷常常让松山感到紧张，使他不能把注意力集中起来。松山天生是个安静的人，喜欢一个人独自工作。虽然他完全听得懂英文，但用英文交谈对他来说还是比较吃力的，最近他对谈话感到越发烦恼。独自工作让他精神舒畅，在宁静中，他把实验用的动物看作自己最好的伙伴。

透过观察窗，松山健一郎注视着动物聚集区中的小老鼠，禁不住开心地笑了。在老鼠活动区中央放着一个屏风，屏风的一边是十二只公鼠，另一边则是十二只母鼠。当松山还是个小男孩的时候，他就喜欢养老鼠了，他常会把它们放在膝盖上抚玩。但眼前的这些老鼠可不是什么宠物，它们与人是完全隔离开的，它们呼吸过的空气在溶入太空舱以前，必须经过严格的过滤。与这些动物的任何接触都必须在与聚集区连接的防护盒里进行。在防护盒中，太空人可以自由地用小到细菌，大到太空鼠之类的生物做各种实验，完全不用担心太空舱的空气会受到污染。

今天必须为老鼠抽取血样，这并不是个令人惬意的任务，因为在取血过程中必须用针给老鼠做穿刺。松山用日语轻轻地说了一声"对不起"，然后就把双手伸进了防护盒，抓起第一只老鼠，准备放入密闭的工作区。这只小老鼠拼命地反抗，松山放下了它，转而去准备穿刺用的针。老鼠飘浮在聚集区里，疯狂地踢着腿，想向前奔逃，但是没有东西可以让它们蹬爬，它们只能无助地飘浮在半空中，好一副凄惨的景象啊！

针已经准备好了，松山伸出戴着手套的那只手，准备重新去抓小老鼠。这时他注意到了飘浮在老鼠旁边的蓝绿色小球。事实上，老鼠和小球的距离非常近，它们不时伸出粉红色的舌头，试着去舔身边的球体，此情此景令松山放声大笑了起来。在真空中争抢球状食物是平时宇航员取乐的一种方式，现在类似的这种球形物体倒成了老鼠的玩物了。

此时一种不经意的想法掠过松山健一郎的心头：这种蓝绿色的物质到底是从哪里来的？比尔刚才用过这个防护盒，这些球体会不会是他泼洒出来的有毒物质呢？

于是他飘到了电脑台前，调出了比尔刚才浏览过的实验数据。他刚刚查看的是二十三号培养基，电脑上的相关资料表明其中不含任何危险物质，太古代细胞是一种无害的单细胞海洋有机体，其中不含任何传染性病毒。

带着满意的心情，松山回到了防护盒边，把双手伸了进去。接着，他举起了针头。

5

七月十六日

我们与地面失去了联系。

一阵撕心裂肺的喊声响入耳际。

杰克抬头望着蔚蓝天空中飘散的一缕缕烟雾，恐惧像刀扎一样直刺入他的心窝。阳光直射在他的脸上，但是巨大的恐惧却使身上的汗水凝结成冰。他焦急地在空中搜寻，航天飞机哪里去了？仅仅在几十秒钟之前，他见证了航天飞机直冲上天的过程。感受到点火发射时大地发出的强烈震动。航天飞机继续向上爬升，他的心跳也随之不断地加快，视线伴随着航天飞机的轰鸣声延伸至天际，直到飞机在阳光的照射下像一根银针消失在眼帘之外时，杰克这才恋恋不舍地低下头来。

但这次杰克并没有看到这种情景，空中浮散的不是以往那种白色的轻烟，而是黑色的浓烈烟雾。

他紧张地向空中望去，眼前出现了一副令人眩晕的画面。天空正在燃烧，浓烟四散，航天飞机的碎片四散在大海之中。

我们与地面失去了联系。

杰克从睡梦中张开双眼，一个劲喘着粗气，浑身都被汗水浸湿了。外面天光大亮，炙热的阳光穿过窗户，直射在杰克的卧室里。

杰克呻吟着爬起来，坐到床边，把头整个埋进臂弯里。他昨天晚上把空调关掉了，现在屋子热得像蒸笼一样。他摇摇晃晃地穿过屋子，打开空调，接着又重新倒在了床上。终于，送风口传来了一阵凉风，杰克如释重负般深深叹了口气。

又做这个噩梦了。

他捏了一下自己的脸颊，试图忘却航天飞机失事的画面，但是这些画面已经铭刻在了记忆深处，久久不能散去。挑战者号出事的那一年，他是个大学新生，在宿舍的走廊上他第一次从电视里看到了灾难的场面。随后的日子里，他一遍遍地重复观看着灾难的镜头，这些画面渐渐进入了他的潜意识里，就好像那天清晨他本人也在卡纳维拉尔角发射现场的露天看台上观礼一样真实。

现在这些画面又出现在了噩梦中。

这全是因为埃玛就要升空了。

杰克低着头站在淋浴龙头下，让冷水淋过全身，想把噩梦的残迹完全洗掉。从下周开始，他将度假三周，但是他目前的精神状态还远没有调整到度假的状态。他已经有好几个月没有驾船出游了。也许把这个假期消磨在水上，远离城市的喧嚣是对他最好的治疗方法。那时他面对的只有辽阔的大海和闪烁的群星。

杰克已经有很长时间没有看过星星了，最近他甚至故意避免抬头去看它们。他小的时候，非常喜欢抬头眺望星空。母亲曾经告诉过他，当他刚开始学步的一个夜晚，他站在草地上，双手向上高举，想够到天上的月亮。最终，小杰克发现，无论怎么努力，他还是够不到月亮，于是失望地嚎叫起来。

月亮，星星，无尽黑暗的太空——这些他再也无法触碰到了。杰克经常会有这样的感觉，好像又回到了童年时代，双手迎向天空，但双脚却牢牢地被地球束缚，他只能无助地低嚎着。

他关掉龙头，双手按在浴室的瓷砖上贴墙而立，头垂着，水滴顺着发梢倾流而下。今天已经是七月十六号了，他想。离埃玛上天只有短短的八天了。洗澡水带来的寒意在身体里慢慢地扩散。

他用十分钟时间穿戴整齐，坐进了汽车。

已经周二了。埃玛和万斯那个小组今天就要结束为期三天的最后一次模拟训练了，埃玛一定很累，不想见到他。但是明天埃玛就要去卡纳维拉尔角发射基地了，如果今天不去见她，发射以前就没有机会再看到她了。

杰克把车停在约翰逊航天中心三十号大楼的停车场上，向保安出示了航天航空局的证件，然后快步上楼，走进了航天飞机飞行控制室，他发现里面的每个人都非常安静，精神高度紧张。三天的最终模拟训练对于宇航员和地勤人员来说，都像是最后关头的测验。这次模拟训练涵盖了从发射到着陆的全过程，设置了各种类型的故障，所有参与人员都处于高度紧张的精神状态中。在过去的三天之中，三个班次的飞行控制人员在飞行控制室里进进出出了好几回，现在二十多个人全都憔悴地坐在控制台前等待着训练的最终结束。垃圾桶里堆满了咖啡杯和可乐罐。虽然许多人看见了杰克并点头示意过了，但没有时间进行实质的交谈；每个人都有自己的事要忙，注意力都集中在眼前的问题上了。这是几个月来杰克第一次进入飞行控制室，他又体验到了久违的激动感觉和洋溢在控制室里的那种大战将至的紧张氛围。

杰克走到第三排控制台边，站到了飞行指挥官兰迪·卡彭特的身旁。他此时非常忙碌，抽不出时间和杰克交谈。卡彭特是航天计划中负责飞行的总指挥。二百八十多磅的体重使他在控制室中相当引人注目，他的肚子胀到了皮带外面，两腿分开站立在地面上，仿佛一个船长在船过桥时站在甲板上尽力保持着平衡。"我就是一个最好的例子，"他经常自豪地说，"人们从我身上可以看到，四眼胖子同样也可以在生命中创造辉煌！"他的前任基尼·克兰兹以名言"我们的字典里不需要失败"而闻名于媒体，但卡彭特的名声却只限于航天航空局内部，他的粗陋外表使他在任何场合下都不可能成为新闻焦点。

杰克仔细地聆听着内部通话系统中的交谈，从谈话片段中，他渐渐地认识到了卡彭特目前所面临的主要问题。两年以前，杰克在参加联合演练时也遇到过同样的问题，那时他还在宇航员的序列里，在为一百四十五号机组的升空做着准备。他清楚地记得，在那次演练中，机组向地面报告，由于空气的突然泄露，机舱内的气压发生了急剧的变化。当时已经没有时间去寻找发生泄露的具体部位了，只能采取紧急返航的措施。

坐在第一排控制台前的飞行动力学家特伦齐迅速在屏幕上描画出飞行线路，以确定最佳着陆点。在场的人都没有把这当成是一次简单的演练来看待，他们都沉浸其中，仿佛面临的是一次真正的灾难，七个宇航员的生命正处于危险之中。

"机舱内的压力已经下降到了每平方米十三点九磅。"环境监控员报告说。

"降落到爱德华兹空军基地。"特伦齐向众人宣告。"请以每小时一千三百英里的速度下降吧。"

"这样的话，机舱里的气压将下降到每平方米七磅。"环境监控员马上测算了出来。"建议乘员们在开始进行重入进程之前，都把面罩戴上。"

太空舱通讯系统把这一指令传达到了亚特兰蒂斯号航天飞机上。

"收到了，"万斯回答道。"我们都已经把面罩戴好了，现在正准备脱离太空轨道。"

杰克颇不情愿地发觉，自己完全被这种紧张刺激的气氛吸引住了。他把注意力都投入到了房屋中央的大显示屏上，上面标绘着地球球体和绕之盘旋的卫星轨道。虽然杰克知道现在航天飞机遇到的危险只是航天航空局的一个模拟小组故意设置的，但训练中的严酷场景还是让他完全陷入了忘我状态。全身的肌肉随着大屏幕上数值的变化而不断紧绷起来，可他自己却浑然不觉。

机舱里的气压已经下降到了每平方米七磅。

亚特兰蒂斯号已经触碰到了大气层的上端，现在正处于通讯的盲区。在航天飞机进入地球轨道上方的电离层的过程中，通讯会完全中断，这个过程时间长约十二分钟。

"亚特兰蒂斯，能听见我们的声音吗?"

突然从通讯系统里传来了万斯的声音："报告控制室，这里可以清晰地听到你们的说话声。"

着陆过程非常圆满，最终的测试结束了。

飞行控制室传来一片掌声。

"伙计们，干得好！"卡彭特激励道，"最后的着陆速度控制在了每小时一千五百英里以内，大家可以去吃饭了。"他微笑着拿下了头上的耳机，终于有空和杰克说话了，"嗨，好几年没看到你了嘛。"

"从这儿离开之后，我一直在做医生。"

"去赚大钱了吧？"

杰克被逗笑了。"你可以帮我出出主意，看看我可以拿这些钱来干些什么？"他环视了一眼坐在控制台边喝着饮料，吃着午饭的工作人员们，问了一句："这次模拟测试进行的怎么样？"

"我非常满意，每一个细节都处理得很好。"

"机组的表现如何？"

"显然他们都已经准备好了。"卡彭特意味深长地看着杰克。"埃玛同样也准备好了。她现在的状态很好。杰克，这个时刻你不要去骚扰她，她现在需要集中注意力。"这不只是个友善的提议，而更像是个警告：把你们的私人恩怨暂时抛到一边去吧，不要扰乱我属下的士气。

杰克汗流浃背地站在进行测试的五号大楼外，等待着埃玛的出现。他完全被卡彭特刚刚讲话的气势压制住了，显得有些懊丧。埃玛和同伴们有说有笑地走了出来，显然刚才有人说了一个笑话。走出大楼，埃玛看到了守候在外的杰克，笑容一下子凝固了。

"我不知道你会来，"埃玛说。

杰克耸了耸肩，窘迫地说："我原本没打算要来。"

"埃玛，十分钟以后我们要进行小结，"万斯告诉埃玛。

"我会准时参加的，"埃玛回答道。"你们先过去吧。"她看着同伴们依次离开，然后又回过身来，面对着杰克。"我已经是他们中的一员了。我知道，我这次提前上天使一些事情变得更复杂了。我想如果这次你带来了离婚协议书，我保证在离开之前签了它。"

"我不是为这事来的。"

"那我们之间还有其他什么事要处理吗？"

杰克僵住了，好不容易才想到了一个话题。"那个，我忘了汉弗莱兽医的名字了。万一它误吞了毛毛球或其他什么东西的话，那可就麻烦了。"

埃玛困惑地看着杰克。"汉弗莱的兽医一直都是戈德史密斯医生呀。"

"噢，我想起来了。"

一时再也无话可说，太阳毒辣辣地照射着，汗珠不断从杰克背上流淌下来。在杰克面前，埃玛的外表看上去是那么娇小柔弱。但杰克清楚地知道，自己的妻子是个美丽而又无所畏惧的女性。埃玛擅长跳伞，骑马也不输于他，跳起舞来更是无人能敌。

埃玛回头看着三十号大楼，同伴们正在那里等待着她。"我必须走了，杰克。"

"你什么时候启程去发射中心？"

"明天早上六点。"

"你的亲戚会去现场看发射吗？"

"他们当然会去的。"她反问了一句，"你不会去的，对吧？"

挑战者号的噩梦依然还残留在杰克的脑海中，他仿佛还能看见蓝天中飘散的黑烟。我不会去现场看航天飞机升空的，他想，我不愿接受飞机失事的可能性。想到这里，他坚定地向埃玛点了点头。

埃玛同样冷冰冰地点了点头，像是在说：从此我们井水不犯河水。接着她就退后了两步，转身准备离开。

"埃玛。"杰克伸出手抓住埃玛的手臂，轻柔地将她拉转过来。"我会想念你的。"

埃玛叹了一口气："也许你会想念我的，杰克。"

"我当然会想念你的。"

"我们分开后，这么长时间过去了，你都没有打过一个电话给我，现在却说会想念我。"埃玛冷笑道。

杰克被埃玛语调中的寒意弄得不知所措。埃玛道出了实情。过去的几个月杰克一直避开她，因为靠近埃玛会使杰克感到伤心痛苦，埃玛的成就总是会在无形中增加杰克心中的挫败感。

看来他们再也无法和解了。从埃玛的眼神中，他可以了解这一点。他们只能平心静气地分手了。

杰克尴尬地把目光从埃玛身上挪开，觉得自己再也无法面对她。"我过来就是为了祝你旅程平安，顺利完成委派给你的任务。当你经过休斯敦上空的时候，希望你能不时地向我挥挥手，我会经常仰望着你的。"从地球上看，国际空间站和星星并没有什么两样，从天空掠过时，亮度比金星还要高。

"你也要向我挥手，好吗？"

两人刻意地摆出笑容，毕竟他们都希望这是一次愉快的分别。杰克张开了双臂，埃玛适时地迎上前去做了个拥抱。拥抱短暂而又生分，仿佛他们俩是第一次见面的陌生人。杰克能感受到贴在他身上的埃玛温暖而充满活力。但埃玛马上就挣脱出来，朝着任务控制大楼走去。

埃玛在路上只停过一次，向他道了别。阳光更刺眼了，在太阳的照射下，埃玛渐渐变成了一个剪影，长发在热风中飘舞。看着埃玛渐行渐远，杰克意识到，现在他比以往任何时刻都更爱埃玛。

七月十九日
卡纳维拉尔角

即便离航天飞机还有一段距离，眼前的景象还是让埃玛屏住了呼吸。亚特兰蒂斯号航天飞机在聚光灯的照耀下，静静地矗立在三十九B号发射架上。航天飞机硕大的橘黄色机体和一对火箭推进器，与旁边的高塔一起映照在漆黑的夜色中。尽管埃玛已经数次经历过这种场面，但是每当她又一次看到航天飞机静立在发射架上的场景时，仍然会感到激动万分。

机组的其他成员和她一起安静地站在柏油路面上。为了调整作息时间，凌晨两点他们就被叫醒了。一行人从位于行动指挥大楼三层的住地出发，来到火箭发射场观看这个即将把他们送上太空的庞然大物。埃玛在暗夜中能分辨出夜莺的啼叫。大西洋上的凉风徐徐吹来，驱散了笼罩在四周凝滞的潮湿空气。

"这种景象让人敬畏，是不是?"万斯操着一口得克萨斯腔，懒洋洋地问道。

大家七嘴八舌地表示同意。

"小的像蚂蚁一般。"切诺威什说道。整个机组中，只有他没有经历过太空飞行，这将是他的首次太空之旅，因此他看上去异常兴奋。"我经常记不住它有多大，所以我总会再看上那么一眼。这时我就会想，天哪，它是那么强大，我终于能够驾驶它了，我真是个该死的幸运儿。"

大家都笑了起来。但笑得都很文雅，就像平时周末在教堂里做礼拜时偶尔会出现的那种不自然的笑容一样。

"我从来没想到一个礼拜会那么长。"切诺威什说。

"每个新人都曾经有你这种度日如年的感觉。"万斯接住了话头。

"我忍不住了，现在就想上去。"切诺威什饥渴地注视着天空和星星。"你们这些家伙都知道太空的奥秘，我已经等不及了，也想马上去领略一番。"

奥秘。这些奥秘只属于那些有幸升空的人，它不能用言语来传达。你必须亲身去经历，用自己的双眼去见证那深不见底的天空和遥远的蓝色地球，才能真正体味它。宇航员被火箭弹出座椅，回归地球的那一刻，总会带着一种心照不宣的笑容，就像在说，我知道了普通人永远都不可能知道的奥秘。

两年前埃玛搭乘亚特兰蒂斯号航天飞机返回时，也露出过这样的微笑。那时，她拖着虚弱的双腿，走进了阳光里，抬头仰望，天空是那样碧蓝。在那次为期八天的旅程之中，她经历了一百三十多次太阳的升起，看到了巴西的森林大火和肆虐于萨摩亚群岛的台风，在埃玛的眼中，地球是如此的脆弱。那次回来以后，埃玛对人生，对世界的看法都发生了变化。

在接下去的五天里，但愿切诺威什除了灾难以外，还能充分领略到太空的奥秘。

"天该亮了吧，"切诺威什说，"我目前胃部的状态让我误以为现在还是午夜呢。"

"现在的确还是午夜。"埃玛说。

"伙计们，对于我们来说，现在应该是黎明时分了。"万斯说。在所有人当中，他是第一个把生物钟调整过来的。说完他就径直走向行动指挥大楼，准备开始一天的工作，这时时针指向了三点。

其他人都跟随在他的身后。只有埃玛在原地徘徊了一会儿，上下打量着航天飞机。一天以前，他们曾经到过这里进行最后的逃生演练。在阳光下靠近航天飞机，它是那样巨大耀眼，令人无法一眼参透。在一段时间内，人们只能了解其中的一个部分。机头，机翼，或是排满了石棉瓦的机身。在日光照耀下，航天飞机是那样坚固和真实，而现在却看上去有些虚幻。一柱擎天，直指苍穹。

在这段时间忙乱的准备过程中，埃玛时刻注意着不让自己感到忧虑，摒除心中的一切私心杂念。她已经做好了升空的准备，渴望着重回太空。但此刻她还是感到了一丝畏惧。

埃玛抬头向天，星星已经躲藏到云层后面去了，看来要变天了。她打了个寒战，转身走向大楼，走进光海之中。

七月二十三日
休斯敦

六根导管横七竖八地插在黛比·哈宁的身体里：喉咙里插着一根气管切开插管，通过这根插管可以把氧气压入肺部；胃鼻管从她的左鼻孔插入，经过食道，直通胃部；导尿管负责排尿；两根插入静脉的导管负责输入补液；手臂上还插着一根动脉管，动脉管连接着心脏示波器，这样示波器就可以随时显示血压的变化了。杰克注意到挂在病床上方的输液包里装满了强力抗生素，这不是个好迹象，意味着黛比受到了感染。对于一个昏迷两周的病人来说，这种状况并不常见。黛比身体上的每处伤口，身体上的每根插管，都有可能成为病菌感染的入口。可以想见，在黛比的血管里，目前正在进行着一场感染和抗感染的激烈战斗。

杰克稍微看了一下，就明白了黛比目前的状况。但是他没有对坐在病床边的黛比的母亲说任何话。黛比的母亲正紧紧地握着女儿的手。睡在床上的黛比脸色苍白，下巴往下耷拉着，眼睑半开，仍然处于昏睡状态。她感觉不到任何外界刺激，甚至对疼痛也无动于衷。

听到杰克进入监护室的脚步声，玛格利特抬起头，跟杰克打了个招呼。"这一夜对黛比来说非常艰难，"玛格利特说，"她发烧了，医生们查不出原因何在。"

"抗生素可能会起点作用。"

"那接下来我们该怎么做？我们可以控制感染，但跟着又会发生什么呢？"玛格利特深深地吸了口气。"黛比本人不想这样，她不想要这么多插管，不想要这么多吊瓶，她只希望我们让她平静地走。"

"现在还不是放弃的时候，她的脑电图还很活跃，并不是脑死亡。"

"那为什么到现在她还没有醒？"

"她还很年轻，还有很多美好的事物在等着她呢！"

"这不算活着，"玛格利特低头去看女儿的手，手上满是针眼和肿块。"她父亲临死时，黛比告诉我说她不想像父亲那样痛苦地死去，全身被捆绑住，食物还要靠别人来喂，我这几天一直在思索这个问题，我一直在考虑她曾对我说过的那些话……"然后她又抬头面对着杰克，问道："如果是你的妻子，你会怎样做？"

"不到最后一刻，我是不会放弃的。"

"如果她说过自己不想这样死，你也不放弃吗？"

他想了一下，然后又用肯定的口吻说："这将是我最终的决定，不管她或其他任何人曾经对我说过什么，我永远不会放弃我深爱的人，无论机会多么渺茫，我也不会放弃。"

杰克的话并没有给玛格利特带去任何安慰。他没有权利去质疑玛格利特的观点和信念。但他对玛格利特的回答是发自内心的，而不仅仅是凭着一时冲动。

带着些许罪恶感，杰克无言地拍了拍玛格利特的肩膀，走出了监护室。上天喜欢决定众生的命运，一个受到感染的昏迷病人无疑已经来到了阴阳两界的岔路口。

杰克离开了重症病区，闷闷不乐地走进了电梯，显然他的假期并没有开好头。他在大堂下了电梯，决定先去杂货店购买手提箱。一罐冰啤和帆船旅行是他接下来最需要的，这些能帮他把黛比·哈宁从脑海中抛开。

"外科重症监护室发出蓝色警报。外科重症监护室发出蓝色警报。"

杰克听到内部呼叫系统的报警，心里咯噔了一下。是黛比，他想，然后一个箭步冲上了楼。

外科重症监护室里已经挤满了医护人员，杰克拨开人群，冲进去直奔监视屏。心室纤维性颤动。黛比的心脏已经成了一堆不规则震颤的肌肉群，无法推动血液循环，这样的话，大脑马上就会死亡。

"注入了一安培肾上腺素！"护士报告说。

"所有人都往后退！"一个脖子上挂着心脏起搏器的医生命令道。

起搏器放电时，黛比的身体随之震动了一下。杰克看见监视屏上的白线一下子冲得很高，但马上又变回一条水平线。可想而知血液中纤维蛋白原的浓度依然很低。

眼看起搏器发挥不了作用，一个护士走到黛比身前，做起了心脏按摩，她那金色的短发随着每一次的按压而不断起伏。黛比的神经科大夫所罗门医生此时注意到了杰克，他走了过来。

"注射过胺碘酮没有？"杰克问道。

"刚刚注射过了，但没有起作用。"

杰克又看了看显示屏，代表血液中纤维蛋白原的浓度的线变得越来越细，渐渐变成了一条细线。

"我们已经为她做过四次心脏按摩，"所罗门说，"但情况还是没有任何变化。"

"是心内按摩吗？"

所罗门点了下头。"接下去只有期盼奇迹的出现了。"

护士准备好一针剂肾上腺素，并在里面配入了强心剂。杰克接过了针筒。但这一刻他明白，一切都结束了，这些针剂改变不了什么。

这时他想到了比尔·哈宁，此时正热心盼望着回家探望妻子。他还想到了自己刚才对玛格利特所说的话。

我永远不会放弃我深爱的人，无论存在的机会多么渺茫，我都不会放弃。

他低下头看着黛比，此时埃玛的面容不合时宜地浮现在眼前。杰克狠咽了一下口水，宣布道："开始注射过程。"

做心脏按摩的护士把手从胸骨上抽了出来。

杰克迅速用无水酒精在注射处消了一下毒，然后把针从胸前软骨处伸了进去，当针尖穿过表皮时，他的心率突然加快了。他慢慢把针深推了进去，略微感到有一些阻力。

鲜血渗出了皮肤，他知道针尖已经到达了心脏。

杰克推着注射器上的活塞，把肾上腺素全部注入了心脏，然后把针拔了出来。"注射结束。"他宣布，转头便去看显示屏。黛比，坚持住，继续战斗下去，不要离开我们，不要离开比尔。

房间里非常安静，所有人的注意力都集中在显示屏上。心动的轨迹慢慢消失了，心脏也停止了跳动。不需要再说什么，每个人脸上都流露出挫败的神情。

她还那么年轻，杰克心想。只有三十六岁啊！

和埃玛同样的年纪。

所罗门医生终于做出了最后的决定。"抢救结束。"他平静地说道，"死亡时间中午十一点十五分。"

做心脏按摩的护士肃穆地离开了黛比的尸身。在急救室灯光的照射下，黛比的躯体看上去就像一个苍白的塑料假人，再也不是五年前杰克在航天航空局露天晚会上遇见的那个活泼可爱的小妇人了。

玛格利特走进监护室，她沉默着肃立了一会，好像是在辨认自己的女儿。所罗门医生把手搭在了她的肩膀上，轻轻地说，"一切都发生得很快，我们没能为她做什么。"

"比尔应该在这儿的。"玛格利特说，声音沙哑。

"我们已经尽量维持她的生命了，"所罗门医生说，"我很抱歉。"

"比尔才应该感到抱歉呢，"玛格利特说，她拿起女儿的手亲吻着。"他想马上就赶回来的，这下他永远不会原谅自己了。"

杰克走出急救室，把身体陷入护士值班室的椅子里。玛格利特的话一直在他耳边回荡。他想马上就赶回来的，这下他永远不会原谅自己了。

他看着电话。我还在这里磨蹭什么？

他从值班台上拿起黄页电话簿，开始拨打起电话来。

"孤星旅行社。"听筒里传来一个女人的声音。

"我想去卡纳维拉尔角。"

6

卡纳维拉尔角

杰克租了一辆车，透过打开的车窗，他呼吸着梅里特岛潮湿的空气，感受着由湿土和草木散发出的丛林气息。令人惊异的是，通往肯尼迪航空中心的道路仍然是原先的那条横穿过橘林的泥土马路。一路上，摇摇欲坠的橘树和装着被丢弃导弹废旧零件的垃圾箱依次映入眼帘。夕阳西下，杰克看到前方数百辆汽车的尾灯闪烁着，这些汽车排成一队，慢慢地爬行着。交通堵塞了，杰克马上就会陷入到寻找车位观看航天飞机发射的车流之中。

短时间之内是无法摆脱这股车流，马上进入卡纳维拉尔港的大门了。毕竟这个时刻宇航员都已经休息，而杰克却到得太晚，无法与埃玛告别了。

借这个空挡，杰克调转车头，朝着通往可可海滩的 A1A 号高速公路驶去。

从艾伦·谢泼德①和墨丘利七杰②那个时代开始，可可海滩就已经

---

① Alan Shepard，曾执行水星－红石 3 号以及阿波罗 14 号任务。
② 一九五九年四月七日，NASA 引入第一批宇航员，他们是斯科特·卡彭特、戈登·库帕、约翰·格伦、维吉尔·格瑞森、沃尔特·雪拉、艾伦·谢泼德和唐纳德·斯莱顿，他们参与了"墨丘利"载人航天工程。墨丘利一词源于希腊神话，意即众神的使者。后来这七人以墨丘利七杰而闻名。

成为了宇航员们聚会的主要场所。在西起巴那那河，东到大西洋的狭长地带，星罗棋布地排列着饭店、酒吧和各类运动服装店。杰克对这一带非常熟悉，他曾经在约翰·格伦①涉足的土地上慢跑过。仅仅在两年之前，他还站在杰蒂公园的堤坝上，凝视着巴那那河那边竖立在三十九Ａ号发射架上的航天飞机，那架航天飞机本应把杰克带上太空。直到现在，这段记忆仍然被乌云笼罩着。他永远忘不掉那个酷热的下午，在进行体能训练的过程中，一阵剧烈的腹痛不期而至，极度的痛苦使他几乎直不起身子。经过麻醉治疗以后，满脸阴郁的飞行医生在急诊室里告诉了他一个不幸的消息。他患上了肾结石。

杰克被航天航空局从那次任务中替换了下来。

更糟的是，他的太空生涯也因此而打上了一个巨大的问号。肾结石病史是少数几个影响宇航员健康的因素之一。首先，微重力会引起体液的生理流动，可能会引起脱水；微重力同样还会导致骨内钙质的溢出。这两个因素相互作用，有可能会在太空环境下生成新的肾结石——这个风险是航空航天局无论如何不会去承担的。在接下去的一年里，杰克还继续留在了宇航员的序列里，他也努力地做着各种准备，希望得到新的飞行任务，但是他的名字再也没有出现在任务单上。他成了一个被遗忘的宇航员，注定了要在约翰逊航天中心里为得到一个飞行任务而无望地等待着。

时光飞逝，杰克已经脱离了宇航员的序列，成为因饥饿而暴躁的旅行者中的一员。他又重回到了卡纳维拉尔。没有地方可去，方圆四十英里以内的饭店都订满了。而长时间的驾驶又弄得他筋疲力尽。

杰克把车停在了希尔顿宾馆的停车场上，然后向宾馆的酒吧走去。

这里和他上一次来的时候相比，已经发生了显著的变化。新的地毯，新的吧凳，植物挂饰从天花板上垂下。过去整个可可海滩没有一家四星级酒店，那时的希尔顿宾馆破旧不堪，是疲惫的旅人短暂休憩

---

① 一九六二年二月二十日，约翰·格伦乘坐友谊七号飞船升空。一九九八年十月二十九日他乘坐发现号航天飞机再次升空，时年七十七岁，创造了航空史上的奇迹。

的场所，现在比那时可要豪华气派多了。

杰克要了威士忌和苏打水，然后把注意力集中在酒吧里悬挂着的电视机上。电视已经调到了航空航天局的官方频道，屏幕上亚特兰蒂斯号航天飞机在聚光灯的照射下微微发红，大量的蒸汽在航天飞机的四周升腾。埃玛的太空之旅。看着航天飞机升空的画面，杰克的脑海中浮现出机体内几十英里长的各种管线、不计其数的开关、数据线、螺丝、接口和密封圈。上百万个可能出问题的各种部件啊！对于并非完美的人类来说，能够设计和制造出宇航员愿意居住其中的毫无瑕疵的飞行物简直是一个奇迹。愿这次升空成为最完美的一次升空吧，杰克祈祷道，愿参与发射的每个人都正确完成任务，愿每一颗螺丝都不要松开，万能的天父啊，保佑我的埃玛吧。

一个女人走过来，坐在他身旁的吧凳上，说："我在想，这些宇航员现在都在思考些什么呢。"

杰克偏转过头，打量起这位不速之客来，当瞥见这位女郎美妙的大腿时，他完全被眼前的尤物吸引住了。她是个苗条的金发女郎，长着一副过目难忘的绝美面孔。"你指的是谁？"杰克问道。

"那些宇航员呀，我在想他们现在是不是还在思考。'噢，天杀的，我这是去哪啊？'诸如此类的问题。"

杰克耸耸肩，呷了一口威士忌。"他们现在并没想什么事情，都睡着呢。"

"在这种情况下，我可睡不着！"

"他们的生物钟都调整过了，大约两小时以前他们就都入睡了。"

"我不是这个意思，我是说，如果换成是我，我完全不可能安然入睡。我会躺在那里思索着逃出去的办法。"

杰克笑了。"我可以向你保证，如果他们醒着的话，那一定是等点火升空等得不耐烦了。"

她用好奇的眼神看着杰克。"你也参与了航天项目？"

"我过去曾经是他们中的一员。"

"现在不是了？"

杰克把酒杯拿起，靠在嘴唇上，感觉到冰块的寒意瞬间传递到牙齿根部。"我退休了。"说着他就把空酒杯放了下来，然后便站了起来。他能看见女人眼中流露出的失望之情。杰克考虑着如何打发夜晚余下的时间，是否要留下继续和女人聊天，这个女人是一个不错的聊伴，不必做任何戒备。

但他还是付了账，走出了希尔顿宾馆。

午夜站在杰蒂公园的河滩上，杰克望着河对面的三十九 B 号发射架。我来了，他想，即便你没有觉察到我的来临，我还是要和你在一起。

杰克坐在了沙滩上，静静等待着黎明。

七月二十四日
休斯敦

"海湾地区现在由副热带高压控制，在未来一段时间内卡纳维拉尔角地区将维持晴朗的天气，可以执行返回着陆点模式。在爱德华兹空军基地上空间歇有云层的出现，这种气候条件非常有利于发射。在海外着陆点中，西班牙的萨拉戈萨天气晴好，适于着陆；西班牙的莫龙同样天气晴好，适于着陆；摩洛哥的本格雷现在有大风和沙尘暴，目前不适于做备用着陆点。"

升空当天的第一次天气预报，在卡纳维拉尔角各处播送着，带来了令人愉快的气象信息，预期的良好天气让飞行指挥官卡彭特感到十分高兴，看来发射能顺利进行了。本格雷机场恶劣的气候条件只是一个无关紧要的小麻烦，因为在西班牙的另两个备用着陆点的天气情况都不错。毕竟海外的备用着陆点只是后备中的后备，仅仅在发射遇到重大事故时才有可能启用。

卡彭特环顾了一下升空组的其他成员，看看有没有发现新的问题。飞行控制室内的紧张气氛越来越明显，紧张程度不断上升。在起飞之前，出现这种情况是有益的。如果哪一天这种气氛消失了，那么几乎可以肯定，错误也将随之而来。卡彭特希望手下都能处于高度戒备的状态，尤其在夜里，必须保持非常高的警觉度，肾上腺素需要维持在较高的水平。

虽然倒计时是在按原定计划按部就班进行着，但卡彭特还是和其他人一样绷紧了神经。肯尼迪航天中心的检查分队已经对航天飞机做了最后的检查，飞行动力小组也重新把发射时间精确到了秒。与此同时，千百万人都把视线投向了同一个倒计时钟。

在发射航天飞机的卡纳维拉尔角，发射控制中心内的点火室里气氛同样紧张，工作人员在控制台前整齐地坐成一排，为发射做最后的准备。一旦固体火箭推进器点火完成，他们的工作也就随之结束了，休斯敦的任务控制中心会接管随后的太空探测任务。虽然休斯敦和卡纳维拉尔角相隔一千多英里，但通讯联络设备会把两地紧密相连，仿佛两个控制中心就在一幢大楼里。

在亚拉巴马州亨斯维尔的马歇尔航天中心，有一组探测人员正在等待着航天飞机的发射，发射后他们将立即着手进行一系列相关的试验。

在卡纳维拉尔角东北一百六十英里的洋面上，海军舰只已经游弋在此，准备搜集固体火箭推进器的残骸，燃料烧尽后推进器会和航天飞机脱离，落入大西洋中。

分布在世界各地的紧急降落点和跟踪站，以及从科罗拉多的北美防空司令部到冈比亚班珠尔国际机场的工作人员们，都不约而同地注视着时钟。

这个时刻，七个宇航员把生命交托到了我们手中。

通过闭路电视的画面，卡彭特看见宇航员们正在进入发射舱。画面是从佛罗里达实时传输过来的，只是没有同步的声音。卡彭特通过屏幕辨认着宇航员的面容，他们没人流露出一丝恐惧，但是卡彭特知道，担忧的心情就隐藏在他们笑容的背后。心跳的加快，神经元的收缩，诸如此类身体内部的变化。他们都知道任务的风险，他们有理由感到害怕。看到屏幕上的宇航员，对他们这些地面人员来说是无疑是一支清醒剂，时刻提醒着他们要把手头的工作做好。

卡彭特把目光从显示器上挪开，将注意力集中到坐在十六号控制台前的飞行控制人员身上。虽然卡彭特知道他们每个人的名字，但他还是比较习惯用每个人在任务中的分工来称呼他们，航空航天局里，不同的职务都有各自的简称。引航员被昵称为"GDO"；机舱联络员被称作是"Capcom"；推进系统工程师的简称为"Prop"；轨道工程师的简称为"Traj"①；飞行医生被简称为"医生"，而卡彭特则干脆被叫做了"头"。

离发射的时间越来越近，一切都已准备就绪，一出大戏马上就要开场了。

卡彭特把手伸进口袋，把玩着钥匙圈，发出叮当的声音。这是他个人祈祷幸运的仪式。在航天局里，甚至连工程师都有自己迷信的方式。

千万不要出错，他祈祷道。不要在我眼前出事。

卡纳维拉尔角

宇航员们坐上"阿斯特罗万"车②，从行动控制大楼前往三十九B号发射架，这段旅程耗时十五分钟。一路上出人意料地平静，没有人开口说话。半个小时之前宇航员们更换服装的时候，大伙还在开着玩笑，发出尖锐的说笑声，所有人精神都非常亢奋。这一天，宇航员凌晨两点半就被唤醒了。自那以后，大家的兴奋程度不断升高。他们先是享用了以牛排和鸡蛋为主食的早餐，一起聆听着天气预报，然后穿上宇航服，接下来进行的是发射前的传统娱乐项目——打桥牌，并决出了优胜者。在这一系列活动中，所有人都表现得过度快乐、过度吵闹，好像是在向外界显示着自己超强的自信心。

但到车上以后，大家都陷入了沉默。

通勤车停了下来，坐在埃玛身边的新人宇航员切诺威什默默地抱

---

① GDO = Guidance officer
Capcom = The spacecraft communicator
Prop = The propulsion systems engineer
Traj = The trajectory officer
② 肯尼迪航天中心内的银色通勤车。

怨着:"我从来没有想过工作中还会用上纸尿裤。"

埃玛同情地笑了笑。在他们肥大的宇航服里都垫上了支撑型成人纸尿裤,因为从现在到发射还有三个多小时的时间,在这段时间内,他们只能安静地坐在各自的位置上,等待着发射的那一刻。

在发射台现场技术人员的帮助下,埃玛走出了通勤车。在发射架前,她停留了一会儿,好奇地仰望着在灯光映照下三十层楼高的航天飞机。五天前,她也曾来过这里,那时只有海风的呼啸声和夜莺的啼叫声。但现在,眼前的航天飞机仿佛被赋予了生命,当燃料在油箱里燃烧时,机身中发出隆隆的响声,航天飞机四周腾起一片云烟,仿佛化身成了一头行走的巨龙。

宇航员们把航天飞机外围的电梯升到了一百九十五米,然后进入一条两边装有防护栏的狭窄通道。此刻还是在夜里,但天空已经被发射台四周的灯光映得通红,埃玛只能看见头顶上方的那一块星空,漆黑莫测的太空正在前方等待着他们呢!

在连接机舱的一个白色的无菌室里,穿着无菌工作服的技术人员协助宇航员依次通过舱口进入发射舱。乘员组组长和飞行员坐在最前排,坐在中舱的埃玛是最后一个落座的。她坐进座椅,系上保险带,试用了一下面罩,然后向技术人员竖起拇指,示意发射前的准备工作都完成了。

舱口关上了,切断了他们同外界的一切联系。

耳机里充斥着检查人员联络交谈的声响,但埃玛还是可以清楚地听到自己的心跳声。伴随着航天飞机的轰鸣声,埃玛心跳的频率在不断地加快。坐在中舱的埃玛,在接下去的两个小时里,除了干坐着冥想以外,没有什么其他事情可做了,发射前的最后检查会由飞行组负责。埃玛看不到机舱外的景色,只能看见机舱内的装载区和食品室。

机舱外面,第一缕晨光即将照亮天空,鹈鹕也将会出现在普莱亚琳达海滩上冲浪嬉戏。

埃玛做了一下深呼吸,然后把身体陷进坐椅,开始了漫长的等待。

杰克坐在杰蒂公园的河滩上，见证太阳从东方升起。

在公园里杰克并不是孤单一人，午夜后观光客就在这里聚集起来了。不断到来的汽车沿着蜂线高速公路组成了一个望不到头的长蛇阵，有些车向北排到了梅里特岛的野生动物栖息地，另一些则穿越巴那那河直达卡纳维拉尔角的城区。不管在什么位置，观察角度都不错。杰克周围的游人都带着沙滩毛巾和野餐篮，沉浸在节日的气氛中。人们的笑声，收音机的声音和婴儿的吵闹声此起彼伏。在庆祝的人群中，杰克是个相对安静的异类，一个担惊受怕的思考者。

太阳已经从地平线上升起，杰克远眺着北面的发射架。他盘算着，埃玛此时应该已经登上了航天飞机。快乐兴奋，略带一点恐惧地等待着发射时刻的到来。

杰克听到一个小孩在叫喊，"妈妈，快看，那边有一个坏人，"杰克转过头看到了一个小姑娘。他们对视了一会儿，娇小的金发洋娃娃和一个胡子拉碴、头发凌乱的男子视线交汇在一起。母亲走过来，把小女孩抱进怀里，然后两人迅速转移到了河岸边她们认为比较安全的一个位置。

杰克悻悻地歪了歪脖子，再一次把头转到北面，朝向埃玛所在的方向。

休斯敦

离发射只有二十分钟的时间，飞行控制室突然安静下来，这个时刻将会最后确认发射是否按预定计划进行。所有后台控制员都完成了他们的系统检查，现在轮到前台控制员做最后确认了。

卡彭特平静地向所有前台控制员依次确认着他们是否已经完成了准备。

"动力？"卡彭特问。

"动力系统一切正常。"飞行动力学家回答道。

"向导？"

"一切正常。"

"医护?"

"准备好了!"

"数据传输?"

"没问题。"

卡彭特询问完了所有的前台控制员,从他们那里都得到了满意的答复。于是对着可视屏幕坚定地点了下头。

"休斯敦,你们那边准备好了吗?"卡纳维拉尔那边的发射指挥问道。

"任务控制中心已经准备好了。"卡彭特立即给予确认。

接着,任务控制中心中的每个职员都通过通讯系统听到了发射总指挥向机组人员表达了通常在航天飞机正式发射前总会发出的祝福。

"亚特兰蒂斯号,马上就要发射了,所有的地面人员祝你们一路顺风。"

"发射控制中心,亚特兰蒂斯号一切正常,"稍后大家就听见了机长万斯的回复,"非常感谢大家的祝福,我们准备上去了。"

卡纳维拉尔角

埃玛扣上安全带并打开了氧气开关。离发射还有两分钟,穿着厚重的宇航服,束缚在狭小的座椅上,除了默默数秒以外,埃玛什么事都干不成。除此以外,她还感觉得到主发动机被调整到发射位置时所引起的振动。

倒计时到了最后三十秒,地面的电力供应中断了,航天飞机上的计算机开始接管机舱内的电力系统。

埃玛的心跳又开始加快了,神经中枢高度紧张。她听着最后时刻的倒计时,发射的一系列程序在她的脑海中像放电影一样展现出来。

倒计时八秒,上千加仑的水被喷射到发射台的下方以冲抵主发动机运行发出的热量。

倒计时五秒,航天飞机上的计算机发出指令,打开了阀门,这样可以让液态氢氧化合物进入主发动机。

当三台主发动机同时开始点火时，埃玛感觉航天飞机横向急拉了一下，航天飞机后部紧紧压到了发射架的基座上，这样可以增大发射时推进器所产生的助推力。

四，三，二……再也无法回头。

固体火箭推进器点火了，埃玛屏住呼吸，紧握着双拳。航天飞机颠簸得非常剧烈，推进器发出巨大的轰鸣声，埃玛根本无法分辨出耳机里的谈话声。埃玛紧闭牙关，避免牙齿互相碰撞引发不必要的伤害。随后，她觉察出航天飞机已经进入了大西洋上空的预定轨道，当飞行速度上升到三基尼时，她被巨大的冲力挤压在座位深处。双腿十分沉重，几乎不能挪动。航天飞机振动得非常厉害，埃玛暗自担心这样下去，飞机会不会马上分崩离析。终于，航天飞机达到了最大应力点，万斯机长宣布他已减小了主发动机的速度，但几分钟后，他会重新把速度调整到最高。

时间一秒一秒地过去，氧气面罩还罩在她的脸上。发射产生的压力像一只无形的手把埃玛牢牢地按在座位上，偶尔有一丝清新的空气划过她的脸庞，埃玛清楚地记得，当年挑战者号就是在这一时刻发生爆炸的。

埃玛闭上眼，想起了两周前在哈泽尔指导下进行的那次模拟发射。他们现在正处于那次训练中开始出差错的时间点，那次的差错迫使他们必须执行返回程序，更为不幸的是，基特里奇最后竟完全丧失了对航天器的控制。在发射过程中，现在是具有决定意义的时刻，但是埃玛此时却无事可做，只能蜷缩在座位里，希望现实中不要发生模拟发射过程出现的那些问题。

她听见耳机中万斯在说："控制台，这里是亚特兰蒂斯号。我们上去了。"

"我收到了，收到你们的信息了。亚特兰蒂斯号，继续前进吧！"

杰克站在草地上，双眼望着天空。当航天飞机发射时，他的心提到了嗓子眼里。当固体火箭推进器留下两股白烟时，他听到推进器发出噼啪的响声。这两股青烟随着航天飞机不断爬升，没多久在视线中就变成了一个小点，杰克周围的人群中顿时发出了震耳欲聋的掌声。他们都认为这是一次完美的发射，但是杰克知道，发射成功以后，航天飞机上仍然存在着许多可能出错的因素。

他突然想起，自己没有计算发射过程所用的时间，不觉狂躁起来。发射到底经过了多长时间？他们有没有经过最大应力点？他用手遮在眼睛上，避开阳光的直接照射向天空望去，力图寻觅到亚特兰蒂斯号的踪迹，但此时他只能看到最后的几缕烟雾。

观礼的人群散去了，人们都回到了汽车里面。

只有杰克还呆呆地留在原处，担心地等待着。但是，他并没有看见恐怖的爆炸，没有看见黑色的浓烟，再也没有什么噩梦了。

亚特兰蒂斯号已经离开了地球，成功进入太空轨道。

杰克发觉泪水顺着两颊落下来，但他没有费力去擦拭这泪水。他依旧望着天空，任凭泪水肆意地流淌。渐渐消失的烟雾标志着他的妻子已经成功地升空了。

空间站

7

七月二十五日

比提镇，内华达

苏利文·阿比被一阵突如其来的电话铃声吵醒。他低声埋怨了几句，脑袋像打鼓一样迷迷糊糊，口干舌燥，不知其味。他试图去抓电话，却不小心把话筒摔在了地上，话筒落地发出的巨大声响让他不由得把手缩了回来。哦，真该死，他无助地想，然后便愣在那里，把脸埋进了蓬乱的头发里面。

女人？

借着清晨的阳光，阿比发现一个陌生的女人正睡在他的身边。一个金发尤物，正肆无忌惮地打着鼾呢！阿比无奈地闭上双眼，他希望可以继续睡下去，那样的话，当他再次醒来时，这个女人也许就无影无踪了。

但是他再也无法入睡，掉落的话筒里传来的喊叫声连续不断。

阿比在床边找了一圈，终于找到了话筒。"布里吉特，什么事？"他问道。"有什么进展吗？"

"你怎么还没来啊？"布里吉特问。

"我还在床上呢。"

"已经十点半了啊！明白吗？你难道把约见新客户的事情忘了吗？我曾经警告过你，再这样下去，卡斯珀会把你烤焦的。"

见鬼的客户。

苏利文坐起身来抱住头，让头部的晕眩感渐渐消失。

"离开你的那些女人，赶紧过来吧！"布里吉特说。"卡斯珀正带着他们参观飞机库呢！"

"给我十分钟，"他挂好电话，从床边站了起来。床上的女人没有被他吵醒。苏利文已经不记得这个女人是谁了，他决定留这个女人在这里继续睡下去，说到底，他这里也没有什么值得偷的东西。

布里吉特在飞机库外面等着他。她看上去像极了老布里吉特，一头红发，身体健壮，脾气也坏得不相上下。不幸的是，有些时候，她甚至比她老爹还要死板。

"他们正要离开，"她没好气地说，"赶紧进去吧，大懒虫。"

"这次又是些什么家伙？"

"一位是卢卡斯先生，另一位是拉希德先生。他们这次是代表由十二个投资者组成的国际财团前来考察的，苏利，你差点坏了事，你这样会连累大家都挨骂的。"她停顿下来，用失望的眼神望着苏利文。"哎呀，老天啊！我们今天注定要挨骂了。看看你自己，你至少应该刮个胡子再出来吧！"

"你想让我现在回去？也许我可以在路上租件燕尾服。"

"算了。"说着她把一份报纸扔到苏利文手里。

"这是什么东西？"

"这是卡斯珀要的报纸。现在你进去，把报纸交给卡斯珀，然后想办法和客人们做成这笔生意，给我谈笔大订单下来。"

苏利文叹息着走进飞机库。摆脱了炎热阳光的照射，他感觉相对阴暗的光线对自己的眼睛很有好处。不一会儿，他就看到三个人正站在"远地点二号"飞行器旁。其中两位穿着正装的客户正在四下张望着各种飞行器械和工具。

"先生们，早上好！"苏利文高声招呼道。"不好意思，我来晚了，我被一个电话会议耽搁了。你们知道这种会议……"此时他瞧见了卡斯珀·穆霍兰德警示的眼光：傻瓜，别打岔！于是他话锋一转，介绍起自己来："我叫苏利文·阿比，是穆霍兰德先生的同事。"

"阿比先生了解这种可重用发射装置的所有功能，"卡斯珀说。"他过去和这种装置的发明人鲍勃·特拉克斯一起在加利福尼亚工作过。事实上，他能比我更好地向你们演示这种装置。我们这儿的人都把他叫做'万能阿比'"。

来访者只是眨了眨眼睛。他们已经甩出了杀手锏，但是并没有博得客户的笑容，这可不是什么好迹象。

苏利文接连和卢卡斯、拉希德握了手。虽然谈成交易的希望不大，虽然对眼前这两位西装革履的，又能为他们带来巨大财富的客户有些怨恨，但在两人面前，他还是咧着嘴开心地大笑着。苏利文和他的同事们花了十三年的时间研制的远地者系列航天器如果没有新的投资者带来资金的话，眼看着马上就要变成一堆废铁了。苏利文和卡斯珀必须尽最大的努力达成这次交易，如果这次还不能成功的话，他们只能收拾起这些大家伙，把他们当作嘉年华的游乐设施处理掉了。

苏利文对着远地者二号故作兴奋地挥舞着手臂。放眼望去，眼前的飞行器更像是一个带窗户的消防栓，而与常人心目中的宇宙飞船形象相去甚远。

"我也知道，从外形上看，它并不像是飞行器，"苏利文说，"但是我们在这里所建造的是当今性价比最高、最实用的可重用发射运载装置，它采用了单级入轨发射系统。当垂直发射，上升到一万二千米高度的时候，通过低动力压力下挤压式火箭推进器的推动，运载舱的速度最高可以达到四节。另外，这个装置的每一个部分都是可以重复使用的，总重量只有八点五吨。它体现了我们一贯秉承的对于未来商业太空旅行的理念。更小、更快、更廉价。"

"你们采用的是哪种发动机？"拉希德问道。

"从苏联进口的里宾斯克 RD – 38 式冲压发动机。"

"为什么用苏联货？"

"那是因为，拉希德先生，我私下里跟你讲，在这个世界上，苏联人的火箭技术是最好的。他们已经研制出了几十种用液体作为燃料的火箭发动机，其中采用了能够承受住高压的最新型材料。而我们国家呢，非常遗憾，自阿波罗登月以后，只研制出了一种液体燃料火箭发动机。现在已经是工业全球化时代了，我们希望在产品上使用最先进的装备——而不是先去考虑这些装备是从什么地方来的。"

"那么这个……东西它是怎么着陆的呢？"卢卡斯一边问，一边狐疑地望着这个消防栓形状的飞行器。

"好，下面就要讲到远地点二号的优点了。大家一定已经注意到了吧，它是没有机翼的，所以发射时并不需要跑道。降落时它是垂直下落的，利用降落伞不断下降航天器的高度，它着地的时候会用到空气气囊。它能够降落在任何地方，甚至包括海洋。我们必须再次感谢苏联人，因为在降落方面我们又借助了他们原来使用过的联盟系列太空舱的设计思路，他们几十年来着陆时一直使用这种技术。"

"你喜欢的就是苏联佬这种过时的技术，是吗？"卢卡斯不屑地哼着。

苏利文的态度强硬起来："我喜欢采用最有效的技术。说说看吧，你对苏联人究竟了解多少，他们可不像你想象的那样无知，他们对自己要达到什么目的了解得一清二楚。"

"那么，我们在这里看到的，"卢卡斯说，"就是一个混血儿喽，是一架混杂着'联盟'技术的航天飞机，我可以这样形容吗？"

"应该说它非常小。我们用了十三年时间去制造并且改进它，仅仅用了六千五百万美元就达到了现在这个程度。如果你拿它与正规的航天飞机相比，你会发现它太便宜了。一旦你们拥有了我们制造的航天器，如果每年发射十二次，我们确信一年内你们就能收回百分之三十的投资。其中每次发射仅需要花费八万美元，细算到每公里，则是二百七十美元，应该说是非常便宜的了。正如我们常说的那样，更小、更快、更廉价。"

"阿比先生，我们谈论的飞行器到底有多大？它能装载多少东西？"

苏利文犹豫了，如果照实回答这个问题很可能会使他们失去这个潜在客户。"一次可以带上三百公斤的货物，另外还需要带上一名飞行员控制航向。”

会谈现场陷入了沉默之中。

拉希德打破了沉默：“只能带这点东西吗？”

“这些加在一起就差不多有七百磅了，你可以把许多实验设备——”

“我清楚三百公斤大体能有多少东西，这并不算多。”

“所以我们把它设计成可以重复使用的，能频繁地进行发射，你把它设想成一架目的地是太空的普通航班就行了。”

“实际——实际上，我们的研究成果已经引起了航空航天局的兴趣。”卡斯珀孤注一掷地扔出了最后的筹码，“他们愿意为这种能够快速往返于地球和空间站之间的飞行器买单。”

卢卡斯扬起了眉毛，“航空航天局也对它感兴趣吗？”

“是的，我们和航天局之间有特别的关系。”

哦，该死的卡斯珀，苏利文想。千万别提那个！

“苏利，把你手里的报纸拿给他们看。”

“什么呀？”

“给他们看《洛杉矶时报》的第二页。”

苏利文把布里吉特刚才塞在他手里的洛杉矶时报拿到面前，翻到第二页，大标题上写着：航空航天局决定替换宇航员。在标题旁边，挂了一幅约翰逊航天中心高层人员参加一次新闻发布会的照片，他一眼就认出了其中那个发型呆板、耳朵巨大的家伙。那是他的哥哥高登·阿比。

卡斯珀一把抓过报纸，忙不迭地展示给两位客户。“请你们注意站在勒罗伊·科内尔身旁的这个人，他是宇航员培训中心的主管，是你们面前这位阿比先生的哥哥。”

两位客户明显被卡斯珀的话语触动了，转过头来盯着阿比。

“满意了吧？”卡斯珀说。“接下来可以谈谈生意了吧？”

“正式谈以前，我们想开诚布公地告诉你们，”卢卡斯说。“我和拉希德已经考察了同类公司研制的产品，其中有凯利航天设备和罗顿科技的产品，当然还包括基斯勒公司的 K－1 系列产品，这些产品都给我们留下了深刻的印象，K－1 系列的产品无疑在各方面都更胜一筹。但是我们考虑应该让你们这种小公司也参与进来。"

你们这种小公司。

见鬼去吧，苏利文想。他不愿乞讨度日，不愿屈膝在这帮衣衫笔挺的生意人面前，这注定是一场毫无希望的战斗。他的头疼了起来，肚子也开始饿了，心里不禁埋怨起这两个生意人来。

"请你们说明一下，我们把赌注押在这飞行器上的理由何在，"卢卡斯说，"什么原因让远地点成为我们最佳的选择？"

"明白地讲，我并不认为这是你们的最佳选择。"苏利文坦率地说。然后拔腿就走。

"哎，你等等，"卡斯珀追在他的后面。"苏利！"他轻声说，"你他妈的到底在做什么？"

"这些家伙对我们的产品不感兴趣，你听到他们所说的话了么？他们喜欢 K－1 系列，他们喜欢大家伙去满足他们的需要。"

"不要现在就放弃，跟我回去，我们可以说服他们的。"

"我们失去了这个客户，我们失去了所有的一切。"

接着苏利文又补充了一句："现在他们已经对我们的产品没有丝毫兴趣了。"

"不，不是这样的，你可以做到的。你只要告诉他们事实就行了。告诉他们我们所了解的一切，因为我们俩都知道我们拥有的是目前世界上最先进的产品。"

苏利文疲倦地闭上了双眼，阿司匹林的药效已经过去了，头疼得更厉害了。他不擅长商务谈判，他只是一个工程技术人员，还算得上是一个飞行员吧，他宁愿把时间耗费在机械设备上，双手被机油弄得漆黑会让他感到很自在。但是如果没有新的投资者，没有现金收入的话，这样的时光就不会重现了。

苏利文转身走回客户那边。令他惊奇的是，两人竟然略带尊敬地向他致意，也许是因为他道出了真相的缘故吧！

"好吧，"苏利文说。继续商谈下去也不会对己方造成什么损失，即使最终没谈成，他也会像男人一样接受既成的事实。"我们来做个交易吧，我们可以做一次演示，把我们刚才所说的都做给你们看。其他公司能马上发射给你看吗？答案是他们不能。他们需要准备的时间，"他嘲笑道。"他们至少需要好几个月的准备时间，而我们随时随地都能发射。我们需要做的就是把它放上推进器，然后送上近地轨道。如果需要的话，我们再把它送到国际空间站去走一趟。我们在这里可以约定个时间，你们希望什么时候发射，我们就什么时候演示给你们看。"

卡斯珀的脸刷地一下变白了——像鬼一样。苏利文走得太远了，这下他们一点回旋的余地都没了。远地者二号甚至都没有测试过。当他们四处筹集资金时，它已经落寞地在机库里呆了十四个月了。难道，在第一次发射的时候，苏利文就打算把它送上轨道吗？

"我确信它能成功发射，"苏利文接着说，"我想把赌注再增加一点，就由我亲自驾着它上去吧。"

卡斯珀的胃一下子抽紧了。"呃……先生们，苏利文刚才只是打了个比方而已。远地者二号在无人驾驶的情况下也能很好地完成任务。"

"那样的话可能会没有真实感，"苏利文说。"就让我来带着它上去吧！对大家来说，这样都会更有趣一点。你们说对吗？"

你的脑子坏了。卡斯珀的眼神分明在对他这么说。

两个客户交换着眼神，然后窃窃私语了一会。最后卢卡斯宣布道，"我们对演示很感兴趣，我们要花些时间召集到所有成员，还要协调好大家的行程。那么……大约一个月吧。你们可以一个月后做这次演示吗？"

他们等待着，希望得到确切的答复。苏利文笑了笑，"一个月啊？完全没有问题。"他瞧了瞧卡斯珀，后者已经闭上了双眼，摆出一副听天由命的神情。

"我们稍后会联系你们的，"卢卡斯说，然后便朝门口走去。

"如果可以的话，我想再提一个问题。"拉希德说。他指着眼前的飞行器问。"我注意到你们把它叫做远地者二号，那么远地者一号去哪儿了呢？"

苏利文和卡斯珀对视了一下。

"呃，那个，"卡斯珀说。"那个……"

"到底发生了什么？"

卡斯珀沉默了。

真是哪壶不开提哪壶，苏利文想。看来说真话是对待这些家伙唯一有效的方法。那么只好继续把实话说到底了。

"远地者一号坠地并烧毁了。"苏利文说，然后便走出了飞机库。

坠地，烧毁。也只有这两个词才能准确地描绘一年半以前那个寒冷而又空气清新的早晨发生的事故了。那个早晨，他的梦想也随着远地者一号一同坠落和烧毁了。坐在桌面杂乱的办公台边上，苏利文喝着咖啡，以求消解宿醉。他情不自禁地回想起那个悲惨早晨的点滴往事了。那天，航天航空局派了许多人到发射现场观看发射。他的哥哥高登也在人群当中，脸上露出自豪的微笑。工作人员和投资者们在临时搭建的帐篷下享用着咖啡和甜面包圈，空气中弥漫着节日的气氛。

倒计时，发射。所有人都注视着远地者一号冲向天空，后来就在视线中变得越来越小。

但紧接着出现了一道闪光，一切都结束了。

发射失败以后，他的哥哥除了几句安慰的话以外，并没有多说什么。但这就是高登的行事方法。在他们俩的成长过程中，每当苏利文弄糟什么事的时候，高登就会像这样无奈而失望地摇起头来。高登是家中的长子。稳重，可靠，这些品质同样也有助于他成为一位出色的航天指挥员。

虽然苏利文是位航天工程师，同时也是位出色的飞行员，但他从来没有进入过宇航员的行列。在他的人生中，事情往往不能心遂所愿。一旦他坐进了驾驶舱，往往会发现电路短路或是电线破损这种小毛病，很少有顺顺当当的时候。他经常会想，如果能把"不是我的错"这几个字印在前额就好了，因为在大多数情况下，发生的错误确实不是他引起的。但是高登并不这么看，因为他本人做事从不出错，高登认为把一切差错都归咎于坏运气的做法，完全是人们为了掩饰自己的无能而找的借口。

"为什么你不通知他?"布里吉特问。

此时他才看到布里吉特正站在办公桌边,双手交叉,抱在胸前,像个小学教员一样。"通知谁?"苏利文问道。

"除了你哥哥,还能有谁啊?告诉他我们就要发射第二个飞行器了,你请他过来观看,也许他能带上一些航天航空局的人一起过来呢。"

"这次我才不希望他们过来看呢。"

"苏利,如果能够打动他们,我们公司也很有可能化险为夷。"

"如果再发生像上次那样的事呢?"

"那只是次意外,现在我们已经把所有的错误都修正了。"

"如果再次出现意外,那该怎么办呢?"

"不要老说晦气话好吗?"布里吉特在苏利文面前晃了晃手中的电话。"赶快给你哥打电话。如果我们赌赢了这把,局面就扭转过来了。"

他呆呆地看着电话,想起了远地者一号,想起了自己的梦想是如何在一瞬间化作泡影的。

"苏利?"

"算了吧,"苏利文说。"我哥哥才没有功夫来看这种失败的演出呢,他有更重要的事情要做。"说着,他把报纸捏成一团,扔进了垃圾筒里。

七月二十六日
亚特兰蒂斯号航天飞机

"嗨,沃特森,"万斯向中舱喊着话。"上来吧,看看你的新家。"

埃玛顺着扶梯浮了上去,出现在飞行控制舱里。她来到万斯的座位旁边。当看到舱窗外的景象时,埃玛禁不住倒吸了一口凉气,这是她平生第一次距离空间站如此之近。两年半以前她第一次执行太空任

85

务时，航天飞机并没有和空间站对接，只能从远处眺望着空间站的大致轮廓。

"看上去非常华丽，对吧？"万斯问。

"我从来没有看见过如此美丽的事物，"埃玛轻声回答。

空间站确实象埃玛形容的那般美丽。在太阳能光束的映射下，空间站就像一艘巨型货轮遨游在宇宙之中。国际空间站是由十六个国家合作建造的，它的部件分十五次发射升空，工程技术人员用了五年多的时间，在轨道中一片一片把它安装起来。空间站不仅是工程技术领域的奇迹，更是人类放弃内部争斗，共同把目光投向外层空间后所能达到的最高境界的标志。

"现在空间站已经非常完美了，"万斯说，"我把它叫做太空观光公寓。"

"航天飞机正使用平移交会的方式完成与空间站的对接，"航天飞机领航员德维特汇报说。"一切都非常顺利。"

航天飞机越来越接近国际空间站的对接舱了，万斯离开指挥席，把自己固定在飞行控制舱的顶窗下面，观察航天飞机向着空间站方向的推进过程。这时正处于复杂的对接过程中一个最微妙的阶段，亚特兰蒂斯号处于比国际空间站低一级的轨道上，过去的两天里它一直跟在空间站身后玩"猫捉老鼠"的游戏，现在终于要从空间站的下方靠上去了。领航员开始利用跨火气层飞行器反推力控制系统校正对接位置，埃玛的耳边响起推进器的点火声，接着她就感受到了机身的震荡。

"快来看这里，"德维特说。"这就是上个月损坏的那块太阳能贴面。"他用手指着一块已经破损的太阳能面板。在太空中，陨石和人类的废弃物对于空间站来说是不可防范的危险因素，当他们以每小时几千公里的速度飞行时，即使是极小的碎块也会化身为极具破坏性的武器。

他们靠得离太空站更近了，从窗户向外看去，视线已经完全被太空站占据了。埃玛的心中涌动起敬畏和骄傲的情愫，泪水顿时迸出眼眶。家，她想。我终于到家了。

密封舱的舱门被摇开了一个缝隙，在连接亚特兰蒂斯号和国际空间站的通道那头出现了一张面带微笑的棕色大脸。"他们带来了橘子。"卢瑟·艾姆斯招呼着空间站的同伴们。"我已经闻到橘子味了。"

　　"航天航空局内部快送服务，"万斯故意摆出了一张公事公办的面孔。"你们需要的货物到了。"万斯背着一袋新鲜水果，通过亚特兰蒂斯号的空气闸门，率先向空间站飘去。

　　这次对接是在航天飞机和空间站同时以每小时一万七千五百公里的速度在地球上空运行的条件下完成的，效果非常理想。万斯在以每秒两英尺的速度通过亚特兰蒂斯号的停靠舱和国际空间站的对接舱之间的连接点时，已经铆牢了闸门。

　　舱门完全打开了，亚特兰蒂斯号的机组人员一个接着一个进入了国际空间站，在空间站里有一个多月没见过新面孔的宇航员们面带着微笑，纷纷以握手或拥抱的礼节来迎接他们。对接舱对十三个身着宇航服的宇航员来说未免太拥挤了些，大伙儿马上就转移到了空间站连接航天飞机的舱位中。

　　埃玛是第五个进入空间站的。当弹出中间通道进入空间站时，她闻到了一股陈腐的气息，这种略带酸味的人体气息是宇航员长期生活在密闭的环境下生成的。埃玛在宇航员训练中认识的老朋友，卢瑟·艾姆斯，第一个迎了上来。

　　"终于把你盼来了，沃特森医生。"艾姆斯伸出双臂，抓住埃玛就是一个熊抱。"欢迎来到空间站。俗话说得好，女人越多越热闹。"

　　"嗨，你知道我可不是那种热闹的女人。"

　　艾姆斯调皮地眨了眨眼。"我们可以把这当作我们之间的小秘密。"卢瑟喜欢夸张地开着玩笑，总能调动起一屋人的情绪。所有的人都喜欢卢瑟，那是因为他也爱着每个人。有他在空间站里，埃玛感到非常开心。

　　当埃玛看到空间站的其他成员时，更是觉得有卢瑟在这里真是太幸运了。她先是和空间站的指挥官米切尔·格里格斯握了手，发现这个人虽然礼数周全，但完全是在做秀。由欧洲航天局派来的英国女人黛安娜·伊斯特斯，待人更是冷冰冰的，她虽然面带笑容，但瞳孔里却散发出冰冷的蓝光，一副拒人于千里之外的模样。

接着埃玛转向了在空间站上呆得时间最长的苏联人尼古拉·鲁登科，他已经在这生活了快五个月了。空间站的灯光好像已经把他脸上所有的颜色都洗刷掉了。胡须也没有刮干净，下巴上残留的杂乱无章的斑斑胡茬。当他们握手的时候，碰巧对视了一下。这个男人，她想。需要马上回家去。他已经精疲力竭，快要垮了。

然后，日本航天局派来的松山健一郎走上前来表达问候。在埃玛看来，至少这个人的笑容是真诚的，握手也沉稳有力。他结结巴巴地说了一通问候语，然后马上离开了。

连接舱终于清静下来，大多数人都分散去了空间站的其他部分，埃玛发现只有比尔·哈宁还和她在一起。

三天前，黛比·哈宁不幸去世。尽管亚特兰蒂斯号将把比尔带回家，但他再也见不到妻子，这次回去只能参加妻子的葬礼。埃玛来到他的身边。"很遗憾，"她轻轻地说，"真的很遗憾。"

比尔敷衍着点了点头，把目光从埃玛身上移开。"太奇怪了，"他说。"我们家里的人经常会这样想：如果真有什么事发生，那一定会发生在我的身上，家里的风风雨雨一向由我来承担，我是一家之主，从来没有人想到她会……"比尔深吸了一口气，挣扎着控制住自己的情绪，埃玛知道此刻并不适合说任何安慰的话语。哪怕是一记轻轻地触碰，也有可能让面前的这个人瞬间崩溃。

"那么，沃特森大夫，"最后比尔说道，"你是来接替我的，我想现在就带你参观一下我在这里的小天地吧。"

埃玛赞同地点着头："比尔，慢慢来吧，什么时候都行。"

"现在就开始吧，要交代给你的事情很多。没几天我就要回去了。"

虽然埃玛对空间站的内部环境非常了解，但第一次身临其境，她还是为内部的构造感到震撼不已。失重的太空环境使得这里没有上下之分，没有地板，也没有天花板。所有的空间都可以用作工作场所。在这样的环境中如果转向太快，刹那间，她会失去所有的方向感。加之运动时头部会由于晕眩而出现刺痛的感觉，因此她只能慢慢地行动，每当改变方向时，总会马上找到一个物体作为移动的参照物。

埃玛知道国际空间站的可用空间相当于两架波音747的容积，但是空间站是由十几个公车大小的太空舱，像搭积木一样拼装而成的，之间的连接部分就被称为节点舱。航天飞机连接在二号节点舱上，连接在这个节点舱的还有欧洲航天局的实验室，日本和美国的实验室，这些实验室连接着空间站的各处。

比尔领着埃玛从美国的实验室进入了节点一号舱，他们在这里停留了片刻，从观察孔向外看去，地球在他们脚下缓慢地旋转着，牛乳状的云层飘浮在海天之上。

"闲暇时间我都泡在这里，"比尔说。"只是朝着窗户外面张望着。每当这个时候我总会产生一种神圣感，我把这种情感称作对地球母亲的顶礼膜拜。"他收回了视线，指着另一条连接节点舱的通道。"那一头是舱外活动区，现在被锁上了，"他接着说道。"下方的那条通道是通往居住区的，你睡觉的地方就在那里。返回舱就放在居住区的另一侧，紧急撤离时你会用上它。"

"只有三个人睡在这里吗？"

比尔点了点头，"另外三人睡在苏联的生活舱里。过了通道就到了，现在我们就过去看一下吧。"

他们离开了节点一号舱，像鱼一样在迷宫般的管道内遨游着，来到了空间站中苏联的那一侧。

这是国际空间站比较古老的部分，这部分在天空轨道上的时间是最长的。当他们通过"扎亚"①——空间站提供动力和推进力的部分——时，她看见墙上满是污痕，有的地方涂满了宇航员们平日里的写写画画，有些地方则塌陷了下去。有一些曾经在埃玛脑海中出现过的图画现在活生生地摆在了她的眼前。空间站并不是简单的太空实验室群，它同样也是人类生活的家园，破损和毁坏的痕迹在这里处处可见。

---

① 功能货物舱，苏联空间站的一部分。

他们终于进入了苏联的生活舱，埃玛迎面看到了一幅怪异的景象，格里格斯和万斯两人倒悬在半空中。或许我才是倒立的人，埃玛被这颠倒的无重力世界逗乐了。这里和美方的居住区一样，也配置了供三个宇航员使用的厨卫设施以及睡眠区域。在生活舱的尽头，埃玛看到了另一条通道。

"这是通向原苏联联盟号太空船的通道吗?"埃玛问。

比尔点点头。"现在我们把垃圾都扔在那儿，那个地方也就那么一点利用价值了。"原来用作救生的联盟号太空舱，现在已经废弃不用了，它的动力也已经耗尽。

卢瑟·艾姆斯把头伸进生活舱。"嗨，朋友们，表演时间又到了!现在大家都集中到媒体会议中心去，航天航空局希望纳税人看到我们在空间站上进行国际精诚合作的情形。"

比尔疲倦地哀叹着。"我们现在就像动物园里的动物，每天都要对着照相机露出该死的微笑。"

埃玛是最后一个离开居住区的，当她到达会议中心时，其他人都已经在里面了。里面的人手臂和大腿交缠，大家都在努力摆动着四肢，以避免和其他人相互碰撞。

格里格斯努力维持着局面，想让一切看上去井然有序，埃玛偷偷离开了会议中心，又回到了节点一号舱，直奔瞭望孔而去。窗外的景色使她屏住了呼吸。

地球展示着壮丽的美景。星星的边缘缓缓地滑过地平线，夜晚悄悄地来临了。再下方是休斯敦熟悉的街景，这是埃玛来到空间站后的第一个夜晚。

埃玛向窗边靠过去，把手贴在窗玻璃上。哦，杰克，她想着，真希望你也在这里。真希望你也能看到这一切。

埃玛挥起了手臂。她知道，在下面的黑暗之中，杰克同样也在向她招手。对这一点，她没有丝毫怀疑。

8

七月二十九日

私人邮件　收件人：埃玛·沃特森医师（国际空间站）
发件人：杰克·麦卡勒姆

从地球上放眼望去，空间站就像天空中的一颗珍珠那样耀眼。昨天晚上我一直在等待着空间站的出现，当它最终出现时，我接连不断地朝着你的方向挥手致意。

今天早晨，CNN① 在电视报道中把你称为"太空女先锋"。"宇航员姑娘毫不畏惧地上天了，"他们是这样称赞你的，当然还少不了其他一些夸大其词的描述。此外，他们分别采访到了伍迪·埃利斯和勒罗伊·科内尔，他们在摄像机前表现得像骄傲的父亲一般。真是要祝贺你了。你已经成为美国人心目中的"国民小姐"了。

万斯和他的机组回程时的着陆过程像教科书一样的成功，当他们返回休斯敦时，蜂拥而至的记者围住了可怜的比尔。在电视屏幕上我看到了他，他看上去好像苍老了二十多岁。黛比的葬礼定在今天下午，届时我也会出席。

---

① 美国第一大民营电视台。

明天，我就要到海湾出海去了。

埃玛，今天我拿到了离婚协议书。我坦诚地告诉你，我对此感觉并不好。但起先我们俩都没有想到会有这么一天，难道不是吗？

不管怎么说，律师们都希望我们尽快把这事办完。也许我们是应该把这一页翻过去了吧。我想我们可以重新恢复朋友关系，就像许多年以前一样。

杰克

又及： 汉弗莱又发飙了，你欠我一个新沙发。

私人邮件　收件人：杰克·麦卡勒姆
发件人：埃玛·沃特森

"国民小姐"这个称谓快让我把牙都笑掉了。宇航员可是个高危职业，地球上有数不清的人正等着看我的笑话呢！到了那时，又有人会鼓噪起"应该派男人上去"这些陈词滥调了，我讨厌这些媒体。

不过，能够再次回到太空，我真是太高兴了。我多么希望你也和我在一起，看看这里的风景！每当看到地球的时候，我总会被它异乎寻常的美丽征服。我真想把自己的感觉传达给生活在地球上的每一个人，如果他们都能看到地球在宇宙中是那么渺小、脆弱和孤独，那么他们一定会更好地去保护它。

（呃，地球现在又在我眼前出现了，看到她我总会涌出泪水，也许他们本该派个男人来这儿的。）

还要告诉你一个好消息，刚来这里时经常会出现的晕眩感已经消失，现在我可以自由行进，几乎不怎么疼痛了。不过，有时我不经意地看到窗外的地球，仍旧会感到头昏眼花，必须得重新站稳才行。这些天来我一直想着要坚持锻炼身体，但是两小时的时间对于现在的我来说简直是太奢侈了，因为我有太多的工作要去做。我需要监控几十个实验，每天要回复不计其数的邮件，下面的科学家都希望我把他们的实验放在最前面。但是今天早晨我真的太累了，竟然没有听到唤醒的音乐，睡过头了。（卢瑟开玩笑说以后要用瓦格纳的《女神》来叫醒我们这些睡过头的人。）

离婚的程序快走到头了吧！关于此事，我和你一样，感觉非常不好。至少我们一起度过了七年快乐的时光。这比其他很多夫妻都要好得多了。我想你一定希望马上能结束这件事情。我保证一回家就马上在离婚协议书上签字。

不要忘了每天晚上继续向我挥手啊！

埃玛

又及：汉弗莱从来没有毁坏过我的家具。你又做了什么，把它给惹毛了？

埃玛关掉手提电脑的电源，然后把它合上了。她每天的最后一项工作才是回复私人邮件。她非常想得到家人的问候，但杰克在信中提到了离婚的事，这显然又触怒了她。他是迫不及待要把离婚进行下去了，她想，他是准备重新和我做"朋友"了。

埃玛蜷起身子，准备把自己塞入睡袋，她又生起杰克的气来。她在心里责怪杰克为什么会这么轻易地结束他们之间的婚姻关系。刚开始闹离婚的时候，他们的确闹得很凶，每次争吵的时候，双方都巴不得赶紧离婚。但是现在他们之间再也没有什么要争的了。杰克已经平静地接受了分离的事实。也许他已经不再感到痛苦，而只是感到遗憾了吧。

只有我还在傻傻地想着他。我不该这样，我恨这样的自己。

松山健一郎在埃玛寝位的布帘外面徘徊，犹豫着是否有必要唤醒埃玛，是不是还要再叫一次。眼下的情况并非大事，松山不想为这点事就把埃玛唤醒。刚才晚饭的时候，埃玛看上去非常疲倦，很明显在工作当中就打起了瞌睡。松山清楚，在失重的情况下，人即使失去了知觉，也不会把身体蜷缩起来，大脑中不会产生警告将人唤醒。劳累的宇航员经常手持工具，在工作中进入梦乡。

松山决定不去吵醒埃玛，独自一人回到了美国的实验室。

松山健一郎每晚的睡眠时间不超过五个小时，当别人都在睡觉的时候，他时常会徜徉在迷宫般的空间站里，检查自己负责的不同实验，耐心钻研，勤恳探索。在他看来，只有当所有宇航员都入睡后，空间站才焕发出自身迷人的风采。在这段时间里，空间站里只有机械发出的声音，计算机在自动运行着上千个不同的程序，各种命令通过电线回路组成的系统静悄悄地执行着。当松山在这种环境下到处游走时，他经常会想，是人类用双手把这里的各个部分巧夺天工地组合在了一起，这里凝结了电工、钳工、塑料模具工人和玻璃工人的劳动成果。也正是有了他们的劳动，松山健一郎这个日本山村农夫的儿子此时才能工作在离地二百二十英里的空间站上。

松山已经在空间站工作了一个月，但这种新奇的感觉仍然会在脑海中出现。

他知道在空间站的工作时间是短暂的。他的身体里正发生着潜移默化的变化：钙质不断地从骨髓中流失；肌肉一天比一天松弛；心跳和血压在失重条件下渐渐变缓。在国际空间站工作的每一刻都是无比珍贵的，决不能浪费一分一秒的时间。因此，在本该睡觉的时间里，他徘徊在空间站中，不时向窗外张望着，每隔一段时间他还会到实验室里看望一下小动物们。

正是在一次不经意的探视中，他发现了死的实验鼠。

死老鼠四肢僵硬，伸展着肢体飘浮在鼠类居住区里，粉红色的嘴巴张得很大。又一只公鼠死去了。十六天以来，这已经是第四只死去的老鼠了。

松山检查了鼠类居住区的环境监测系统，发现一切正常。温度指针没有被动过，换气也是严格地照着每小时十二次的频率在进行着。它们为什么会死？水和食物受污染了吗？七个月之前，由于有毒的化学物质渗进了这里的供水系统，直接导致了十二只实验鼠的死亡。

死鼠飘浮在鼠类居住区的角落里，而其他公鼠则躲在居住区的另一侧，像是非常害怕它们同伴的尸体。活的公鼠变得十分癫狂，纷纷用爪子紧扣住居住区边的栅栏。在用电线隔开的母鼠聚集区里，除了一只母鼠以外，其他的母鼠抱在了一起。而那只孤零零的母鼠踌躇着，在半空中慢慢地盘旋，爪子扬了起来，好像是要去抓取什么东西。

看来又是一只染病的老鼠。

突然这只母鼠重重地喘了一口气，一下子瘫软下来。

其他的母鼠抱得更紧了。恐慌地挤在一起，形成一个白色绒毛堆积的小团。他必须在污染之前把尸体挪走——如果确实有尸体的话——很可能会马上传染给别的老鼠。

松山把动物聚集区的出入开关打开，套上一副橡胶手套，然后把手伸过橡皮挡板。他先是来到了公鼠聚居的一侧，拿起尸体，扔在一个塑料袋里。然后他打开母鼠一侧的挡板，准备取走第二只死鼠，当他正准备去取的时候，一团白色的绒毛突然飘过了他的手掌。

一只老鼠逃进了外侧的防护盒里。

松山抓起这只母鼠，举在半空中。一阵突如其来的疼痛令他把母鼠放了下来，这只可恨的母鼠竟然把他的橡胶手套也给咬破了。

他马上把手抽出防护盒，迅速脱下手套，仔细的审视着受伤的手指。一滴血涌了出来，看着这本不该发生的一幕，松山突然产生了呕吐的冲动。他闭上了双眼，严厉地责备自己。当然这也算不得什么大事——他已经给这群老鼠打过这么多针了，就当作是老鼠的一次小小的报复好了。他睁开双眼，但呕吐感仍挥之不去。

我需要休息，他这样想着。

松山又重新把那只拼命挣扎着的母鼠拎了起来，丢进笼子里。接着他把两只装着死鼠的塑料袋放进冰箱。明天，他会来解决这些问题。明天，他会感觉更好一点的。

七月三十日

"今天我又发现死了一只实验鼠，"松山说。"已经是第六只了。"

埃玛看着动物居住区内的老鼠，忍不住皱起眉头来。这些老鼠按性别区分关在中间被电线分隔开的一个大笼子里，它们呼吸的空气，摄入的食物和饮用的水是不分彼此的。埃玛看到在公鼠呆的区域中，有一只老鼠四肢伸展，全身僵硬地浮动着，其他的公鼠则集中在另一边，用爪子胡乱地抓着笼子的边缘，疯狂地想要逃出来。

"十七天里这里死了六只老鼠?"埃玛问。

"五只公鼠和一只母鼠。"

埃玛审视着幸存的老鼠,想在这些老鼠身上发现患病的迹象。她发现这些老鼠都高度警觉,眼睛明亮,鼻孔里并没有流出可疑的黏液。

"咱们先把这只死老鼠拿出来吧,"埃玛说。"然后再仔细观察一下其他的老鼠。"

埃玛戴着手套,把手伸过防护盒,取出了死鼠。尸体完全僵硬了,双腿和脊柱都处于僵直的状态。嘴巴半张着,粉红色的舌尖露了出来。在太空中,实验用动物的死亡并非罕见。一九九八年,一架航天飞机搭载的新生鼠死亡率就几乎达到了百分之百,微重力就是其中一个具有决定作用的外因,并不是所有的物种都能在这种条件下生存。

在把实验鼠送上太空以前,要为它们做细菌、真菌和病毒的各项检查,所有检查通过后,合格的实验鼠才会被送到空间站。

埃玛把刚刚取出的死鼠放在一个塑料小包中,然后换了一副手套,取出一只活的老鼠放在防护盒中,这只老鼠在埃玛的手中不安地蠕动着,没有半点生病的迹象。它身上唯一的特征是那只被同伴撕咬过的耳朵。埃玛把它翻转了过来,瞧了一眼它的肚子,不禁惊叫起来。

"怎么会是只母鼠。"埃玛呆住了。

"发生什么事了?"

"怎么公的这一边会混了一只母鼠?"

松山凑了上来,通过防护盒外层的玻璃,看到了埃玛手中老鼠的生殖器,证据确凿,他的脸一下子变得通红。

"昨天晚上,"他忙不迭地解释着。"这只老鼠把我咬伤了,我看也没看就把它扔了回去。"

埃玛同情地看着他。"算了,最坏的情况也不过是生些小崽子出来。"

松山戴上手套,把手伸进了另一个防护盒中。"是我犯的错误,"

他说，"就由我来弥补吧。"

他们共同检查了动物居住区内的其他老鼠，发现它们并没有被放错位置，所有活着的老鼠看上去都很健康。

"太奇怪了，"埃玛说道。"如果我们面对的是一种传染性疾病，总该有些证据……"

"沃特森？"舱内传声设备发出一声呼叫。

"我在实验室呢，格里格斯，"埃玛赶忙回答着。

"你的收件箱里来了一封紧急邮件，快看看吧。"

"我马上看。"说着她关上了动物居住区的出入口，别转身体，对松山说道，"我现在收一下邮件，你可以利用这段时间把昨天死的那两只老鼠从冰箱里取出来，我们稍后一起检查它们吧。"

松山健一郎答应着向冰箱那边飘去。

埃玛在公用电脑上调出了那封紧急邮件。

收件人：埃玛·沃特森医生
发件人：海伦·科尼格，首席研究员
回邮主题：第二十三号细胞培养实验（太古代细胞培养）
邮件正文：请立即终止此项实验。从亚特兰蒂斯号带回的样本表明，这些太古代细胞发生了真菌污染。请把这些细胞连同其容器一起烧毁，切记要将焚烧后的残留物立即丢弃。

埃玛反反复复地把这封邮件看了好几遍。以前她可从来没有收到过如此怪异的邮件。真菌污染并没有什么危险，焚烧它们简直是太夸张了。埃玛的心思完全放在了这封邮件上，没有注意到身后的松山已经从冰箱里取出了死鼠。松山急促的喘气声惊扰了埃玛，她连忙转过身来。

首先映入埃玛眼帘的是松山健一郎极度震惊的表情，脸上溅满了动物的内脏。埃玛接着就看到了那只刚被打开的塑料袋。松山在惊慌中把它给松开了，塑料袋飘浮在两人之间的空气当中。

"这些是什么东西？"埃玛问。

松山满脸都写着不相信，"就是那只死老鼠呀。"

但是埃玛在袋子里看到的并不是什么死老鼠，而是一大团已经分裂的动物组织，腐烂成泥土状的动物肌肉和无数细小的鼠毛，恶臭从塑料袋中散发出来。

现实版的"生化危机"！

埃玛把实验室的警灯亮起，接着关上了舱与舱之间空气流通的开关。松山这时已经打开了紧急设备机柜，从里面取出两个面罩。他递给埃玛一个，埃玛立即用它扣住了嘴巴和鼻子。这个时候，没有必要用言语进行交流，他们都知道该怎么做。

两人迅速关上了两端的舱门，实验室便与空间站的其他部分完全隔离了。接着埃玛拿出一个防污袋，慢慢地去接近飘浮的口袋中已经开始液化的动物腐肉。太空中的表面压力把液体压缩成了一个小球，如果埃玛能足够小心不去搅动空气，那么她可以在不让液滴飞溅的情况下，把液体球和散落的组织封在袋子里。埃玛把手中的口袋放在了飘浮的动物组织上方，小心地收拢起来，最后迅速地把袋口给封住了。埃玛这时听到松山释然地叹了口气，祸害消除了。

"这些东西泄露到冰箱里面了吗？"

"没有，我把塑料袋拿出冰箱以后，它才破的。"松山健一郎取出医用酒精刷把脸清洗干净，然后把刷子牢牢地封死。"那个塑料袋，它……你可以想见，胀得好大，跟气球一样。"

这包东西此前一直处于巨大的压力之下，在腐烂的过程中会散发出气体。在塑料袋口，埃玛看到了注有死亡日期的标签，难以想象，她想。在短短的五天时间里，尸体就变作一堆黑色的烂肉。塑料袋摸上去是冰凉的，可见冰箱并没有坏，一定有什么东西加速了尸体的腐烂。难道是腐生的链球菌？埃玛迷惑不已。抑或是另一种破坏力极强的细菌？

埃玛看了一眼松山，这事快把他击垮了。

"我们必须马上和首席研究员通话，"埃玛说，"就是那个决定把老鼠送上来的人。"

虽然是美国西部时间凌晨五点，但米切尔·卢米斯——负责"鼠类在太空中的生态表现"实验项目的首席研究员——的声音听上去还是十分警觉。他在加利福尼亚的艾姆斯研究中心的实验室里和埃玛通话。虽然埃玛不能看见卢米斯，但从他那顿挫有力的声音中可以判断出他的大致模样：高大而精力充沛。一个可以把清晨五点也作为正常工作时间的男人。

"我们已经观测了这群老鼠有一个多月时间了。"卢米斯说。"对于动物来说，这个实验是没有什么压力的。本来下周，我们是计划把公鼠和母鼠混合在一起的，我们想观察鼠类是怎样配对和怀孕的。这项研究对于探索动物在太空中能否长期生活有重要意义。这几起死亡事件令我们感到十分失望。"

"我们已经把这些死鼠都隔离开了，"埃玛说。"所有死老鼠的腐烂过程都出奇的快。就尸体的情况来看，我怀疑是杆菌或链球菌感染。"

"难道空间站上有这么危险的东西？那将成为空间站上一个严重的问题。"

"您说的很对，尤其是在空间站这样一个密闭的环境中，我们每个宇航员都是潜在的受感者。"

"尸检的情况如何？"

埃玛迟疑了一下。"空间站上只能应付二级污染，目前看来，暂时还没有什么危险。但如果真有一种致命的病原体存在，其他动物和我们宇航员被它传染上是无法避免的。"

卢米斯沉默片刻，然后终于开了腔，"我理解你的意思，目前看来也只能这样了，但是你们必须马上把这些尸体处理掉！"

"我会立即处理的。"埃玛说。

七月三十一日

松山健一郎已经躺进睡袋一个多小时了，但却翻来覆去睡不着觉，上了空间站以后，他还是第一次碰到这种情况。他的心里始终摆脱不了对老鼠死因的疑问。虽然没有人指责过他，但松山认为，在某种程度上，他对实验的失败是负有责任的。他一直没弄明白，到底是在哪一步出错的。是取血时用了被污染的针头？还是动物环境控制器设置错了一环？反复思考着这些可能的错误使他越发不能入睡了。

同时，他感觉头部的神经也跳得厉害。

他是早晨开始感觉到不适的，先是眼部周围感觉到有麻刺感，接着开始疼痛，现在左半边的头都疼了起来。还好疼得并不厉害，看来只是个小麻烦。

松山打开了睡袋。如果有什么事情没有办好，他是睡不着的。他认为最好还是起来再检查一遍这些老鼠。

他飘过尼古拉睡袋的位置朝着通往空间站美国部分的连接舱行进。当最后来到实验室时，他才意识到没有睡觉的并非只有他一个人。

通向日本航天局实验室的通道内传出轻微的低语声，松山静静地来到了节点二号舱，看见黛安娜·伊斯特斯和米切尔·格里格斯正待在过道里，四条腿交缠着，嘴巴饥渴地相互探求。趁他们还没有注意到自己，松山马上退了出来，因为看到这不堪入目的场面，松山的脸霎时烧得通红。

接下去怎么办？默认他们的胡作非为，自己溜回去继续睡大觉？这是不对的。他厌恶地想着。我是来这工作的，必须履行自己的职责。

松山回到了动物聚集区，开关抽屉时他故意弄出了很大的声响。就像他所预计的一样，黛安娜和格里格斯马上就面红耳赤地出现了。他们应该感到羞耻，他想，检讨一下自己刚才到底做了一些什么吧。

"离心机出了点小问题，"黛安娜开始编起故事来了。"现在问题解决了。"

松山只是微微点了下头，装作根本不知道刚才发生的丑事。黛安娜一如往常那般平静冰冷，这种态度不仅让松山感到吃惊，更深深地刺痛了他。至少格里格斯看上去还有一点负罪感。

两人离开了实验室，在通道里渐渐消失了，松山把目光重新投向了动物居住区中的鼠笼。

又一只老鼠死掉了，这次是只母的。

八月一日

黛安娜·伊斯特斯镇定地在自己的手臂上缠上止血带，握了几次手掌以鼓起肘前端的静脉血管。当针尖穿透皮肤的时候，她没有畏缩，眼睛也没有望向别处。实际上，黛安娜对此早已习以为常了。她以前也多次看过别人抽血。在宇航员的训练中他们要抽很多次血。在选拔过程中，他们要进行血液的多重检查，全身检查，看看身体有没有问题。他们的血浆浓度，心电图记录和细胞计数将被永久地记录下来，供太空生理学家研究。他们戴着电子心率仪在跑步机上进行跑步练习，科研人员记录下心率以及其他数据；他们的体液被收集起来，各部分内脏也都进行了透视；全身的皮肤也都被检查过了。宇航员并不仅仅是受过严格训练的普通人类，他们同样也是实验对象，从这方面来讲，他们和实验鼠并没有本质的区别，即使是在太空轨道上，他们也必须对自己进行一些不令人愉快的实验。

今天是例行的宇航员血样采集日。作为空间站上的医生，埃玛负责为其他宇航员抽血。因此，当她出现在每个宇航员面前的时候，大多数人都会有意无意地发出夸张的呻吟声。

但黛安娜却是个例外，她一言不发地伸出手臂，镇定地等待着针尖的深入。当埃玛看着血液将针筒注满时，她注意到黛安娜流露出对她高超技术的赞美之情。如果说，过去在约翰逊航天中心，黛安娜只是被戏称为"英伦玫瑰"的话，那么，在空间站上，"英国坚冰"的雅号对于她来说则可以说得上是名副其实的了。黛安娜是少数在危急时刻也能保持镇静的宇航员。

四年以前，黛安娜在"亚特兰蒂斯"号航天飞机上，碰巧遇到了一次主发动机失灵的事故。后来人们听到了那时录下的通话实况，当机长和领航员引导航天飞机跨越大西洋紧急迫降时，他们的声调惊恐异常，言辞毫无条理。其后航天飞机降落到北非的一个不确定的降落点，在实际降落过程中，黛安娜负责为机组朗读紧急状态备忘录，她的声音却和平常一样不带任何感情，她仿佛完全沉浸在了备忘录的内容当中，丝毫没有感觉到当时的险恶情势。那次，当航天飞机降落后，有关方面为所有的机组成员做了血压和脉搏的测量，结果显示，黛安娜的心跳只是略微提高到了九十六次/每分钟，而所有其他宇航员的心率则是成倍增长。"她不是人类的一员，"杰克曾经这样说过。"她更像是个机器人，航天航空局的新一代宇航员。"

埃玛同样认为黛安娜在某些方面确实与众不同。

黛安娜瞥了一眼手臂上的针孔，出血已经停止了。她马上全身心地投入到蛋白质晶体生长实验中去。黛安娜确实像杰克所比喻的机器人那样完美，大腿修长，身材苗条，一身雪白的肌肤，自然还少不了她那无与伦比的智商，这些条件让所有人都艳羡不已。

黛安娜拥有材料科学的博士学位，在加入宇航员培训计划以前，她已经撰写过数十篇有关沸石晶体材料在石油精炼中所起作用的论文。现今，无论在有机晶体，还是无机晶体研究领域，她都是绝对的权威。在地球上，晶体的形成过程会被地球重力所扭曲。而在太空中，晶体可以生长得更大，更漂亮，而且这种环境也有利于对晶体结构的分析。人体中的上百种蛋白质，从血管紧张肽到促生殖腺激素，在空间站上都是以晶体的形式培养的——对它们的研究可能会对新型药物的出现起推动性作用。

采集完黛安娜的血样后，埃玛离开了欧洲空间局的实验室，在过道里看见了格里格斯。"轮到你了，"埃玛向他宣布。

格里格斯唉声叹气了一番，不情愿地伸出胳膊。"看在科学的份上，只能暂且做一下牺牲了。"

"这次只抽一管血，"埃玛解释道。说着便准备将止血带缠到格里格斯的手臂上去。

"我们每个人身体上都有这么多针眼，看上去像一群吸毒者。"

埃玛轻轻地拍了几下格里格斯的皮肤，手肘前端的静脉血管渐渐显现出来。格里格司的臂部隆起，呈蓝色索状，这是一种被动性的强制表征，在太空上这可不是件小事。太空生活对人体会产生很大的影响，脸部会由于皮肤内体液的流动发生肿胀；腿部肌肉会不断收缩，直到最后瘦得只剩下骨头，像苍白的鸡腿一样从短裤中伸展出来。太空上每个人都要完成非常繁重的任务，每个人都有数不清的烦恼，最让人受不了的是要和一群同样压力重重，很少洗澡，穿着脏衣服的宇航员在密闭的空间一起呆上几个月时间。

埃玛用酒精擦拭皮肤，然后把针尖抵入静脉取血，不一会静脉血就充满了针筒。她注意到格里格斯把头转向了一边，于是就问："你还好么？"

"我挺得住。我得说，你真是个技术高超的吸血鬼。"

埃玛松开止血带，收起了针头，这时听见格里格斯如释重负般叹了口气。"你现在可以吃早饭了，松山还没有抽血，其他人都已经抽完了。"埃玛四下打量着通道。"他跑哪里去了？"

"今天早上我还没有见过他。"

"我希望他还没有吃过早饭，那会影响他的葡萄糖水平。"

尼古拉已经安静地用完了早饭，他飘浮到两人身边，说："松山还在睡觉。"

"太奇怪了，"格里格斯说。"他通常都比我们早起的。"

"他的睡眠状况并不好，"尼古拉说。"昨天晚上，我听见他吐过了。我问他是否需要帮助，他拒绝了。"

"我这就去看他，"埃玛说。

她离开了实验室间的过道，向松山居住的苏联部分空间站飘去。埃玛发现松山睡袋外面的布帘还没有拉开。

"松山？"埃玛叫嚷着。没有任何回应。"松山？"埃玛犹豫了几分钟，最后还是掀开了布帘，松山的脸出现在她面前。

松山的眼睛血红血红的。

"天哪！"埃玛惊叫道。

疾　病

9

负责在任务控制中心远程监控国际空间站健康事务的是托德·卡特勒医生。他长着一副娃娃脸，自从电视台播放过一部描述天才小医生的电视剧以后，宇航员们就用其中男主角的名字"杜吉·豪斯"来称呼他了。卡特勒医生实际上已经三十二岁了，以医术高超而闻名。作为埃玛在太空轨道期间的私人医师，每周埃玛会通过内部联络装置把自己最隐秘的身体情况通报给他。埃玛非常信任卡特勒的医术，松山发病后，埃玛想到幸亏约翰逊航天中心控制室里负责医疗事务的是卡特勒医生，这样她的工作也会相应轻松一些。

"松山两只眼睛的巩膜里都有出血点，"埃玛说道。"当我发现这情况的时候，我简直吓得灵魂都要出窍了。我想这也许是因为过度的呕吐造成的——眼压的突然变化引起内部血管的破裂。"

"相对而言，这只是个无足轻重的问题，你可以很快把出血点附近清理干净，"托德说，"其他检验的结果怎么样？"

"体温三十八点六度，心跳每分钟一百二十下，高压到了一百六十。心肺功能都还正常。他还一直抱怨着头疼，但由于条件的限制，我无法观察到脑神经的病变。我真正担心的是无法听见他的肠鸣音，他的腹部完全松软下来，前一个小时，他又呕吐了好几次——看来是需要输血了。"埃玛话锋一转。"托德，他看上去很糟，还有更不好的消息。我方才为他测量了淀粉酶的水平，已经上升到了六百。"

"太糟了，你认为他患了胰腺炎？"

"参照这么高的淀粉酶水平，胰腺炎是非常有可能的。"淀粉酶是胰腺产生的一种酶体，当胰腺发炎的时候，淀粉酶的水平会突然激升。但是高居不下的淀粉酶水平同样可能意味着其他内脏疾病，比如肠穿孔或十二指肠溃疡。

"白血球也很高，"埃玛说。"我已经及时采集了血液的样本。"

"病发前有什么异样？有什么需要注意的吗？"

"我觉得有两方面值得注意。其一，松山处于巨大的精神压力之下。由于他的原因，一项实验失败了，他觉得应对此负责。"

"那另一方面呢？"

"一只死亡的实验鼠的体液泼溅在了他眼部的四周。"

"说详细点。"托德的声音显得非常沉静。

"由于某种未知的原因，他实验中用到的老鼠死了好几只。这些尸体以令人惊异的速度腐败着。我很关注其中的病原菌，因此提取了体液进行培养。但这些培养液都被销毁了。"

"为什么要销毁？"

"因为真菌污染的原因。存放培养液的容器整个都变绿了。我在其中并没有发现现在已知的病原体，因此我把这个容器丢弃了。同样的情况也发生在了另一个实验中的海洋生物活性细胞上，我们不得已只能中断了那项实验，因为发现真菌已经进入到了培养试管之中。"

不幸的是，在像国际空间站这样密闭的环境中，真菌过度的繁殖并非罕见的现象。原先的和平空间站，尽管也安装了空气回流设备，但窗户上不时还是会蒙上一层真菌。一旦航天器被真菌污染的话，接下来是不太可能清除它们的。不过，他们对人类和实验动物不产生任何实质性的危害。

"那么我们现在并不知道松山有没有接触过什么病原体喽？"托德问道。

"目前来说是这样的。现在看来更像是胰腺炎，而并非是病菌感染。我已经把监护设备用上了，我认为现在就让他用上鼻饲管比较好。"埃玛停顿了一下，然后不情愿地说，"也许我们得考虑一下紧急救助的事情了。"

谁都不知道接下去该说什么，这种情况是每个人心头的梦魇，任何人都不愿意去做进行紧急救助的决定。紧急救助所用的返回舱自建成以后，一直就放在空间站上，从来也没有被动用过，用它来装载六名宇航员也是绰绰有余的。自从联盟号救援舱退役以后，返回舱就成了空间站中唯一的逃生装置。为了一名病恹恹的宇航员，其他人也必须同时撤离空间站，这意味着上百项太空实验被迫终止，无疑会对空间站的运作带来重大打击。

但是，还存在着另一种解决方案。他们可以等待下一班航天飞机来接走松山健一郎。现在就要由医生来做出决定了，他还能等这么久吗？埃玛知道航空航天局将完全按照她的医疗诊断决定其后的行动方案，责任重重地压在了埃玛的肩上。

"派航天飞机来进行援救怎么样？"埃玛问。

卡特勒理解埃玛目前面临的两难选择。"一六一号机组将乘发现号航天飞机于十五天后发射，但这次发射完全是为了军事方面的用途，他们将进行卫星的回收和修缮。一六一机组不会在国际空间站做停留，无法带回松山。"

"可以考虑用基特里奇的小组替换他们吗？就是我原来所在的一六二机组？他们原本会在七周以后和空间站对接。我知道，他们已经做好全部的准备了。"

埃玛注意到格里格斯已经飘到了近旁，正在倾听他们的交谈。格里格斯是空间站上的负责人，他的主要职责是维持空间站的正常运行。以他的立场，是坚决反对放弃空间站的。他因此也加入到了谈话当中。

"卡特勒，我是格里格斯。如果动用返回舱，那意味着我们要放弃所有这些实验。这样，几个月来的工作成果将会毁于一旦。如果是航天飞机来接他，那就完全不一样了。如果松山需要马上回家治疗，那你们这些家伙还是派架航天飞机过来吧。我们其他人希望留在这里继续我们的工作。"

"援救能够等那么长时间么？"托德问。

109

"你们要用多长时间才能把航天飞机派过来?"格里格斯反诘道。

"现实地说来,发射——"

"你就说需要多长时间吧。"

卡特勒没有立即回答格里格斯的问题。"埃利斯总指挥正在我的身旁,让他来跟你讲吧。"

两个医生之间的私下交流现在已经对飞行指挥完全公开了。大家都听见了伍迪·埃利斯的声音,"三十六小时,这是可能发射的最早时间。"

三十六小时之内可以发生许多事情,埃玛想。溃疡会引起穿孔或出血。胰腺炎的话,最严重可能导致内循环的崩溃。

如果松山最终不能完全康复的话,罪魁祸首很可能就是肠道的感染。

"沃特森是松山的主治医生,"埃利斯说道。"现在我们只能依靠她的诊断了,医生你还有什么要补充的吗?"

埃玛思考了一下。"目前,还看不出有什么明显的外伤,但是病情说不定会在短时间内发生重大的变化。"

"你是说目前还不能确定吗?"

"是的,我现在无法确定。"

"一旦确诊,我们需要二十四小时准备发射。"

从发出警告到实际发射需要一整天的时间,其中还要包括对接的过程。松山的情况如果突然间起了变化,他能支撑住这么长时间吗?形势眼看紧张了起来。埃玛只是个医生,做不到预测未来。她手边没有 X 光片来辅助治疗,更没有手术室,只能进行常规的体检和血检,收集不到专项的检验指标。如果她的决定耽误了救治,松山就很有可能会死在她的手里。另一方面,如果埃玛立即请求救援,那么数以百万计的美元就有可能浪费在一次不必要的发射上。

一次错误的决定无疑会终结埃玛在航空航天局的职业生涯。

杰克曾经提醒过她要注意这方面问题。我要是搞砸了,全世界都会知道,他们还要看我是不是能够把局势扭转过来。

埃玛拿起打印出来的验血报告,上面并没有什么需要立即采取行动的指标出现，看来情况还比较稳定。

埃玛继续汇报着，"总指挥，我已经用上了监护设备，食物打算用鼻饲管帮他吸入。目前他的生命表征比较稳定，但是我还不能确定他腹部的病情。"

"也就是说，你认为目前暂时还不需要发射航天飞机进行紧急援救喽？"

埃玛定了定神。"是的，目前并不需要。"

"请你放心，我们会做好准备，在需要的时候把发现号航天飞机送上去的。"

"听你这么说，我很高兴。稍后我会向您继续汇报病情进展的。"埃玛停止了通话，看着格里格斯。"我希望这次与地面的通话是正确而又及时的。"

"我还是希望你能靠自己的力量治愈松山，好吗？"

埃玛没有回答，回到了松山的身边，因为需要有人整夜都照看着他。埃玛把松山从居住舱转移到了美方的实验室，这样其他的乘员不用担心睡眠会被打扰了。松山紧缩在睡袋里，生理盐水不断经由吊针输入静脉。松山已经醒了，看上去很不舒服。

负责临时照看病人的卢瑟和黛安娜，看到埃玛回来明显都松了口气。"他又呕吐过了，"黛安娜说。

埃玛把脚支撑在实验室里的脚蹬上，固定好自己的位置。然后拿出听诊器，将耳塞塞进耳朵里，轻轻地把听诊膜放在松山的肚子上。还是没有听见肠鸣音，看来是消化道堵住了，液体都集中到了胃部，当前最重要的是必须先把这部分液体排出来。

"松山，"埃玛说，"我要把一根管子插进你的胃里，可能会有点疼，但也许这样就可以让你停止呕吐。"

"什么——什么管子？"

"就是根鼻饲管。"埃玛说着便打开了急救包，包里放着各种类型的装备和药物，品种齐全地可以与最现代化的急救车媲美。在一个标注着"通气设备"的抽屉里放着不同的管子，吸取设备，收集包和一个喉头镜。埃玛打开了那个存放长鼻饲管的小包，这种鼻饲管是由特种塑料制成的，管身极细，卷成一团，前部带有一个插针。

看到鼻饲管，松山充血的双眼顿时瞪圆了。

"我会尽可能轻地处理的，"埃玛说。"你可以先把一口水含在嘴里，到了插管的时候，我给你一个信号，你要迅速地把这口水吞进喉咙，在那个当口我会把鼻饲管的这头放进你的鼻孔。管子会马上进入到你的喉部。然后它就会顺着你咽下的这口水深入到胃部。整个过程中只有一开始我把鼻饲管塞进你鼻子的时候会感到不舒服。当管子放置好以后，它就不再给你惹任何麻烦了。"

"它会在我胃里待多长时间？"

"至少需要一天时间，得等到你的肠子正常工作为止。"然后埃玛又轻轻地劝慰道："松山，依你现在的情况，插管是必须的。"

松山无奈地叹了一口气，同意了埃玛的治疗方案。

埃玛看了一眼卢瑟，显然卢瑟已经被眼前的管子吓傻了。于是埃玛对卢瑟说："松山需要含口水，你能帮忙取些水过来吗？"埃玛转眼又看到了一旁的黛安娜，黛安娜镇定如常，好像一点也没有被眼前的危机吓着。"黛安娜，麻烦你帮我把吸取装置准备好。"

黛安娜像机器人一样遵照着埃玛的指示，拿过急救包，取出了吸取设备和收集包。

埃玛解开卷在一起的鼻饲管。她先用凝胶润滑了鼻饲管的插头，这样可以使插管更顺利地通过鼻咽部位，然后她接过卢瑟取来的一小包水递给了松山。

埃玛揉捏着松山的胳膊，想通过这个动作把信心传递给他。虽然松山的眼神里仍然明白无误地写着恐惧二字，但他仍然勇敢地向埃玛点了点头。

鼻饲管的插入端被润滑油擦拭得闪闪发亮。埃玛把鼻饲管放入松山的右鼻孔，然后耐心地把它伸了下去，达到了鼻咽部位。松山呛了起来，眼泪涌了出来，当管子接近喉头的时候，他故意开始咳嗽，向埃玛表示抗议。埃玛并不理会，插得更深了。松山疼得抽搐起来，用尽最大的力量想摆脱埃玛，把管子从鼻孔中拽出来。

"把水咽下去。"埃玛发出了指令。

松山用颤抖的双手拿起埃玛递给他的那一小包水，放到嘴唇边上吸了一口。

"松山，开始咽吧！"

水流开始通过咽喉进入食道，喉头的软骨随之自动地关上了通向气管的通路，这样水就不会漏进肺里了。软骨此时还起着另一个作用，它可以使插管准确地和水一起向胃部行进。因此，当埃玛看见松山开始吞水时，她迅速地把鼻饲管向前伸去，通过食道，直抵胃部。

"成功了，"埃玛拍着松山鼻子上的鼻饲管高兴地说。"你表现得很好。"

"可以进行吸取流程了。"黛安娜说。

埃玛把鼻饲管与吸取装置连接上，他们听见装置中传出水流的声音，接着插管中就出现了液体，从松山的胃部排进收集袋中。液体像胆汁一样呈墨绿色，其中没有淤血，埃玛稍微放心了一点，也许采取下列治疗手段就足够了——肠道休息、鼻饲管喂食和静脉输液。如果松山真的是患上了胰腺炎，那么这些医疗手段足以让他挨过接下来的几天，一直可以等到下班航天飞机的到来。

"我——头疼，"松山说道，然后痛苦地闭上了眼睛。

"我这就给你去拿止痛片。"埃玛说。

"现在情况怎样？我们是不是已经度过了危机？"格里格斯的声音响了起来，他一直躲在边上的通道里，看到了插管的整个过程。即便现在插管已经完成了，他还是不肯上前来，像是害怕看到病人的惨状。他把目光对准了埃玛。

"还要再看看。"埃玛汇报说。

"如果向休斯敦通报情况，我该怎么说？"

"刚做了插管，我认为还不是汇报的时候。"

"他们需要马上了解情况。"

"我真的不知道！"埃玛发起火来。接着，她调整了一下情绪，口气平静了许多，"我们可以到居住区去讨论这个问题吗？"她示意卢瑟留下陪伴病人，然后率先进入了过道。

居住舱里，尼古拉也加入到他们的谈话之中。三人端坐在餐桌旁边，像是要分享一顿美食。但此时此刻，他们之间笼罩着一种对未知前景的沮丧气氛。

"你是主治医生，"格里格斯说。"你为什么不能做出诊断？"

"我正尽力使他的情况更为稳定，"埃玛说，"目前我甚至还不知道面对的是什么疾病。接下去两天非常关键，可能病就好了，也可能变得越来越糟。"

"你还不能确定到底会是哪种情况吗？"

"这里没有X光机，没有生化设备，我无从知道他身体里到底发生了什么。我甚至不能告诉你明天他的情况会怎样。"

"明白了。"

"我当然希望他马上回去。我希望航天飞机可以马上来接他走。"

"使用返回舱可以吗？"尼古拉问。

"相对而言，用航天飞机运送病人会更理想一些，"埃玛说。使用返回舱时存在的不确定因素比较多，返回舱着陆必须考虑着陆点的气候条件，因此，很可能发生着陆点不具备急救条件的情况。

"忘了返回舱吧，"格里格斯开诚布公地说。"我们不能将空间站弃之不顾。"

尼古拉说："如果他的情况更加危急——"

"在等待发现号救援的这段时间里，我们只能指望埃玛维持他的生命了。我从来也没有想到过，空间站现在竟成了太空轨道上的急救车，埃玛无论如何都要保证他的病情可以稳定下来。"

"如果埃玛做不到呢？"尼古拉反问道，"人的生命可要比这些实验珍贵多了。"

"这只能是最后的选择。"格里格斯说道。"无法想象我们这些人全部登上返回舱，把这里的实验工作中断几个月会造成什么后果。"

"格里格斯，"埃玛说，"我和你一样不希望离开空间站，我好不容易才登上了空间站，并不希望缩短在这里的研究时间。但是如果我的病人需要紧急救治的话，也许只能动用返回舱了。"

"埃玛，"从通道飘来的黛安娜打断了他们的谈话，"我刚刚对松山的最后一项血液指标做了检查，我想应该让你看看这个结果。"说着便递给埃玛一张打印出来的血检报告。

埃玛看到了黛安娜所说的那个结果：肌酸激酶：20.6（正常值 0 – 3.08）。

看来不仅仅是胰腺炎和肠胃紊乱的问题了，如此之高的肌酸激酶意味着肌肉或心脏受到了严重的损伤。

呕吐有时也是心脏病发作的表征。

埃玛回头看着格里格斯。"我已经做出了决定，"她说。"通知休斯敦方面准备发射航天飞机，松山必须马上回去。"

八月二日

杰克系紧了前帆固定索，用双手拉紧曲柄，满是汗水的双臂在阳光下闪闪发亮。一路下来都是顺风，航程非常顺利，帆船快速地穿过了加尔维斯顿湾，杰克已经把墨西哥海峡甩在了身后。下午早些时候他已经绕过玻利瓦尔海沟，避开了从加尔维斯顿岛发出的渡轮，现在正经过得克萨斯城海岸线边的一长串炼油码头，向北方的克里尔湖前进，就快到家了！

四天的海上生活使得他脸色蜡黄，头发蓬松。他没有把出行计划告诉任何人，只带了一点食物，便驾着帆船驶向了海洋深处。入夜，在举目不见陆地的大海中，杰克只能借助星光辨明周遭的情况。他安静地躺在甲板上，任凭海水轻轻地推动着小船，眼睛长时间地望着一望无际的夜空。遥望满天的繁星，杰克仿佛也飞进了太空，伴着星体的起起落落，进入到银河的深处。在这里，他的心中只有辽阔的海洋和闪烁的群星。一道流星从天边划过，发出灿烂的光芒，这让他突然想起了埃玛。即使在心中已经筑起了层层高墙，可杰克还是会想起她。即使杰克本能地想要排斥埃玛，忘掉埃玛，可她依然留在杰克的心底挥之不去。杰克呆呆地望着流星掠过的那片天空，周围的一切都没有变化，风向没变，海水的波动频率没变，但是深深的孤独感，突然涌上了杰克的心头。

杰克鼓起风帆，准备返程回家的时候，天还是黑的。

在通往克里尔湖的水道上，他加快了速度。在阳光的暴晒下，水面映出房屋的倒影，杰克后悔自己太急着回家了。海面上总是凉风习习，但在陆地上，热量和湿气则一直挥散不去。

杰克把帆船靠在岸边，跳上了船坞。几天来的海上生活使他的腿软了下来，他想着，回家的第一件事就是要冲个冷水澡。等到夜里天气转凉的时候，再回来清理帆船也不迟。汉弗莱这个小东西，就留待明天对付吧！在脑瓜里粗略计划了一下，杰克背上露营包，离开了船坞。当他经过玛利娜杂货店的时候，视线被摆放在店外的报架吸引住了，手不由得一松，露营包落在了地上。他震惊地看着早晨发行的《休斯敦纪实报》上显眼的大标题：

"航天飞机紧急发射倒计时开始——明天发射！"

发生什么事了？他思忖着。出什么差错了？

杰克用颤抖的双手拿出口袋中的钱包，把硬币投入报架一侧的小槽，便迫不及待地抓起一份报纸看了起来。在文章旁边印着两张照片，一张是来自日本航天局的松山健一郎的照片，另一张就是埃玛的照片。

杰克飞快地提起地上的背包，朝最近的公用电话飞奔过去。

会议的参与者中有三位是飞行医生，看到这个阵势，杰克猜想目前面临的问题多半是医学上的问题。当杰克走进会议室时，大家齐刷刷转过头来，吃惊地看着他。杰克读懂了飞行总指挥伍迪·埃利斯眼中的疑惑：杰克·麦卡勒姆这家伙回到这里干什么来了？

托德·卡特勒回答了大家心中的疑惑。"杰克参与制定了首批空间站工作人员的急救流程，我想应该请他也加入我们的讨论。"

埃利斯略带愠怒地说："私人关系会把事情变得更复杂。"他指的是埃玛。

"每个空间站的工作人员都是我们的兄弟姐妹，"托德坚持着。"从这个角度来说，大家都像家人一样。"

杰克坐到了托德的身边。参加会议的还有美国国家航空局的副局长、国际空间站的任务协调员、飞行医生和几个项目经理。航天航空局的新闻发言人格里森·刘，也出现在了会议上。一年之中，除了发射的那几天，新闻媒体的目光是不会注视到这里来的。但今天，美国的所有新闻机构都派人来到了休斯敦，航天局公众大楼狭小的新闻发布室里挤满了各路记者，所有人都在焦急地等待着格里森的出现。看把这一天给弄的。杰克想。公众的注意力是变幻无常的，他们需要了解突发性、悲剧性的新闻事件，不出差错的太空旅程吸引不了任何人的眼球。

托德递给杰克几张便笺，最上面歪歪扭扭地写着一行标题："过去二十四小时松山健一郎的病理指标和症状报告"。

杰克一边浏览报告，一边聆听与会者的发言。他并不了解一天以来在空间站发生的情况，因此需要花上些时间尽快抓住要点。依据报告的内容看来，松山的病情非常严重，各项指标更是高得吓人。发现者号将载着基特里奇机组和一名飞行医生于美国东部夏令时明天清晨六点发射，执行医疗救助任务。目前发射倒计时已经开始了。

"你们的计划有没有最新的变化？"航空局副局长向医生们问道。"你们认为松山撑得到明天航天飞机救援的时刻吗？"

卡特勒回答了他的问题。"目前情况下，我们仍然认为航天飞机救援是最稳妥的方案。我们不会轻易更改原定的计划。空间站的医疗设备相对而言还是比较完备的，利用上面的医疗设备和药品，心肺功能可以维持一段时间。"

"你们确信他是心脏病发作吗？"

托德瞟了一眼同事们。"坦白地说，"他承认道，"我们对此并没有十足的把握。我们是根据患者血液中不断上升的激酶含量判断出他心肌梗塞的——也就是你们所说的心脏病发作。"

"那你们为什么现在还不能确诊？"

"心电图只能诊断出普通的心脏疾病——而 T 波倒转这种心脏缺血的症状无法通过心电图来进行判断。另一方面，我们这次是先以心血管类型的疾病来进行考量的，因为以前他并没有其他方面的病史。依照目前的情形，虽然我们确实不是非常清楚在他的身上到底发生了什么，但我们倾向于他心脏病发作这种看法。在患者心脏病发作的前提下，由于我们能够控制航天飞机准确、安全地与空间站对接，也能保证着陆地点具备足够的医疗条件，因此利用航天飞机进行救援与使用返回舱相比较，预期效果会更胜一筹。在等待航天飞机到达的这一段时间里，国际空间站上的医生可以解决患者心律不齐的问题。"

杰克看完了诊断报告，抬起头环顾了一下所有参加会议的人员。"现在缺乏必要的设备，我们无法分离出病患的肌酸激酶，既然如此我们怎能确定这些激酶确实来自心脏？"

大家的注意力全部集中到了杰克这里。

"你说的'分离'是什么意思？"伍迪·艾利斯问。

"肌酸激酶是帮助肌肉保持能量的一种酶物质，在体表肌肉和心肌内都能存活，当心肌细胞受损伤时，通俗地说，就是当心脏病发作时，血液中的肌酸激酶水平会提高。这就是先前我们判断患者心脏病发作的原因，但万一并不是心脏部位的肌酸激酶水平提高呢？"

"此话怎讲？"

"也可能是其他部位的肌肉损伤。比如患者受了外伤，从而引发抽搐或某种炎症。实际上，人体接受肌肉注射的时候，肌酸激酶也会升高。如果我们能够分离出肌酸激酶，我们就能判断心肌内的肌酸激酶是否升高了，但空间站无法进行这种分离操作。"

"那么，他可能根本不是什么心脏病发作喽？"

"是这样的。但是报告中还有一个地方十分令人费解。如果是瞬间的肌肉损伤，肌酸激酶水平会马上恢复正常，但大家看看这里。"说着杰克便翻开报告，读出了几组数字。"在过去的二十四小时内，病人的肌酸激酶水平在持续不断地升高着，这表明他的某部分肌肉也一直不间断地被损伤着。"

"这恰巧是我们目前最大的疑惑。"托德说。"我们得到了空间站上所有非正常的检验结果，但这些结果并没有遵循任何已知的模式。我们得到了病人的肝脏酶体、肾脏机能、消化指数和白血球数量的检查结果，这些结果有的大于正常值，且还在不断升高；有的小于正常值，处于不断下降的过程中。看上去像是患者身上的不同身体组织分别受到了来自不同方面的攻击。"

杰克看着托德。"攻击？"

"这仅仅是我的一种表达方式，杰克。我不知道我们目前要解决的问题究竟是什么。现在可以断定的是检查数据并没有出错，我们同样也给其他宇航员做了检查，他们目前的身体状况非常好。"

"但他的病是否已经严重到了要进行紧急救援的程度？"航天飞机任务协调员问，他对眼前发生的一切非常沮丧。原本发现者号航天飞机这次的任务是回收和修理摩羯系列的间谍卫星，但是现在它却要首先去解决目前的危机。"军方对推迟修理很不高兴，你们征用发现者号充当空中救护车，完全打乱了他们的计划。因此我要再问一下，这次救援是否真的有必要？健一郎能不能在空间站进行治疗和恢复？"

"我们不能预测将来，我们不知道他到底得的是什么病。"

"看在上帝的份上，你们不是已经派了一个医生上去了吗？难道她不能诊断出来吗？"

杰克的神经绷紧了。有人站出来攻击埃玛了。"她那里没法照 X 光片。"

"她那里应该具有所有必需的设备啊！卡特勒医生，你先前不是说空间站的医疗设备还是比较完备的嘛！"

"健一郎要尽快回来，"托德说，"这是我们医疗小组的一致看法。如果你怀疑我们前方医师的诊断，那完全是你的个人看法。我要说的是，就我个人而言，我不会去随意妄论前方人员的工作。"

托德的这番话有效地制止了争论。

国家航空局副局长征询道，"还有什么需要讨论的吗？"

"我来报告一下天气情况吧！"航天航空局的气象员说。"在瓜德罗普岛以西的洋面上生成了一个飓风团，目前正在缓慢地向西移动，不会影响到发射，但在未来一周内可能会影响到肯尼迪航天中心。"

"感谢大家参与讨论。"副局长看到再没有人提出新的问题，准备结束会议。"照计划于美国中部时间明天早上五点①准时发射，明天发射现场见。"

---

① 美国有六个时区。从东至西，递减一个小时。因此，中部夏令时比东部夏令时晚一个小时。

10

彭塔阿雷纳，墨西哥

在落日余晖的照映下，科特斯海的波涛泛着银色的光芒。海伦·科尼格坐在贞女酒吧外的露天餐桌旁，悠闲地看着海上那些回港的渔船。这是一天中海伦最喜欢的时段，傍晚的微风轻轻触碰着她那被日光充分曝晒过的皮肤，全身肌肉也在经历了一下午的游泳后散发出慵懒的愉悦感。侍者端来了她要的鸡尾酒，放在餐桌上。

"先生，谢谢你！"① 海伦呢喃着。

刹那间，她与一个男人的目光相遇了。这是一个风度翩翩而又安静的绅士，满头银丝梳得非常齐整，但目光中透着十分的疲惫，海伦突然产生了一种被刺伤的感觉。这些高傲的美国公驴！她一边看着男人走进酒吧，一边忿忿地想。每次她到墨西哥的下加利福尼亚地区度假时她都会有同样的感觉。海伦喝了一口鸡尾酒，把视线转向大海，聆听着海岸上某处流浪乐队吹奏的悠扬乐曲。

愉快的一天就要过去，她几乎把这一整天都耗在了海上。一大清早，她就进行了两次深海潜水。下午，她一直在海岸边练习跳水。刚

---

① 原文为西班牙语。

才夕阳西下的时候，她则是泡在被阳光染成金色的海水里尽情地嬉戏着。从很久以前开始，大海就是她的圣殿，在这里她可以收获难得的宁静和安慰。大海不会像男人那样见异思迁，它随时等在那里，准备把她拥入怀中好好安慰。而每当海伦遭遇挫折的时候，她马上就会想到逃离尘世，立即扑向大海母亲的怀抱，正因为这样，她从来也没有对大海失望过。

这次她来这儿也是因为如此。她迫切地希望独自畅游在下加利福尼亚的大海中，没有人能够找到她，甚至包括帕尔默·加布里埃尔。

海伦吮吸着最后几滴酒液，一口把它们喝了下去，然后又叫了第二杯。酒精已经让她飘飘然起来，但这又有什么关系呢，她现在完全是个自由的女人。毕竟实验项目已经结束，被意外终止了，所有的组织细胞都被销毁了。即便后来帕尔默迁怒于她，她还是认为自己的选择是正确的，采取的是最安全的处理方法。明天，她还会睡到自然醒，叫上一杯热腾腾的巧克力和墨西哥卷饼，接着她还可以再来上一次潜水，回到大海的深处。

身后传来一阵女人的笑声。海伦看见酒吧里一对青年男女正在调情。女人身材苗条，皮肤晒得黝黑，男人肌肉发达，活脱脱一个大力神，明显是在旅行中结成的一对。他们也许会共进晚餐，然后手牵着手在海岸上散步。接下来也许还会互相亲吻，也许还会互相拥抱，甚至可能在荷尔蒙的作用下进行交配。海伦用科学家审慎的眼光望着他们，心中还带着一丝女性的嫉妒。海伦知道，这样的好事不会再降临到她的头上了。她已经四十九岁，不能再与年轻人相比了。腰身变粗，头发已经半白，面容也不再妩媚动人，只有眼眸中还不时散发出智慧的光芒。她已经过了吸引壮硕美男子的目光的年龄了。

海伦喝光了第二杯鸡尾酒，眩晕感遍及周身。她意识到该填饱自己的肚子了，于是打开了菜单。菜单的扉页上写着餐厅的名字"圣女餐厅"，源自于墨西哥历史上著名的三圣女，海伦非常适合来此用餐，因为她同样也是孤身一人。

侍者走上前来，为她点餐。海伦抬起头看着侍者，先点了个烤剑鱼。这时她注意到酒吧里挂着的电视上出现了航天飞机放上发射架的

121

画面。

"发生什么事了?"海伦指着电视问道。

侍者一无所知地耸了耸肩。

"快打开声音,"她对酒保喊道。"请快一点,我需要听到内容。"

酒保踮起脚来,够到了调音键,电视里传出英语广播声,是一个美国频道。海伦快步走到吧台前,仰头注视着屏幕。

"……对宇航员松山健一郎采取紧急医疗救助,航空航天局并没有透露进一步的情况,但已经发布的消息表明目前航天局的医生们仍然没有确诊。根据今天早些时候公布的血检结果,医生们认为最好尽快派出航天飞机进行医疗救助。发现号航天飞机预定于东部夏令时明天早上六点发射。"

"夫人?"侍者说道。

海伦回头看见侍者手里仍然拿着点菜单。"您还要饮料吗?"

"不,不,我要走了。"

"但您的食物——"

"劳驾取消我先前订的餐。"海伦打开皮夹,塞给侍者十五美元,风一般地冲出了餐厅。

回到旅店,她想到应该先和身处圣迭戈的帕尔默·加布里埃尔打个电话。拨了六七次后,国际电话中端才最终连通了线路,但海伦在话筒中听到的只是帕尔默的电话留言。

"国际空间站上有一个宇航员得病了,"海伦说。"帕尔默,这就是我所担心的事。我警告过你的事情还是发生了。如果确认是那个原因,我们必须马上行动,先于……"她停住话语,看了看挂钟。见你的大头鬼,她在心里默默诅咒着,挂上了电话。我必须马上回到圣迭戈,只有我才知道如何处理这种情况,他们需要我。

她把衣物一股脑儿全部扔进了滚轮行李箱,在前台结完账后,便叫上一辆出租车,直奔十五英里开外位于布纳维斯塔的飞机临时跑道而去。海伦已经订好了一架前往拉巴斯的小型飞机,她可以在拉巴斯搭乘商务航班返回圣迭戈。

通向布纳维斯塔的道路颠簸不平,晚间又起了风,灰尘不断通过车窗扬进车内。但是这次旅程中真正让她感到害怕的是必须要搭乘小型飞机，小型飞机太危险了。如果不是这么急着回家，她会选择驾着自己那辆现在还停在度假村里的汽车沿半岛驶回家中。海伦紧紧握住扶手，想象着即将到来的可怕飞行旅程，手心不知不觉汗湿了。

透过车窗，夜空如天鹅绒般宁静深邃。海伦联想到了空间站上的宇航员，想到了他们所面对的危机，这才是当前的头等大事。小型飞机的那点小麻烦根本不能和宇航员目前所面临的危险相提并论。

现在可不是装懦夫的时刻。几条鲜活的生命正处于生死存亡的紧要关头。海伦是唯一一个知道解救方法的人。

坑坑洼洼的道路忽然变平整了，汽车开上一段沥青道路，感谢上帝，离布纳维斯塔没有多少路了。

也许是感到时间比较紧迫吧，司机加快了速度，大风夹带着浮尘扑打在她的脸上，海伦赶忙低下身摇起车窗，这时她感到出租车突然转向左边，好像在超过一辆慢车。她慌忙抬头向窗外望去，惊恐地发现车子现在正快速地曲线前行。

"先生，慢一点！"① 她狂呼着。快放慢车速吧。

出租车此时与本来在前面的那辆慢车已经并驾齐驱了，出租车还超出一头，司机不愿意放弃这点领先的优势。前方的道路弯向左侧，路况完全看不清楚。

"不要超车！"海伦大叫。"请不要——"她看着前方，目光定格在迎面而来的另一辆车闪耀的车灯里。

海伦用手掌遮住双眼，想阻挡这耀眼的灯光。可她无法阻挡两车相撞时轮胎发出的哀鸣声，禁不住尖叫起来。

八月三日

杰克坐在飞行控制室玻璃隔断外的观众坐席上，这里能够看清控制室的全貌，观众可以在这里观察到操作员的每步动作，而操作员全

---

① 原文为西班牙语。

部服装整洁，因为他们知道随时可能会被观众的照相机镜头对准。虽然这里的工作人员都沉浸于自己的工作中，但他们无法做到将观众完全抛至脑后。他们时刻会想到观众的目光正追随着自己，自己的每一个动作，头部的每一次摆动，都会被玻璃墙后的观众摄入眼帘。一年以前，杰克曾经在一次航天飞机的发射过程中担任医疗控制的职务，那时他也曾感受到陌生人的眼光暧昧而令人难以忍受地拂拭着自己的后颈。因此，他此刻完全能体会到玻璃墙那边操作员的感受。

飞行控制室异常平静，只能听见内部通话系统里传出的对话声，这是航空航天局努力要达到的一种境界，所有的工作人员各司其职，每个人都能完美地完成自己的工作。公众很少能见到发生危急情况时，这里展现出的那一派嘈杂混乱的场面。

今天千万不能出现这种场面，杰克想。幸好是卡彭特在操控着局面，事情一定会朝好的方向发展。

飞行指挥官兰迪·卡彭特正指挥着升空小组的活动。他资历深，见识广，在航天生涯中经历过几百次大大小小的危机。他确信，航空灾难往往不是由单一一次严重故障引起的，而是由于许多微小的问题得不到及时解决，累积在一起所导致的。所以他在工作中非常注重细节，把每个可能发生的问题都当作潜在的危机来对待。他手下的团队平时都仰视着他——这句话倒一点也不夸张，因为卡彭特是个高六英尺四、重三百磅的巨汉。

航天局的公共事务官格里森·刘坐在飞行控制室左侧最后一排的控制台边。杰克看见她转向控制室外面的观众，对着外面观看控制发射过程的观众露出了一个宽慰的笑容。今天她穿着一身考究的套装，蓝色的工作衬衫上点缀着一条绿色丝巾。世界各国对这次特殊的发射任务都十分关注，虽然大多数新闻机构都派人到卡纳维拉尔角的发射现场去了，但在约翰逊航天中心的观察室里仍然聚集了一大帮记者。

最后十分钟的倒计时快要结束了，大家听到广播系统播报出最新的天气实况，接着倒计时结束了。杰克向前方探着身体，肌肉绷得越来越紧，发射带给他的梦魇又回来了。一年以前，当最终完全脱离航天项目的时候，他以为再也不会与此地有任何瓜葛。现在他却又一次回到了这里，带着紧张来到了这个梦开始的地方。他在脑海中想象着宇航员们被固定在座位上，下方推进器中氧气和氢气进行作用，产生出巨大的推动力，震动因此不断加剧的场景。他还想到了戴上保护装置以后内心产生的幽闭感，吸氧时发出的嗞嗞声和不断加快的脉搏。

"固体推进器点火完成，"约翰逊航天中心公共事务官大声宣布。"发射！航天飞机已经发射了！控制权转到休斯敦的约翰逊航天中心……"

在大屏幕中央，航天飞机继续向东沿着预定轨道上行，杰克还是非常紧张，心跳得非常快。观众席上方屏幕中的图像是从肯尼迪航天中心实时传送过来的，控制室和机长基特里奇之间的通话不时从蜂鸣器中传出。发现号已经进入轨道，向大气层上端继续前行，蓝天从宇航员的视线中消失了，扑面而来的是黑沉沉的宇宙空间。

"这次发射非常顺利！"格里森在媒体通话频道中宣布道，她的声音立即被一片欢呼声吞没了，这确实是一次相当完美的发射，顺利通过最大应力点，顺利完成点火，主发动机没有出任何问题。

卡彭特总指挥依然纹丝不动地站立着，紧紧地盯着前方的屏幕。

"发现号，请你们准备启动丢弃外部油箱进程，"卡彭特发出了指令。

"收到，"基特里奇说，"我们已经开始这个进程了啊！"

卡彭特庞大的头颅突然扬起，杰克知道一定是发生情况了。在飞行控制室中，总指挥的一个细微的动作都会马上引起所有操作员的注意，很多人转过身来，茫然地看着卡彭特。他们都注意到卡彭特平日里耷拉着的肩膀突然警觉地耸立起来。格里森的手掌按紧了耳机，以便更为清晰地听清通话系统中的对话。

一定是发生了什么状况，杰克心想。

玻璃墙外的观众们同样能听到控制室和航天飞机之间的通话内容。

"发现号，"通讯系统中又传出了控制室发出的声音，"机械工程师报告航天飞机的中舱门没有关好，请你们去检查一下。"

"收到，确实如你所说，门还没有关上。"

"请你们继续按规定流程操作。"

一阵令人心悸的沉默后，基特里奇发话了。"休斯敦，我们已经顺利地关上了门。"

杰克悬着的心放下了，他长舒口气，完全放松下来，还好只是发生了一次小小的故障。其他方面，他想，幸亏没出任何差池。尽管如此，刚才突发的事件还是使他心绪难平，手掌上也浸满了汗水。刚刚经历的一切提醒人们在太空旅行中仍然存在着许多容易出错的环节，杰克无法将心头的忧虑挥之而去。

杰克望着飞行控制室中的兰迪·卡彭特，他揣度着这位航天局最出色的飞行指挥是否与自己一样，也有这种不祥的预感。

八 月 四 日

午夜一点，杰克从床上坐了起来。就好像是有人在他的大脑中设置了闹钟一样，这两天一到这个时刻他就会惊醒过来。床头的座钟在黑暗中依稀散发着夜光。这就和发现号航天飞机一样，他想道，现在的作息时间完全与国际空间站保持一致了，我的生物钟已经与埃玛保持一致了。再过一个小时，埃玛就会醒来，一天的工作就要开始了。而在约翰逊航天中心，杰克已经早早地醒来，可以和埃玛协调行动了。

他并不想再多睡一个小时，干脆起床，穿上了衣服。

午夜一点三十分，任务控制中心鸦雀无声，只听见各种设备还在发出嗡嗡的声音。杰克首先到飞行控制室看了看，操作员都安静地坐着，发现者号显然没发生什么问题。

杰克离开控制室，走过大厅来到专门监控国际空间站的特别空载控制室。这里比飞行控制室要小得多，因为这里没有太多的设备和人员。杰克径直来到了飞行医生工作的单元，坐在罗伊·布鲁姆费尔德身旁的座位上，布鲁姆费尔德是当值的飞行医生，他惊讶地看着突然出现的杰克。

"嗨，杰克，我在猜想你是不是又回来了。"

"我好像从没离开过这里。"

"你不可能为了钱回来，我想你一定是因为这项工作所特有的挑战而来。"布鲁姆费尔德往椅背上靠了下去，打了个哈欠，"今夜没什么情况。"

"病人的情况稳定吗？"

"过去十二个小时没有什么大的变化。"布鲁姆费尔德示意杰克上前来看控制板上显示的患者的生化指数。松山健一郎的心电图和血压读数相继在面板上出现。"像磐石一样稳定，"布鲁姆费尔德下了结论。

"没有新的进展吗？"

"最后一次报告是四个小时之前发来的。他的头疼加剧了，烧还没退。现在看来，抗生素起不了什么作用，我们正为这个在挠头呢！"

"埃玛有什么好主意吗？"

"在这个节骨眼上，她都精疲力竭地无法思考了。我让她去睡一会儿，由我们来帮她注意监视器。整件事发展到目前这个情况，实在太让人烦心了。"布鲁姆费尔德又打了个呵欠。"杰克，我去一下洗手间，你能帮我临时代看一下吗？"

"没问题。"

布鲁姆费尔德离开了房间，杰克套上头戴式耳机。坐在控制台前，熟悉的感觉回来了。耳边又响起别的控制员们的交谈声，眼前空间站正沿着正弦轨道横穿过屏幕。杰克虽然并不在航天飞机上，但这里也已经是接近外层空间的最前线了。我再也没有机会上去了，但是在这里我能触摸到宇航员的最真实一面。他惊奇地发现，自己已经接受了不能进入太空的痛苦事实，可以满足于只从远处进行观察的现状了。

他突然注意到松山健一郎的心电图指数发生了变化，连忙向前挺了挺身。细线以极快的速度上下震荡着，最后伸直成屏幕上方的一条直线。

杰克放心了。没什么可担忧的；看来只是设备发生了故障——也许是哪个接口松了吧。因为血压值依旧在屏幕上显现着。可能是病人翻了个身，弄松了接口，也可能是埃玛暂时断掉了开关，好让病人去下厕所。但很快血压值也无法看见了——又一个表明松山离开的迹象出现了。他又继续观察了几分钟监视器，希望看到读数能重新出现。

但是过了几分钟，读数还是没能出现，无奈之下，杰克打开了通

127

话装置。

"联络员，这里是医疗组。我们观测到病人的心电图突然消失了。"

"消失了?"

"看上去像是关上了监视设备。屏幕上追踪不到心脏的脉动情况，你们能不能联系一下埃玛问问情况呢?"

"收到。医生，我这就去叫她。"

一阵蜂鸣声把埃玛从沉睡中惊醒，几滴冰冷的水珠飘到她的脸上，让她一下清醒过来。她本来没打算睡觉的，如果不是任务控制中心有人帮她监控心电图的读数，并保证一有什么变化会马上叫醒她的话，她原本是想在空间站同事睡觉的时候，自己来负责照看病人的。但在过去的两天中，她只是短暂打了几个盹，还总是会被同事所打断，询问她病人的最新状况。她最终没能抵挡住疲惫和失重引起的晕眩，去睡了会儿觉。残留在脑海中的最后记忆就是睡觉前在屏幕上看到的松山的心电图波形在屏幕中央催眠般越来越模糊，渐渐变绿变黑。

埃玛意识到面颊上沾着几滴水珠。张开眼睛，看到一大团水珠正向她扑面而来。她弄清楚了看到的到底是什么，许多成团的水珠像圣诞节装饰一样舞动在她的周围。

沉寂被通讯系统里传来的声音打破了: "沃特森医生，我们非常不情愿在睡梦中吵醒你，但是我们必须马上和你确认一下病人的心电图状况。"

埃玛用沙哑的声音回答道: "我已经醒了。"

"我们这里的医生观察到病人的心电图指标出现了异常，他认为可能是你们把监控设备给关上了。"

埃玛熟睡的时候整个身体飘浮在半空之中，她调整了一下姿势，使自己站立起来，转身朝病人的临时放置地看过去。

松山的睡袋空了，取下的插管四处飘浮着，吊瓶中的生理盐水在空气中飘散开来，各种测量仪器松开的电线绞成一团。

埃玛见状不妙，立即关上了吊瓶的针液输入开关，然后四下张望了一下。"总部，松山不见了，他离开了实验舱，呆会儿我再和你们联系。"说着她蹬了一下墙，奔向连接日本实验室和欧洲实验室的二号节点舱。她向通道瞥了一眼，人不在。

"你找到他了吗？"

"没有，我还在找。"

他是不是心烦意乱，狂躁地四处溜达了呢？埃玛回转身，从先前所在的美国试验室穿进了过道里。她用手去驱散面前挡路的液体，发现手指上竟然沾染上了血迹。

"总部，他已经穿越了节点一号舱，注射处好像在流血。"

"建议你马上关掉各舱之间的空气流动阀。"

"收到。"埃玛拖着身子穿过居住区的过道，居住区发出暗淡的灯光，她看见卢瑟和格里格斯在睡袋里鼾睡着，但松山并不在这里。

千万不能惊慌，她一边想一边关上了舱间的空气阀门。再认真地思考一下，松山究竟会去哪里呢？

他会回苏联部分自己的居住点去吗？

埃玛没有惊动卢瑟和格里格斯，离开居住舱进入连接苏联空间站的通道里，她到处张望，寻找那位逃离的患者。"总部，我已经进入了扎亚，可还是没有找到他。"

她来到松山平时睡觉的苏联服务舱，在微光中看见黛安娜和尼古拉都睡着了，胳膊伸在睡袋外面。松山睡觉的地方空无一人。

埃玛先前只是焦虑，现在极度害怕起来。

埃玛摇了摇尼古拉，想要把他唤醒。结果用了很长的时间才让他醒来。但即便他睁开了双眼，还是用了好一会才弄清目前的局面。

"我找不到松山了，"埃玛重复着。"我们要仔细检查每个舱。"

"沃特森，"通话器又响了。"工程师报告节点一号舱的空气阀门发现有断断续续的故障报警，请你去检查一下。"

"知道是什么故障吗？"

"时有时无的数据表明设备舱和乘员舱之间的阀门存在着安全隐患。"

松山，他在换气室。

埃玛像离弦之箭一般朝节点一号舱飘浮而去，丝毫也没有顾虑到身边的尼古拉。通过打开的舱门，埃玛看到设备舱出现了恐怖的一

129

幕：视野中出现了三具身体，仔细一看，其中有两件是舱外活动服，宇航员把他们放在这里是为了操作机械时可以更加自如。

另一具躯体便是松山，他弓着身体在半空中不断地痉挛。

"帮我把他弄出去！"埃玛说。她到了松山的身后，脚支在舱门外侧的墙壁上，把松山推向尼古拉，尼古拉在前方把松山拽出了换气室。他们费了好大的力气，最终才把松山转移到了放满了医疗设备的实验舱。

"总部，我们找到了松山，"埃玛说。"他现在痉挛得非常厉害，我需要指导医生在线上帮忙。"

"沃特森，放松一点。请值班医生加入交流！"

埃玛从耳机中听到了一个非常熟悉的声音。"你好，埃玛。听说你那里又出了新的状况。"

"杰克？你在这干什么？"

"你的病人情况到底怎样了？"

埃玛仍然沉浸在巨大的恐慌之中。她把注意力重新集中到了松山身上。她接上输液管，连接了心电仪的导线，但心里还在纳闷杰克到底在任务控制中心做什么。他离开这个岗位已经快一年了，但现在他又出现在了通讯系统中，异常平静地询问着患者的病情。

"他的手脚还在乱动吗？"

"不，他现在在进行有目的的运动——正极力和我们对抗呢！"

"你有没有监测到什么主要的症状？"

"脉搏跳得很快，在一百二十和一百三十之间。他的手在空气中乱抓，好像想要加快空气的流动。"

"不错，至少他还能呼吸。"

"我们已经给他连上了心电仪。"她看了一眼心电监视器，心电波又重新出现在屏幕上，"心动过速，心跳每分钟一百二十四下，是常见的早搏。"

"我在远程监视器上也能看见他的情况。"

"我正在为他量血压……"埃玛捏紧打气球，向袖带内打气，当肱动脉搏动的声音消失以后，埃玛一边慢慢放开气门，使压力减小；

一边努力地倾听上臂的脉动声。"高压九十五，低压六十，没有什么不正常——"

埃玛突然惊叫了一声。松山的手从电线中摆脱了出来，一掌打在埃玛的脸上。突如其来的重击令埃玛匆忙向后退去，横穿过实验舱，撞在另一侧的墙上。

"埃玛?"杰克呼叫着。"埃玛?"

带着惊惧，埃玛摸了摸自己那颤抖的嘴唇。

"你在流血!"尼古拉告诉埃玛。

耳机里响起杰克狂乱的怒吼，"老天，你们那到底怎么了?"

"没事，"埃玛低声说道。然后马上又重复一句，"我很好，杰克，不要大惊小怪。"

实际上，埃玛的头部被刚才的那一掌打得直冒金星。当尼古拉把松山重新固定在病床上的时候，她把身体靠在了墙上，等待晕眩慢慢消失。尼古拉好像突然发现了什么，转身跟埃玛说话，埃玛一时没有听明白尼古拉的意思。

接着她读懂了尼古拉眼中流露出的惊诧。"看他的肚子，"尼古拉轻声说着，"快看!"

埃玛向前靠了几步。"天哪，怎么会这样?"她自言自语道。

"埃玛，快告诉我，"杰克说，"到底怎么了?"

埃玛看着松山的腹部，那里的皮肤好像被烧得起了皱一样。"他的皮肤下有什么东西在移动——"

"这话是什么意思，有东西在移动?"

"像是肌肉抽动，不过部位是在肚皮上……"

"不是单纯的肠蠕动吗?"

"不，不，皮肤下的东西是往上挪动的，并非沿着肠道移动。"埃玛注意到蠕动忽然停止了，腹部恢复到平滑的正常状态，可以安心了，是肌肉抽动吧，她揣度着。肌肉抽动指的是肌纤维的不协调运动，松山目前的状况最接近这种病症。但肌肉抽动并不会像松山的皮肤这样呈波纹状。

松山突然睁开了双眼，凝视着埃玛。

131

心脏监视仪发出尖利的警报声，埃玛看见心电图屏幕上的波纹正呈锯齿状剧烈地上下波动着。

"房室心动过速！"杰克说。

"我看见了，这就采取措施进行抑制！"埃玛开启了电子震动发生器，感觉到松山的脉搏又正常了。

虽然脉搏非常微弱，但，终于又恢复了。

松山疲倦地闭上了眼睛，埃玛只能看见他眼部充血的巩膜，不过，呼吸还算正常。

埃玛在松山的胸前放了一层填充的织品，把震动发生器摆了上去，然后按下了开关。一百焦耳的能量瞬间通过了松山的身体。

松山全身的肌肉在电流的作用下剧烈地抽搐着，双脚不自觉地胡乱摆动，万幸的是，尼古拉这次固定的不错，松山没有摆脱病榻飘浮出去。

"心动过速症状没有缓解！"埃玛汇报说。

黛安娜这时进入了实验舱。"有什么我可以帮忙的吗？"她问道。

"帮我拿一下利多卡因①！"埃玛吩咐着，"到控制台右边的抽屉去找找吧！"

"拿到了！"

"松山停止呼吸了！"尼古拉叫道。

埃玛一把抓过急救包，利落地指挥着："尼古拉，快把我撑起来。"

尼古拉站好了位置，把脚抵在墙上，当埃玛给松山戴上氧气面罩时，他用背部撑着埃玛，帮助她平衡好位置。即便是在地球上，做心肺急救也是够吃力的了。而要在太空的微重力环境下完成心肺急救，其难度不亚于在地球上表演杂技。设备和插管全部缠绕在一起，飘浮在空中。稍不留神，针管里昂贵的药物也有可能会全部飘散开来。即便是像把双手压在病人胸前这么一个简单的动作也会让人跌翻下来。虽然在训练中反复操练过这套动作，但排练毕竟不能模拟出现实情况下在如此密闭的空间中，争分夺秒与死神搏斗的危急场面。

---

① 一种麻醉剂。

松山的鼻子和嘴巴上已经套好了面罩，埃玛挤压着急救袋，把氧气压进松山的肺叶，心电读数终于又出现在了屏幕上。

"我已经为他注射了一个单位的利多卡因，"黛安娜说。

"尼古拉，再次做电击！"埃玛命令着。

尼古拉稍微迟疑了一下，接过心脏起搏器，放到松山胸前，一启动，二百焦耳的能量通过了松山的身体。

埃玛看着监视屏。"又开始房颤了，尼古拉，准备做心脏按摩，我来准备插管。"

尼古拉甩开震动发生器的两块按板，它们马上就带着连接的电线一块飘走了。他重新把脚踏在另一侧的墙上，准备用手掌按住松山的胸骨，但马上他把手抽了回来。

埃玛看着他问，"怎么了？"

"他的胸部出问题了，快过来看看吧！"

他们俩一同查看起来。

松山胸部的皮肤像是被烤焦了。尼古拉刚才电击的两个触点慢慢扩散开来，就像石头投入水面产生的涟漪。

"心脏停止搏动！"耳机中传来杰克的叫喊声。

尼古拉僵直地站着，目瞪口呆地看着松山的胸部。

埃玛急速飘了过来，靠在尼古拉的背上。

心脏停止搏动，心跳已经没有了，他眼看就要在没有做心脏按摩的情况下死去。

松山的身体上没有东西在动，也没有什么反常的征兆。只是在骨瘦如柴的胸部，皮肤左一团，右一块地突起着。肌肉抽动，埃玛想。肯定是这样，没有别的什么解释了。她摆好了架势，开始按摩起来，手在松山的心脏部位不断按动，希望松山体内的血液能在按摩中重新循环起来。

"黛安娜，注射一个单位的肾上腺素！"

黛安娜把药推进了吊瓶。

再没有什么要做的了。三个人不约而同地把视线转到显示屏上，祈祷图纹能再次出现。

11

"必须马上进行尸检!"托德·卡特勒说。

宇航员培训中心主管高登·阿比不满地望了他一眼,会议室里其他一些人也纷纷向托德摇头,托德只是说出了大家心里都明白的事情,尸检是必须要做的。

十来个人参加了这次紧急会议,尸检并不是这次会议的主要议题。阿比当前有更紧急的问题要去处理。作为一个平日言辞不多的人,这两天阿比只要一出现在公众场合,马上就会被记者的麦克风围住,令他不胜其烦。各种不明就里的谴责纷纷向他指来。

阿比必须对这次悲剧承担一部分责任,因为登上太空的每一个宇航员都是他亲手挑选的。如果某一个宇航员出了差错,自然会归咎到他。目前看来,选择埃玛·沃特森就是犯了一个大错误。

至少在这次会议上大多数人都倾向于这个观点。埃玛是空间站上唯一的医生,她应该能判断出健一郎正濒临死亡。也许使用返回舱本可以挽救患者的生命,而现在花费了成百万的经费,派一架航天飞机上去救援,却只能起到搬运尸体的作用。政府方面急于寻找一个替罪羊,国外的报章都在渲染一个颇具政治意味的问题:如果是美国自己的宇航员,你们还会这样见死不救吗?

事实上,这次会议主要将讨论如何应付外界的质疑。

格里森·刘说:"帕里什参议员已经对此事发表了评论。"

约翰逊航天中心的长官肯·布兰肯什普无奈地叹息着："我倒要听听他是怎么说的。"

"CNN已经把他的评论传真给了各大媒体，评论这样写道：'航空航天局把纳税人上交的几百万美金用在了建造返回舱上面，但在宇航员患上疾病的紧要关头，他们却弃之不用，一条原本有望得以救治的生命因为他们的拖延而逝去了。很显然，他们犯了一个严重的错误。宇航员在太空上的死亡可不能就这样轻易被放过去。议会已经开始对此事进行全面的调查。'"格里森抬起头严肃地看着众人："我们亲爱的参议员就是这样说的。"

"不知道人们还记不记得他当初是怎样千方百计扼杀我们的返回舱计划的？"布兰肯什普说。"真该把当时那些报纸翻出来扔在他那张老脸上。"

"你千万不能这样蛮干，"勒罗伊·科内尔说。解决政治层面的问题是这位局长的职责之一。他是航空航天局与议会、白宫联系的纽带，非常清楚各种各样的政治把戏是如何操作的。"你如果直接攻击参议员，那等于是把支持他的民众给惹毛了。"

"是他先攻击我们的啊！"

"这又不是什么新鲜事，每个人都知道他那点伎俩。"

"可老百姓不知道呀，"格里森说。"他正在利用此事大造声势呢！"

"你说出了重点——他就是想吸引公众的眼球，"科内尔说。"我们如果进行反击，就会落入媒体的圈套。大家想一想，帕里什从来就不是我们的朋友，他反对我们的每一笔预算要求，他要买的是打仗用的武器，而不是我们要求的航天设备。我们永远不可能改变他的看法。你们如何去跟这样一个人计较呢？"科内尔深吸了一口气，环顾着会场说："因此，我认为我们应该审慎地对待这次危机，考虑一下如果真的是我们的判断失误，我们应该如何去化解它。"

房间里出现了短暂的沉默。

"很明显，有人犯了错误，"布兰肯什普说。"错误出在医疗诊断上。我想问一下，为什么我们不能为病人做出正确的诊断呢？"

阿比看见两个飞行医生在不安地对视着。大家都把焦点集中在了医疗队伍在这次事件中的表现上来了，其中首当其冲的便是埃玛。

埃玛不在会议现场，无法为自己辩护；阿比必须在这帮她说话。

托德·卡特勒没等阿比发言，就开始为埃玛开脱了。"在空间站上没有完备的医疗设施，任何医生在那样的条件下，都会做同样的选择，"他说道，"空间站没有 X 光机，也没有手术室，到现在为止，没有人知道健一郎的死因。这就是我们要马上进行尸检的原因，我们想尽快知道问题出在哪里。另一方面，微重力也会影响医生的诊断和治疗。"

"大家对进行尸检都没有异议。"布兰肯什普说，"关于这一点并没有什么分歧。"

"我提到尸检是因为……"卡特勒的声音突然小了下来，"我们必须考虑尸体保存的问题。"

讨论停顿下来，阿比注意到与会者都低头考虑起卡特勒提出的这个棘手的问题。

"他的意思是说空间站上缺少合适的冰箱，"阿比说，"没有那种足以容得下人体的，密封的冰箱。"

空间站飞行指挥官伍迪·埃利斯说："航天飞机与空间站预定十七个小时后对接，这段时间尸体会腐变到什么程度？"

"航天飞机上也没有合适的冰箱。"卡特勒指出，"死亡发生在七小时之前，再算上对接花的时间、搬运尸体的时间、其他货物的运送时间和最后返回的时间。这样算下来，尸体在室内温度下至少要保存三天的时间。那还是要在所有程序严格按预定计划进行的情况下才能实现，但大家都知道这是很难达到的。"

三天。阿比在心里盘算着两天的时间内尸体会发生什么变化。如果把吃剩的鸡肉丢弃在垃圾桶里，只需要一夜的时间，它就会发臭。而……

"你是说发现号不能有半点延误，多呆一天也不行吗？"埃利斯说，"我们原本希望这次发射还能处理其他一些任务，空间站上有很多进行完的实验要送回地球，科学家都在翘首以待呢！"

"如果尸体腐烂了，那么尸检将毫无意义，"卡特勒说。

"那还有什么保存尸体的方法吗？比如说用防腐剂？"

"不能用化学物质进行防腐，我们需要的是一具没有经过处理的尸体。它需要马上被送回来。"

埃利斯叹息道："总该有个折中方案啊。当搬运尸体的时候，总可以进行些其他的事情吧！"

格里森说，"把尸体放在航天飞机上，再去进行其他的工作，这被外人知道了，影响可不好。再说了，可能对人体的健康也会有危害。还有……气味的问题。"

"尸体会被密封在塑料袋中，"卡特勒说，"可以放置在他人看不见的一个休息舱里。"

话题转换到了尸体的保存上，部分参加会议的人吓得脸都变白了。大家可以平静地讨论政治上的危机和媒体给予的压力，可以讨论敌对的参议员和各类机械故障。但并不愿意涉及尸体、恶臭和腐败的尸身这些问题。

勒罗伊·科内尔打破了宁静。"卡特勒医生，我理解你说的必须把尸体弄回来进行尸检的紧迫性。我也明白对外宣传的原则。看上去……如果我们这次再去处理其他的事务确实有些微妙。但考虑到要最大限度地减少我们的损失，我们还是必须进行一些其他操作。"他看了看众人，"减少损失才应该是我们的目标，难道不是吗？作为一个完整的组织，不管之前犯下了什么错误，不管面临的是怎样一种危急的局面，我们都应该努力地去把工作做好。"

科内尔此话一出，阿比感觉到会议室里的气氛马上发生了变化。从会议召集开始，一屋子人都被悲剧产生的阵痛和媒体施加的压力折磨着，脸上写满了忧郁和挫败，大家都想着如何去防御外界的紧逼。科内尔的发言使大家能够重新把精力投入到自身的工作中去。阿比和科内尔对视着，他对此人一贯抱有的轻蔑态度完全消失了。阿比从来都信不过科内尔这种油嘴滑舌的人，航空航天局的行政人员在阿比看来只是一个必要的摆设，只要他们不干涉项目的运作，暂且就忍受着他们呗！

科内尔以前从没越过这条界线，始终保持着对航天的具体事务不闻不问。但今天，科内尔向在座的各位提出了一个积极的建议，使大家得以从整体的角度来考虑问题。参加会议的每一个人都是带着自己的小算盘而来的：卡特勒希望能带回一具可供检查的尸体；格里森·刘希望能够统一对媒体的口径；而航天飞机任务布置组的人员则变着法子想扩展这次发现号升空的任务内容。

科内尔所做的仅仅是提醒大家不要仅仅把目光停留在这次死亡事件和各自的私人利益上，而应该去考虑怎样做才是最有利于整个航天项目这个大问题。

阿比赞同地向科内尔点了点头，这一幕恰巧被其他参会者捕捉到了，大家都弄清楚了这个强硬实权派的意见。

"每次成功的发射都是上天赐予的礼物，"他说，"这一次我们也不能辜负老天的馈赠！"

八月五日

死亡。

埃玛的跑鞋有节奏地击打着跑步机的传送带。脚面与传送带的每一次触碰，关节和肌肉的每一次跃动，都像是又一次的自我惩罚。

死亡。

我没能把他救过来。我失败了，我们失去了一个伙伴！

我应该能估计到他病情的严重性，如果一开始就坚持使用返回舱，就不会造成这样的后果。是因为我而延误的，我认为自己能解决，依靠自己的力量就能让他继续活下去。

埃玛对自己的失误十分恼火。她继续惩罚着自己，肌肉随着步伐有节拍地跳动着，汗水从前额上滚落下来。在过去的三天里，埃玛一直忙于照顾松山，无暇到跑步机这边进行锻炼。现在她终于有时间来补偿了，她固定好身体两侧的绑带，把跑步机的开关打开，尽全力在传送带上奔跑着。

在地球的时候，埃玛很喜欢跑步。她跑得并不是特别快，但随着时间的增长，她的耐力不断增强，已经可以达到长跑选手那种在不断奔跑中进入梦幻国度的境界。通过日复一日的锻炼，埃玛具备了超人的体力，她严酷地要求自己跑得时间更多，路程更长。她把每一次奔跑都看作是人生最后一次竞赛，不允许自己半途而废。在埃玛很小的时候，她就开始这样严格要求自己了。她长得比大多数人都瘦小，但对人对事的要求比别人都要严格，对自己则更为严苛。

是我的错，我的病人死了。

汗水浸湿了整件衬衫，一颗巨大的汗珠在双乳之间延展开来。大腿和小腿都好像热得燃烧起来了。双臂被绑带束缚着，肌肉不断颤动，仿佛临近崩溃的边缘。

一只手从旁边伸过来，关上了跑步机，传送带刷地停下来。埃玛抬起头，正对上了卢瑟的双眼。

"我觉得今天你锻炼得已经够多了，沃特森，"卢瑟和颜悦色地说道。

"还没呢。"

"你在这已经超过三个小时了。"

"我这才刚开始。"埃玛淡淡地说。她重新打开开关，跑鞋和传送带又开始碰撞起来。

卢瑟耐人寻味地审视着埃玛。他的身体在埃玛的眼前浮动着，埃玛一时无法躲避他灼人的目光。她讨厌被别人这样看着，对卢瑟突然产生了些许恨意。因为埃玛觉得卢瑟看出了她的痛苦，看出了她对自己的厌恶。

"你还不如用头去撞墙呢，那样效果会好一点吧？"卢瑟说。

"那样确实效果会快一些，但不会产生痛感！"

"我明白你的意思了！你这是要惩罚自己，让自己受到同等的伤害，是吗？"

"就是这个意思。"

"如果我现在告诉你，你的话完全是胡扯，你同意么？你现在只是在浪费体力，不会有其他任何效果。要知道，松山是因为病重而死的。"

139

"正是这事让我耿耿于怀。"

"你没能挽救他的生命，你认为是自己把事情弄糟了，是这样的吗？"

"正是。"

"你错了，因为我早就体验过你现在这种处境。"

"这也算是一种攀比吗？"

卢瑟重新关上了跑步机的电源，传送带又一次停了下来。他紧紧地盯着埃玛，眼光中流露出怒火，与埃玛一样激烈。

"还记得我犯下的错误吗？哥伦比亚号的那次？"

埃玛没有言语，对此她确实无话可说。航空航天局的每个人都知道那件事。四年以前，在一次修理卫星的任务中，卢瑟负责在修理完卫星以后重新把它投入轨道。人们看着卫星从有效载重舱的支架上弹出，渐渐远去，火箭按预定程序发射，把远去的卫星推到正确的高度。

但在这个高度，卫星却毫不理会人们发去的各种指令，在轨道上完全失效了。一堆价值几百万美元的破铜烂铁毫无用处地绕地球运转着。谁该为这样的灾难负责？

没多久，责难便暴风骤雨般落在了卢瑟·艾姆斯的身上。私人承包商宣称，卢瑟在重新投放卫星的时候，没有键入重要的软件密码。而卢瑟却坚持认为自己当时正确键入了密码，自己成了制造商错误的替罪羊。虽然公众并不了解这场争论，但在航天局内部，各种传闻却铺天盖地。卢瑟再也没有得到过航天任务，他被看做出错的象征，虽然人依然在宇航员的序列里，但是挑选机组成员的机长们全对他视而不见。

卢瑟的肤色则让情势变得更加复杂。

在之后的三年里，他始终沉沦在这次事件的阴影下，怨恨也不断增加。来自于别的宇航员的支持——尤其是埃玛——使他仍然留在了队伍当中。他知道自己没有犯过错误，但是航天局里没有几个相信他的人。他知道很多人在他背后指指点点，少数顽固的种族分子把卢瑟的事情拿来做"不务正业"的典型。因此即便在灰心失望的时候，卢瑟也努力保持着尊严。

后来真相终于大白天下。卫星表面被探明出现了裂纹。官方为卢瑟·艾姆斯恢复了名誉。一周以后，阿比就委任给他一项新的航天任务：在国际空间站驻扎四个月。

但即便时过境迁，卢瑟仍然能感觉到名声受玷污所带来的耻辱感。他了解埃玛现在所面临的危难局势。

卢瑟飘移到埃玛的正前方，强迫她直面自己。"你不可能做到尽善尽美，懂不懂？我们都只是普通人而已。"他停顿了一下，然后半开着玩笑说，"可能黛安娜·伊斯特斯除外。"

埃玛不禁笑了起来。

"埃玛，结束自我惩罚，继续前进吧！"

埃玛的呼吸回到了正常状态，心跳依然很沉重，这是因为她还在对自己生气。但不管怎么说，卢瑟是对的，她必须前进，是时候去解决失误所带来的遗留问题了，必须马上撰写一份传送给休斯敦的最终医疗报告，内容包括医疗方面的总结，临床病程，症状和最后的死因。

医生的误判造成的。

"还有两个小时，发现号就要和我们对接了，"卢瑟告诉她。"你还有许多工作要做呢。"

埃玛点了点头，解下跑步机的绑带。是时候回去工作了，接运尸体的航天飞机已经上路了。

八月七日

松山的尸体被牢牢地捆绑在尸袋内，和空间站多余的设备、废弃的锂电池桶一起，在苏联的联盟空间站内孤独地飘转着。联盟号空间站已经有一年多不用了，现在空间站上多余的杂物都堆放在其中的生活舱内。把松山的尸体也放置于此的做法说起来是对死者极大的不敬，但如果任由它飘浮在宇航员工作和休息的国际空间站内，那么宇航员可能会时不时地遇上它，工作情绪难免会受到极大影响。

埃玛转向基特里奇和新派遣的发现号医疗官奥利里。"宣告松山死亡以后我马上把遗体给封存了,"她说,"从那以后就再也没人碰过它。"她注视着尸体,尸袋是黑色的,表面呈现出许多鼓包,隐约能看出里面的人形。

"那些插管也放在里面吗?"奥利里问道。

"两根输液管,气管插管和鼻饲管都放在里面了。"埃玛原封不动地把所有的医疗用具放进了尸袋,因为她清楚进行尸检的病理学家希望尸检时所有的物品都能保持原样。"我一会儿把先前我们收集的病人的血样和细胞组织也一并交给你。"

基特里奇微笑着鼓励道:"接下来的事情就交给我们吧!"

埃玛解开了尸首上绑着的绳索,隔着尸袋触摸着尸身。尸体感觉上僵硬肿胀,像是正在进行无氧分解过程一样。她不敢想象松山在这暗黑的袋子里到底变成了什么样子。

众人护卫着松山的尸首穿过空间站内长长的通道,凭吊者有如幽灵般飘浮在通道两侧,整个过程十分安静。基特里奇和奥利里在前面领路,他们轻轻地拖动着尸袋。后面跟着的是吉尔·休伊特和安迪·墨瑟,没有人说一句话。一天以前,发现号与空间站对接了,基特里奇和他的队员带来了微笑与拥抱,新鲜的苹果柠檬,还有一大沓纽约时报。对于埃玛来说,她与这些人一起训练了一年多的时间,他们的到来就如同一次家庭团聚,只不过,这次的团圆喜忧参半。现在,短暂的团圆结束了,最后要办的事情就是把松山的尸体转移到航天飞机上去。

基特里奇和奥利里穿过层层过道,把尸体从空间站转移到了航天飞机的中舱。这里原本是宇航员睡觉和吃饭的地方,而现在,尸体在航天飞机着陆前会被一直摆放在这里。奥利里把尸体搬到一张水平的睡床上。发射以前,睡床重新做了布置,专门用来照顾飞行中患病的宇航员,现在它则成了松山的临时棺木。

"不能完全放进去,"奥利里说。"看来尸体已经膨胀得很大了,它曾经在燥热的环境里放置过吗?"他端详着埃玛。

"没有在干燥炎热的环境里摆放过。联盟舱里的温度一直都是恒

142

定的。"

"这就是你们的不对了，"吉尔说，"你们应该把尸袋放在通风口旁边。"她走上前来，松开了塑料袋口。"再试一次看看。"

尸体终于被塞了进去。奥利里把外面的盖板放了下来，这下没有人再能看见睡床上放的尸体了。

两组宇航员在尸体前面进行了一个肃穆的告别仪式。然后，分别的时刻来临了，基特里奇拥抱着埃玛，轻声说道："埃玛，下一次任务，我会首先想到你的。"埃玛掩面而泣。

两位指挥官基特里奇和格里格斯按照惯例握了握手，互道过平安。埃玛向着他们——她曾经一起相处过的战友——挥手道别。接着舱门关上了。虽然在接下去的二十四个小时里航天飞机仍然连接着空间站，宇航员在这段时间内会为着陆做最后的准备，但一道严密的空气阀门把两个机组完全隔离了。航天飞机和空间站又一次成为两个分离的航空器，它们就像天空中盘旋的两只蜻蜓，只有交尾时才连接在一起。

领航员吉尔·休伊特一直无法安然入睡。

失眠对休伊特来说是全新的体验。以前，即使是在发射的前夜，她都能在怀着对后一天的美好祝愿中，安然地进入梦乡。她常为自己从来没有服用过安眠药品而自豪。她始终认为，这类药品是为那些整天忧虑不安的精神病患者和强迫症患者准备的。作为美国海军飞行队的退役领航员，吉尔曾经经历过许多危机。她曾经受命飞行穿越伊拉克领空，曾经驾驶着一架遍体鳞伤的战机准确地降落在一艘商船上，也曾经落入暴风雨肆虐的大海中。休伊特认为，数次与死神擦肩而过的经历一定会让死神对她也无可奈何，不敢再兴风作浪了。因此，每天晚上她都能睡得很好。

但今夜，休伊特想尽各种办法，都不能正常入睡。她明白，这全是因为那具尸体。

没有人想靠近它。虽然盖板已经合上，没人能看见尸身，但所有人都能感觉到它的存在。死亡侵入了他们的生存空间。晚餐时大伙仿佛被笼罩在死亡的阴影之下，没有人再像以往那样轻松地开着玩笑了，那具尸首俨然变成了机组的第五个成员。

为了避开尸体，基特里奇、奥利里和墨瑟都搬出了他们平时睡觉的床铺，转移到飞行舱休息。只有吉尔留在了中舱内，似乎是在告诉男人们：她不像他们那样神经质，作为女性，她才不会为一具尸体感到困扰。

但在昏暗的灯光下，她就是无法入睡，总是在想着在她下方关闭着的夹床上躺着的那具尸体，甚至还联想起松山健一郎活着时候的样子。

松山栩栩如生地出现在她面前：脸色苍白，说话温柔，浓黑的头发硬得像钢针一样。记得在一次失重训练中，休伊特曾经不小心碰到过他的头发。她惊讶地发现，这些头发竟像野猪的鬃毛那样硬。休伊特非常想知道松山现在看上去会是什么样。一种病态的好奇心好像在驱动着她去了解死者的面容有什么变化，死神是怎样工作的这些问题。这种好奇心经常会出现在她的生活中，幼年时，她就曾经把小树枝插在树林里发现的动物尸体上，想看看它们到底会有什么反应。

最终，她决定还是离尸体远一点为好。

休伊特把睡袋搬到机翼的一侧，固定在通向飞行舱的扶梯下沿。这是在同一个舱体内，距离放置尸体的位置最远的地方。她重新钻进睡袋，明天她还要精神抖擞地投入到航天飞机的返航以及着陆的工作中呢，因此她凝聚起全部的意志力，强迫自己尽快进入梦乡。

一滴彩色的液体从松山健一郎的尸袋上渗了出来。这时，休伊特终于睡着了。

在黑色的塑料袋中，几滴晶莹的液珠从包裹着尸体的毛毯中渗了出来。尸身不断膨胀，尸袋在这股膨胀力的作用下变得越来越大，几小时间积累的压力终于把休伊特先前为了通风而弄松的袋口冲开了。袋口裂得越来越大，一股闪着微光的液体喷射而出，通过闭合的舱板的通风口时，液体由于风力的作用分裂成一颗颗蓝绿色的液珠在失重条件下飘浮着，而后又在灯光昏暗的舱体中随机地结合成一粒粒稍大的水团。乳白色的液体持续喷射着，水团不断地蔓延，驱散起舱内的空气来。水团横穿过中舱，飘到了熟睡的吉尔·休伊特身边。休伊特一点也没有察觉到水雾已经把她完全包围了，水雾开始随着她轻柔的呼吸进入气管，水团凝结到了她的脸上，可她依旧浑然不觉。只是当一滴水珠滚落到眼帘的时刻，她才伸出手，睡眼惺忪地擦拭起面颊上的水珠来。

跃动的水珠随着空气的流动穿过舱间的连接口进入昏暗的飞行舱中，此时三个男人正毫无防备地沉浸在睡梦中。

12

八月九日

几天之前，恶性风团在东加勒比海上空生成了。在赤道附近的海面上，因为阳光直射使海水温度升高，海水蒸发成水汽升入高空，融合成一股小块不稳定的云团。在云团北上的过程中，会与南下的冷空气相遇，形成围绕着由干燥空气形成的台风眼转动的热带气旋。如今用于气象预报的静地环境卫星可以把气旋每一次的旋转图像清晰地传送到地面。当气旋形成后，美国国家大气和海洋管理局的气象处就开始对它进行全程追踪，气象人员观测到它从古巴的东部确地缓慢游走着，去向不明。现在，最新包含温度情况、风速和风向的气象资料又发布了，气象人员可以从面前的屏幕上清晰地看见这组数字。

气旋已经升级成为热带风暴，朝着西北方向移动，直逼佛罗里达半岛的南端。

飞行总指挥兰迪·卡彭特最不愿意听到的就是热带风暴的消息。他的团队可以解决机械故障，可以处理系统问题，但面对自然灾害，他们就束手无策了。今天早晨任务分配小组的中心议题是决定发现号是否如期返回地球，原计划安排发现号在六个小时以后与国际空间站分开，准备脱离运行轨道，但最新的天气简报改变了一切。

"大气和海洋管理局的空间气象组报告说热带风暴正向西北方向移动，预计不久之后将席卷佛罗里达半岛，"气象员先向小组做了最新的气象报告。"帕特里克空军基地的雷达和国家气象局在墨尔本的气象雷达系统显示风力将达到六十五海里/小时，并伴有暴雨。无线电高空测风仪和棘面气球①也同样监测到了这个情况。另外，卡纳维拉尔角外围的监控系统和闪电多站定位系统发现这一地区的雷电活动在近期内也会越来越频繁，这样的天气条件会再持续四十八个小时，也许还会更长。"

"换句话，"卡彭特说，"我们这次不能在肯尼迪航天中心着陆了吧。"

"是这样的，除非能等上三到四天。"

卡彭特叹了口气。"好吧，看来肯尼迪是指望不上了，我们来看看爱德华兹空军基地的情况吧！"

爱德华兹空军基地位于加利福尼亚州境内，坐落在内华达山脉的东侧，这里并不是航天飞机着陆的首选地。如果安排在这里降落，会延迟下一次的升空，从而影响到整个航天计划。因为这样一来就需要动用一架波音七四七把航天飞机背回到肯尼迪航天中心。

"非常不巧，"气象员说，"在爱德华兹着陆也会有问题。"

卡彭特不禁忧心忡忡起来，他有一种不祥的预感，目前的坏天气很可能只是一连串不幸事件的导火索。自从成为航天行动的总指挥以后，他把研究历史上记载的每一次航天事故作为自己的一项工作，逐一分析发生这些事故的原因。正是因为积累了大量经验教训，所以卡彭特总是能够从一些貌似无害的决定中看出可能引发的不良后果。问题或许起因于制造工厂中一个三心二意的工程师，或是一块连错线的面板。甚至一开始用来进行天体观测的昂贵的哈勃天文望远镜就是错误的源头。

卡彭特觉得日后他一定会回想起这次特殊的会议，并反复检讨得

---

① 用于雷达测风的气球，直径两米。

失。如果当初采用了不同的解决方案会怎样？该怎样做才能避免发生那样的灾难？

他向气象员问道，"爱德华兹基地的情况如何？"

"那里目前被白云笼罩着，目前观测到的云层底部的高度是七千英尺。"

"看来目前是无法在那着陆了。"

"没错。对于终年阳光明媚的加州来说，积聚了如此广阔的一片云层是很少见的。不过，在未来的二十四到三十六个小时之内，云层就会渐渐消散。如果有时间等待，我们完全可以等到那里的气候条件符合着陆的要求再说。不然的话，我们只能选择把航天飞机迫降到新墨西哥州了，我查阅过那里的气候情况，发现怀特桑兹国家公园符合着陆的气候要求，天空晴朗，风速也只有五到十海里，没有预测到未来几天内会有危害性天气。"

"这也能算是一个选择吧，"卡彭特说。"伙计们，我们现在有两个方案，一是等爱德华兹空军基地放晴，二是直接选择降落到怀特桑兹国家公园去。"他看了看房间中其他的队员们，想知道有没有什么不同的意见。

一个项目经理发言了，"现在他们在航天飞机上的情况还不错，我可以把他们留在国际空间站那里，直到天气转好。我认为现在没有必要急着让他们在一个不理想的地点着陆。"

不理想的地点是一种委婉的说法。怀特桑兹国家公园只不过是一个设备匮乏、与世隔绝的荒凉地域。

"我们必须把尸体尽快带回来，"托德·卡特勒说，"那样尸检才会有效。"

"你说的我们都知道，"先前发言的项目经理有点不耐烦了，"但我们必须衡量一下，怀特桑兹的条件毕竟非常有限，如果在着陆时发生什么问题，我们必须考虑到那里甚至不具备一般的民用医疗设施。事实上，如果通盘进行考虑的话，我建议我们干脆耐心一点，等到肯尼迪航天中心天气转好再安排着陆。这从逻辑上来说是最佳选择，可以更快地进行飞行器的周转，航天飞机一着陆就可以马上让它回到发射架上，为下一次任务做准备。同时，在接下去等待的几天里，航天飞机上的宇航员也可以把国际空间站当作宾馆来使用。"

另外几位项目经理听闻此言，纷纷点起头来。他们都趋向于这套最保守的方案。这样机组就必须待在太空上，等待使用最安全的着陆方式。而尸体返回的紧急程度显然还不能和在怀特桑兹降落所带来的种种问题相提并论。卡彭特思量着作为飞行指挥他应该尽力去避免发生什么样的情况，在怀特桑兹发生着陆事故无疑是他所最不愿意看到的局面。如果这种情况真的发生了，那么连一点施救的余地都没有。他把自己想象成是另一个飞行指挥，如果发生了这类事故，必定会在事后对他提出这样的问题：为什么你不等天气情况转好再着陆？为什么你要让他们急着回来？

最适合的方案永远是那种在保证完成任务的情况下，风险最小的那一个方案。

这次他决定采取那套折中方案。

"三天实在太长了，"他说。"因此我们这次不考虑肯尼迪航天中心，就定在爱德华兹空军基地吧。兴许明天那里天就会放晴。"他看着气象员发令道，"想办法把这些云尽快驱散！"

"明白了，我马上跳一段印第安祈雨舞，让雨水把云层赶走把！"

卡彭特没有理会气象员的揶揄，抬头看着钟。"好吧，宇航员还会睡上四个小时，到那个时候我们就把最新的决定告诉他们，让他们知道现在还不能马上回家。"

八月九日

吉尔·休伊特喘着粗气，从睡梦中醒来。她的第一个反应就是自己被淹在了水中，因为每一次呼吸都会有一大团水灌进鼻腔。

休伊特睁开双眼，一幅恐怖的景象出现在她面前，水母状的物体集结成蜂窝状飘浮在她的周围。她咳嗽了一下，鼻息终于顺畅了，做了一次深呼吸。又连续咳嗽了几下，巨大的气流一下子把水母状的物体驱赶开。

休伊特打开紧缚着的睡袋，打开中舱的灯，惊讶地发现空气中也带上了微光。

"鲍勃！"她大声叫嚷着，"发生泄漏了！"

她听见奥利里在飞行舱里咒骂着，"上帝啊，这到底是什么鬼东西？"

"把面罩拿出来戴上！"基特里奇命令道。"等我们确认这种物质是无毒的以后才能把它取下来。"

吉尔打开急救设备箱，取出防污染器具袋，把面罩和护目镜递给从楼梯下来的基特里奇、奥利里和墨瑟。他们还没来得及穿戴，都只穿着内衣，睡眼惺忪。

他们匆忙把面罩带上，开始研究起飘浮在四周的蓝绿色水团来。

墨瑟伸出手，抓住一个水团放在手心。"太奇怪了，"他把水珠夹在两根手指之间说道。"这东西又厚又滑，好像是某种黏液。"

医疗官奥利里同样抓起一个，把它放在护目镜下仔细端详着。"它甚至都不是液体。"

"我看是液体，"吉尔说。"行动上看像液体。"

"但是黏性很大，就像——"

他们正准备继续研究下去，突然《蓝色绒鞋面》悠扬的唱段打断了他们之间的交谈。这首歌曲是埃尔维斯·普莱斯利的名作，任务控制中心把它选做每天的起床号。

"发现号的各位，早上好，"通讯系统中传来地面愉悦的问候声。"伙计们，醒醒吧，该干活了！"

基特里奇回答说，"总部，我们都已经醒了。我们这里发现一种奇怪的东西。"

"奇怪的东西？"

"机舱里好像有什么东西泄漏了。我们正准备对污染物质进行确认。这是一种带有黏性的物质，呈蓝绿色，像小的水晶一样飘浮在我们周围，现在已经扩散到了所有的舱位。"

"你们都戴上面罩了吗？"

"都戴上了。"

150

"你们知道污染源在哪里吗?"

"还完全没有头绪呢!"

"好吧,我们会马上用环境控制和生命保障系统查询,也许会查出这些物质的属性。"

"不管这些东西是什么,它们看上去似乎没有什么毒性。当我们熟睡时,这些不明物质一直飘浮在我们周围,现在好像还没有人生病。"基特里奇看了看戴着面罩的同伴们,三人同时点头表示认可。

"泄漏的物质有没有什么气味?"地面的控制员提出问题,"环境控制和生命保障系统想知道这些物质会不会是从废品收集系统里泄漏出来的。"

听到这个问题,吉尔突然觉得有些反胃。这些到处游走,被他们吸入体内的物质真的会是从破损的垃圾袋里流散出来的吗?

"呃——伙计们,看来我们当中必须站出一个人来闻闻这鬼东西的气味了,"基特里奇说,他再次看了看三位同事,但三人只是默默地注视着他,没有人给予回应。"算了吧,伙计们,我本来也没有指望谁能挺身而出做这个尝试,还是我来吧,"他喋喋不休地念叨着,然后不情愿地摘下面罩,嗅闻起夹在两指之间的水团来,而后重重地呼了口气。"我认为这不是污水,也不是化学物质,至少不会是石油制品。"

"闻上去什么味?"通讯系统中传来地面提出的问题。

"好像……有点腥,像鳟鱼身上散发的味道,也许是厨房里出来的什么东西吧?"

"也可能是从实验箱里漏出来的哦。这次你们还带回来一些空间站的实验设备,这些箱子会不会有什么问题?"

"当初我一看到这些物质,就想到了带回来的那些实验用青蛙卵。但我们已经检查过那些实验箱了,没有发现任何问题,"基特里奇说。他看着机舱,发现发光的水团已经黏附在了舱壁上。"这些东西现在满世界都是,我们要花上一些时间进行清理,可能会延迟我们的回归计划。"

"呃,发现号的各位,我必须把最新的情况通报给你们,"地面的联络员说。"无论如何，你们的回归都必须得推迟，你们还需要在上面呆一段时间。"

"出了什么问题？"

"地面的气候条件不适于着陆。横穿肯尼迪航天中心的飓风风力超过了每小时四十海里，附近地区还伴有雷电。东南面的台风正朝基地方向扑来，这个台风已经给多米尼加共和国带来了巨大损失，看来会在佛罗里达半岛登陆。"

"那爱德华兹的情况如何？"

"那边现在报告说在离地面七千英尺的高度有厚厚的云层，预计未来两天天气会转晴。所以除非你们现在就迫不及待地希望在怀特桑兹着陆，否则就必须延迟至少三十六个小时。你们可以重新打开舱门，去空间站休息。"

基特里奇看着满舱的小水团说："还是算了吧，那样的话，很可能把污染蔓延到空间站上，我们现在还是把这些物质先清理干净再说。"

"行，我们这里的医生现在在线上，他非常想了解你们现在到底有没有什么不良反应，到目前为止，你们还没有发现吧？"

"这些液体现在看来是无害的。没有人出现患病的征兆。"说着又顺手驱赶起水团来，这些水团像洒落的珍珠一样四散而去。"它们看上去真他妈的漂亮，但恐怕会影响机舱内电子设备的运行，因此我们最好马上就开始进行清洁工作。"

"如果天气发生变化，我们会尽快把最新的情况通知给你们。发现号，现在你们就专心打扫吧。"

"好的，"基特里奇笑道。"天气一好就通知我们。在这之前，我们就做一回清洁工吧。"他脱下面罩。"我想可以把面罩取下了，应该没有什么问题。"

吉尔摘下面罩和护目镜，穿过机舱，准备把它们放回紧急设备箱，正当她准备把防护用具收拾齐整的时候，发现墨瑟紧盯着自己。

"怎么了？"她问。

"你的眼睛——出什么问题了？"

"我的眼睛有什么不对劲？"

"你最好仔细看一下。"

休伊特马上向洗漱室的方向飘去。镜子里自己的模样把她吓了一跳，一个眼睛的巩膜充血了，眼睛下方的一块变成了深红色，而并非无关痛痒的星星点点。

"上帝啊，"她感叹道，被自己的症状吓坏了。我是个飞行员，我需要用眼睛来工作，可现在一个眼睛却变成了大血包。

奥利里用胳臂把她拉到身前，为她做检查。"没必要为这担心，自在一点好吗？"他说。"仅仅是巩膜发炎而已。"

"仅仅是？"

"就是一点点血液进入了你的眼白体，实际上没有你看到的那么严重，应该很快就能复原，不会对视力产生任何影响。"

"怎么会充血的呢？"

"颅内压力的突然变化会导致充血。有时强烈的咳嗽和剧烈的呕吐也会弄破眼睛内部的一些毛细血管。"

休伊特微微叹了口气。"那就对了。早晨起床的时候我曾经想把这些小水团咳掉。"

"好了，那就没什么可担心的了。"奥利里拍着她的背脊安慰道。"这个诊断可值五十块钱呢，有下一个病人么？"

为了让自己安心，吉尔又去照了照镜子。仅仅是一次小出血而已，她想。不必为这事过分忧虑。但是镜子中的形象还是让她感到非常恐惧。一只眼睛是正常的，而另一只则散发着邪恶的红光，像是预示着魔鬼的到来。

八月十日

"他们是来自地狱的过路人，"卢瑟说。"我们把他们关在门外，他们却拒绝马上离开。"

餐厅里的每个人都笑了起来，埃玛也被这种轻松的氛围感染了。在过去的几天里，国际空间站上的气氛一直十分凝重，现在终于有人开起玩笑来，这对所有乘员来说都是一个解脱。因为他们已经把松山的尸体转移到发现号上，每个人的心情都有了不同程度的好转。松山尸体的存在会让他们时常意识到冰冷的死亡就在眼前，现在他们终于得到了解脱。埃玛不必再去面对自己失误的证据了。她可以重新把精力投入到自己的本职工作中去。

甚至连埃玛也被卢瑟的调侃逗乐了，虽然他说的笑话的主题——航天飞机没有及时离开空间站——实际上并没有什么可笑的。他们原本还指望航天飞机能在昨天的早些时候与空间站分离，但一天过去了，航天飞机还是和空间站连接在一起，看来至少还要持续十二个小时。航天飞机离去的时间迟迟不能确定，导致国际空间站的工作日程也同样无法尽早安排下来。因为分离不是航天飞机脱离空间站，然后飞回地球那样一件简单的事。它牵涉到太空中以每小时一万七千五百英里的速度运行的两个庞然大物，分离过程需要航天飞机和空间站的宇航员通力协作才能完成。在脱离的过程中，空间站上的控制软件必须重新设置，乘员也必须推延各自的实验任务，所有的人必须把精力集中在航天飞机的脱离过程中

这样做是为了预防灾难的发生。

爱德华兹空军基地上空的一片云层把所有的事情都拖后了，其中包括空间站的工作安排，但这就是航天工作的奥妙所在：你所能预见到的恰恰是航天任务的不确定性，因此没有唯一的方案。

一滴葡萄酱飞过埃玛的头顶。空间站上也充满了不确定因素，埃玛想，接着她就看见笨拙的卢瑟叼着吸管四处追逐着这团甜酱，不禁开怀大笑起来。在空间站上，哪怕你思想上开一点小差，使用的工具和嘴边的食物就会离你而去。没有了重力，物品可能出现在任何地方。

这就是发现号宇航员目前所面对的情况。"自动驾驶仪上现在也都是这种胶状物质了，"埃玛通过机载电台听见了基特里奇的说话声。他和格里格斯正通过太空间联络分系统交流着情况。"我们目前仍然在努力把这些机械开关清理干净，但当它干了以后，就会具有极强的黏性，我现在只希望这鬼东西不要把数据终端也给堵上。"

"你们发现它是从什么地方出来的吗?"格里格斯问。

"我们发现在摆放蟾鱼的围栏上有一道缺口,但这个缺口并不是非常大——大到释放出的液体能充满整个机舱的程度。"

"有可能是从其他什么地方冒出来的吗?"

"我们在检查厨房和盥洗室。正忙着清除这些水团,还没有时间确定它的来源。我甚至不知道这东西到底是什么,看上去有点像青蛙卵,是绿色胶质的圆形块状物质。你应该来看看我们几个——就像是银幕上的捉鬼敢死队,休伊特的眼睛红肿得像魔鬼一般。老弟,我们现在的样子都十分恐怖。"

魔鬼般的红眼睛?埃玛立即转过身,面对着格里格斯,"休伊特的眼睛出什么问题了?"她问,"我以前没听说她有这个病史。"

格里格斯把埃玛的问题传达给发现号。

"仅仅是巩膜出血,"基特里奇回答。"奥利里已经帮她看过了,说没什么大不了的。"

"让我来跟基特里奇说话,"埃玛说。

"你来吧。"

"鲍勃,我是埃玛,"她说道。"吉尔怎么会巩膜出血的?"

"昨天凌晨起床时,她咳嗽得很厉害,我们认为目前她眼部充血的症状是因此导致的。"

"她肚子有没有什么不舒服?有没有头疼的症状?"

"她刚才确实抱怨过头疼了,我们其他人也都感觉到肌肉酸疼。但是我们已经连续苦干了好几个小时,应该是累着了。"

"有没有恶心和呕吐的症状呢?"

"墨瑟的胃有点不舒服,你知道原因吗?"

"松山最初也有巩膜出血的症状。"

"但目前问题应该不大,"基特里奇说。"至少奥利里是这么对我说的。"

"我并不这样认为,几天前我刚看见过这些症状,"埃玛说。"松山的病就是从呕吐和巩膜出血开始的,后来发展到头疼和肚子疼。"

"你认为这是某类传染病?那么为什么你没有发病?毕竟你才是

一直照料松山的医生。"

埃玛认为这是一个非常好的问题，她一时也回答不上来。

"我们现在谈论的到底是什么病？"基特里奇问。

"我不清楚。我只知道松山在发病后的短短一天内便丧失了活动能力。你们必须马上和空间站脱离，尽快回地球去。最好在有人发病之前。"

"现在没法办到。爱德华兹空军基地上空仍有云层活动。"

"那就怀特桑兹吧！"

"目前并不适合在那降落。那里的空中导航系统还有些问题没有解决。不管怎么说，我们都尽了全力，只能坐等天气转好了，估计不到二十四个小时我们就能回去。"

埃玛看着格里格斯。"我想直接向休斯敦汇报。"

"不能因为休伊特得了红眼病，就临时决定在怀特桑兹着陆啊！"

"这不光是巩膜出血的问题。"

"那你说，他们是怎么传染上松山的疾病的？他们又没有和松山接触过。"

尸体，埃玛想道。尸体在航天飞机上。

"鲍勃，"她说。"我希望你们去检查一下松山的尸袋。"

"什么？"

"去看看上面有没有裂缝。"

"你亲眼所见，袋子是被牢牢封住的。"

"你确定现在仍然保持原样吗？"

"当然，"他叹了口气，"我必须承认，打从它上飞机后，我们没有一个人再去检查过尸袋。我想所有人都对这尸体心存忌惮。因此，一上飞机，我们就把上方的面板关紧了，这样谁都不会再看到它。"

"现在尸袋看上去什么样？"

"我正试着把盖在上面的面板打开。好像撬开了一点，但……"通话器中的声音突然消失了。不过很快又听见了基特里奇的喃喃自语，"上帝啊。"

"怎么了？"

"泄漏的源头真的是这个尸袋！"

"泄漏出来的是什么？是人血还是附带的血浆？"

"塑料袋上有个裂口，这东西还在朝外涌！"

可这到底是什么东西啊？

埃玛听见通话器中传来嘈杂的背景声。有人在绝望地叹息着，还有个人已经开始呕吐了。

"封上它，快把它封严实！"埃玛叫着。但没有人回应她的要求。

吉尔·休伊特说，"他的尸体像浓粥一样，好像……被什么溶解了。我们准备查一下为什么会发生这种现象。"

"不！"埃玛大吼，"发现号，千万不能打开尸袋！"

基特里奇的回复让埃玛悬着的心放下了，"明白了，沃特森大夫。奥利里，快把它封好。我们不能让……那东西……再漏出来了。"

"也许我们应该把尸体扔掉。"吉尔建议说。

"不行，"基特里奇回答。"他们还要做尸检呢。"

"这种液体到底是什么？"埃玛又回到了先前的问题。"鲍勃，快回答我！"

寂静一片。最后终于等到了他的回复，"我说不上来，但不管它到底是什么，我希望它不要带有传染性。因为我们所有人都接触过它了。"

一身的赘肉加上厚厚的皮毛共计二十八磅，这就是汉弗莱。此刻它正像肉团一样缠绕在杰克的胸前。这家伙想要杀了我，杰克一边看着汉弗莱闪露凶光的绿色眼眸，一边这样想着。他在沙发上睡着了，后来他感到有一吨的重量压上了他的肋骨，几乎要把肺里的空气全压出来。

汉弗莱尖叫着要把爪子抓向杰克的胸前。

杰克装着狗吠，用双手驱赶它。汉弗莱拖动着笨拙的身体，跳到了地上。

"去抓只老鼠玩玩吧，"杰克没好气地说着，转了个身，想再打一会儿盹，但却怎么也无法入睡了。汉弗莱嘶叫了起来，又在提醒他喂食了。杰克硬撑起身躯，摇摇晃晃地进了厨房。当他打开摆放猫粮的橱柜时，汉弗莱叫得更欢了。杰克在食盘里放满了喜悦牌猫食，无精打采地看着他的天敌狼吞虎咽着。已经是下午三点了，可杰克却还没有补足睡眠。一整夜他都没有休息，在航天局的空间站控制室里进行医疗支持工作。回家以后，他继续坐在沙发上研究空间站上的环境控制和生命保障系统。又回到队伍中了，这种感觉真不错，甚至比通过一个严苛的培训员考核更令人兴奋。大约到了中午，他才在几沓飞行文件的包围中进入了梦乡。

汉弗莱的食盘已经半空了，真是难以置信。

当杰克准备离开厨房的时候，电话响了。

是托德·卡特勒来的电话。"我们正在召集医务人员，准备去怀特桑兹接发现号的人，"他说。"三十分钟以后在埃灵顿出发。"

"为什么选在怀特桑兹？我本以为发现号会等到爱德华兹天晴再回来。"

"航天飞机上有医疗问题需要处理，我们不能等到天晴了。一小时以后航天飞机就要返航，我们现在要立即采取传染病防护措施了。"

"什么传染病？"

"还没有确认，但我们必须以安全为重。你跟我们一起去吗？"

"当然，我跟定你了，"杰克没有任何犹豫。

"那你就出发吧，不然该登不上飞机了。"

"再多嘴问一句？病人是谁？谁得病了？"

"他们都患病了，"卡特勒回答，"这次是整个机组。"

13

传染病防护？紧急撤离？我们将要面对的是怎样的形势？

当杰克穿越停机坪，向着飞机方向狂奔的时候，风非常大，吹起了地上的泥沙。杰克用手半遮住脸，抵挡住扑面而来的沙砾，登上舷梯，一口气冲入机舱。这是一架湾流四号小型飞机，可以乘坐十五位乘客，这种牢固而可靠的飞机常被航天局用来在不同工作地点之间运送人员。杰克看到在他之前，已经有十二位乘客登上了飞机，其中包括航天局飞行诊所的医生和护士，他们纷纷向杰克挥手打招呼。

"先生，我们就要起飞了，"副驾驶说。"麻烦你赶快坐好吧！"

杰克在飞机的前排找了个靠窗的位置。

罗伊·布鲁姆菲尔德是最后一个登机的，他那头光亮的红发被风一吹变得更坚硬了。他刚坐下，副驾驶就把舱门关紧了。

"托德不和我们一起去吗？"

"他在总控制室参与着陆的指挥工作，看来这次我们几个要变身为快速反应部队啦！"

飞机缓缓地滑出跑道，他们已经没有时间可以浪费了，去怀特桑兹将耗时九十分钟。

"你知道那边是什么情况吗？"杰克向布鲁姆菲尔德打听着。"我现在还是一头雾水呢！"

"大致情况我听说了。你知道昨天在发现号上发生的泄漏和那些他们想检验的物质吗？最后才发现这些东西是从松山的尸袋中泄露出来的。"

"袋子不是封牢的吗？怎么会裂开呢？"

"塑料袋破了，机组说好像是被压力胀破的，在那以前，尸袋内的尸体发生了分解。"

"基特里奇说泄露的液体是一种绿色的黏滞物质，这可不像是从尸体上分解下来的。"

"我们对此也感到迷惑不解，尸袋装入航天飞机前甚至还被重新封过了。现在只有等它着陆，我们才能确切地知道其中到底发生了什么。我们还是第一次在微重力条件下碰到人类的遗体，也许遗体的分解过程和在地球上是截然不同的，也许遗体身上的厌氧细菌都死绝了，这样遗体就不会散发出臭气。"

"机组成员都有哪些症状？"

"休伊特和基特里奇抱怨头疼得厉害，墨瑟不停地呕吐着，奥利里则是肚子疼。我们现在也分不清这些症状是不是出于心理因素。如果换了你，吸入尸体分解出来的东西后，也难免会有所反应。"

心理因素的确会使问题变得更加复杂。当发生食物污染后，其实中间有相当一部分患者是没有被污染到的。心理暗示的作用如此强大，健康人在它的作用下，也会剧烈地呕吐，和真正的病人没有什么两样。

"他们还不能马上和空间站脱离。怀特桑兹现在也有问题了——那里的战术空中导航系统传回了错误的信号。他们需要花几个小时进行修复作业，让系统能正常工作。"

战术空中导航系统是由地面的一组发射器组成的，它可以向飞行器传送最新的导航数据。如果它发出的信号不正确，则会使航天飞机着陆时完全错过跑道。

"他们认为再也无法等下去了，"布鲁姆菲尔德说。"就在一小时以前，他们病得更重了。基特里奇和休伊特都出现了巩膜出血症状，当初松山的病也是这样开始的。"

他们乘坐的飞行开始做降落以前的盘旋，引擎的呼啸声不绝于耳，地面在他们眼前忽隐忽现。

杰克在引擎的轰鸣声中大喊着。"国际空间站的情况怎么样？上面有人得病吗？"

"还没发现有人得病，他们关上了通向航天飞机的舱门。"

"也就是说病菌只有在发现者号上才有？"

"目前为止，是这样的。"

那么埃玛仍然是安全的，他这样想着，长舒了一口气。埃玛没事。但如果发现者号上的传染源真是松山的尸体，那为什么空间站没有同样被污染？

"航天飞机预计什么时候到达怀特桑兹？"

"他们现在应该正在和空间站做脱离，估计四十五分钟以后会点火返航，着陆速度预计在每小时一千七百英里左右。"

这样的话，地面人员已经没有太多时间去做准备了。杰克朝窗外看去，飞机正冲出云层，沐浴在灿烂的阳光下。所有的事情都对我们不利，紧急着陆，系统出错，还有一个全体患病的机组！

所有的一切都将发生在这个前不见村，后不着店的鬼地方。

吉尔·休伊特头疼得更厉害了，眼球也已经受到了伤害。她现在勉强还能看清面前的落地备忘录。在过去的一个小时里，疼痛遍及了身体上的每块肌肉，感觉像是带刺的滚轮划破了脊背和大腿。她双眼的巩膜都充血了，基特里奇眼睛的情况也和她一样，看上去就像两只发着微光的大血团。基特里奇也非常痛苦，休伊特能从他移动的方式和头颅艰难的转动看出他目前的感受。虽然两人现在都极度痛苦，但是他们都不敢注射麻醉药物，因为和空间站的分离以及稍后的着陆都需要高度的警觉，在这种时刻哪怕有一丝的分心，后果都是他们所无法承担的。

快送我们回家，快送我们回家！这句话像咒语一般在吉尔的脑海中回荡着。她还在勉强地坚持工作，汗水浸透了她的衬衣，疼痛在渐渐地消磨着她仅存的意志力。

他们该进行脱离程序了。休伊特把 IBM 手提电脑的外接口连到了控制板的数据终端上，然后启动了电脑，开始执行"对接和脱离"程序。

"没有数据流，"她报告说。

"什么？"

"数据终端一定是被污染物粘住了，我去中舱看看脉码调制组件能不能用。"说着休伊特拔下了连接线。当她拿着笔记本电脑穿过舱间的过道时，感到脸上的每块小骨头都疼得厉害，另外双眼也都急剧地跳动着，好像随时随地会跳出眼眶。到了中舱，她看见墨瑟已经穿起发射着陆服并绑上了安全带。他好像睡过去了——也许是服用了麻醉剂吧。奥利里也已经系上了安全带，双眼圆睁，看上去有几分呆滞。吉尔从他们身边横穿过去，把笔记本电脑连上了中舱的数据终端。

还是没有数据流。

"混蛋。该死。"

休伊特努力集中起精神，踉踉跄跄地回到了飞行舱。

"还是无法启动？"基特里奇问。

"我换了数据终端，又试了一次。"头颅内部的神经跳动地更为频繁，眼泪也顺势流了下来。休伊特拔出电脑上的连接线，换了一根新的，然后她用视窗操作系统重启电脑，打开了近距离交会操作软件。

"对接和脱离"程序的标志终于出现在屏幕中央。

休伊特开始在程序中写入执行日期，汗水从她的上唇处滴落下来。日期数，小时数，分钟数，秒数，她一一认真地填写着。她的手指笨拙地击打着键盘，显然手指已经无法准确执行大脑的命令。她不时返回前面的界面，修改输错的数字。最后，数字全部准确输入了程序，她把鼠标对准了屏幕上的"脱离"按钮，轻轻点击了一下，启动起程序来。

"近距离交会程序已经启动，"休伊特略微放松了一点。"准备处理后续数据。"

基特里奇说道，"地面，我们现在就可以执行脱离空间站程序了吧？"

"发现号，再等一等！"

等待让人十分心烦。吉尔审视着自己的手掌，发现手指全都开始抽搐起来，前臂的皮肤开始搏动，好像有许多蠕虫在下面乱爬一样。感觉到有活物在她的身体里活动，休伊特使出全力想保持手臂平稳，但是手指却像被电击过一样，无助地痉挛着。趁我们还能操作航天飞机，让我们回去吧。

"发现号"，地面发令道。"开始进行脱离空间站的操作吧！"

"收到，请把自动驾驶仪放在低速挡位上，准备脱离。"基特里奇热切地望着休伊特，仿佛千斤重担从心头卸除下来。"现在我们就准备回家吧，"他嘟囔着，握紧了手柄。

飞行总指挥兰迪·卡彭特像屹立的巨型雕像一样，挺直着身躯，一动不动地站立在控制台前。他的视线集中在身体前方巨大的屏幕上，同时关注着屏幕上的数据变化和通讯系统里的情况报告。像往常一样，卡彭特总是会多考虑几个步骤。现在，正在对两个飞行器的连接处进行减压操作，稍后，连接航天飞机和空间站的大锁就会脱钩，预先在连接系统里灌入的活水将轻柔地将两者推开，使它们在太空中按着各自的速率和轨道飞行。待它们完全分开后，发现号上的反应控制系统才会打开，带动航天飞机在近地轨道上运行。在这一过程中的每个节点上，事情都有可能会出错，但对每一个可能出错的环节，卡彭特都准备好了对策。比如说，如果大锁没能及时脱钩，航天飞机上的宇航员会用爆破弹把连接处炸开。如果这个方案还不行的话，就会安排两位空间站的宇航员进行一次太空行走，人工打开大锁。正是因为每种情况下都准备了好几种备用方案，因此可以避免任何可能发生的事故。

至少，航天技术人员可以预料到所有的事故类型并加以防范。卡彭特最害怕遇见那些事先没有想到过的小故障。此刻，那个在每个任务阶段开始之前都会思索的问题又浮现在他的心头：还有什么我们没有考虑到的细节吗？

"轨道对接系统顺利分离！"基特里奇宣布。"我们已经把锁给打开了，正在自由飞行。"

卡彭特身旁的飞行指挥激动地挥舞起拳头来。

而卡彭特已经开始预想起着陆的步骤，怀特桑兹的天气目前还很稳定，风速保持在十五海里左右。航天飞机着陆的时候，战术空中导航系统可望正常运行，知道飞机准确着陆，地面人员届时会集中在跑道上准备救援。看来不会有什么问题，但他也很清楚，在没有成功着陆之前，没有人可以为最后的成功打保票。

虽然脑海中有千头万绪，表面上卡彭特依然不动声色。卡彭特连续工作了几天，身体极度疲劳，喉咙酸疼，但满屋的飞行控制员谁都没有察觉出来。

在空间站上埃玛和伙伴们同样也在观看航天飞机与空间站脱离的过程，耐心地等待着两个飞行器完全分开。空间站里的一切科研工作都暂时中断了，大家集中在节点一号舱默默地注视着航天飞机庞大的身躯从空间站旁脱离而去。格里格斯和休伊特一样，手里捧着台 IBM 手提电脑，近距离交会操作程序清晰地显示在电脑屏幕上，这个图像也同步出现在了休斯敦任务控制中心的大屏幕上。

埃玛朝节点舱的窗外望去，发现号渐渐消失在视野中。她轻轻地叹了口气。航天飞机能够自由地飞行，意味着基特里奇他们终于可以回家了。

航天飞机上的医疗官奥利里正昏昏沉沉地在机舱内四处飘浮着，他已经为自己注射了五十毫克的杜冷丁，这点剂量刚好可以帮他止住身上的疼痛，使他有足够的精力把墨瑟固定在座位上并且能在回家以前把机舱重新整理一番。不过即使只注射了这么一点剂量的麻醉剂，还是让他感到了精神无法集中，看不清眼前的事物。

奥利里瘫倒在中舱的座椅中，等待着脱离近地轨道时刻的来临。机舱里的景物在眼前忽隐忽现，如同在水下的感觉。灯光很刺眼，他只好闭上眼睛。刚才，他似乎感觉到吉尔·休伊特拿着手提电脑从自己身边飘过，一转眼便看不见她的身影，不过从耳机里可以听见休伊特急促的呼喊声，基特里奇和地面人员的说话声也依稀可辨，他们已经和空间站脱离了。

奥利里处于精神恍惚的状态中，但他依然感觉到了无能为力和羞愧。飞行舱里的同伴也和他一样患着病，但是他们现在却忙着返程的工作，相比之下，他安逸地躺在座位里，像个废人一样。强烈的自尊心促使他放弃舒适的睡眠，瞪大双眼，面对着中舱灯光散发出的耀眼光芒。他松开安全带，当搭扣打开时，整个人猛地飘了出去。舱里的事物开始在他的眼前旋转起来，他只能再次闭上眼睛，试图摆脱大脑中产生的晕眩感。坚持住，他暗暗命令自己，战胜一切私心杂念，我可不是这么容易被击倒的。但是他无法睁开眼睛，也无法掌握飘浮的方向。

忽然奥利里听见一阵异样的声音，非常清晰，他觉得那一定是墨瑟在睡梦中辗转反侧时发出的，于是他循着声音的方向，尝试着睁开眼睛，但出现在眼前的并非墨瑟，而是装着松山健一郎的尸袋。

袋子在他眼皮底下不断膨胀，越变越大。

肯定是我眼花了，他想，出现了幻觉。

奥利里使劲眨了眨眼睛，把视线集中在尸袋上。尸袋胀得很大，尸体胃部外侧的塑料袋已经被顶了起来。几个小时以前，他们曾经合力修补好了裂口，如今尸体内的压力一定又重新聚集了起来。

他犹豫着向前两步，越过几个床铺，小心翼翼地把手放到膨胀的尸袋上。

就在碰触到尸袋的一瞬间，他惊恐地抽回了手，他感觉到膨胀、收缩、再膨胀，这样的过程在尸袋上循环反复着。

尸体正在进行有规律的运动！

汗水从休伊特的上唇不断滑落，当发现号和国际空间站脱离时，她正观测着顶窗外的情况。两者间的距离慢慢增大，接着她将注意力转回电脑审视着屏幕上的数据，已经分离了一英尺，然后是两英尺，终于上路了。她稍微一放松，疼痛感立刻重新席卷她的头颅，这是一种钻心刻骨般的疼痛，休伊特觉得自己马上就要昏过去了。她像在斗牛一样努力地抗争着，拼命让神志保持清醒。

165

"轨道对接系统运行完毕！"休伊特牙齿打着颤，一字一句艰难地报告着。

基特里奇马上做出答复："开启反应控制系统，低速前进。"

基特里奇轻轻地推拉着反应控制系统的操纵杆，把航天飞机拉离空间站，准备进入空间站下方三千四百英尺的轨道上，只要到了那里，航天飞机就可以和空间站在不同的轨道上各自运行，分隔得越来越远。

吉尔听见推进器的轰鸣声，接着就感觉到航天飞机开始颤动起来。她向操作台那边望过去，看见基特里奇正在控制台边缓慢地移动着操作杆，他双手剧烈颤抖，面容坚定，用尽全身的力量，紧紧地握住操纵杆。基特里奇关闭了自动驾驶仪，手动控制着航天飞机。稍不注意用力过猛，航天飞机就很可能偏离航道，引发不可估量的危险。

分开了五英尺，十英尺。他们经过了分离过程中最关键的阶段，离空间站越来越远了。

吉尔彻底宽心了。

但就在她放下心的同时从中舱传出一阵突如其来的尖叫，声音里充满了恐惧与不解。是奥利里的声音。

吉尔立刻回过头，只见人体组织像喷泉一般从中舱涌出，朝她扑面而来。

基特里奇身处上下舱的连接位置，突然爆发的巨大冲力推动着他在控制台四周无规则地旋转。吉尔见状不妙，整个人顺势向后一倒，戴在头上的耳机飞了出去，但身上还是沾满了散发出令人呕吐气味的肠胃碎片、皮肤组织和一团团连着头皮的毛发。松山的头发！她依稀还能辨认出推进器的响声，感觉航天飞机正朝一侧倾斜下去。整个飞行舱里到处可见分裂的人体组织、塑料袋残片和那些绿色的水团，仿佛形成了一个恐怖的旋涡，要将宇航员们吞没。一块葡萄大小的东西从旋涡中飞出，溅落在吉尔身边的墙壁上。

当水滴在微重力条件下与墙壁相触碰，并黏附在上面时，冲力会使水滴产生片刻的晃动，不一会儿就会静止下来。但是方才溅落在墙壁上的污块却一直晃动着。

污块的震动还在不断地加强，就像水中的涟漪不断扩散开去。吉尔无法相信自己看到的状况。她这时才注意到在这团胶粘物质的中心，有一些黑色的异物正像蛆一样缓慢地蠕动着。

吉尔无意中从飞行舱的顶窗外，看见了一个更恐怖的画面，空间站正朝着航天飞机快速地逼近，她甚至能清楚地看见空间站外太阳能机架上的铆钉，转眼见就要撞上了。

在极度的惊恐中，吉尔推着墙壁，利用墙壁产生的反作用力穿过一层层令人作呕的尸块，双手绝望地向操纵杆方向伸去。

"要撞上啦！"格里格斯在太空通讯系统里大声嚷道，"发现号，你们马上要和空间站撞上了！"

没有人应答。

"发现号！马上掉头回去！"

埃玛惊恐地注视着灾难的降临。通过空间站的舷窗，她可以清楚地看见航天飞机正向上直冲，发现号的三角翼带着巨大的前冲力眼看就要击穿空间站的铝质外壳了。她已经可以预见到死神的来临了。

突然，从航天飞机头部反应控制系统内的推进器中喷出一团烟雾，发现号动力锐减，前冲的速度开始减缓。此刻三角翼已经接近空间站的最下方，但是还没有碰到空间站的太阳能主机架，埃玛感觉自己的心脏停止了跳动。

卢瑟叹息道，"老天啊。"

"返回舱！"格里格斯突然语无伦次地大喊，"所有人到返回舱那边集合。"

乘员们争相撤出节点舱，手臂和大腿在半空中互相交缠着，脚步蹬向各个方向。尼古拉和卢瑟是第一批穿过通道，进入居住舱的人员。埃玛刚抓住通道内的扶手，耳朵里就充满了金属摩擦的尖叫声，两个巨大的飞行器最后还是撞上了，太空站外面的铝层被扭曲得完全变了形。

空间站不停地颤动，在又一阵猛烈撞击中，埃玛随着震动不住地摇摆，她瞥见节点舱的墙壁倒了下来，格里格斯的笔记本电脑在半空中旋转着，最后映入眼帘的是黛安娜挂满了汗水的惊恐脸庞。

灯光闪烁了几下，然后彻底熄灭了。黑暗中，一盏红色的警示灯不断地闪动着。

刺耳的警笛声在黑暗中长鸣。

14

　　飞行总指挥兰迪·卡彭特在面前的大屏幕上见证了死亡的来临。

　　撞击的那一瞬间，他感觉到有一只拳头重重地砸在了他的胸骨之上，实际上那时是他自己不自觉地抬起胳臂，按在了胸前。

　　接下来的几十秒钟，飞行控制室陷入了沉寂之中。一双双呆滞的眼睛失神地定格在前方的屏幕上，世界地图和航天飞机的运行轨道出现在屏幕的中央。右侧显示的是近距离交会操作程序的实时示意图，在程序中，发现号和国际空间站用两个线框图标表示，现在这两个图标停止了各自的运行，航天飞机像破相的玩具一样一头扎进了空间站的巨大阴影之中，程序处于瘫痪状态。在极度的恐惧中，卡彭特意识到自己的肺部在不断地膨胀，原来这时他屏住了呼吸，完全没有放松下来。

　　短暂的沉寂后，控制室里突然爆发了。

　　"控制室，没有声音传下来，"卡彭特听见通讯系统里发出的讯息。"发现号还没有应答。"

　　"控制室，牵引力控制系统仍保持正常，可以接受到系统传输来的数据——"

　　"控制室，航天飞机机舱里的气压维持在正常水平，没有迹象表明航天飞机外壳受到了破坏——"

　　"国际空间站呢？"卡彭特叫嚷着。"我们能不能接收到空间站传下来的数据?"

"负责联系空间站的特别空载控制室正试图和他们联系。空间站内的气压正持续下降——"

"低到多少了?"

"现在降到了七百一十……六百九十。天杀的,降得太快了!"

空间站的外壳有裂缝!卡彭特判断着。但这并不是他所要解决的问题,空间站的事务统归楼下的特别空载控制室处理。

推进系统工程师突然对着话筒叫了起来。"控制室,反应控制系统重新点火启动了,两节,三节,一节,有人在操作控制板。"

卡彭特关注着屏幕,近距离交会程序的示意图仍然没有什么动静,看不到有什么新的图象。动力工程师却报告说航天飞机的引导系统已经点火了,这决不是航天飞机自身产生的运动,一定是机组人员在试图把航天飞机拉离国际空间站。但现在还无法收到来自航天飞机的无线电信号,不知道机组成员的情况如何,是否顽强地活了下来。

航天飞机上,所有机组乘员全部死在执行任务期间是卡彭特所能预想到的最可怕的情形。虽然休斯敦航天中心通过地面指令可以进行航天飞机上的绝大部分操作,但是没有机上人员的帮助,地面人员无法引导航天飞机着陆。航天飞机的轨道操作系统进行脱离近地轨道的操作时需要有人按下执行按钮;还需要宇航员收集大气数据并在着陆过程中放下起落架,做最后的降落准备。如果没有人做上述一系列操作,航天飞机就会像幽灵一样静静地环绕着地球做弧形运动,直至最后燃料耗尽,化做一团烟雾落到地球上的某地。随着时间的渐渐流逝,卡彭特越发感到不安,这恐怖的一幕在脑海中也越发清晰起来。虽然空间站的宇航员同样也在垂死挣扎着,但卡彭特此时已经完全顾不上他们的安危了,他的心思全部放在了发现号上。时间一分一秒地过去,难耐的寂静仍在持续,航天飞机上宇航员的生存希望越发渺茫了。

不知过了多久,他们终于在通讯系统里听见有微弱而又犹豫的声音传来。

"控制室,这里是发现号,休斯敦。休斯敦能听见么……"

"是休伊特!"联络员报告。他接着说道:"发现号,请继续!"

"……不可预知的变故……无法避免碰撞。航天飞机的内部结构看上去没有什么变化……"

"发现号,我们需要得到空间站的图像。"

"无法确定天线的位置——闭合电路已经失效了——"

"你知不知道它们的损坏程度?"

"冲击掀翻了空间站的太阳能机架,我估计航天飞机在空间站的外壳上撞开了一个大洞……"

卡彭特更不舒服了,他们仍然没能从空间站上获得只言片语,更没有证据表明他们还活着。

"你的同伴怎么样了?"联络员问。

"基特里奇勉强能够说话,他的头撞上了控制板。中舱的那两个人——我还不清楚他们的情况——"

"休伊特,你感觉怎样?"

"我正尝试着……哦,天哪,我的头……"依稀能听见她的啜泣声。接着她说道,"毕竟我还活着。"

"说下去!"

"那些东西到处都是——从尸袋泄漏出的物质。我的四周都是这些东西,有些甚至已经进入我的体内。我看见它在我的皮肤下活动着,它是有生命的。"

卡彭特倒吸了口冷气。看来休伊特产生了幻觉,头部一定受到了严重的损伤。他们失去了休伊特,失去了让航天飞机返回地球的最后一线机会。

"控制室,助推火箭马上就要点燃了,"飞行动力学家发出了警报。"如果错过了这次机会,那就全完了。"

"让休伊特执行脱离轨道程序,"卡彭特命令。

"发现号,"联络员说。"请把辅助电力系统发动起来。"

休伊特没有应答。

"发现号?"联络员重复了一遍,"赶紧进行脱离操作,不然就要错过点火的时机了!"

几分钟过去了，卡彭特的心吊到了嗓子眼上，全身肌肉紧绷着。不过，没过多长时间，休伊特给出了回答，卡彭特终于可以稍微安心一点了。

"我出去看了一下，中舱的两个人都已经换上了着陆服，现在都失去了知觉。我帮他们系好了安全带。但一个人没法帮基特里奇穿上着陆服。"

"把他现在身上穿的衣服松开就行了！"卡彭特说。"我们不能错过这次机会，赶紧把航天飞机给我带下来！"

"发现号，建议你马上启动辅助电力系统。先把基特里奇固定在工作椅上，然后马上执行脱离轨道程序。"

通讯系统清晰地传来休伊特痛苦地喘息声，接着听见休伊特说，"我的头——我的精力无法集中起来……"

"休伊特，我们全都明白。"联络员的声音变得更加柔和。"听着，吉尔。现在你是唯一能操纵航天飞机的人。我们知道你病得很重，但通过自动着陆系统，我们可以引领着你轻松地着陆，直到最后飞机轮子停止转动为止。在这期间，只需要你能和我们一起工作。"

休伊特痛苦地抽泣着。"辅助电力系统完成启动，"她无精打采地说，"定位系统已经打开，休斯敦，我们已做好准备，等待回归指令。"

"让航天飞机脱离轨道吧。"卡彭特说。

联络员把卡彭特的指令传达下去。"发现号，请执行脱离轨道操作。"而后又轻声加了一句，"你们马上就能到家了。"

在一片伸手不见五指的漆黑之中，埃玛摆脱了最初的恐惧感，强打起精神来。她知道将要发生什么事情，她会如何死去。用不了多久，空气就会一股脑冲出空间站，压力会击穿她的耳膜，随着肺叶的膨胀，肺泡会被撑破，全身会感觉越来越疼痛。当气压完全消失后，周遭的温度会随着太阳的角度变化不断改变。当太阳直射的时候，血液会一下子沸腾起来，但一转眼，当空间站的方位背离太阳，血液就会在静脉中冻结住。

红色的警示灯在闪烁，警笛声绵延不绝，证实了她的担心。地面上传来了一级警报。外壳破损了，空间站里的空气已经向外层太空泄漏出去了。

埃玛感觉耳膜已经开始振动起来。必须马上撤离。

埃玛和黛安娜循着警示灯闪烁着的红光冲进居住舱，巨大的警笛声使得宇航员必须大声呼喊才能听清彼此之间的声音。埃玛慌慌张张地撞到了卢瑟身上，卢瑟眼疾手快，在埃玛被弹向另一个方向之前，一把抓住了她。

"尼古拉已经登上了返回舱，你和黛安娜接着上吧!"卢瑟大声喊道。

"等一等，格里格斯去哪儿了?"黛安娜问。

"你们先进去吧!"

埃玛转过身，透过红色警示灯的幻影，她发现居住舱中除了他们没有别人了。格里格斯没有和他们在一起。光晕中腾起一团奇异而又美丽的云雾，并没有出现想象中的大风把他们卷向空间站的裂缝处。

身体正常，没有疼痛感。她突然意识到到目前为止，身体并没有产生什么不适。耳膜在轻微振动，但是胸部没有疼痛，体内也没有压力骤减时会出现的那种膨胀的感觉。

看来还有希望挽救空间站。我们有机会堵上那个漏洞。

埃玛双腿使劲蹬了一下墙壁，做了个游泳掉头的动作，利用反作用力一头扎进了节点舱。

"嗨，沃特森，又怎么了?"卢瑟在她身后大叫。

"不能轻易地放弃空间站!"

埃玛移动地太快了，一不小心，手肘撞上了过道的边墙。身体这才感觉到疼痛，这并不是出于空间站压力减小的原因，而是埃玛自己的鲁莽造成的。埃玛调整好方向，再次向节点舱前进，手臂由于疼痛还在轻微地颤抖着。

格里格斯不在节点舱里，但是埃玛看见他的笔记本电脑在数据终端处飘浮着，屏幕的中央显示着"减压"的红字警告。旁边的数据显示空间站的压力已经下降到了六百五十，而且还在持续下降。他们的大脑还能坚持工作的时间大约只剩几十分钟了。

他肯定是去找裂口了，埃玛想。他一定是想把受损的舱位隔离开。

在渐渐增厚的云雾中，埃玛进入了美国实验室。一个疑问在埃玛的脑海中冒了出来：这是实实在在的云雾，还是她由于缺氧而产生了幻觉？会不会是失去知觉的前兆？她来不及细想了，黑暗中警示灯频闪的亮光使她失去了方向感，只能又回到过道中，她的联络设备不见了，脚步也越发踉跄。最后，她终于找到了通道的一个出口，进入节点二号舱。

幸好格里格斯恰好正在那里，他正忙着把连接欧洲实验室和日本实验室的电缆拆开。

"泄漏点在日本实验室！"格里格斯大声喊道，声音刚好压过了警笛声。"如果把这通道里的电缆清理掉并把通道关闭，我们就可以把漏气的部分隔离出去。"

埃玛立即上前帮助格里格斯把电缆拽开，但是其中有一根电缆，他们俩费了九牛二虎之力也无法解下。"见鬼，这到底是什么东西？"她问。在紧急情况下，穿过通道的电缆应该是很容易被解开的。但眼前的这根电缆连绵不断——明显违反了安全规定。"有根电缆一下子解不下来！"她冲格里格斯嚷道。

"去拿把刀子！我把它割开来！"

埃玛返身进入了美国实验室。刀？见鬼，刀在哪儿？借着闪烁的灯光，她找到了医疗柜。手术刀也许管用。她拉开抽屉，拿出仪器盒，随即飞一般地冲回了节点二号舱。

格里格斯接过手术刀，开始割起了电缆。

"我们能帮上忙吗？"背后传来卢瑟的声音。

埃玛回过头，看见卢瑟，尼古拉和黛安娜也已经来到了过道里，热切地望着他们俩。

"日本实验室发生了泄漏！"她说。"我们正试图从这里把空间站隔离开。"

突然，几颗火星像爆竹一样在黑暗中闪现。格里格斯绝望地从电缆边跳开。"天哪,这根通着电!"

"我们正想把它割断!"埃玛向另三人解释着。

"这样就能把空间站完全隔离成两部分吗?我想恐怕不行。"

"那我们应该怎样封闭这里呢?"

卢瑟说:"撤退!还是撤退到我们的实验室吧!我们只能把这部分节点舱完全关闭,隔离空间站的这个区域了!"

格里格斯出神地望着闪烁着的小火花。他并不愿意关闭节点二号舱,这意味着在日本和欧洲的实验室里,气压将完全消失,再也没有人能到这里来了。同样还意味着与航天飞机交会的平台从此将失去效用。

"伙计们,气压还在下降!"黛安娜一边看着手中的气压计,一边报告。"气压已经下降到了六百二十五毫巴!赶紧撤吧!把这里封掉算了!"

埃玛感觉自己的呼吸越来越快,她不由自主地喘起气来!缺氧了!如果不马上采取措施,他们马上就都会昏死过去。

埃玛用力拉着格里格斯的胳膊。"赶紧走吧!没有别的办法可以拯救空间站了!"

格里格斯木然地点着头,和埃玛一起撤进了美国实验室。

卢瑟试图推上舱门,但他无法把门推向前去。他们在节点二号舱的外面,只能把门朝外推,而不是朝里拉。在没有气压的环境中,泄漏的空气产生了强大的冲力,卢瑟无法靠只手之力把舱门关掉。

"看来我们必须把整个实验舱都放弃了!"卢瑟说。"大家撤退到节点一号舱,用那里的舱门做隔断。"

"不,不!"格里格斯说。"千万不能放弃这里!"

"格里格斯,没有其他办法了,我推不上这扇舱门!"

"那么让我来干吧!"格里格斯抓过把手,把门努力地朝外推去。他用尽了全身气力,舱门也只是朝外移动了几英寸而已,最后他只能心灰意冷地放弃了努力。

"如果再犹豫,你会把我们都杀死的!"卢瑟咆哮道。

最后还是尼古拉想出了办法。"你们还记得和平号上发生的事吗?

我们可以向裂口方向充气!"说着他便飞出了实验舱,朝苏联空间站那端奔去。

和平号!大家马上便明白了他的意思。那是在一九九七年,奋进号航天飞机撞上了和平飞船的光谱号科学舱①。那次和平飞船和这次一样也被撞开了一个大口子,空气源源不断地从裂口流入太空中。苏联人在操纵空间站方面具有丰富的经验,他们采取了这样一个应对方案:那就是向裂口充气。把氧气灌入裂口处,使气压暂时升高,这样不仅能够使宇航员赢得修复时间,还可以缩小压力梯度,使他们能够及时推上舱门。

尼古拉手提两只氧气罐回来了,他手忙脚乱地打开阀门。在刺耳的警笛声中,大家还是能分辨出氧气冲出罐口发出的嘶叫声。尼古拉一口气把两只氧气罐都投入到节点二号舱里。对裂口充气。呼啸而出的氧气不断提升着舱门那头的气压。

通着电冒着火星的电缆同样也会接触到这里喷出的氧气。埃玛想到了刚才切割电缆时扬起的火苗。没准会发生爆炸!

"伙计们!"尼古拉指挥着众人,"让我们把舱门关上吧!"

卢瑟和格里格斯一齐抓住了门把手,奋力向外推。不知是因为两人置之死地而后生的勇气产生了巨大的力量,还是因为氧气确实缩小了压力梯度。总之,最后舱门被缓缓地合上了。

格里格斯顺势把门锁牢了。

卢瑟和格里格斯累得话也说不出来,无力地飘浮在半空中。好一会儿,格里格斯才缓过劲来,他转过身,一张苍白且挂满汗水的脸在跃动的灯光中时隐时现。

"我们现在可以把这该死的警报器关上了吧,"他对众人说。

笔记本电脑仍然飘浮在格里格斯刚才离开的节点一号舱的半空中。他迅速在电脑闪烁的屏幕中输入了一长串指令。警报声终于消失,大家不约而同地松了口气。红灯也同时停止了闪烁,电脑的警示

---

① "和平"号的四个科学舱,分别命名为 Priroda(自然),Spektr(光谱),Kvant II(量子II)和 Kristall(晶体)。

176

栏发出黄色的光芒，这下子大家不用吼着说话了。

"气压回升到六百九十了，而且还在继续上升，"格里格斯的脸上露出舒心的微笑。"我们渡过了难关！"

"为什么我们还处在三级戒备状态？"埃玛指着屏幕上的黄灯问道。三级戒备代表三种可能的情形：备用的向导电脑意外关闭；控制航向的一个运动陀螺仪失灵或是他们失去了与任务控制中心的 S 信道无线电通讯。

格里格斯继续敲击了几下键盘。"这就是 S 信道。我们已经不能再继续通过它来和外界联系了。发现号一定撞上了我们的 P－一号机架，把我们的无线电通讯破坏了。看样子我们的太阳能收集装置也一并被他们撞坏了，能源舱无法继续工作，这就是现在停电的原因。"

"现在休斯敦肯定乱作一团，他们不了解这里到底发生了什么事情，"埃玛说。"现在地面也联系不上我们。发现号的情况怎样？他们那边到底发生了什么状况？"

黛安娜一直忙着调试太空间通讯系统，她插话说，"发现号没有回答我的呼叫，他们可能出了超高频的通信区域。"

也可能他们都已死去，无法回话了。

"我们能不能想法让照明设备重新工作起来？"卢瑟问，"比方说，我们可以交叉配置目前可用的能源。"

格里格斯再次操作起他的笔记本电脑。具有较好的冗余①性是国际空间站的一个主要优点。在空间站上有许多不同的发电设备，它们各有各的用处。但是，当需要的时候，这些设备还可以被派上别的用场。因此，即便他们已经失去了一个专供照明的能源舱，但是他们还有另外三个能源供应装备可以使用。

格里格斯说，"我想起了一句老话，让我们祈愿'让光明普照世界吧'。"他专心致志地敲击着键盘，不久亮光出现了，但这点亮光只能照亮他们所在的这部分通道。"我重新组合了能源的配给方案，可

① 冗余，科技术语。指重复配置系统的一些部件，当系统发生故障时，冗余配置的部件介入并承担故障部件的工作，由此减少系统的故障时间。

177

惜负荷不够，能源设施无法联动，现在也只能这样了。"他舒了一口气，面对着尼古拉。"我们必须和休斯敦联系上，尼古拉，接下来靠你了。"

苏联人马上明白了自己的任务。位于莫斯科的任务控制中心和国际空间站之间有一套单独的联络设备，碰撞并没有损坏空间站苏联那部分舱位的设施，他们只能开启这套联络设备与地面取得联系了。

尼古拉冲着格里格斯简洁地点了一下头。"希望莫斯科还在继续交那些设备的电费，那样我们才有救。"

ITEM　3 - 7 - EXEC

ITEM　3 - 8 - EXEC

OPS　3 - 0 - 4 PRO

吉尔·休伊特痛苦地喘息着，每按一下控制板上的按钮，都会使她感到钻心的疼痛，眼泪随着抽泣声不住地流落下来。她觉得自己的头像熟透的甜瓜马上就要炸裂开来。视野变得越来越狭窄，眼前仿佛出现了一条黑色的长廊，控制台在视野中渐渐远去，不一会便超出了她的控制范围。她把身上所有的能量集中在手指上，去开启每个开关，击打每个按钮。该校准方向了，她竭尽全力试图分辨出方向仪的指向，但是八个表示方向的圆球却好像在不停地旋转着，而且变得越来越模糊。*我看不清了。方向和读数我都……*

"发现号，你已处于外层轨道的临界点，"联络员说。"准备调整到自动驾驶挡。"

吉尔看着面板，努力伸手去抓切换开关，但开关看上去是那样遥不可及……

"发现号？"

颤抖的手指终于接触到开关，她好不容易才把开关调整到了"自动"挡上。"切换完毕，"她已经气若悬丝，肩膀立时放松下来。电脑接过了驾驶航天飞机的任务，她已经无力继续独自驾驶下去。她甚至不清楚自己到底还能清醒多长时间。眼前的黑色长廊消失了，吞噬了周围的光线。此时她第一次注意到机舱顶端流动的空气声，感觉到身下的座椅不断地挤压过来。

通讯系统变得十分安静，她意识到已经处于通讯屏蔽的电离层了。在电离层中，航天飞机与大气发生激烈的摩擦，产生的力量使电子从空气分子中剥离出来形成电磁风暴，这股风暴打断了所有的无线电波段，通讯因此而中断。此后的十二分钟里，只有航天飞机和呼啸的空气和她在一起，没有人可依靠。

她从来没有觉得如此孤独过。

休伊特感觉到自动驾驶仪引导着航天飞机通过了第一个高速航段，行驶在大气层的边缘，速度渐渐慢了下来。接着她感受到了温暖，好像阳光穿过机窗直接照射在脸上一样。

她睁开双眼，但眼前仍然漆黑一片。

光线在哪里？她猜测着。机窗外的阳光照到那里去了？

休伊特不停地眨着眼睛，然后又开始揉了起来，她想看清周围的事物，想让视网膜接收到光线。她把手伸向了控制台的方向，她知道，如果不能把开关调整到正确的挡位，不能把空气数据探测器调整到适合降落的数值，不能及时放下起落架，航天飞机就不能顺利降落在休斯敦，他们就不能活着回家了。休伊特的手指掠过一排指针和按钮，最终无助地发出一声绝望的哀嚎。

她的眼睛瞎了。

15

怀特桑兹导弹试射场海拔高度四千零九十三英尺，坐落在沙漠谷地中的一小块绿洲上，空气稀薄干燥。怀特桑兹的东面是萨克拉门托山脉和瓜达洛普山，西面是圣安德鲁斯山。离这里最近的城市是新墨西哥州的阿拉莫戈多。这一地带土壤坚硬干燥，只有最坚韧的沙漠植物才能在这里生存下来。

该地区起先是战斗机飞行员的训练基地，在之后的几十年里，这里不断被用作其他用途。在第二次世界大战中，这里是关押德国战俘的集中营。美国试爆第一颗原子弹的特尼狄也同属这一地区，距离美国的原子武器制造基地洛斯阿拉莫斯并不远。在这个地区，到处是带有钩刺的电线和没有任何标志的政府大楼，甚至连附近阿拉莫戈多的居民对这里的情况都一无所知。

杰克拿起望远镜，隐约能看见远处的绿洲阳光明媚，飞机跑道南北向横贯于一片荒漠中。这条跑道长约一万五千英尺，宽度也达到了三百英尺，在稀薄的空气中，飞机降落起飞的滑跑比平原地区需要更长的距离，而这条跑道的长度足以使当今世界最庞大的飞机在这里起降。

杰克和急救队的其他成员以及航空航天局、联合空间联盟的救援车辆一起，在预定着陆点西侧等待着发现号到来。这次他们带上了担架、氧气袋、电动起搏器和急救包——准备的急救器材比最先进的急救车还要齐全。如果是在休斯敦降落，一般会有一百五十多名地面人员在着陆点配合航天飞机的降落。但是在这片荒凉的土地上，迎接航天飞机的只有不到四十个人，其中仅有八位医务人员。一些地勤人员已经穿上了自持式大气防护服，预防推进器泄漏物可能对身体造成的辐射污染。他们将带着大气感应器第一批接近航天飞机，估量发生爆炸的可能性，之后才会允许医生护士进入着陆现场。

杰克听见远方传来一阵轰鸣声。他放下手中的望远镜，朝东面望去。一个直升机编队正向跑道飞来，编队中直升机的数量如此之多，看上去就像黑色的蜂群般恐怖。

"这些玩意儿是从哪儿来的？"布鲁姆菲尔德也注意到了这群直升机。其他地面人员也都立即发现了天空上的变化，许多人嘴里还在疑惑不解地嘀咕着什么。

"也许是后备人员赶来了，"杰克说。接机组的领队一直注意着通讯系统里发出的信息。他冲着杰克摇了摇头："任务控制中心说这些不是我们的飞机。"

"现在这里的天空不能有其他飞行物存在，"布鲁姆菲尔德说。

"我们一直在试图和编队取得联系，但是还没有得到他们的回应。"

轰鸣声越来越响，杰克感觉到直升机发出的强烈震动产生了一股巨大持续的前冲力，捶打在自己的胸膛上。直升机已经侵占了航天飞机的飞行区域。十五分钟后，航天飞机就将穿越天际，发现直升机群占据着自己的航道。耳机中，地面负责人止快速地和控制中心联络着，紧张的情绪在地面人员之间蔓延着。

"它们停止前进了，"布鲁姆菲尔德说。

杰克拿起望远镜向空中看着，空中大约有十二架直升机，它们已经不再前行，正像秃鹫一般列队着陆，地点就在航天飞机着陆点的正东位置。

"这唱的是哪出戏呀？"布鲁姆菲尔德越来越看不懂了。

距离航天飞机脱离电离层还有两分钟，距离着陆还有十五分钟。

兰迪·卡彭特感觉稍微好了一点，他知道这下发现号可以安全地降落了。幸亏有了休伊特，航天飞机才能在人员受伤、电脑部分失灵的情况下起程返航。她现在必须保持清醒，必须在合适的时间按下两个正确的按钮。对于最终的着陆来说，这是极其简单，却又非常关键的步骤。在十分钟之前最后一次联系的过程中，卡彭特感觉休伊特虽然很痛苦，但还十分清醒。休伊特是个非常出色的飞行员，在美国海军的军旅生活造就了她一身的钢筋铁骨，现在她只要能保持住清醒就行了。

　　"飞行控制，通讯网络传来了一个好消息，"地面联络中心报告道，"莫斯科的控制中心通过雷戈尔无线电系统的 S 信道与国际空间站取得了联系。"

　　雷戈尔系统是苏联和国际空间站联系的无线电系统，它与美国的无线电系统完全独立，苏联的地面站通过他们自己的卢克卫星对这套系统进行操作。

　　"交流非常简短。他们是在卢克卫星的尾部通过 S 信道时才联系上的，"地面控制说。"不过空间站上的宇航员们情况都不错。"

　　卡彭特心情更加开朗了，他捏紧了自己圆胖的手指，激动地挥了一下拳头，"损坏报告呢？"

　　"日本实验室的方位有一个缺口，因此他们把节点二号舱和与之连接的区域都关闭了。他们还损失了至少两块太阳能面板和一些外围框架，但幸运的是，没有人受伤。"

　　"飞行控制。航天飞机马上就要脱离电离层了，"联络员报告。

　　卡彭特的注意力马上又集中到发现号这边，对于来自国际空间站的好消息他感到十分欣慰，但毕竟他目前负责的是航天飞机的运行。

　　"发现号，能听到吗？"联络员呼叫。"发现号？"

　　几分钟过去了。等待回应的时间太长了，刚才那种走钢丝的感觉突然又回来了。

　　负责方向的控制员说，"航天飞机已经做了第二个 S 转，看来飞行设备没什么问题。"

　　那为什么休伊特还没有和地面联络上？

"发现号，"联络员重复道，这次的声音听上去急切多了，"能听到我们的声音吗？"

"该做第三个S转了，"向导员又汇报了。

这回我们失去她了，卡彭特想。

这时听见了休伊特的微弱而迟疑的声音。"这里是发现号。"

大家都在耳机里听见了联络员放松下心情而发出的叹息声。"发现号，欢迎你们回家！很高兴能重新听到你们的声音！现在请你校准空气数据探测器。"

"我——我正在寻找开关。"

"注意空气数据探测器，"联络员再次重复道。

"我明白，我明白！但我现在看不见控制板！"

卡彭特感觉血液在一瞬间凝固了。万能的上帝啊，休伊特瞎了，她现在不仅仅是个领航员。她还担当着机长的职责啊。

"发现号，请马上校准探测器！"联络员耐不住性子了。"就在C号控制板上——"

"我知道是在哪块面板上！"她哭叫着。又是一片沉寂。通讯系统中只有休伊特沉重的呼吸声。

"探测器调准了，"机械维护系统工程师说。"她找到了开关，她做到了！"

卡彭特又一次放松下来，希望还在。

"第四次S形回转，"向导员说。"现在就要进入末端能量区域了。"

"发现号，现在你们那情况怎样？"联络员问。

一分钟，三十秒，距离着陆的时间越来越近了。发现号目前正以每小时六百英里的速度飞行，它正处于八千英尺的高度并在高速下落着。飞行员把这种情况称为"飞行壁垒"——在发动机失灵的情况下，完全依靠三角翼带动飞机航行。对于发现号来说，没有第二次机会了。他们不能中断着陆过程，再来上一次S回旋，重新准备着陆。这次不管成功还是失败，它都必须下来。

"发现号？"联络员做着最后的努力。

杰克看见航天飞机闪烁着灯光出现在了天空中，一团白色的烟雾从飞机的侧翼喷射而出，当飞机进行最后一次盘旋时，这团烟雾像银色的丝带平铺在跑道的上方。

"快回来吧，宝贝。你是那么精神奕奕！"布鲁姆菲尔德喜形于色。

其他三十多名地面人员也和他一样兴高采烈。每一次航天飞机的着陆都会成为一场庆典，地面人员会被航天飞机的胜利回归感动地流泪。所有人都目不转睛地看着天空，当航天飞机拖着那根银色的丝带冲向跑道时，每颗心都在紧张地跳动着。

"太伟大了，上帝啊，真是太漂亮了！"

"哦耶！"

"真是完美至极！"

现场地面指挥正用耳机倾听着休斯敦任务控制中心的报告，他突然气急败坏地来回踱起步来，额头上的青筋同时暴露出来。"真要命，"他说。"起落架放不下来！"

杰克回身看他，"你说什么？"

"机组人员还没有放下起落架。"

杰克侧过身，凝视着即将降落的航天飞机，飞机离地面只有一百英尺了，现在的时速是每小时三百英里，但望远镜里还没有出现飞机的轮子。

人群安静下来，方才的兴奋心情转眼间化成了惊恐，所有人都对眼前的情况感到难以置信。

把它们放下来，快把轮子放下来！杰克真恨不得马上就喊出来。

航天飞机离地面只有七十五英尺，地面上显现出机身巨大的阴影，十秒钟后就要降落了。

只有航天飞机上的宇航员才能放下起落架。电脑无法代替人手按下落地开关，完成这个最后的任务。这个时刻，没有一种计算机能挽救他们了。

离地五十英尺，时速每小时二百英里。

杰克不想去看航天飞机机身触地的惨烈场面，但他控制不住自己，没有背过身去。他看见发现号的尾翼首先撞上了地面，碰撞处随即冒出点点火星，从尾翼上落下许多材料碎片。随后当机头与地面发生剧烈碰撞时，人群中传出了呜咽和尖叫声。航天飞机开始横向在地面上挪动，脱落下来的碎片旋涡般向外翻卷。一面的机翼脱落下来，像一只黑色的巨斧在跑道上狂奔。航天飞机的机身与地面摩擦发出震耳欲聋的金属切割声。

另一只机翼也跟着掉了下来，在跑道上翻滚着，散落成碎片。

最终发现号冲出跑道的柏油路面，停在沙砾上，尘土被巨大的冲力卷了起来，片刻之间遮挡住了人们的视线。杰克的耳朵里充满了地面人员凄厉的叫声，但他却完全发不出声音，也挪不了一步。他已经被眼前的景象震惊得麻木了，灵魂仿佛已经离开了肉身，无意识地游荡着。

尘土马上便散去了，杰克看见航天飞机像一只断了腿的大鸟一样，平躺在自己散落的血肉之中。

地面的接应人员马上开始行动了，医疗队乘坐的车辆发动起来，杰克和布鲁姆菲尔德跳到后座上，车子穿过沙漠直奔飞机的坠毁处而去。透过车辆的马达声，杰克还听到了一声更响亮，更沉闷的巨响。

那些直升机也在朝着坠落地移动。

医疗车突然停止了前进。杰克和布鲁姆菲尔德手里都抓着一个急救包，在一片沙尘中跳到了沙地上，车停下的地方离航天飞机还有一百多码的距离。直升机这时已经全部落地了，把航天飞机围在了中间，阻挡了地面接应人员的前进路线。

杰克朝发现号跑去。他低下头，准备从直升机转动着的叶片下穿越过去，但在直升机围成的圆形之外停住了脚步。

"又怎么了？"布鲁姆菲尔德看见一队穿着制服的士兵冲下直升机，手拉起手，在航空航天局的接应人员面前围成了一道人墙。

"往后退！往后退！"士兵们驱赶着他们。

接应指挥拨开众人，挤到前排。"我们有任务，必须立即登上航天飞机。"

"你们必须退后！"

"你们无权插手！这是航空航天局的任务！"

"所有人他妈的都给我往后退！"

士兵们举起了机枪，枪口对准了手无寸铁的地面人员。航空航天局的工作人员无奈地向后退去，所有人的眼睛都集中在了无情的枪口上。他们在思量，如果触怒了这些大兵，是否真的会引发一场大屠杀。

通过士兵之间的缝隙，杰克看见在发现号的机舱门外竖立起一个白色的大帐篷，把舱门与外界隔离开来。十二个戴着防护面具，身穿明黄色制服的人，分别从两架直升飞机上跳下，向航天飞机跑去。

"这些是陆军的防化部队，"布鲁姆菲尔德说。

航天飞机的舱门完全被藏在了塑料帐篷的后面，外围的接应人员无法看到舱门周边的情况，但是他们知道这些身着黄色防化服的士兵一定进入了航天飞机。

那里有我们的同伴，杰克心想，在航天飞机里我们的人正处于生死攸关的紧要时刻，我们却不能去救他们。这里有这么多医生和护士，还带了这么多医疗设备，可这些人却不让我们履行职责！

杰克推开几个防卫的士兵，直接走到那个看上去军阶最高的军官面前。"我们这个医疗队现在就要进去救人，"他说。

军官不自然地笑着："先生，不可能让你们进去。"

"我们是航空航天局的雇员。我们是医生，我们对宇航员的健康和生命安全负有责任。如果你们愿意，你们就朝我们这些医生开枪吧，但那意味着你们要杀死这里的每一个人。不然这里的其他地面人员就会成为目击证人，我想你们是不可能把所有的地面人员都杀绝吧。"

机枪被举了起来，枪口对准杰克的胸膛。杰克的喉头突然干涸了，心脏也跳得很快，但他还是迈开脚步，挤开士兵，低头钻过了直升机的机翼，径直朝航天飞机走去。"停下，不然我就开枪了。"背后传来警告声，可杰克自顾自走着，根本不屑回头望上一眼。

他径直往前走着，紧盯着前方鼓起的帐篷。他看见身穿雷卡尔防

186

护服的士兵们转过头惊讶地望着他。他看见风卷起地上的尘土打着旋地穿过他的脚下。马上就要走到帐篷了。突然他听到布鲁姆菲尔德的惊呼。

"杰克，小心！"

砰地一个硬物打在了杰克的颈部，杰克一下子跪到了地上，剧烈的疼痛在颅脑部蔓延开来。第二下打在了他的侧腹部，杰克在地上翻滚起来，唇边满是沙石，脸上火辣辣的。他就势翻滚了两下，转过头，看见一个士兵正气势汹汹地紧盯着他，正准备来上第三下。

"够了，"传来一声低沉的声音，"先把人放了，看好他就行了。"

士兵退后了两步，另一个穿着雷卡尔黄色防护服的人走了过来，蹲下身子若有所思地看着他。

"你是哪位？"来人问道。

"我是杰克·麦卡莱姆医生。"杰克一时接不上气，喘息着回答。他挣扎着坐了起来，眼前一片模糊，仿佛游走在暗夜的边缘。杰克使劲地晃着头，想摆脱眼前的黑暗，尽快清醒起来。"航天飞机上有我的病人，"杰克说，"我需要马上见到他们。"

"这是不可能的。"

"他们需要医疗救助——"

"死了，麦卡莱姆医生，所有人都死了。"

杰克傻了。他慢慢地抬起头来，看清了防护面具后那个男人的脸。在这张脸上，没有任何表情，一点也看不出面前的这人刚刚目睹了连死四人的悲剧。

"你们的宇航员发生了这种事，我也很难过。"说着便转身离开了。

杰克撑起身体。虽然他还感到有些晕眩，身体也一直在摇晃，但毕竟能站起来了，"你他妈的到底是谁？"

这个人停下步子，转过身来。"我是伊萨克·罗曼医生，来自尤萨姆瑞德，"他说道，"航天飞机现在属于禁区，在军队的掌控之下。"

尤萨姆瑞德。罗曼医生把这串字母作为一个单词念了出来。但杰克知道这些字母代表着美国陆军传染病医学研究所。为什么军队会来这里？这什么时候变成了一个军事任务？

杰克斜睨着飞扬的风沙，头还在嗡嗡作响。他试着去消化目前所得到的信息。眼前的事物看上去虚虚实实，好像在连续地放着慢动作。穿着雷卡尔防护服的人正大步向航天飞机那边走去。方才挥枪的士兵无动于衷地看着他的背影，做隔离用的帐篷像巨浪一样翻卷在风中。围成一圈的士兵站在自己的位置上屹立不动，地面人员被困在外面什么也做不了。他把头转向航天飞机，看见几个身着防护服的人正抬着担架走出帐篷，尸体被密封在袋子里。封袋外面打上了好几个红白相间的"生物危害"标记，像是在尸体表面铺上了一层鲜花。

看到担架，杰克立即心生疑窦。他扯着嗓子问，"你们要把尸体送到哪里？"

罗曼医生没有转过头来搭理他，而是指挥担架走到一架直升机旁。杰克再次试着走向航天飞机，一个士兵拦在他的面前，已经举起了枪托，准备再给他来上一下子。

"嗨！"远方传来一个地面人员的呼叫声。"你胆敢再打他一下，我们这里可有三十多个证人。"

士兵回过头，怔怔地看着狂怒的航空航天局和美国空间联盟的雇员们。人群正慢慢向前挪动，声音一浪高过一浪。

"你们以为这是在纳粹德国吗？"

"——要对平民动粗吗？"

"你们到底是什么人？"

当人群咆哮着不断向前推进的时候，士兵们排得更紧密了，他们踏着步，卷起一片灰尘。

枪声响起，人群一下子安静下来。

这里一定有什么事弄错了，杰克想。肯定有些事情我们还不知道。士兵们时刻准备着射击，他们并不是在单纯地摆样子。

领队也一定意识到了这一点，他狂叫道，"我正在与休斯敦联系，任务控制中心的一百多名工作人员正听着这边的情况呢！"

士兵放低了枪口，向他们的指挥官看过去。现场一片宁静，只有飞走的沙石击中直升机的铁皮发出叮叮当当的声音。

罗曼医生出现在杰克身旁。"你们不了解情况，"他说。

"那你就给我解释一下吧。"

"现在我们面对的是一起很严重的生化危机。白宫安全委员会已经授权陆军生化快速部队全权负责处理这次事件——这个部队是由国会的一个相关委员会组建的。麦克莱姆医生，我们是直接听命于白宫的。"

"什么类型的生化危机？"

罗曼犹豫着，他看到航空航天局的地面人员越来越集中，正默默地向士兵组成的防线压过来。

"什么生物引起的污染？"杰克继续进逼。

罗曼这才转过头，看着杰克。"我不能告诉你，这是分级信息，只有具备一定级别的人员才有权知道。"

"我们是航空航天局的医疗小分队，负责宇航员的健康，为什么不能把实际情况告诉我们？"

"你们航空航天局这回并不知道是在和什么打交道。"

"那你们知道是什么吗？"这句问话极具挑衅的意味，罗曼没有吭声。

另一具担架从帐篷后冒了出来，这次又是谁的尸体？杰克暗自猜测着。基特里奇机组四名宇航员的面容像幻灯片一样浮现他眼前，现在他们都死了，杰克一时还接受不了这个事实，他不能想象这些鲜活健康的生命在瞬息之间化作散落的尸骨和撕裂的组织。

"你们要把这些尸体带到哪里去？"杰克又重复了一遍同样的问题。

"到一个生化四级防护的基地进行尸检。"

"谁来主持尸检呢？"

"本人。"

"作为机组的负责医生，我也应该在场。"

"为什么，你做过病理切片吗？"

"没有。"

189

"既然如此，我看不出你还有什么参加尸检的必要。"

"你曾经为几个飞行员做过尸检？"杰克反击道，"你处理过几次飞行事故？飞行疾病是我的专业，在这个领域我有丰富的经验，你会需要我的。"

"我并不这样认为，"罗曼说。接着他转身就走。

这种不合作的态度彻底惹恼了杰克。他走回航空航天局的大部队，对布鲁姆菲尔德说，"军队控制着局势，他们带走了尸体。"

"是谁授权的？"

"他们说命令是由白宫直接下达的。他们动用了一支被称作是陆军生化快速部队的非正规军全权处理这次事件。"

"这是一支反恐部队，"布鲁姆菲尔德说，"我听说过他们，这是一支专门为打击生化恐怖主义而建立的部队。"

一架直升机带着两具尸体飞向远方。到底发生了什么？杰克疑惑不已。他们到底对我们隐瞒了什么？

杰克找到领队："能帮我接通约翰逊航天基地吗？"

"你想找谁？"

杰克考虑了一下在航空航天局中有什么人是他能够完全信任的，这个人还必须能在航天局这个官僚机构中坚持原则，敢于直面最高层的领导。

"替我找高登·阿比吧，"他回答，"宇航员训练中心的长官。"

尸　检

16

高登·阿比走进视频会议室，为即将到来的恶战做准备。阿比仍旧摆出了他那张毫无表情的脸。他一言不发，在泪眼婆娑的公共事务官格里森·刘身边找了把椅子坐了下来。屋内的人表情木讷，甚至没有人注意到阿比的到来。

航空航天局局长勒罗伊·科内尔、约翰逊航天中心的长官肯·布兰肯什普和六七位航空航天局的高级官员已经在桌边就坐，所有人都表情严峻地盯着会议桌前方的两个显示屏。在第一个显示屏上，来自美国陆军传染病医学研究所的劳伦斯·哈里森中尉正从马里兰州迪特里特港军事基地发回最新的报道。第二个屏幕上出现的是一个严肃的黑发男人，屏幕下方打出了他的身份"杰拉德·普罗法特，白宫安全委员会"。这个人看上去并不像个官僚，他的眼睛里流露出深切的悲哀，面容憔悴，给人一种身单影只的感觉。就好像是一个中世纪的传道士，无法接受现代流行的西服和领带。

布兰肯什普正言辞恳切地与哈里森中尉交涉。"你们的士兵不仅阻止我们的人进行正常的工作，还拿出枪来威胁我们。我们的一个医生甚至还受到了殴打——被枪托打倒在地，我们这里有三十多个证人。"

"麦卡莱姆医生穿过了我们的安全警戒线，他拒绝听从我们的命令，不肯停步，"哈里森回答说，"我们必须保护好那个禁区。"

"也就是说，军队随时准备攻击，甚至是射杀平民？"

"肯，能不能站在陆军传染病医学研究所的立场上看待这件事，"科内尔说，同时他把手搁在了布兰肯什普的肩膀上。完全是外交官的做派，高登嫌恶地想。科内尔是航空航天局在白宫的喉舌，当航天局向议会申请经费时，他又是最好的游说者，但局里大多数人依然不愿打心底相信他，他们更愿意相信一个用工程师的思维方式来处理问题的人。"保护军事禁区是动用武力的合理理由，"科内尔说，"麦卡莱姆医生毕竟是越过了那道安全线。"

"结果很可能是灾难性的，"哈里森的声音从屏幕的扬声器中继续传来。"我们的情报员报告说马尔堡病毒①可能被人别有用心地送到了空间站上。顺便提一下，马尔堡病毒的危害性丝毫不亚于目前已为平常人所熟知的埃波拉病毒。"

"病毒是怎样上天的呢？"布兰肯什普问，"所有与科研机构签订的实验协议都具有安全性条款，每一个实验用动物都进行过体检。因此，这类骇人听闻的病毒不会是我们送上去的。"

"你们当然会严格执行这些安全规定。但是，你也清楚，这些实验器具是你们从遍及全国各个地方的科学家那里收集来的，你们肯定会严格按照安全条款进行操作，但当实验器具送到发射地，准备升空的时候，你们一定不会再对其中的每种细菌和组织进行检验。为了保证这些细菌和组织的活性，这些器具一运到你们那就直接送到航天飞机上去了。如果其中一个实验已经被污染了，会产生什么后果？你再想想，在把实验用品运送到航天飞机的过程中，如果有人用马尔堡这种恶性的病毒替换掉一种无害的组织，那是多么轻而易举啊！"

"你的意思是这是一起人为的针对空间站的破坏活动吗？"布兰肯什普问。"这是一起严重的生物恐怖主义事件吗？"

"这正是我要说的。如果你传染上了一种特殊的病毒，我可以把将会出现的症状说给你听。首先，你会感到肌肉疼痛，并伴有发烧现

---

① 这一级别的致病原为致死性最强的传染源，其中包括埃波拉（Ebola）、马尔堡（Marburg）和拉沙热（Lassa）病毒。

象。肌肉的疼痛会非常剧烈，令你难以忍受，甚至经不住别人的轻轻触碰，这时只有靠注射肌肉针才能减轻疼痛。接着你的眼睛周围会出现红肿，腹部开始疼痛并一次次地呕吐。然后就开始吐血，因为那时消化功能还在起作用，所以首先会吐出黑色的血块。接着吐血会越来越频繁，吐出的物质会变成鲜红色，最后会吐得像流水泵一样止也止不住。供血的肝脏随之膨胀、破裂。肾脏停止工作。至此，你所有的内部器官都被损坏了，变成黑色、腐败的粥状物质。最终，你的血压也毁灭性地消失。自然死亡也就来临了。"哈里森停顿了一下，"先生们，这可能就是我们这次所会面临的情况。"

"一派胡言！"高登·阿比气愤地说。

参加会议的人诧异地看着阿比。死火山终于爆发了。平时开会的时候，阿比是不大开口的。即使发言，用的也是那种平淡无奇的语调。他通常会举出一些数据或实例来，从未掺杂感情因素。他的突然爆发震惊了在场的每个人。

"我能不能问一下是谁在发言？"哈里森上尉问。

"我是高登·阿比，宇航员培训中心的主任。"

"哦，你就是宇航员的头儿喽。"

"你可以这样称呼我。"

"那为什么你认为我在胡说八道呢？"

"我认为这根本就不是什么马尔堡病毒。虽然现在还不知道这是什么物质，但我知道的是你没有把实话告诉我们。"

哈里森上尉的脸突然僵硬住了，面对阿比的质疑，他无言以对。

轮到杰拉德·普罗法特发言了，他的声音如同高登希望的那样简洁而又干脆。他不像哈里森那样恃强凌弱，而是一个遇事冷静，趋于理性的人。"阿比，我能理解你的痛苦和无奈，"他说。"但出于安全方面的考虑，我没有什么情况可以通报给你们。但我们不能忽略马尔堡病毒的可能性。"

"如果你们真的认为惹祸的是马尔堡病毒，那为什么还要把我们航天局的医生排除出尸检呢？你们是不是害怕我们会得知真相？"

"高登，"科内尔轻声说，"为什么我们不能私下谈论这个问题？"

高登根本不理会科内尔，他继续对着屏幕说，"我们现在到底是在讨论哪一类疾病？是传染病？还是食物中毒？没准是航天飞机上泄漏出来的某种物质引发的灾难呢？"

又是一阵冷场，之后便传来了哈里森歇斯底里的叫嚣声，"你们这群妄想狂，每次一出什么事，你们总会想着要把屎盆子扣在我们军队身上。"

"既然没什么要隐瞒的，那为什么不让我们的医生参加尸检？"

"你指的是不是麦卡莱姆医生？"普罗法特问。

"是的，他学的就是飞行疾病和飞行病理，之前他还接受过宇航员的专业训练。你们拒绝让他或任何一位我们的其他医生参与尸检，这个事实让我们不由得产生了一种疑惑，那就是你们到底对航天局隐瞒了什么。"

哈里森中尉别过头去，好像在向房间里的某个人求助。当他再次回到镜头前的时候，一张圆脸因愤怒而涨得通红。"太荒唐了，是你们自己导致了飞机失事！你们自己搞砸了着陆，毁灭了整个机组。现在你们却把矛头转向我们军方了！"

"此时此刻，我们的宇航员有一个共同的心愿，"高登说。"我们想知道在遇难同伴们的身上到底发生了什么事。我们还希望航天局的医生能接触到尸体，尽快探明死因。"

勒罗伊·科内尔插进来，还想息事宁人。"高登，你不能提出这种不合理的要求，"他的声音很低，"他们知道自己在做什么。"

"我也很清楚自己在做什么。"

"现在我命令你马上闭嘴。"

高登怒视着科内尔。科内尔是航空航天局在白宫的代表，在议会的喉舌，激怒他无异于置自己的职业前途于不顾。

但高登没有退缩。"我有权为宇航员寻求公道，"他说，"为了我的手下，我只能这样做。"接着，他转身面对屏幕，直视着哈里森上尉那张冷酷的脸。"我们并不打算把怀疑捅到媒体那里，也不会把航空航天局的机密公之于众。宇航员是非常守纪律的。但是如果真把我们逼到了不得不说的境地，那么我们可能会要求召开听证会。"

格里森·刘闻听此言大吃一惊。"高登，"她嘟哝着，"你知道自己在说什么吗？"

"召开听证会。如果有必要，我会这样去做的。"

会议桌边的人群再次陷入沉默，安静的时间比方才更长了。

出乎大家的意料，肯·布兰肯什普开腔了，"我支持宇航员的决定。"

"我也支持。"又一个声音响起。

"还有我——"

"——我。"

高登看着会议室里的同事们。他们中的大多数是平时不会出现在报章上的工程技术人员和操作人员。平时他们经常会和那些在他们看来是"自负的"宇航员起冲突。宇航员获得了所有的荣耀，但实现人类航空梦的却是这些做着普通而又不为人知工作的人们，他们才是航空航天局的骨干力量。现在这群人全都团结到了高登周围。

勒罗伊·科内尔心头一震，他被自己的部下抛弃了。科内尔平日里非常骄傲，这次却被手下弄得下不来台。他清了清嗓子，慢慢舒展了一下手臂。然后毅然决然地面对着屏幕里的哈里森上尉。"在这种形势下，我不可能有别的选择，我也支持我们的宇航员，"他说，"航天局要求，尸检时必须有我们的医生在场。"

哈里森上尉不说话了。这时杰拉德·普罗法特做出了最后的决定——杰拉德·普罗法特显然是那个掌控局面的人。他偏过头，和画面外的某人商量了几句。然后冲着屏幕点了点头。

显示屏上的画面同时消失了，视屏会议宣告结束。

"老大，这回总算把军队给镇住了，"格里森说。"你们有没有看到哈里森那气愤的模样？"

绝不是这样的，高登想。他回忆起画面消失前哈里森上尉的表情。他不是在发怒，而是在害怕。

尸体并没像杰克所想象的那样被送往美国陆军传染病医学研究所的所在地马里兰州的迪特里特港。而是被送到了一幢距怀特桑兹基地仅六十英里，四壁无窗的混凝土大楼里。这座大楼和绵延在这片沙漠谷地上的几十幢不知名的大楼在外观上并没有什么两样。与其他相邻大楼唯一的不同之处仅仅是在房檐上有一排从楼房内部伸展出来的通风管。另外，在大楼的外围铺设了一圈坚硬的带有钩刺的电线，防止陌生人的突然闯入。当杰克乘坐的军车通过军事检查哨时，前方的高压线不断发出扰人的隆隆声。

杰克被几个士兵推搡着来到前门处——他很快便意识到这里是大楼唯一的出入口。醒目而又令人毛骨悚然的研究所标志挂在大门上：一个背景鲜红的描绘生化危害蔓延的警示标志。研究所到底在这人迹罕至的地方干些什么？杰克顿生疑窦。他向四周看去，视野中空无一物，心中的疑团马上就解开了。大楼被建造在这里正是因为这一地带荒无人烟。

士兵引领着杰克进入前门，穿过几道走廊，来到大楼的中心区域。这里的男男女女有的身着军服，另外一些则穿着白色的实验服。灯光是人工控制的，在昏暗的灯光下，所有人都显得无精打采，疲惫不堪。

守护他的卫兵在一扇贴着"男子更衣室"标牌的门外停了下来。

"进去吧，"士兵告诉他，"按着指示标志走到底，你会看见另一扇门，进门后他们就在那里等你。"

杰克进了第一扇门，门的内侧放着一个更衣箱，一辆摆放着不同尺码绿色外科工作服的洗衣车，一个放卷筒纸的木架，一方水槽和一面镜子。一长串指令被贴在墙上，第一条就是"脱掉一切外面穿进来的衣服，包括内衣。"

杰克脱下全身的衣服，把它们放进一个没有上锁的柜子里，并换上了一套医生工作服。接着他穿过第二道门，这扇门上同样挂有骇人的警示标志。门的那边是一个紫外线照射室。他没有继续向前走，四处张望着，盘算着下一步该怎么做。

内部通讯系统里传出指令，"你的身旁有一个拖鞋架，找一双穿上，继续进到下一扇门。"

杰克依照指令来到了下一扇门的门口。

一个穿着手术服的女人在门后的房间里等待着他。一见杰克进来，女人便吩咐他戴上无菌手套，语气粗鲁冷淡。而后她顺手拿过一卷胶带，胡乱扯来下一段，把杰克的袖子和手套绑到一起。看来军队虽然迫于压力允许杰克参与尸检，但是他们并不准备友好相待。接着她把一副耳机挂在杰克的头上，并拿出一顶状似游泳帽的史努比帽，用它来固定耳机的位置。

"快把最外面的防护服套上，"她不耐烦地叫嚷着。

该穿上防护服了。给他的这件蓝色防护服是连着手套的。当这个怀有敌意的女人为杰克压低头罩时，他突然忧虑起来。考虑到她愤怒的精神状态，杰克不得不担心她是否真的把外套封严实了，污染会不会借着她的疏忽乘虚而入。

女人扣上了杰克胸前的最后一粒纽扣，把他带到墙边的一根喷气管旁，空气被灌入防护服内。已经容不得他再去考虑哪个环节会出错这类琐事。前方荆棘丛生，但明知前面有危险，他也只能硬着头皮上了。

女人关闭喷气管的气门，让杰克继续穿越下一道门。

杰克进入门后的净化室中，门在他身后关上了。一个同样身着防护服的人在门内等候着他，这个男人见到杰克后，并没有说话，只是打了个手势，示意杰克跟着他走向远端的小门。

进入这扇门，走过一条笔直的通道，尸检房终于到了。

房间正中的不锈钢验尸台上陈放着一具尸体，尸袋还没有打开。尸体的两旁分别站着一个身穿防护服的人。杰克认出其中一个是罗曼医生，听到由远及近的脚步声，罗曼转过身看着杰克。

"不要碰任何东西。不要对尸检插手。麦卡莱姆医生，你只能安静地呆在一旁观察我们的尸检过程，所以，请你站得远一点，不要妨碍我们做事。"

真是一种友好的迎接方式。

引杰克进来的那位医生拿起一根软管，把管口连接在杰克防护服外面的通气口上，空气徐徐扩散到杰克的头盔里。幸亏有了耳机，杰克才能听清另外三位医生之间的交谈。

罗曼医生和另外两位医生合力打开了尸袋。

杰克屏住了呼吸，喉头也随之缩紧，是吉尔·休伊特的尸体。休伊特的头盔已经被取下，但是她还穿着那件绣有名字的着陆发射服。即使没有这个标记，杰克也能通过头发认出她来。吉尔的头发是栗色的，她总是把头发剪成标志性的波浪形，前端刻意染成金色。吉尔的面容出奇的从容，眼睛还半睁着，只是双眼的巩膜呈令人毛骨悚然的深红色。

罗曼和同事们打开着陆发射服，准备取出尸体。但衣服被火烧过，质地变得僵滞坚硬，无法用刀片把它切开。无奈之下，他们只能把衣服从休伊特身上剥离。他们的工作很有效率，操作步骤切合实际，没有掺杂任何感情因素。把衣服与身体剥离以后，吉尔看上去就像一个破损的人偶。两只手臂因为骨折而变了形，碎成一堆残骨。大腿的骨头也同样破碎而凌乱，胫骨受到挤撞，摆成一个不可能的角度。两根肋骨的前端刺进胸壁，腹股沟上方的黑色淤血表明了这里正是她捆扎安全带的部位。

杰克感觉到自己的呼吸过于急促了，几乎透不过气来，他必须尽快平息心中愈来愈炽烈的恐惧感。杰克见证并亲自参与过很多次尸检，尸体状况比这回更恐怖的也并不鲜见。有一次，飞行员被烈焰分解成烧焦的小快，烤熟的心脏产生的压力甚至把头盖骨也给撑爆了；还有一次，罹难者行走时不经意碰到了直升机旋转的尾翼，死者脸部的皮肤全部被机翼剥落；最恐怖的一幕是在一次海军直升机发生的飞行事故中，巨大的冲力把飞行员的脊柱分成了两半，破碎脊柱的一段向上顶去，甚至把飞机的顶棚都顶开了。

但在某种意义上，这一次的尸检却比以往任何一次都更严酷，因为死者是他熟悉的人。看到台上的尸体，休伊特鲜活的形象仿佛就出现在杰克的眼前。这时杰克的恐惧中又夹杂进了一丝愤怒，因为他看到三个军队医生正在冷漠地处理着吉尔裸露的尸体，好像在他们眼中，吉尔就是尸检台上的一堆烂肉而已。他们不关心死者的伤处，死者四肢骨折后呈现的奇异姿态，死因对他们来说并不重要。他们只在意尸体活性组织内部那些寄居的微生物。

罗曼开始做 Y 型切割。他一手紧握住手术刀，另一只手套在边上的一只钢制的网状手套中以确保安全。第一刀从右臂切下来，横贯乳房，达到胸前的剑状软骨部位。第二刀从左臂开始，与第一刀呈对角线形状，两刀交合在剑状软骨处。接着刀口会从交合处继续向下方的腹部深入，绕过肚脐，在耻骨部位收刀。这两刀贯穿肋骨，把胸骨全部解了下来。胸前的骨头都被切割下来，露出里面的盆腔。

死因清晰地展示在大家眼前。

在飞机失事、汽车全速撞墙或是一个沮丧的失恋者翻身跳下十层的建筑这三种场合下，人们都能在遗体上找到突然减速留下的痕迹。人体在经历了高速的运行后，被动地停顿下来，冲撞会使肋骨顷刻之间断裂，碎片插入内脏器官，影响身体机能的正常工作。冲撞还会导致颈椎骨折，破坏骨髓，如果头部撞到了地上或是仪表盘上，头盖骨也会碎裂。即使飞行员穿着全套防护服装，头上也戴着头盔，身体上没有一个部位可以直接接触到飞行器。单是减速造成的危害也会是致命的。虽然躯干是被限制在了防护装备里，但内部器官并没有。心脏、肺和血管可以在人体内部相对自由地收缩和运动。当人体的躯干部位突然停顿时，心脏却还像钟摆一样向前摇动，前冲力可以很轻松地破坏体内的组织，撕裂供血的主动脉。血液会像洪水一样涌入胸腔。

吉尔·休伊特的胸腔里正因为以上原因而充满了动脉血。

罗曼把血吸出，然后看着心脏和肺皱起了眉头。"我找不到出血点，"他说。

"为什么我们不把整个骨架都拿掉？"他的一个助手建议道。"这样可以看得更清晰一点。"

"裂口最有可能处于上行主动脉处，"杰克说，"统计表明，破损部位有百分之六十五的可能在主动脉瓣的上部。"

罗曼恼怒地瞪着他。打一开始，他就决心对杰克视而不见。现在，他更是把杰克的建议看作是公然的挑衅和侵犯。他一言不发，拿起手术刀准备切断血管。

"我建议您在继续切割以前，"杰克说，"先检查一下心脏。"

"出血点在哪里？流了多少血？这些问题不关我们的事。"罗曼反击道。

他们根本不关心她的死因，杰克想。他们只关心病毒是怎样进入她体内，怎样在她体内繁殖的。

罗曼接连切开了气管、食道和大动脉，把心脏和肺放在一个托盘上。肺叶的表面全是鲜血，杰克并不知道出血到底是外伤还是传染病造成的。然后罗曼开始检查内脏器官，小肠和肺一样蒙上了斑斑血迹，他擦去血迹，把干净闪亮的肠段放到了一个小碗里。接着他又摘除了胃、胰脏和肝脏。所有这些器官都会被切片，用显微镜细细观察。组织则会在培养液里进行培养，做细菌和病毒测试。

尸体失去了所有的脏器。吉尔·休伊特，这个曾经的海军飞行员、三项全能选手，平日里喜欢痛饮 J&B 威士忌①，打升级扑克游戏，热衷金·凯瑞电影的豪爽女人，现在却变成了一个空壳。

罗曼挺直了身子，看上去略微轻松了一点。迄今为止，尸检中并没有出现什么意料之外的事物，如果有马尔堡病毒的蛛丝马迹，杰克是绝不会忽略的。

罗曼从尸体的脚跟部，绕了一圈，来到了尸体的头侧。

这是杰克在尸检中最不愿面对的一个过程。他强迫自己去看罗曼医生切割休伊特头皮的过程。切割的路线从双耳之间穿过头颅的顶部。罗曼剥下头皮，放在尸体的面部，一丝栗色的头发滑落到她的下巴上。然后罗曼又用骨钳去打开头盖骨。因为没有用钢锯，所以不用担心会产生零落的骨头碎片，这样可以保证留有完整的头盖骨进行四级尸检。三人合力打开了头盖。

一个拳头大小的凝血块随着头骨的打开喷射而出，落在不锈钢的桌面上。

"典型的硬脑膜下血肿，"一个助理医师说，"是外伤引起的吧？"

"我不这样看，"罗曼说，"你也看到了主动脉的情况——死亡是由于瞬间的冲击而造成的，我认为她的心脏不可能坚持这么长时间，

---

① 苏格兰的一种高级威士忌。

产生如此大面积的颅内出血。"他隔着手套，小心翼翼地把手指伸进颅腔，探查头颅内脑组织的表面。

一个又大又重的巨块顺着罗曼的手指滑出，落在台面上。

罗曼向后一闪身，他吓坏了。

"这是什么鬼东西？"一个助手问。

罗曼没有搭腔。他只是紧盯着眼前这个巨大的组织块。组织块上覆盖着一层蓝绿色的薄膜。闪耀薄膜下的物质其形状看上去没有什么规则，像是若干各种形状的血肉混在一起形成的团。罗曼本打算用手术刀将薄膜挑开，但他马上收住了手，瞥了一眼杰克。"这是某种肿瘤，"他说，"或是囊肿，这或许能够解释她为什么会感到头疼。"

"不，这是不可能的，"杰克叫了起来。"她报告说——头疼症状是在几个小时之内突然出现的。肿瘤的生长需要好几个月的时间。"

"你怎么知道过去的几个月，她没有隐瞒自己的症状呢？"罗曼反驳道，"如果让别人知道了，她就不能参加这次发射任务了吧？"

杰克必须承认客观上的确存在这种可能性。宇航员们都迫切希望能够投入到下一次任务中去，对于身上出现的不适于太空飞行的症状，他们完全有可能会隐瞒。

罗曼看了一眼站在手术台对面的助手，助手马上领会了他的意思，把组织块放在一个样本容器中，并带出了房间。

"你会马上对它进行病理分析吗？"杰克问。

"先把它保存好吧，一旦对它进行切片，势必会破坏整个组织块的细胞结构。"

"你甚至还不知道它到底是不是肿瘤。"

"那还能是什么？"

杰克一时接不上口，他从来没有见过类似的物质。

罗曼继续检查起吉尔·休伊特的颅腔。虽然还不能确定其成分，不过刚才取出的物质显然增加了颅内的压力，使颅脑的内部结构受到破坏。它在休伊特的脑部存在了多久？几个月，还是几年？吉尔怎么可能在脑部有巨大肿瘤的情况下，正常操作航天飞机这样结构复杂的飞行器？杰克一边看着罗曼取出大脑放进一个钢盆里，一边在心中思索着这些问题。

"她的脑部已经完全和幕骨①分开了，"罗曼说。

这样吉尔最后时刻的失明就不难解释了。看不见东西，她怎么可能放得下起落架。她的大脑像牙膏一样渐渐被挤出了头骨，可以想见航天飞机坠地时她已经完全失去了意识。

吉尔的尸体——或许只能说是残留的碎块——被封装进一个新的尸袋，和那些装着器官的生化容器一起，被推出了验尸房。

第二具尸体被带了进来，这次带进来是安迪·墨瑟。

罗曼在防护服的连体手套外又戴上一副新的手套，手术刀也换了一把，接下来他就开始进行 Y 字切割，运刀的速度比前一次要快上很多，好像方才的吉尔只是他的一个热身对象而已。这次他终于能一展身手了。

当杰克看着罗曼的手术刀划过尸体的皮肤和皮下脂肪时，他回忆起墨瑟发病的时候，曾经抱怨过腹痛和呕吐。墨瑟没有像吉尔那样抱怨头疼，但他发过烧，还咳了一点血。他的肺部会不会发现有马尔堡病毒的反应呢？

罗曼划出的对角线又一次汇合在尸体的剑状软骨下方，然后从腹部向下直到耻骨，划开了一条浅浅的口子。这一刀又横穿过肋骨，打开了保护心脏的三角形围胸骨，最后，他拿开了这些胸骨。

罗曼喘着粗气，踉踉跄跄向后退了几步，手术刀"当啷"一声落在验尸台的金属表面上。两个助手目瞪口呆地站在一旁。

墨瑟的胸腔里出现了聚合在一起的蓝绿色脓包，同吉尔·休伊特脑部的囊肿几乎一模一样。这些脓包像透明的小鸡蛋一样聚集在心脏的周围。

罗曼一动不动地望着眼前被割裂的尸体，过了一会儿，他又把视线转向发光的腹膜。腹膜内充满了鲜血，且还在不断地膨胀，脓包颗粒源源不断地从切口处涌了出来。

罗曼上前一步，盯着这些汹涌而出的脓包。先前当他切过胸壁

---

① 头部内骨骼的统称。

时，手术刀不经意弄破了腹膜，先是一颗夹杂着血液的液珠流了出来，然后零零落落又滴下一些，这零星的液珠在他们的注视下很快就聚集成溪流。而创口同时也随着血液的流出而变得越来越大，带出越来越多蓝绿色的脓包。

脓包滚落在地，血珠和黏液在地板上扩散开来，罗曼见状发出绝望的惊叫声。

一个脓包飞越过水泥地面，停在杰克的橡皮靴边。杰克弯下腰，隔着手套去触摸它。突然，两个医疗助手上前把他拖离了验尸台。

"把他弄出去！"罗曼命令，"赶紧把这家伙扔出去。"

两个人合力将杰克向门口拖去。杰克死命抵抗，打掉了抓在肩膀上一只戴着手套的手。这人向后滑倒，弄翻了身后放着医疗器具的托盘，他横扑在地上，身上满是血水和黏液。

另一个助理医师一只手从外连接处捏住了杰克防护服的进气管，另一只手举起了输氧管道的弯头。"麦克莱姆先生，趁现在你还能呼吸到空气，"他说，"你最好乖乖地跟我们一起出去。"

"天哪，快看我的衣服，怎么裂了一个口子！"掀翻托盘滑倒的助理医师尖叫着。他正惊恐地看着防护服袖子上那个两英寸长的裂缝——袖子上已经粘满了墨瑟的体液。

"湿了，我里面的袖子也湿了，我能感觉到——"

"快去净化室，"罗曼大叫，"马上进行消毒！"

助理医师拔掉了连在防护服上的通气管，慌慌张张地跑出了尸检室。杰克跟着他向净化室奔去。他们一同越过门槛，来到消毒龙头下。热水从头顶向暴雨一样倾斜而下，打在他们的肩膀上。接着进行液体消毒，一股绿色的消毒水仿佛山洪暴发一样滚出，打在他们的头盔上发出巨大的响声。

淋浴结束后，他们从净化室的另一扇门走了出去，脱下了防护服。医师接着利落地脱下里面那件已经浸湿的衬衫，把手臂伸到一个流着水的龙头下，想把通过破损的袖子粘到皮肤上的尸体体液全部洗掉。

"你的皮肤上有伤口吗？"杰克问道，"割伤，或是皮肤过敏之类的?"

"昨天晚上我女儿的猫挠了我几下。"

杰克检查着他的手臂，看到了抓伤的痕迹，手臂内侧从上到下排列着三条深浅不一的抓痕。正是防护服袖子破裂的那条手臂。杰克从医师的眼睛里读出了恐惧。

"现在要做什么?"杰克问道。

"必须采取防疫措施。我要被隔离了，真是倒霉透了……"

"不用太担心，这不是马尔堡病毒。"杰克说。

医师呼了口气。"当然不会是马尔堡病毒。"

"那么到底是什么?快告诉我真相吧。"杰克急切地说。

医师用双手扳住龙头，看着水汩汩地流向下水管道。然后轻声说，"没人知道这是什么鬼东西。"

17

　　苏利文·阿比驾驶着自己设计的哈雷探测车在火星上进行勘探作业。

　　正值午夜，圆月的光芒照射在火星表面，坑洞交织的荒漠在车的前方延伸。猛烈的火星信风吹打着他头发，红色的沙砾在探测车的轮胎下不住地翻滚着。阿比从很小的时候就已经开始在幻想着太空旅行的场景了。早熟的阿比兄弟和别的孩子不同，课余时间，他们沉迷于发射自制火箭、用厚纸板制作月球车、穿着金属箔片制成的太空服这些活动。他和兄长高登在那个时候就已经知道，他们的未来一定会投入到太空事业之中。

　　梦想看来注定要这样终结了，他想。酗酒飙车最终将毁灭我。这辈子再也没有机会去火星，去月球了。苏利文倒是情愿永远下不了发射架，瞬间随着航天器灰飞烟灭，对他来说，反而是一种快捷壮烈的死法。他才不愿意和常人一样在七八十岁死于病榻呢！

　　苏利文刹住机车，前轮掀起一片尘土。他的目光越过沙丘定格在远地者二号上，机身在月光的照射下闪着银光，圆锥形的机头直指向天。昨天他们刚把远地者二号弄到发射架上去。那是一个漫长的庆祝过程，当载着飞行器的平板卡车横穿过沙漠的时候，十几名公司的雇员吹着喇叭，拍打着自驾车的车顶尾随其后。当飞行器终于被安装就位时，每个人都迎着炽烈的阳光眯起眼凝视着它，人群顿时安静下

207

来。他们都知道，远地者二号就是公司最后的赌注。三周以后，它将承载着所有人的希望和梦想起飞远航。

也许还会载上我破碎的尸体，苏利文想着。

当他意识到面对的可能是自己的棺材时，不由得周身打了个寒战。

苏利文加大了油门，风驰电掣般地将探测车往回向公路开去。探测车越过一个个沙丘，跳过一个个洼陷。他魂不守舍地行驶着，自己已经是个活死人的想法和龙舌兰酒的酒精使他驾驶起来前所未有地疯狂。三周以后，无论如何他都会和自己乘坐的飞行器一起毁灭。因此，在接下去的时间里，再也不允许有任何人事物践踏他、伤害他了。

死亡让他变得不可战胜。

他继续加速，仿佛又沉浸到了童年那个横跨月球表面的幻想中去了。*此刻我正坐在月球车上，加速穿过平静的月海表面，攀上月球山，轻缓优美地着陆……*

地面向他身后不断地延伸着，探测车的喧嚣声划破宁静的夜空，车身在他双膝之间轰鸣着，月光照亮了前行的路面。飞翔的感觉。但是，还能飞多远？飞多高？

地面和机车的摩擦力大到了极限，苏利文失去了对车的控制，随着车翻倒在了路边。整辆车压在他身上。一开始他并没有感觉到疼痛，只是木然躺在地上，正好被夹在机车和一块大圆石之间。这真是一个再窝囊不过的地方，他无奈地想。

接着他感到了疼痛，痛感剧烈，且有一种碾压的感觉，屁股好像被车身压成了碎片。

他大声叫了起来，身体向后倒去，仰望着天空。月光照射在身上，仿佛在嘲弄着他。

"苏利文的骨盆上有三处裂缝，"布里吉特说，"医生昨晚帮他缝合了，但他们说他至少六周都不能下床了。"

卡斯珀·穆霍兰德好像真的听见了梦想破碎的声音，和气球炸裂的声音并没有什么两样。"你是说……六周?"

"那之后,他还要进行三到四周的康复训练。"

"一共四个月?"

"卡斯珀,看在老天的份上,说一点实际的吧!"

"我们彻底完了。"他用手掌拍打着前额,像是在因为自己曾经幻想过航天计划的成功而惩罚自己似的。"远地者"的诅咒又一次应验了,每每在临近终点的时刻给他们施以沉重的打击,飞行器失灵,办公大楼夷为平地。这次,他们唯一的飞行员又在飞行的前夕倒下了。他一边在医院等待室里踱着步,一边悲观地想着。打一开始,就没有一件事顺利过。他们投进了所有的积蓄,声誉和过去整整十三年时间。也许这就是上帝让他们放弃的方式吧。在真正的灾难发生之前让他们受到一定程度的损失。

"他喝过酒,"布里吉特轻声说。

卡斯珀停下脚步,转身看着她。布里吉特双手抱肩冷酷地站在那里,火红的头发像极了复仇女神喷射的火焰。

"医生告诉我,"她一字一句地说,"血液中测出的酒精含量是零点一九,就像是一条腌过的鲱鱼,这次我们可不是因为碰上了常会缠上我们的坏运气,而是因为我们的宝贝苏利又犯浑了。唯一令我感到安慰的是,在接下去的六个星期里,他的鸡巴上总会套着一根导管。"

卡斯珀没有接腔,他转身走出探病接待室,向连接病区的大厅走去。推开苏利文的房门,他便扯开了嗓子,"你这个愣头青。"

苏利文抬起头,因为注射了止痛的吗啡,眼睛看上去还模模糊糊的。"谢谢你来看我。"

"你才不配呢!离飞行只有三周了,你却在沙漠上表演查克·伊格尔①的绝技,为什么你不能等到任务结束再玩呢?到那时候,你把头摔烂了,都没人管你。老天啊,我们该怎么办啊!"

苏利羞愧地闭上了眼睛。"我很抱歉。"

"你总是这样。"

---

① 美国传奇试飞飞行员,人类第一个超音速的飞行家。

"是我把事情搞砸了，我知道……"

"你答应客户要给他们看载人飞行，这不是我出的主意，这可是你的点子。现在对方眼巴巴地期待着我们的演示，他们为此而兴奋不已。你说说看，我们的客户最后一次如此激动兴奋是在什么时候？如果你把屁股坐稳，这次本可以——"

"我感到十分害怕。"

苏利的声音非常轻，卡斯珀不能确定自己是否真正明白了他的意思。"你说什么？"他又追问了一句。

"是关于这次的发射，我有种……非常不好的预感。"

感觉不好。卡斯珀慢慢地陷入到病床旁边的沙发座里，他刚才的怒气一下子烟消云散了。男人一般不愿承认恐惧，而眼下，这个经历过多次挫折和危险的男人流露出害怕的意念则更让卡斯珀感到震撼。

这时卡斯珀开始发自内心地同情起苏利来，两人的心拉近了。

"发射不一定非得用上我，"苏利说。

"他们希望看到飞行员登上飞行坐席的场面。"

"你可以把一只该死的猴子放进我的座位，管保他们看不出什么破绽。远地者二号不需要什么领航员，你们可以从地面把飞行指令传输上去。"

卡斯珀悲叹着。现在没有别的选择，只能进行一次无人飞行了。他们确实有不能带上苏利的真实可信的理由，但投资人会接受这个理由吗？他们会转而认为飞行器不值得信任么？会认为远地者二号不足以保证所载物资的安全吗？

"我想我确实是害怕了，"苏利轻轻地说。"昨晚我喝了个大醉，如果不这样，我就控制不住要……"

卡斯珀理解同伴心中的恐惧—— 一次失败往往会无情地导致以后接二连三的失败，最后失败会伴随人一生一世。苏利无疑是在害怕，他对自己的梦想失去了信心，对远地者系列飞行器无法把握。

也许他们都是这样吧。

卡斯珀说，"即使我们不把猴子放进座舱，我们同样也能让发射成功。"

"是啊！可以考虑让布里吉特上去。"

"那谁来负责地面的联络呢?"

"只有让猴子来负责了!"

两个人同时笑了,他们就像两个老兵,在打一场注定失败的战役的前夜还能自娱自乐。

"那原定计划就不用再变了吧?"苏利说。"三周后发射。"

"我们把它造出来就是为了要让它上天呀。"

"那就这样吧。"苏利文深呼了一口气,以往那种虚张声势的表情重新出现在了他的脸上。"马上开始运作吧,给所有想得到的媒体发新闻通稿,把发射搞成一场带香槟的露营聚会,另外,再把我哥哥和他的那帮航天局同事也请来。那样,即便它在发射架上就爆炸了,至少我们还可以做一下宣传。"

"唉,你还嫌负面宣传不够多呀!"

他们又一起笑了起来。

卡斯珀站起身准备离开。"赶快好吧,苏利,"他说。"远地者三号还需要你呢!"

卡斯珀发现布里吉特还等在来访者接见室里。"又出了什么事?"她问。

"照原计划行动。"

"无人飞行吗?"

他点点头,"我们在控制室里操纵它。"

令他惊讶的是,布里吉特居然如释重负般松了口气,"哈利路亚!"

"你在高兴什么?我们的人可还躺在病床上呢。"

"就是为这高兴。"她把手提包斜挎在肩上,转身便走,"我们这下就不用担心他会把事情搞糟了。"

八月十一日

尼古拉·鲁登科在密封舱内飘浮,他看着卢瑟扭动着屁股把下肢往舱外活动服里套。与矮小瘦弱的尼古拉相比，卢瑟可以算得上是一个来自外星的巨人了。他的肩膀和腿都十分粗壮，就像一个巨大的活塞一样。再对比一下皮肤吧，在空间站的几个月中，尼古拉的皮肤被漂白了不少，而卢瑟的皮肤仍然保持着初来乍到时的那种打过蜡似的油滑的深棕色，与空间站其他宇航员苍白的面容形成了强烈的反差。尼古拉已经穿着完毕，他飘到了卢瑟身边，准备用身体支撑住同伴，帮他把舱外活动服的上装套上。他们没有说什么话，两人此时都没有闲聊的心情。

他们两人这一整夜都安静地睡在密封舱里，使自己的身体能够适应每平方米十点二磅的低压环境——相当于空间站日常气压的三分之二。他们穿的宇航服内的压力更小，大约每平方米四点三左右。宇航服在这种压力条件下已经无法膨胀得更大了，长久下来，四肢就会觉得僵硬肿大，关节无法舒展。从压力稳定的太空舱直接转移到低气压的舱外宇航服中，感觉就和从深海里快速上浮一样。在这种情况下，宇航员极易患上减压病，血液中会形成液氮气泡，气泡会阻塞毛细血管，切断对大脑和脊椎的氧气供应。长此以往，将会引起瘫痪或中风这类严重后果。像深海潜水员一样，宇航员的身体必须有充足的时间来适应气压的变化。因此，在太空行走的前夜，宇航员先是用纯氧进行洗肺，然后会进入密封舱进行"露营"的准备。在这十几个小时中，他们会呆在一个已经满是仪器的小舱里。这可是个会患上幽闭症的好地方啊！

卢瑟双手高举过头，慢慢扭动着身体钻进密封舱墙上挂着的外层坚硬的活动服上装里。这个动作做起来就像在一条极细的管道里爬行那样费劲。他好不容易才把头从衣服的颈口钻出，然后尼古拉帮他锁上了腕扣，并合好了前面的衣襟。

接着他们都戴上了头盔，尼古拉低下头，想让头盔和舱外活动服结合得严丝合缝，这时他发现在活动服的颈圈边缘有什么东西在闪光。大概是口水吧，他想着合上了头盔。最后他们戴上了手套。穿戴完毕，他们打开密封舱中设备室的房门，飘进起连接作用的乘员舱，然后便带上了设备室的门，现在他们处于一个更小的隔间内，这里只容纳得下他们两人和肩上巨大的救生双肩背包。

进入隔间后，他们开始了三十分钟的"预呼吸"。在这个过程中，他们将吸入纯氧，把血液中的液氮排除干净。尼古拉闭上眼睛，让身体自由飘浮在半空中，在太空行走之前，他必须得做好充分的心理准备。他们如果不能把万向接头打开，不能把太阳能面板重新调整到正对太阳的方向，空间站的能源不久便会枯竭，空间站就无法正常工作。尼古拉和卢瑟在接下来六个小时内的工作将决定空间站的命运。

虽然尼古拉能够感受到劳累的肩膀上承担的沉重压力，但他还是迫不及待地希望能马上打开舱门，飞出密封舱。太空行走就像一次重生，宇航员从太空站游入广阔的太空的感觉就像新生儿奋力挤出狭小、紧密的阴门，挣脱脐带一样。如果形势不像现在这般严峻，他会非常期待能够得到舱外行走的机会。平日里他是多么希望能够在没有边界的宇宙中畅游，惬意地欣赏着蓝色的地球在身下旋转啊！

但是在他闭着眼睛，在等待出舱的三十分钟里，映入脑海的并非太空行走的壮观场面，而是发现者号上那一张张死者的面孔。他仿佛看见机组人员一个个像摔坏的玩具那样东倒西歪地缩在座椅里，脊柱都被折断，心脏也全部爆裂开来。虽然任务控制中心没有告诉他们那场灾难的细节，但是灾难的画面充斥了他的脑海，让他不由得心跳加速，嘴唇发干。

"伙计们，三十分钟快到了，"埃玛的声音从内部呼叫器中传来。"降压吧！"

尼古拉双手潮湿，他睁开眼睛，看见卢瑟正在启动降压泵。空气从密封仓里被吸出，隔间里的气压正在缓缓下降。他们可以在这时及早发现太空行走服上有没有裂缝。

"你准备好了吗？"卢瑟一边检查着两人系带上的搭扣，一边问道。

"我准备好了。"

卢瑟把密封舱的气孔打开，把剩下还没抽出的空气排向外面的太空。然后他拧松了把手，打开了外侧的舱门。

最后一点空气也放出去了。

他们两人抓着舱门边的扶手，怀着敬畏的心情望着外面广袤的太空。接着尼古拉先游了出去，游向漆黑无边的太空深处。

"他们现在出去了，"埃玛说。闭路电视上两个身影相继从乘员舱消失，系带在身后飘荡。在密封舱外，他们从储物箱内拿出了工具。接着，他们通过太空站外壳上的把手，向主机架的方位攀爬。当经过安装在主机架下的摄像机时，卢瑟甚至还故作轻松地挥了挥手。

"看到我们了吗？"卢瑟的声音从闭路电视声频的高波段中传出。

"我们可以在外部摄像机中看到你们进展得很顺利，"格里格斯说，"但太空行走服自带的摄像头却没有反应。"

"那能看到尼古拉么？"

"还不行，我们正在查找原因，争取尽快解决。"

"好吧，你们忙那个吧，我和尼古拉到机架那里做检修去了。"

两个人走出了第一台摄像机的拍摄范围，接下来的几分钟他们没有出现在闭路电视的画面上。突然格里格斯叫道，"他们在那儿，"众人顺着格里格斯的指向，看到卢瑟和尼古拉正在另一个画面中手拉着手向机架行进。很快他们就离开了这个画面，进入到损坏的摄像机控制的影像盲区，空间站上的人无法观察到具体的维修过程了。

"伙计们，快到了吧？"埃玛问。

"快——快了，"卢瑟说，听上去好像有些气喘。慢慢来，埃玛想，控制好步伐。

舱外活动的两人迟迟没有讯息传来，看来空间站上留守的宇航员们要经历一次漫长的等待了。埃玛感觉自己的脉搏跳得很快，心中的焦虑也越来越深了。空间站目前靠着最后的一点应急电源在运作，如果两人不能修复太阳能面板，空间站马上就会全面瘫痪。要是杰克在这里就好了，她想着。杰克是个有经验的维修工，他不仅能够修理游艇发动机这种机械设备，而且能把从废物堆中检出的破碎短波收音机重新组装好。在太空中，最有用的工具就是一双灵巧的手。

"卢瑟？"格里格斯招呼着。

卢瑟没有应答。

"尼古拉？卢瑟？听到请回答。"

"妈的，"终于听到了卢瑟的声音。

"你那里怎么样了？你看见什么了？"卢瑟问。

"我正在查看破损处。听着，撞击现场一片狼藉。主机架的 P - 6 端被撞得歪歪扭扭，发现号一定是径直撞上了太阳能面板的 2 - B 块，然后顺带着把 P - 6 端带歪了，机架向内侧倾斜，把 S 信道无线电天线折断了。"

"你怎么想？有把握修复吗？"

"S 信道的通讯修复起来问题不大，我们可以用变轨器更换天线，现在我们已经在做了。但是太阳能面板——我就直说吧，看来得换个全新的机架了。"

"那也只能这样了。"格里格斯拉长了脸，"这样我们只能先放弃一个能源舱了。我想现在还能应付一阵。但是你们至少要把 P - 4 方位的太阳能面板修复，不然我们真要完蛋了。"

尼古拉和卢瑟沿着主机架边缘开始往回走，又是一阵沉寂。两人突然出现在屏幕中，埃玛看见他们穿着厚重的太空服，背着巨大的双肩背包慢慢地向前移动，好像深海潜水员在大海深处划水一样。他们在 P - 4 方位停住脚步，一个人飘到了机架的底部查看连接巨大的太阳能发射板与机架龙骨的装置。

"万向接口弯了，"尼古拉说。"接口转不动了。"

"你们能修好么？"

他们听见卢瑟和尼古拉用极快的语速在交谈着什么。然后卢瑟给出了回答，"你们希望修复到什么程度？"

"尽你们最大的力量吧，我们需要电力补充，伙计们，你们必须知道，没有电我们就真麻烦了。"

"我们会弄得像汽车美容店①那样完美。"

埃玛疑惑不解地看着格里格斯："他说的是我们想的那个意思吗？"

---

① 装饰汽车车身的修理店。

还是卢瑟自己道出了刚才那句话的含义："我是说我们这就去拿锤子，把这个太阳能反射板归回原位。"

他还活着。

伊萨克·罗曼透过隔离病房的监视窗同情地看着他不幸的同伴。信不信由你，赫尔辛格正坐在病床上看着尼克儿童频道①中放映的卡通片。他紧紧地盯着电视屏幕，仿佛在害怕别的事物会扰乱他的注意力。连穿着防护服装的护士走进隔离室，收走他没有动过的午餐餐盘，他都浑然不觉。

罗曼按下内部通话器的通话按钮。"内森，今天感觉怎么样？"

内森·赫尔辛格医生转过脸，惊惶地看着监视窗，这时他才发现罗曼医生正站在窗户的另一边。"我很好，身体好着呢。"

"你感觉有什么症状吗？"

"我刚才不是告诉过你了吗，我很好。"

罗曼观察了他好一会儿。赫尔辛格看上去的确很健康，但是面容苍白，皮肤紧绷，显然是被吓坏了。

"什么时候我才能解除隔离？"赫尔辛格问。

"至少要三十个小时。"

"可是宇航员们仅仅十八个小时就出现了症状。"

"那是在微重力的环境下，我们不知道在地球上，情况会怎样？你应该明白，我们不能冒险。"

赫尔辛格猛地把脸转了过去，继续看着电视。但罗曼在他转身的一刹那，注意到他的眼中满含着泪水。"今天是我女儿的生日。"

"我们以你的名义准备了礼物，我们告诉你妻子，你赶不回来了，你现在正在前往肯尼亚的飞机上。"

赫尔辛格唐突地笑了起来。"你们总是玩这些老掉牙的花招，对吗？如果我真的死了怎么办？你会怎么对我妻子说？"

---

① 创建于一九七九年的尼克儿童频道（Nickelodeon）是美国的第一儿童娱乐品牌。在美国，它拥有八千八百万电视用户。

"你在肯尼亚殉职了。"

"听起来不错,是个好地方," 他叹息着。"你们买了什么给她?"

"你是说你女儿?我想应该送的是个芭比娃娃扮的医生。"

"她就想要那个,你们是怎么知道的?"

罗曼的手机响了。"我呆会儿再来看你。"他说,然后背过身去接电话。

"罗曼医生,我是卡洛斯。我们得到了 DNA 测试的结果,你最好赶快过来看一下。"

"我这就过来。"

罗曼看见卡洛斯·米克斯塔尔医生正坐在实验室的计算机前,一长串数据连续不断地向下滚动着。

G TG A TT AAA GT GG TT AA AG TTG C T

CATGTTCAATTATGCAGTTGTTGCGGTTGC

TTAGTGTCTTTAGCAGACACATATGAAAGC

TTTTAGATGTTTTGAATTCAATTGAGTTGG

TTATTGT CAAA CTT TAG CAGATGCAAG

A G A A A T T C C T G A ATGCGATAT T G C

T T T A G T T G A A G G C T C T G T ……

这些数据仅仅由 G,T,C,A 四个字母组成。这是个核苷酸的代码序列,每个字母代表 DNA 的一个组成部分,它是所有生物的基因密码。

听到罗曼的脚步声,卡洛斯转过身来。罗曼看见卡洛斯的脸上流露出明白无误的惊恐表情。和赫尔辛格一样,罗曼想,每个人都吓坏了。

罗曼坐到卡洛斯的身边。"就是这个么?"他指着屏幕问道。

"这段 DNA 取自松山健一郎身上被感染的组织，是我们尽可能地从遗骸上……大部分是从发现号的舱壁上刮下来的。"

"遗骸"对于健一郎残留下来的身体的确是个非常恰当的词汇。因为他的尸身已经变成破碎的组织残块，散布在航天飞机的内舱舱壁上。"大多数残留的 DNA 段落我们无法辨认，我们无从知道那些代码的含义。但是我们能认出屏幕上这段特殊的 DNA，这是辅酶 F 四百二十的基因。"

"什么意思？"

"这是太古菌落的一种特殊的辅酶。"

罗曼向座位深处靠去，稍微觉得有些晕眩。"这么说我们的预感被证实了？"他自言自语地说。

"是的，组织里测出了太古菌落的 DNA 序列。"卡洛斯顿了一下。"我想坏消息还不止这些。"

"什么意思？'坏消息'？难道还有更糟的吗？"

卡洛斯敲击了一下键盘，屏幕上的核苷酸序列变形成另一个不同的基因段组。"这是我们在遗骸中发现的又一个基因群集，起先我认为是程序出错了，但我又重新验证了一次，结果显示这组基因和豹蛙类的基因相匹配，这是一种生长在北方严寒地带的蛙类。"

"怎么会这样？"

"确实难以理解。天知道蛙类的基因是怎样进入他身体的。这是现在最令人感到害怕的东西。"卡洛斯把屏幕切到了另一个基因组。"这又是一个人体上没有的基因组。"

罗曼感觉到从脊柱下方升起一阵寒意。"这些又是什么的基因呢？"

"这种基因只有在家鼠的身上才能发现，就是那种最常见的老鼠。"

罗曼盯着他。"这是不可能的。"

"我已经验证过了。生物在一定条件下会把哺乳动物的 DNA 结合进自己的基因组，从而产生新的酶类。因此，生物总是处在不断结合的过程中。"

怎么结合？罗曼疑惑不解。

"还有很多这样的基因组。"卡洛斯又敲击了一下键盘，又是一个新的核苷酸系列出现在显示器上。"这个基因组也不是太古菌落原有的。"

"那又是什么？其他鼠类的?"

"不，这是人类基因组的一部分。"

剧烈的寒意贯穿了罗曼的脊柱。后颈上的头发已沾满了汗水。他木然地把手伸向电话。

"帮我接通白宫，"他说，"我想立即与杰拉德·普罗法特通话。"

第二遍铃响过，传来对方的声音。"我是普罗法特。"

"我们分析了DNA，"罗曼说。

"如何?"

"形势比我们预想的还要严峻。"

18

尼古拉停下了手里的活计，他需要休息一下。手臂因为过度疲劳而在不住地颤抖。他已经连续在太空生活了几个月，身体比初上太空时要虚弱很多。在微重力条件下，不需要抬举重物，也没有需要做伸展肌肉的动作。过去的五个小时里，他和卢瑟马不停蹄地工作着，已经修好了 S 信道天线，拆除并重新安装好了万向接头。现在他已经精疲力竭了。在膨胀的行走服中弯一弯胳膊都会让尼古拉感到痛苦不堪。

穿着舱外行走服工作对任何人来说都会是一种严酷的考验。为了使身体与太空中华氏负二百五十度①到华氏二百五十度②的恶劣环境相隔离，同时还要在真空条件下保持一定的体内压力，行走服中设置了几层厚厚的铝化聚酯薄膜，夹层用的是防裂的尼龙纤维，表面用的是张力最强的条纹布料。行走服还配置了一个压力气囊以平衡压力。在行走服里，宇航员还必须要穿上一件装有水冷却管的背心。同时还必须背上一个装有饮用水、氧气、自救药物袋和通讯设备的双肩背包。在某种意义上，舱外行走服就是一个小型的个人航天器，既庞大又难以驾驭。穿上这件衣服，即使是拧一个螺丝帽也需要在精神高度

---

① 约合零下一百五十六摄氏度。
② 约合一百二十一摄氏度。

集中的情况下，用上很大的力气。

尼古拉被长时间的工作弄得非常疲惫，他的双手缩在行走服的连体手套内不住地痉挛着，全身都被汗水浸湿了。

同时他还感觉到了饥饿。

尼古拉从衣服上安装的吸水管中吸了一口水，然后深深地叹了口气。水的味道很奇怪，闻上去有点腥，但这也没有什么好奇怪的，微重力环境下任何东西吃起来感觉都怪怪的。他又吸了一口水，水分沾染到了嘴唇周围，他没有办法把手伸进头盔，因此就没有刻意地擦去水渍，只是把目光投向脚下的地球。简简单单的一瞥就在心中掀起了巨大的波澜，他觉得有一点晕眩，同时又有那么一点麻木。他闭上眼睛，想让这种感觉赶快过去，这只是心理障碍的表现，没什么大不了的。当人不经意地在太空中看到地球的时候，经常会有这种感觉。他静下心，这时他才发现嘴唇边的液体已经流到了面颊上。他动了动脸部肌肉，想甩掉水珠，但这个动作并没有达到预想的效果，水珠还是静静地在他皮肤上滑过。

也许是微重力的影响吧，在这种上下不分的地方，水珠可能不会滴下来。

有了这种想法，他开始猛烈地摇起头，抬起手击打头盔。

水珠继续在他的脸上横流，从下巴到耳际留下了一道湿痕。现在水珠已经流到了通讯耳机的软塞边。织物肯定能吸走水分，液体应该不能再流得更远了吧……

尼古拉的身体一下子僵在那里，水珠竟然钻进了耳机帽，向耳朵的方向蠕动。很明显，这不是水珠，也不是别的什么液体，而是一种有目的移动的物质。一种活物。

尼古拉左右扭动，力图把这鬼东西弄出来。看到没有什么效果，他索性使劲地拍打起头盔来。但那活物依旧在耳机下方迈进。

他的眼睛在地球和漆黑的太空中四下游移着，手脚并用对身体各处又拍又打，好像在跳着一种诡异的舞蹈。

活物最终还是进入到耳朵眼里。

"尼古拉？尼古拉，请回答！"埃玛一边叫着，一边紧盯着电视显示器。镜头上尼古拉正不断地打着转，戴着手套的双手疯狂地打着头盔。"卢瑟，去看看尼古拉，他身上好像有什么东西！"

卢瑟出现在镜头里，他的动作十分迅速，已经在麻利地帮着尼古拉整理起行走服了。尼古拉自己还在不断地扑打身体，头部前摇后晃着。埃玛可以听到两人在高频上交谈着。卢瑟紧张地问，"是什么东西？发生什么事情了？"

"耳朵——它在我的耳朵里——"

"你受伤了吗？是不是你的耳朵受伤了？镇定点，看着我！"

尼古拉又拍打起头盔来。"它进得更深了！"他尖叫起来。"弄它出去！快帮我弄出去！"

"他到底出什么事了？"埃玛嚷道。

"我还不清楚！上帝啊！他完全乱了方寸——"

"他站的地方离外围支柱太近了，注意不要让支柱把他身上的衣服给弄坏了！"

卢瑟像是听见了埃玛的提醒，他抓起同伴。"跟上我，尼古拉，我们先回密封舱再说。"

尼古拉突然拽拉起头盔，好像要把它挣脱下来似的。

"不！你不能这样！"卢瑟的声音又比刚才大了几个分贝。他使出全身的力量制住尼古拉的双臂。两个人摔抱在一起，系带飘散开，在两人身边缠绕起来。

格里格斯和黛安娜也凑到了监视器的跟前，三人惊恐地关注着空间站外展开的惊心动魄的一幕。

"卢瑟，小心柱子！"格里格斯也叫了起来，"看看你的衣服！"

尽管听见了格里格斯的警告，但尼古拉还是没有停止反抗，粗暴地在卢瑟的怀抱中扭动着身体。他的头盔最终不可避免地撞上了一边的柱子，刹那间一股白色的雾气从他的护面板中喷了出来。

"卢瑟！"埃玛大叫着。"帮他检查头盔！快帮他检查头盔！"

卢瑟审视起尼古拉的护面板来。"糟了！护面板上有个缺口！"他狂喊着。"空气正从缺口中漏出！他身体内部的压力在下降！"

"按下紧急输氧管的开关，赶快把他弄进来！"

卢瑟赶忙探下身子，打开了尼古拉衣服上的紧急供氧开关。这些额外的氧气补充可以保证尼古拉能活着走回去。卢瑟仍在尽力控制着尼古拉，把他朝密封舱的方向拖动。

"赶快，"格里格斯暗念着，"上帝啊！快让他们赶紧进来吧！"

卢瑟花了好几分钟才把同伴拉进密封舱，他急忙把舱门关上，气压增加了，警报暂时解除。他们并没有像往常那样进行气密性检查，而是直接把气压值调整到了正常值。

内侧的舱门被推开，埃玛飘进了设备舱。

卢瑟已经拿下了尼古拉的头盔，他正忙乱地尝试着把尼古拉拉出行走服的上半身，尼古拉自己也在用劲蠕动着，在两人的密切配合下，尼古拉很快脱下了太空行走服。然后，埃玛和格里格斯赶忙拉起尼古拉进入了电力供应充足的苏联太空舱。一路上尼古拉一直在尖叫着，一只手胡乱地抓着左侧的耳机帽。他的两只眼睛都胀得很大，眼睑好像要脱落下来。埃玛摸了摸尼古拉的面颊，感觉到那里的皮肤发出轻微的摩擦声——快速减压后空气聚集在皮下组织常会出现这种涨气反应。除此之外，埃玛还注意到有一串口水挂在尼古拉的腮边。

"尼古拉，镇定一点！"埃玛说。"你很正常，听见我说的吗？你的身体很正常！"

尼古拉没有理会埃玛的劝慰，继续尖叫着，他终于扯下了耳机，耳机顿时飞向远方。

"快帮我把他抬上医疗床！"埃玛指挥着大家。

四双手并用，一齐安置好医疗固定床。然后他们帮尼古拉剥下了通风的内衣裤，用绳索把他绑在床上，尼古拉全身终于被固定住了。但即便如此，当埃玛检查他的心肺和腹部的时候，他还是在不断地呜咽，头部不断左右摇晃着。

"他的耳朵，"卢瑟说。他也已经脱下了巨大的行走服，正睁圆了双眼，关切地注视着极度痛苦的尼古拉。"他说过有什么东西钻进了耳朵。"

埃玛端详着尼古拉的面部。口水的痕迹从下巴沿着脸部的轮廓一直上到左颚，延伸到耳朵里。一滴液珠挂在左边的耳垂上。

埃玛打开了电动耳镜，把探针深入到尼古拉的外耳道里。

首先映入她眼帘的是鲜血，一颗鲜亮的血珠在耳镜反射光的作用下不停地闪烁着。接着她开始检查耳膜部位。

耳膜上穿了孔。她本应在耳膜部位看到一层薄薄的鼓膜，但她看见的却是一个既深又黑的洞。埃玛初步判断是气压损伤，也许是突然的降压击穿了耳膜吧？她连忙检查另一个耳朵，但这只耳朵的耳膜是完好的。

她无奈地关上了耳镜，心中充满了疑惑。"外面还发生过什么事？"

"我说不上来。我们都携带了呼吸器。当我们干完活，准备带着工具回来以前，曾经有过一次短暂的休整。一开始他还是好好的，但不知为何会一下子变得如此疯狂。"

"我要看看他的头盔。"

埃玛离开了苏联空间舱，向设备舱行进。打开舱门，她发现卢瑟已经把两件行走服重新挂在了墙上。

"沃特森医生，你想做什么？"跟随在身后的格里格斯问道。

"我想看一下行走服裂口的大小，判断一下减压过程到底持续了多长时间。"

埃玛来到标有"鲁登科"标牌的小号行走服旁，她取下头盔向衣服内部窥视，发现有少量液体粘在破损的护面板上。埃玛从贴身口袋里取出一根棉签，用签头汲取了一点液体。她发现这种液体是厚重而又粘稠的蓝绿色液体。

顿时一股寒意涌上心头。

松山来过这儿，她突然意识到了这一点。临死的那个晚上，我们是在密封舱发现他的。他肯定在某种程度上把密封舱也给污染了。

她慌忙转身，想马上离开密封舱，却在通道里和格里格斯撞个正着。"出去！"她叫道。"马上和我一起出去！"

"又怎么了？"

"我怀疑密封舱遭受了生物污染！我们必须把舱门关严！赶快

224

关牢!"

他们跌跌撞撞冲出密封舱，来到了节点舱。两人合力将舱门向内关牢，并用胶带封了个严实。然后两人紧张地对视着。

"有没有什么东西漏出来?"格里格斯问。

埃玛上下打量着节点舱，检查有没有液体通过空气从密封舱传播过来。一开始她并没有发现什么异常，但是，没过多久，在她的视野远端好像有一个发光的小东西一掠而过。

她连忙随着闪光的方向转过身去，发光的物质不见了。

杰克坐在特别空载控制室里医生控制台的位置上。看着前方银幕上大钟时针的不断旋转，他越来越紧张了。耳麦里不断传来最新的情况，实时控制台和国际空间站飞行指挥伍迪·埃利斯之间往复传递着形势的进展。他们的语速很快，而且由于设备的原因，听上去都是断断续续的。与同在一幢大楼的航天飞机飞行控制室相比，特别空载控制室要小了很多，这里处理的事务不像航天飞机飞行控制室那么繁杂，特别空载控制室的人员主要专注于协调解决国际空间站的一些日常事务。发现号与国际空间站相撞已经有三十六个小时，在这段时间里，这个平时井然有序的房间笼罩在一片焦虑气氛中。这么多人长时间地集聚在一个狭小的房间里，空气仿佛也变得沉重起来，汗水的味道和陈咖啡的味道混杂在一起，更是加剧了人群的紧张气氛。

尼古拉·鲁登科受了严重的减压伤，显然必须尽快得到救治。在空间站只有一艘救生船——乘员返回舱——的情况下，现在只能让空间站上的所有宇航员一起回来了。好在这次撤离是有计划有组织的，没有争议，也没有引起恐慌。但是乘员返回舱以前从来没有被真正地应用过，更不要说这次要带着五个人，五条鲜活的生命做紧急撤离了!

上面还有我的爱人。

杰克由于惊惧而变得十分虚弱，汗水淌个不停。

杰克一直看墙上的钟，还不时抬起手腕，两相对比着时间。调度室里的人们在等待空间站运转到轨道的一定位置，可以适时地进行返回舱的脱离。他们的目的是使返回舱可以降落到能立即接受医疗服务的地点，因为全体宇航员都需要得到外界的支持。宇航员在太空生活了数周后，会变得像初生的猫一样虚弱，肌肉的力量不足以支撑住身体。

返回舱的脱离时间临近了，前二十五分钟他们需要在 GPS 定位仪的指引下驶离国际空间站，接下去的十五分钟用在脱离太空轨道上，着陆还要花上一个钟头。

不到两个小时，埃玛就要回来了。无论如何，她总算能平安地回来了。他承认这样想有点自私，但他就是无法忘记尸检台上吉尔·休伊特那具支离破碎的尸体。

他紧握住拳头，尽力把注意力集中到尼古拉·鲁登科的生化指标上。心率虽然很快，但并没有紊乱。血压值也还正常。坚持住，坚持住，这就带你们回家。

他听到了格里格斯在空间站上的报告，"控制台，空间站全体成员都已经登上了返回舱，舱门已经关上，虽然这里很舒适，但我们已经做好回家的心理准备了。"

"准备点火，"联络员发出指令。

"点火完毕。"

"病员的情况怎样？"

当埃玛的声音出现在通话系统中时，杰克的心跳猛然加快了。"他的生理指标都还正常，但他已经短暂昏迷过三次，肿气反应蔓延到颈部和上肢，这让他感觉更加不适。我已经为他加大了吗啡的剂量。"

突然的气压变化使空气团积聚到软组织底下。这种情况并不会产生什么危害，但在一段时间内，会让人感到痛苦。杰克真正感到担心的是神经系统内积聚的空气团，也许这就是尼古拉烦躁的真正原因吧？

伍迪·埃利斯说，"可以准备出发了，切断连索吧。"

"国际空间站。"联络员发令，"准备点——"

"慢着！"一个声音插了进来。

杰克疑惑地看着伍迪·埃利斯，埃利斯的表情同样十分茫然。他转过身，看见约翰逊航天中心总指挥肯·布兰肯什普正走进屋来，和他一起来的还有一个身着制服的黑发军官和六个空军士兵。

"很抱歉，伍迪，"布兰肯什普说，"请你相信我，这不是我的决定。"

"什么决定？"埃利斯问。

"撤离计划取消了。"

"我们有个病人在上面，返回舱已经做好了准备——"

"他没法回来了。"

"谁做的决定？"

黑发男人走上前来，他脸上带有歉意地说道："是我的决定，我是白宫安全委员会的杰拉德·普罗法特，请通知宇航员打开空间站的舱门，离开返回舱。"

"我的人生病了，"埃利斯说，"我要把他们带回来。"

轨道工程师插话说，"指挥，如果按预定计划着陆，我们就必须马上启动脱离程序了。"

埃利斯向联络员点了点头。"让返回舱继续进行点火程序，我们准备开始启动脱离程序。"

联络员还没来得及说话，他的话筒和耳机就被扯了下来，人也从椅子上被拉了下来，推到一边。一个空军士兵坐到了他的位置上。

"嗨！"埃利斯愤懑地说，"你们在干什么呢！"

所有的控制人员眼巴巴地看着其余的空军士兵迅速地分散在了房间的各处。虽然侵入者没有拿出武器，但在场的人都感受到了实实在在的威胁。

"空间站的各位，不要点火，"新的联络员说，"计划改变了，暂缓撤离，请你们走出返回舱，回到空间站上！"

格里格斯疑惑地应答，"休斯敦，我们不明白你们的意图。"

"空间站的伙计们，撤离计划取消。控制轨道和控制航向的两台计算机出问题了。总指挥决定暂时推迟撤离。"

"需要多长时间？"

"现在还不能确定。"

杰克情急之下跳了起来，想抢过联络员头戴的通话设备。

杰拉德·普罗法特突然出现在他面前，挡住了他前进的道路。"先生，你还不明白现在的形势。"

"我妻子在空间站上，我们要把她带回家。"

"他们不能回家，他们可能都被感染了。"

"被什么感染的呢？"

普罗法特没有回答他的问题。

杰克狂怒地冲向普罗法特，但马上被两名空军士兵拉到了一边。

"到底感染的是什么呀？"

"是一种新的有机体，"普罗法特说。"一种嵌合体。"

杰克看了看紧绷着脸的布兰肯什普，又转过身看了看站在控制台边掌控着局面的空军士兵们。接着他又注意到了一个熟悉的面孔：勒罗伊·科内尔走进了房间。科内尔面容苍白，仿佛是被吓着了。杰克这才明白决定来自于最高层。无论是科内尔、布兰肯什普，还是伍迪·埃利斯看来都无力扭转局面了。

航空航天局失去了对空间站的主导权。

嵌合体

19

八月十三日

　　五六个人聚集在杰克的家里，杰克把所有窗帘都拉了下来。他们不敢在约翰逊基地聚会，那样无疑太引人注目。航空航天局对空间站的控制权被白宫突然接收过去，大家一时都手足无措，不知接下去该如何行事。杰克只邀请了航空航天局中参与航天计划的四五个密友参加这次秘密的聚会，他们中有托德·卡特勒、高登·阿比、飞行指挥伍迪·埃利斯和兰迪·卡彭特，另外还有太空物资管理处的丽兹·吉安尼。

　　门铃突然响了，大家都十分紧张。

　　"人来了。"杰克示意大家没有特殊情况，然后打开了门。

　　来人是航空航天局生命科学委员会的埃利·佩特洛维奇，他随身携带着一只手提电脑。这是个瘦弱而敏感的男人，在过去的两年中，佩特洛维奇一直在和淋巴瘤做斗争，很显然在病魔面前他毫无胜算。他的大部分头发已经脱落了，头上只稀疏地留了几撮花白的发丝。面部皮肤就像那一触即破的黄色羊皮纸，平铺在突出的面颊骨上。尽管已老态毕显，但在他的眼中还是能看到科学家在探索奥秘时特有的智慧火花。

"拿到报告了吗?"杰克问。

佩特洛维奇拍着手中的电脑包向杰克点了点头。笑容展开在骨质突起的脸上显得特别可怖。"陆军传染病医学研究所同意把部分数据分享给我们。"

"只能拿一部分给我们吗?"

"他们只拿出了一部分,还有许多基因组没有验证。他们只提供给我们一些差异很明显的基因序列,他们之所以同意拿出这部分基因序列是因为他们想向我们说明形势的严峻性。"他把手提电脑放在厨房的大餐桌上,然后打开了电脑电源。当大家陆续从客厅走过来的时候,佩特洛维奇已经启动完电脑,并打开了一张随身携带的软盘。

数据在屏幕上一行行滚动下来,每一行都是单纯字母的组合,没有任何意义。围观者晕眩地看着这些数字不断地转换,显然这些字母并不能组成任何单词,这是某种密码。A,T,C,G这四个字母组成不同的序列重复地在屏幕上出现,它们代表着 A、T、C 和 G①。而这四种物质正是生物体 DNA 的组成部分。这一长串字母代表着一个基因组,就是通常所说的基因密码。

"就是它杀了松山健一郎,"佩特洛维奇说,"这是一种嵌合体。"

"你所说的'嵌合体'是什么意思?"兰迪·卡彭特问。"请您向我们这些外行的工程师解释一下好吗?"

"好的!"佩特洛维奇说,"可别说自己外行,这个词汇只有在分子生物学中才会用到。这个词汇源自古希腊,奇美拉②是神话中的一种怪兽,据说是其他物种所不可战胜的。这种能喷出火焰的生物长着猎豹的头部,山羊的身体和蛇的尾巴。最终它被一个名叫柏勒罗丰的英雄制伏了,但这并不是场公平的战斗,因为柏勒罗丰在战斗中施了诡计,他骑了一匹带有翅膀的神马,从天空中往下射箭,把奇美拉射杀了。"

"这个神话的确很有趣,"卡彭特不耐烦地插话进来,"你能不能

---

① A、T、C、G 分别代表核苷腺吟、胸腺嘧啶、鸟嘌吟和胞核嘧啶。

② 原词为 Chimera,奇美拉是嵌合体的音译。

告诉我们这个神话和现在发生的事件有什么关联吗?"

"古希腊的奇美拉是由三种不同动物——猎豹、山羊和蛇结合在一起形成的怪物。你们在电脑上看到的嵌合体和奇美拉有异曲同工之妙,这是一种与柏勒罗丰射杀的怪物一样奇妙的生命体,它的 DNA 来自至少三类互不关联的物种。"

"你能辨认出这些物种吗?"卡彭特问。

佩特洛维奇点了点头。"几十年前,世界各地的科学家就开始把在形形色色物种身上收集的基因序列集中起来,形成了一个基因库。这些物种几乎涵盖了小到病毒,大至巨象的所有生物体。但收集和分析这些数据的过程却是漫长和艰难的,光是分析人类的基因就花费了科学家数十年的时间。因此你可以想见,世界上还有大量物种的基因序列没有被分析过。在我们面前的这个嵌合体中,绝大部分基因是我们无法辨认的,甚至有些是基因库中没有的。你们接下来看到的是迄今为止我们能辨认出的部分基因。"说着他把鼠标指向屏幕上的提示框"物种匹配"。

屏幕上出现了三行文字:

家鼠① (普通老鼠)
豹蛙② (豹纹蛙)
智人③

"这种有机体的 DNA 是由老鼠、两栖动物、人类的 DNA 混合而成的。"他停了一下。"换句话说,敌人就是我们自己!"

厨房一下子安静下来。

"在那片染色体上有哪些是我们的基因?"杰克平静地问,"嵌合体的哪一部分是人类?"

"你提了一个有趣的问题,"佩特洛维奇赞许地说道,"我就还你

---

① 原文为拉丁文。
② 原文为拉丁文。
③ 原文为拉丁文。

一个颇带意趣的答案吧。你和卡特勒先生可能会对下面这个清单感兴趣。"他开始敲击起键盘来。

屏幕上出现了几个生物学名词：

淀粉酶

脂肪酶

磷脂酶 A

胰岛素

糜蛋白酶

弹性蛋白酶

肠激酶

"天哪，"托德·卡特勒喃喃地说，"这些可全是消化酶啊！"

消化酶组成的有机体会吞噬自己的宿主，杰克想。有机体利用这些消化酶从身体内部慢慢分解我们，削弱我们的肌肉力量和器官活力，消耗连接组织的活性，直到我们成为一堆烂肉为止。

"吉尔·休伊特——她告诉我们健一郎的尸体分解成了碎块，"兰迪·卡彭特说，"我那时还以为她在说胡话呢。"

杰克好像突然意识到了什么，"这一定是利用生物工程学原理合成的有机体！有人谋划着把它带到了空间站的实验室。在实验中，他们想法让细菌和病毒与其他物种的基因相结合，他们希望这样能产生一种更有效的杀人机器。"

"但是他们用的是哪种细菌，或是哪种病毒呢？"佩特洛维奇问。"这就是目前悬而未决的问题，我们拿到的基因组数据并不多，因此不知道这种结合是从哪个物种开始的。陆军传染病研究所拒绝向我们提供这种有机物染色体最重要的那部分。而正是这个部分才能告诉我们到底是什么物质会如此具有杀伤力。"他看了看杰克，"你可是这里唯一旁观过尸检的人啊！你发现什么没有？"

"我那时仅仅是瞄了一眼。我还没看到什么实质的东西，他们就把我拉出了尸检室。我看到的可能是某类囊肿，珍珠般大小，镶嵌在蓝绿色的体液基质中。在墨瑟的胸腔和腹部，休伊特的脑部都发现有这种物质，我以前从没见过这种形状的东西。"

"是水泡囊吗？"佩特洛维奇问。

"你说的是什么东西？"伍迪问佩特洛维奇。

"在寄生绦虫的幼年阶段，也就是在棘球绦虫这个阶段，如果它进入到人体中，就会在肝脏和肺部产生囊肿。同样，囊肿有可能在任何器官中出现。"

"那么这是种寄生虫喽？"

杰克摇了摇头。"水泡囊的生长需要几年以上的时间，而不是短短几天，我认为这种嵌合体不可能是寄生虫。"

"也许它们根本就不是什么囊肿，"托德说。"没准是孢子或是真菌团，曲霉或隐球菌之类的物质。"

太空物资管理处的丽兹·吉安尼插话道，"空间站曾经有真菌感染的报告，上面进行的一个实验因为真菌生长过快而被破坏了。"

"哪项实验？"托德问道。

"让我想一想，我记得好像是某项细胞培养实验。"

"如果仅仅是真菌感染的话，是不会导致生物体死亡的，"佩特洛维奇说。"你们还记得吗？过去有一段时间，在苏联的联盟号空间站上，由于泄漏而导致真菌飘浮在太空舱里，可那次也没有一个人因此而死亡啊！"他低头看着电脑屏幕。"这个基因组代表了一种全新的生命形式，我比较倾向于杰克的想法，这恐怕是人工合成的基因组。"

"因此，这就是生物恐怖主义分子发起的一次攻击，"伍迪·埃利斯说，"他们一定是把这种嵌合体混在某次送上太空的物资中。"

丽兹·吉安尼果断地摇了摇头。在聚会的人群中，性格刚强且比较具有侵略性的她尤为引人注目。她的发言没有一丝保留。"每次运载的物资都要进行安全检验。包括危害报告，用可容度设备进行三个阶段的危险分析。相信我，我们不会把有害物质送上空间站的。"

"你的假定设立在你们事先知道这种物质有害的基础上，"埃利斯说。

"理当如此！"

235

"你们的安全防范真的就没有一丝纰漏吗?"杰克问,"许多实验的器具直接来自于实验的提供者——也就是科学家本人。你们并没有验证这些人的安全背景。不知道在这些实验室中会不会混入一两个恐怖分子。如果他们在最后时刻把培养的组织调包,你们又怎么能够知道呢?"

这下丽兹有点咬不住了。"这个……这确实说不准。"

"但这个可能性是存在的。"

虽然丽兹不愿亲口承认这种可能性的存在,但人人都看出了她狼狈不安的神色。"对每一个在太空进行实验的科学家,"她说道。"我们会事先警告他们,如果有谁在安全方面出了一点点纰漏,我们会让犯事者吃不了兜着走。"

丽兹丧失理智了,杰克想。和屋里其他男士一样,杰克平日里对丽兹感到有些害怕。

"还有一个问题我们没问。"高登·阿比第一次发言了。之前他像往常一样什么都没说,只是静静地听着众人谈话。深思熟虑以后再把问题抛出来。"我要问一下为什么。为什么有人要破坏空间站?是对我们心怀不轨的人?还是那些仇恨科学技术的疯子?"

"显然,这些人把生物科学当作杀戮人类的武器来用了。"托德·卡特勒评论道。

"那么为什么他们没有在约翰逊航天基地释放这些有机体,彻底毁灭航天基础设施呢?那样实施起来更为简单,也更为理性。"

"疯子有什么理性,"卡特勒说。

"每个人都有理性的一面,疯子也不例外,"高登回应道。"我们现在已经知道了产生危害有机体的大致模型。正因如此,我比以前更为困惑了。我一直在考虑,我们面对的到底是不是有目的的破坏行动?"

"如果不是破坏行动,"杰克问,"那还能是什么呢?"

"还有一种可能性。这种可能性更令人感到恐惧,"高登忧虑地看着杰克。"也许只是个操作失误。"

伊萨克·罗曼医生急匆匆地穿过大厅，寻呼机在腰带上不断地鸣叫着。罗曼恐惧地想着将要看到的场面，不耐烦地将寻呼机调整到了静音状态。打开通向四级隔离病区的通道大门后，他没有走进病房，只是安全地站在病房外面，透过观察窗惊恐地看着房间内发生的一切。

内森·赫尔辛格躺在地上，浑身抽搐个不停，污血喷溅在墙上，洒落到地上，弄得满屋子都是。穿着防护服的两个护士和一个医生正想方设法制服他，以免他弄伤了自己。但赫尔辛格的痉挛动作非常狂野有力，三人合力也无法将他完全控制。他的脚突然向前一伸，一个护士被绊了一下，滑倒在血迹斑斑的地面上。

罗曼按了一下内部通话器的按钮。"当心！看你的衣服破了没有？"

护士慢慢地站起身来，脸上的表情十分可怕。她低头仔细地检查了一下连体服的手套和袖子，然后又检查了一下连接防护服的吸氧管。然后如释重负般地说："还好，没有裂缝。"

血液溅到了观察窗上面。晶莹的血滴在罗曼眼前流淌下来，罗曼条件反射地急忙向后退去。这时赫尔辛格开始用头猛烈地撞击地板，脊柱被撞弯了，呈现角弓反张症状。罗曼以前只看到过一次这种状态，那一次面对的是一个马钱子碱中毒的病人。患者的整个背脊向后弯曲，活像一支张满的弓箭。赫尔辛格又开始痉挛了，这次的幅度更为剧烈，为了摆脱痛苦，他不断地用头盖骨撞击水泥地，血液飞溅到两个护士的护面板上。

"快撤！"罗曼慌忙命令着。

"他还在伤害自己！"医生说。

"我不想再看到别的什么人被传染上了！"

"如果我们能把他的痉挛控制住——"

"没有办法可以救他了，我要你们马上给我出来，不然局面就难以收拾了。"

两个护士不情愿地先退了出来，片刻后，医生也出来了。他们默默地站立在观察窗前，观看着脚下恐怖的一幕。

新的一轮抽搐从头部开始，病人的头部不停敲击着地面，头皮像破布一样慢慢裂开，地上的血液积聚在一起，形成一个骇人的血湖。

"哦，天哪！快看他的眼睛！"一个护士高声叫着。

两颗眼球砰然跳出，像两个巨大的石球从基座中跃出一样。是创伤性眼球前垂的表现，罗曼判断。这种症状是由于颅内产生巨大的压力引起的，压力把眼球压向前方，眼睑同时被冲散开来。

痉挛还在异常狂暴地进行着，头部几乎已经完全被地板撞碎了。头盖骨碎片飞了起来，飞得最高的那块竟然弹到了观察窗上。感觉上就好像赫尔辛格想要拆开自己的头骨，把颅内的异物拿出来一样。

又一记破裂声，一大团血液和骨头碎片应声而出。

赫尔辛格应该已经死了，为什么还在痉挛呢？

断了脖子的鸡还要扑腾一阵子，何况人呢！赫尔辛格还在继续垂死挣扎着。他的头部已经完全脱离了身体，滚落在地板上；脊柱拉伸着，就像一把即将断开的弓，脖子还在无意识地向后摆动着。

在脖子和头部之间有一个大窟窿，头骨像破鸡蛋一样展开着。骨片飞了一地。一团灰色的物质在观察窗上蠕动着。罗曼怔怔地向后退去，突然感到一阵恶心。他低下头，用最大的力量控制住自己，尽可能不去想所看到的凄惨景象。

他的身体浸满了汗水，浑身颤抖，然后尝试着再次抬起头，向屋内望去。

内森·赫尔辛格终于躺在地上不动了。头颅孤独地躺在血湖中央。血湖还在不断向外扩展着。罗曼的视线久久地停留在那一片猩红的血液上，过了好一会儿，他才注意到死者的脸。一团蓝绿色的物质贴在死者的前额上。是囊肿吗？

这就是可怕的嵌合体。

八月十四日

"尼古拉？尼古拉，请你马上回话！"

"我的耳朵——它在我耳朵里——"

"你受伤了吗？你的耳朵是不是受伤了？看着我！"

"它进得越来越深了，帮我把它取出来！取出……"

白宫安全委员会科学顾问杰拉德·普罗法特按下录音机的"停止"键，环顾了一眼坐在会议桌四周的男男女女。这些人的脸上都是一副惊恐的表情。"尼古拉·鲁登科遇到的不只是气压骤变而引发的事故，"他说。"这就是我们采取行动的原因，这就是为什么我会要求你们暂时不让宇航员回归的原因。有太多潜在的危险因素，我们不能轻举妄动。如果我们不能弄清楚这种有机体的特性——它是如何繁殖的，它是如何传染的——我们就不能让这些宇航员回家。"

他的发言使会议现场静了下来。连召集会议，准备就空间站的控制权被剥夺一事提出抗议的航空航天局局长勒罗伊·科内尔，也深陷在椅子里说不出话来。

总统率先提出了问题："关于这种有机体，我们目前了解些什么？"

"陆军传染病研究所的伊萨克·罗曼医生在这方面应该比我更有权威。"普罗法特说着便向罗曼点了点头。罗曼并没有坐在会议桌边上，而是坐在不被人注意的墙角处。他站了起来，参加会议的人这才注意到这个头发灰白、满脸疲态的高个子男人。

"我给大家带来一个不好的消息，"他说。"我们把这种嵌合体注射到各种不同类型的哺乳动物体内，其中包括犬类和蜘蛛猿。被注射了嵌合体的动物，都在九十六个小时之内死亡了。死亡率达到惊人的100%。"

"没有办法治疗吗？没有特效药吗？"白宫防卫长官问。

"目前为止还没有。这已经够糟的了，但还有更坏的消息。"

与会者脸上的表情更加凝重了。难道还有比这更坏的情况吗？

"我们对在死去的蜘蛛猿身上收集到的DNA样本重复进行了几次分析，发现在嵌合体中又掺杂进了几个新的基因组，这些基因和蜘蛛猿体内的基因完全一样。"

总统的脸明显发白了。他看着普罗法特，"请你再说明白一点吧！"

"我们面临的形势十分严峻，"普罗法特说，"每当这种嵌合体进入一个新的宿主，它的形态就会发生新的变化，它会得到新的 DNA，从而把宿主的基因结合到自己的基因当中，增加自身的能量。"

"它是怎样做到的呢？"参谋长联席会议主席问，"有机体能吸收新的基因？它能不断地重构自己？实在难以想象。"

罗曼回答，"先生，这并非完全不可能。实际上，自然界中也有类似的现象。细菌之间就经常分享各自的基因，它们用病毒作为载体把这些基因传来递去。因而使细菌能迅速增强免疫力。为了增强免疫力，细菌会传递各自的基因，从而在染色体中获得新的 DNA 序列。和自然界中的其他生物一样，它们会用上所能用的一切手段维持生存，延续种群不被灭绝。嵌合体现在进行的就是这种运动。"他走到桌子前端，墙面上展示了一张显微照片的放大图。"你看这张照片，注意照片上的这些小颗粒，这些颗粒是辅助病毒的集合体，它们会进入宿主的细胞内，攫取宿主的 DNA，然后把基因片段带回嵌合体，这样嵌合体就增加了新的基因，它所能造成的危害也就更强了。"说完这些，罗曼看了看总统。"嵌合体自身的能力随着结合基因种类的增多而不断加强，因此它们可以在任何环境下生存，随时准备着攫取其他动物体的 DNA。"

总统更为忧虑了。"那么，嵌合体还在不断变化，还在融合进新的物种吧？"

与会人员三三两两地议论开了。人们不时交换着惊恐的眼神，椅子也不安分地发出吱吱嘎嘎的声音。

"那个被传染的医生怎么样了？"一位来自五角大楼的女士问道，"就是那个被关在陆军传染病研究所四级隔离区的医生。他还活着吗？"

罗曼没有马上接话，脸上露出痛苦的神情。"赫尔辛格医生昨天午夜时分去世了。我见证了他生命的最后时刻……他死得十分痛苦。一开始，他抖动得十分剧烈。我们不敢按住他，生怕防护服被他弄破，从而造成新的感染。他身体痉挛的形式不同于以往我们见过的任何一种，就好像是他头颅里的所有神经元在一种强大电波作用下同时

240

起火一样，他轻易地打碎了床栏杆，把栏杆摔在地上，然后撕碎了床垫，接着就——用头猛烈地撞击地板，我们……"他哽咽了。"我们听到头骨破碎的声音，这个时候房间里到处是血。头颅撞击地板的动作很久都没有停歇，就好像他想把头砸开，以此降低颅内的压力一样，但是冲撞造成的外伤却让情况变得更加严重，因为撞击使血液倒流到颅内，增加了头部的负担。最后时刻，颅内压力甚至把眼球也挤了出来，像是卡通片里的小丑。他的尸体和马路上压扁的动物尸体没什么两样。"他叹了口气。"你们可以想象一下，"他轻声说，"他死时的惨状。"

"现在你们应该已经意识到了这种传染病的危害性了吧，"普罗法特说。"在严峻的现实面前，我们不能软弱，不能敷衍了事，更不能感情用事。"

沉默的时间更长了，大家把目光集中在总统身上。众人都在等待——也许说是希望更为恰当吧——总统能够一锤定音，做出个明确的决定。

但总统并没能马上做出决定，他坐在转椅上滑到窗前，看着窗外，"我以前也曾经梦想过成为一位宇航员，"他悲痛地说。

我们何尝不是这样？普罗法特想。这个国家里哪个孩子没有梦见过驾着飞船驶向太空？

"我会有这样的理想是因为当我看到他们把约翰·格伦发射上天的时候，"总统说。"我和其他人一样，我哭了，该死，但我真的像孩子那样哭了。我为格伦感到骄傲，为我们的国家感到骄傲，为我是人类的一员……"他说不下去了。他深吸了一口气，然后用胳臂擦了擦眼睛。"我怎么忍心对这些宇航员见死不救呢？"

普罗法特和罗曼忧虑地对视着。

"总统先生，我们没有别的选择。"普罗法特说，"太空上只有五名宇航员，可天知道地球上有多少生灵啊！"

"但他们都是英雄，为人类的理想而奋斗的英雄。现在我却要把他们孤零零地留在那里等死。"

"总统先生，现实情况是，我们想不出任何办法去救他们，"罗曼说。"他们可能都被传染上了，或许马上就会死去。"

"如果有人没有被传染上呢？"

"这个谁也说不准，现在只知道鲁登科确实被传染上了。我们已经知道他是在舱外行走服里接触了致命的有机体。我们回忆一下，十天前宇航员松山是在设备舱被发现的，那时他在剧烈地颤抖，这样就不难理解行走服为什么会被污染了。"

"为什么其他人没有得病？为什么是鲁登科？"

"至今为止我们的研究表明，这种有机体在传染期以前有一段潜伏期。我们判断传染性最强的时期是宿主死亡的时刻以及死亡后那一段时间，有机体会从尸身上转移出来，但目前我们还不能完全确定。但我们决不能冒任何风险，只能假定五个宇航员现在都已经是这种有机体的载体了。"

"那么可以让他们呆在四级隔离区，至少让他们回家啊。"

"总统阁下，这正是风险所在，"普罗法特说，"风险就在回地球的途中。航天飞机是可以降落到指定地点的，而返回舱则不然，它的可操控性比较弱——功能上更像一个降落伞。万一出什么差错怎么办？万一返回舱在大气中分解了怎么办？万一着陆时坠毁又怎么办？那样的话，有机体就会在空气中传播开来，流动的风会把有机体带到地球的各个角落！另外，有机体的身上还存在着人类的基因组，我们怎样才能战胜它？它在某些地方和人类十分相像，杀死它的药物同样会毁灭人类。"普罗法特故意停顿了一下，让大家有足够的时间考虑他刚才的话。然后总结道，"总之，不能让感情影响我们的决定，我们不能冒一点点风险。"

"总统先生，"勒罗伊·科内尔抢白道，"请您再冷静考虑一下，这样做无疑会引发一场政治灾难。公众是不会允许让五个宇航员死在太空上的。"

"这种时候政治因素应该是最后才去考虑的！"普罗法特说，"我们应当首先考虑公众的健康。"

"那为何要对我们保密？把我们航空航天局完全排除在外？你们只向我们提供了部分基因组的样本。局里的生命科学研究者们正期盼着加入这场战役呢！航天局也希望能尽快找到对付这种有机体的方法——甚至比你们的心情——更为迫切。如果陆军传染病研究所能够把全部数据分享给我方，也许我们还能在一起工作呢！"

"这主要是出于安全方面的考虑，"联席会议主席说，"野蛮国家有可能把这种有机体转变成一种毁灭性的生物武器。把这些嵌合体的基因序列交出去无异于对外泄漏武器的图纸。"

"你是说，你们不放心把这些数据交给航空航天局?"

联席会议主席迎着科内尔的目光，丝毫也没有退让。"航天局提出了那套所谓'可以和任何一个高科技国家分享技术'的新思维，正因如此，我认为航天局存在安全隐患，不能把这些关系到人类生死存亡的基因数据完全提供给你们。"

科内尔气得满脸通红，但什么也没说。

普罗法特看着总统，"先生，让五个宇航员留在空间站上等死确实是个悲剧，但我们必须把眼光放得远一点，对于这种有机体我们了解得并不多，它极有可能引发全球性的传染病爆发，那才是天大的悲剧。我们陆军传染病研究所正日以继夜地对这种有机体展开研究。至少现在我们不希望航空航天局参与进来，因为他们根本没有对付生物恐怖威胁的经验。航天局配备了一名太空反恐官员，仅仅只有一个人的配置！而军队的快速反应部队正是为了对付这类危机而建立的。因此，我们决定太空行动暂由美国空间署接管，后援由空军第十四军担当。毕竟，航天局与宇航员之间存在着太多个人感情的牵涉，但我们需要的是绝对严明的纪律。"普罗法特扫视了 圈会议桌边的官员，这群人里没有几个真正值得他尊敬的，有些人沉迷于建立个人的威望和权势，有些人现在能坐在这里全凭阴暗的政治关系，更多的人很容易被公众的观点所左右，而像自己这样意志坚定、以大局为重的人却没有几个。

这里没有人经历过那噩梦般的一幕，没有人会像他那样浑身是汗地从睡梦中惊醒，在漆黑一片的黑夜中为这种恐怖的有机体所造成的后果而担惊受怕。

"你是说这些宇航员就再也回不来了。"科内尔说。

普罗法特看着航天局局长苍白的脸，不由得生出一股恻隐之心。"如果能找到对付这种有机体的特效疗法，在确信可以消灭这种有机体以后，我们可以商量宇航员返航的事宜。"

"如果他们还活着。"总统低语道。

普罗法特和罗曼交换了一下眼神，谁都没有跟腔。他们对目前的形势都心知肚明。及时找到特效疗法是根本不可能的。宇航员没有活着回来的希望了。

热浪袭人。普罗法特穿着厚厚的夹克外套，戴着笔挺的领带在马路上行走，好像丝毫没有感受到炎热的天气。其他人可能会抱怨华盛顿夏天的严酷，但他却对飙升的温度毫不在意。普罗法特最害怕冬天，他对寒冷特别敏感，每到雾气蒙蒙的冬日，他的嘴唇都会变蓝，即使在层层围巾和冬衣的包裹下，他也会冷得发抖。夏天在办公室里他总会穿着一件毛衣，以抵御空调的寒气。今天的温度在三十五摄氏度左右，汗珠闪烁在街道上每个行人的脸上，但是他既没有脱去外套，也没有松开颈上的领带。

刚才的会议内容令他身心俱疲，十分沮丧。

提在手上的棕色纸袋里放的是他中午的工作餐，每天清晨出门前他都会把午餐准备好。艾米去世以后，他自己准备的午餐总是千篇一律。每天上下班的路线也同样是一成不变的，出门往西走到波托马克河，然后沿着倒影池向前便到了工作的研究所。熟悉的路线总会让他感到十分安心。普罗法特的工作生活从来没有像现在这样压力重重，随着年龄的增长，他发现自己的生活节奏越来越单一，几乎和修道院里的修士没有什么两样。他自认为是古代的苦行者，吃饭是为了补充能量，穿衣是为了御寒，钱财对他来说没有太大的意义。

普罗法特①这个名字在某种意义上倒也恰如其分。

普罗法特在经过越南战争纪念碑时放慢了脚步，俯视着那些站在碑前肃穆地念着牺牲者姓名的游客。他知道这些游客在面对黑色花岗

---

① 普罗法特（Profitt），与英文单词 profit 形近，profit 有收益、略有盈余的意思。

岩上的姓名时会想些什么，他们会意识到战争的可怕：这么多名字，战争会造成那么多人死亡。

他想，这些人原先肯定想象不到战争的残酷。

普罗法特在荫凉处找了条长凳，坐下来开始吃午餐。他从棕色的纸袋中拿出一个苹果、一小片干酪和一瓶水。瓶装水并非"伊云"或"毕雷"①，而是直接从龙头里接出的。他吃得很慢，看着游客在几个纪念碑之间走来走去。我们确实应该缅怀这些战斗英雄，他想到。竖立的雕像、大理石的铭牌和飘扬的旗帜虽然构成了一幅优美的图画，但他每次经过这里，想到在战争的屠宰场上对战双方牺牲的众多生命，还是会感到不寒而栗。越南战场，士兵和平民的总死亡人数是二百万；二次世界大战，五千万；一次世界大战，两千一百万。这些数字触目惊心。人们不禁要问：还有比人类自身更致命的敌人吗？

答案是肯定的。

虽然人类无法看到它，但它就在我们的四周。它存在于人类呼吸的空气中，存在于人类享用的食物中。在历史的长河中，它一直是人类的天敌，人类出现在地球以前，它就已经在地球上存活了很长时间。人类的这个敌人就是微生物。几个世纪以来，因微生物而死的人比历次战争的伤亡总数还要多。

从公元五四二年到七六七年的两百多年间，欧洲大陆有四千多万人死于查士丁尼瘟疫。

十四世纪有两千五百万人死于黑死病。

一九一八和一九一九短短的两年中就有三千万人死于流感。

普罗法特的妻子艾米·索伦森·普罗法特在一九九七年四十三岁的时候死于链球菌感染。

他吃完苹果，把果核放进棕色的纸袋中，然后将装满垃圾的纸袋卷成一团。虽然午餐和平时一样单调，但他觉得非常满意，因此又在长凳上坐了一会儿，吸啜着剩余的饮用水。

一位女游客走过他的面前。她披着一头浅棕色的长发。当这个棕

---

① Evian 和 Perrier，法国的两种国际知名矿泉水品牌。

发女郎转过头时，阳光斜射在她的脸上，像极了艾米。女郎注意到了普罗法特的目光，回身注视着他，两人对视了片刻，女郎的眼神中带着一丝戒备，普罗法特则带有赔罪的意味。女郎转身离开了，普罗法特这时觉得她一点也不像自己死去的妻子，没有人像艾米，再也不会有了。

普罗法特站起身，把纸袋扔进垃圾桶，然后顺着原路返回。他走过纪念碑的外墙，走过穿着旧军服、胡子拉碴聚集在纪念碑附近的退伍军人，这些人一直生活在对战争，对死亡战友的回忆中。

但是回忆终将随着岁月的流逝而磨灭，他想。艾米在餐桌边的微笑，她那银铃般的笑声——所有的记忆渐渐淡去。只有失去她的悲痛记忆仍然刻骨铭心。旧金山的宾馆房间，深夜，病危紧急电话，忙乱的机场，出租汽车，这些画面至今还历历在目，最后他总算是及时赶到了贝塞达中心医院。

但坏死的链球菌有自己的活动规律，有自己的杀戮时间表。和嵌合体一样。

他吸了口气，暗自盘算开了。这口气到底把多少病毒、多少细菌、多少真菌吸入了肺部，其中的哪些又会把自己杀死。

20

八月十五日

"一群混账。"卢瑟忿忿不平地说。与地面之间的通话联系已经被切断了，他并不担心返回舱里的对话会被任务控制中心听见。"是他们让我进返回舱，打开推进开关，准备返航的。他们不能如此简单地让我们调头回空间站。"

照常理来讲，一旦他们离开了空间站，就不能再回去了。返回舱实际上是一个带有减速伞的滑翔机。返回舱与国际空间站分离后，在着陆前最多能绕地飞行四圈。

"之前他们让我们坐在座位里，"格里格斯说，"我们暂且保持这种状态吧！"

"遵照他们的狗屁指令？如果我们不马上点火起动，尼古拉就要马上死在我们眼前了。"

格里格斯看着埃玛："沃特森医生，您的意见呢？"

过去的二十四个小时里，埃玛一直呆在尼古拉的身边，观察着他的病势。他们都看得出尼古拉的病情非常严重。他全身被绑在医疗床板上，不断地抽搐和颤抖着。他的四肢会时不时猛烈地摆动，像是要摆脱绑带的束缚，埃玛十分担心他会折断自己的骨头。尼古拉此时看上去就像是在拳击台上连续挨打的拳击手那般惨不忍睹。皮下的肿胀已经延续到了面部，使他的眼皮都挤合上了，眼睛窄成一条细缝，巩膜红肿，模样让旁人不忍心卒睹。

埃玛不知道尼古拉还能不能够听清她说的话，因此并没有对他说什么。她注意到其他宇航员都聚集在了苏联太空舱的外面，于是向这些人做了个手势，然后走出舱外。

四人聚集在通道舱里，在这里，不用担心尼古拉会听到他们的谈话，他们也能暂时脱下面罩和护目镜舒坦一下。

"休斯敦必须马上让我们回去，"埃玛说，"不然尼古拉就要死了。"

"他们知道现在的形势，"格里格斯说，"他们要得到白宫的批准才会启动急救程序。"

"那么我们就呆坐在这里，看着大家一个接一个被传染上病毒吗？"卢瑟说，"如果我们不听指令，坐上返回舱回家又怎么样？他们会怎么做，不分青红皂白就把我们打下来吗？"

黛安娜冷静地说："他们会这么干的。"

黛安娜的话让大家都静了下来，她说的是事实。每一个经历过登上航天飞机、紧张等待倒计时的宇航员都明白，现在坐在约翰逊航天基地控制台前的是一队空军士兵，他们在控制台前的唯一工作就是击落航天飞机，消灭所有的宇航员。如果在发射过程中驾驶系统出了错，如果航天飞机有可能坠毁在一个人口稠密的地区，这些安全防卫人员的工作就是按下自毁键。这些士兵曾经见过机组的每个人员，可能还看过宇航员家庭的照片，他们知道自己将要杀死的是哪些人。对于他们来说，这是个可怕的工作，但是毫无疑问，这些空军士兵会尽职地完成自己的任务。

如果接受了指令，他们也会毫不犹豫地摧毁返回舱。当面对一种新的致命的传染病毒时，五个宇航员的生命无疑是微不足道的。

卢瑟说，"我敢打赌他们会让我们安全着陆。他们为什么不这样做呢？毕竟还有四个健康的宇航员啊，我们四个并没有感染上任何病菌。"

"但是我们和病毒携带者接触过了，"黛安娜说，"我们和尼古拉呼吸着同样的空气，住在同一个地方。卢瑟，你甚至还和尼古拉一起睡在密封舱里呢。"

"我现在感觉良好。"

"我也一样，格里格斯和埃玛看上去情况也还不错。但万一这真是种传染病，可能我们都处于潜伏期了。"

"这就是必须听从空军指挥的原因，"格里格斯说。"现在我们只能干等在这里。"

卢瑟看着埃玛。"你也赞同他们的论调吗？"

"不，"她回答，"我不这样看。"

格里格斯吃惊地看着她。"沃特森医生，你这是什么意思？"

"我现在不是在为自己考虑，"埃玛说。"我在担心我的病人。尼古拉已经不能说话了，因此我必须先要为他着想。格里格斯，我希望赶快送他进医院。"

"你听见休斯敦说的情况了吧。"

"他们说的情况让我觉得费解。他们先是给出了撤离指令，然后又推迟了撤离行动。一开始他们说是马尔堡病毒，后来他们又说根本不是什么病毒，而是由生化恐怖主义分子培养的新品种的有机体。我不知道下面到底发生了什么。我只知道，我的病人需要……"她突然放低了声音。"他就快不行了，"她黯然说道。"我现在的首要任务就是让他活下去。"

"但我的职责是指挥空间站的一切行动，"格里格斯说，"我必须相信休斯敦做出的决定是他们所能做出的最恰当的决定。除非形势确实非常危急，否则他们是不会置我们于危险之中的。"

埃玛无法否定格里格斯的判断，任务控制中心的指挥人员都是些她所熟识并深信的人。而且，杰克也在那里，她想到。没有人比他更值得信任了。

"好像有什么信息传送上来了，"黛安娜看着电脑说，"是给埃玛的邮件。"

埃玛横穿过通道舱，阅读起电脑屏幕上出现的新信息来。这是一封来自航空航天局生命科学中心的邮件。

沃特森医生：

　　航天局希望你们能确切地知道现在你们正在对付的东西——我们大家也正合力研究对付它的方法。附件是松山健一郎感染的有机体的 DNA 分析报告。

埃玛连忙打开了附件。

她用了好一会儿才跟上屏幕上滚动的核苷酸序列，又花上了更多的时间才真正地理解了分析报告的结论。

三种不同生物种群的基因出现在了同一个染色体中。基因出自豹蛙、老鼠，还有人类自身。

"这种有机体是什么东西？"黛安娜问。

埃玛轻轻地说，"一种新的生命形式。"

它是弗兰肯斯坦①的怪物，是大自然的怪胎。她特别注意到了报告中的"老鼠"一词。她想起来了，老鼠是最先发病的动物。一周半以前，老鼠们开始陆续死亡。上一次她检查鼠笼的时候，发现仅仅只有一只母鼠还活着。

她离开通道舱，进入空间站中完全没有能源的另外半部分。

美国实验室一片黑暗，借着身后微弱的灯光她来到动物实验区旁。老鼠是不是有机体的原始载体，嵌合体是不是混在鼠笼中被带上国际空间站的？还是说这仅仅是一次意外，有机体暴露到了实验容器以外，传染给了太空站上的生物呢？

最后那只老鼠还活着吗？

她打开鼠笼外侧的衬板，探头张望着那只孤零零的老鼠。

埃玛心一沉，最后的老鼠也死了。

原先她把这只被咬掉了半边耳朵的母鼠想象成了一个斗士，经历了与同伴的血腥厮杀后，斗志昂扬地生存了下来。埃玛看到在鼠笼远

---

① 出自玛丽·雪莱同名科幻小说中的科学怪人。

端飘浮的母鼠尸体时，不经意的悲伤感觉突然涌上心头。这只老鼠的肚皮胀得很大，看来必须马上把尸体从动物区拿走，然后立即和被污染的垃圾一起丢弃。

埃玛戴上手套，把手放到防护盒和鼠笼的交界处。看着没有动静，她便把手完全伸进了鼠笼，去够那只死去的老鼠。当手指抓住老鼠身体的时候，尸体突然挣扎了一下，埃玛吓得尖叫起来，慌忙放下老鼠。

老鼠翻过身，双眼盯着埃玛。腮上的胡须因受惊吓而抽动个不停。

埃玛吓了一跳。"你还没死啊！"她在心里默念道。

"沃特森！"

耳机里突然响起埃玛的名字，她马上拿起通话器回话，"我在实验室。"

"快过来，快到苏联舱。尼古拉痉挛得厉害了。"

埃玛飘出实验室，在微弱的灯光下，她借着墙壁的反弹力直奔苏联的那半边舱。进入舱内，她注意到虽然所有人都戴上了护目镜，但明白无误的惊恐表情却挂在了每一张脸上。众人散到了苏联舱墙边，埃玛这才看到了尼古拉。

尼古拉的左臂剧烈地痉挛着，整个绑板在这股巨大力量的作用下不住地摇动。痉挛从身体左半部分渐渐发展到了全身，腿部也跟着抖动起来。他的屁股向一边歪去，半边屁股悬在医疗床板外，但痉挛的程度还在不断地加剧着，连手腕都被绑带磨出血来。过了几分钟，埃玛听见左前臂骨头断裂发出的咔嚓声，同时右边手腕的绑带被尼古拉撑断了，手臂摆脱了束缚，开始胡乱挥动起来。手掌神经质地猛击着一侧桌子的边缘，血肉和碎骨横飞。

"抓住他！我马上给他注射安定！"埃玛一边在急救箱慌乱地摸索着，一边向另外三人呼叫着。

格里格斯和卢瑟各抓起一条胳臂，但是连卢瑟这样体魄强健的人都没有足够的力量可以制住一条自由的手臂。尼古拉的右臂像鞭子一样挥舞着，把卢瑟甩到了一边。卢瑟向一边倒去，脚尖碰到了黛安娜的面颊上，把护目镜也给踢歪了。

尼古拉的头部突然向后猛撞起桌面来。他急促地喘息着，胸膛里胀满了空气，开始猛烈地咳嗽起来。

喉咙里的黏液喷了出来，溅在黛安娜的脸上。她发出一声厌恶的叫声，放开了抓着尼古拉的手。她退到后面，用手反复擦着裸露在外的眼睛。

一团蓝绿色的黏液从埃玛身边飘过。胶粘物质的中央是一个珍珠般的核心。当它飘过灯光系统的光源下时，埃玛才看清了这团物质。当把一个鸡蛋放到烛光前面的时候，你可以清楚地看见壳内的物质。此时光源的作用等同于烛光，它的光辉刺穿了核心晦暗的外膜。

圆核中央，某种物质在活动着，这是活的生命。

心脏监视器发出长而尖的蜂鸣声，埃玛连忙凑上前看尼古拉的情况。她看到尼古拉已经停止了呼吸，监视器的中央滑过一条笔直的白线。

八月十八日

杰克把通讯联络器戴在头上，独自一人呆在任务控制中心的一个房间内。即将进行的谈话是杰克以家庭私密事务为由申请的，理当是一次机密的会谈。但杰克知道他和埃玛今天所谈到的一切恐怕不会是保密的，他怀疑美国空军和美国太空司令部一定对地球和空间站的一切联系实施了监控。

他开始喊话，"指挥中心，这里是医疗支持，请求开始家庭秘密谈话。"

"医生，收到请求，"联络员回答。"地面控制，请接通空地联系波段。"过了一会儿，他又接着说道。"医生，可以开始家庭会议了。"

杰克的心怦怦直跳。他做了一次深呼吸，然后说道，"埃玛，是我。"

"如果我们把他送回家，他可能还活着，"埃玛没有寒暄，开门见山地说，"也许他本来有机会活下来的。"

"我再说一遍，我们并没有终止紧急救援计划。我们这些航空航天局的人被军方人员排除在外了。我们还在尽一切的可能，争取让你们回家。如果你们能再坚持——"

"杰克，怕是来不及了。"她就事论事地说，声音非常平静。接下来的话让杰克的心凉到了骨髓。"黛安娜也感染上了，"她说道。

"你可以确定吗？"

"我刚刚测过了她的淀粉酶水平，测量值在直线上升。我们几个正在密切观察她，等待着首个症状的出现。蓝绿色物质飞得满世界都是，我们已经把这些黏滞的小团全部清除了，但是不能确定还有没有别的人接触过传染物质。"埃玛停顿了一下，杰克在通讯器里听到了她动荡不定的呼吸声。"你研究过在吉尔和墨瑟体内看见过的物质没有？你认为它们是囊肿？我在显微镜下研究了这种物质的剖面，我刚刚还从生命科学中心得到了它们的图像。我告诉你杰克，它们不是囊肿，甚至不是孢子。"

"那它们是什么？"

"比较像动物的卵。它们里面有活的生命，而且这种生命还在不断生长。"

"生长？你是说它们是多细胞物质？"

"是的，我想表明的就是这个意思。"

杰克惊呆了。他本以为这次危机的源头是种微生物，不可能比单细胞的细菌大。人类最险恶的敌人不外乎就是那么几样——微生物细菌、病毒和原生动物，这些人类的天敌都无法直接被肉眼看见。如果嵌合体是多细胞的，那它就比简单的细菌要先进得多。

"我看见的东西还没有完全成型，"埃玛说。"它看上去更像是许多细胞凝聚在一起。但它有血管，还会做收缩运动，整团物质一直在做有节奏的运动，就像人类的心肌细胞组织一样。"

"也许它就是种组织。是若干单细胞的细菌或病毒混合在一起形成的新型组织类型。"

"不，不，它是单一的有机物。它还年轻，处于成长期中。"

"它会长成怎么样呢？"

253

"陆军传染病研究所应该知道，"埃玛说。"这些有机体在松山健一郎的尸体里生长过，吞噬了他的器官。当他的尸体最终分解后，这些物质一定遍布到了航天飞机上的各个地方。"

怪不得航天飞机一坠毁，军队就把它隔离了，杰克想起了那些直升机，还有那些穿着防护服进入航天飞机的军人。

"现在它们同样在尼古拉的尸体里生长着。"

杰克急忙叫道，"别浪费时间，埃玛，赶快把尸体丢弃掉。"

"我们正在做这事，卢瑟准备把尸体从密封舱推出去。我们希望太空的天然空气净化系统能杀死这些有机物。这也算得上是一个历史事件了，杰克，第一次把人类埋葬在太空。"她发出一阵诡异的笑声，但马上一切又归于沉寂。

"听着，"杰克说。"我想马上就接你回来。如果必须由我独自驾驶一艘该死的航天飞机来接你的话，我马上就会行动的。"

"军队不会让我们回家的，我现在很清楚这一点。"

杰克从来没有听见过埃玛如此灰心失望的声音，这让他分外愤怒。他回答的声音里充满了绝望，"埃玛，你一定要相信我！"

"我只是在就事论事罢了。杰克，我已经见过了我们的敌人。嵌合体是一种非常复杂的多细胞生命形式。它能行动，它还能繁殖。它借用人类的 DNA 和基因打击人类，如果这是一种利用生物工程技术制造出的有机体的话，那么我不得不承认，恐怖分子的确发明了一种完美的武器。"

"如果这样的话，那么他们也一定会设计出一种防卫的工具。没有哪个人会在不知如何保护自己的情况下就把杀人武器释放出来。"

"你做了一个疯狂的假设。但是如果一个恐怖分子的唯一兴趣就是杀人——尽可能多的人。现在这种物质正好能实现他们的愿望，它不仅能杀人，还可以繁殖、传播。"她的声音里掺入了一丝疲惫，"基于以上事实，我们不可能回家了。"

杰克摘下通讯联络器，把头埋在双手中。他坐在房间里，很长时间都没有站起来，埃玛的声音一直在脑海里回荡。我不知道该怎么去救你，他想，我甚至不知道第一步该做什么。

杰克没有听见开门声。太空物资管理处的丽兹·吉安尼叫了他的名字，他才抬起头来。

"我们这儿拿到了一个人的名字，"她告诉杰克。

他摇着头疑惑地问，"你说什么?"

"事情是这样的，我查到了太空站上有一个实验因为真菌的过度繁殖而被破坏了。这是个组织培养的实验，负责这个实验的是海伦·科尼格博士，她是一位来自加利福尼亚的海洋生物学家。"

"她现在怎么样?"

"她消失了。两周以前，她辞去了海洋科学研究所实验室的工作。从那以后，没人知道关于她的消息。杰克，她就是我们要找的人。我刚和海洋科学中心的人谈过话，这人告诉我说八月九日联邦调查员搜查了科尼格的实验室，把她的文件全带走了。"

杰克振作起来，"科尼格的实验内容是什么? 送上太空的细胞组织是哪种类型的?"

"是一种单细胞的海洋有机体，他们把它称为太古代细胞。"

21

　　"这个实验原本预计将进行三个月，"丽兹说，"主要是研究在微重力环境下太古代细胞是如何繁殖的。但是这个实验出现了一些反常的结果。细胞增长的速度非常快，然后凝聚成团。数量体积都在以成倍的方式增长着。"

　　两人走在贯穿基地全境的一条直路上，他们经过一个喷泉，飞溅的水花喷洒在沉闷的空气中。天气又热又潮，但是他们觉得呆在室外比较安全，至少这里不用担心谈话会被别人窃听。

　　"细胞在太空中的行为方式与它们在地球上是不同的，"杰克说。这就是细胞组织会在太空中疯狂生长的原因。在地球上，组织像床单一样平铺在培养容器中。而在太空上，因为没有了重力，组织可以朝三个方向生长，它们在太空中可以生长到的体积在地球上是永远无法达到的。

　　"这些实验成果是多么令人激动啊！"丽兹说，"很奇怪实验只进行了六周半他们竟然就唐突地把它中断了。"

　　"是谁下令中断实验的？"

　　"中断实验的命令直接来自海伦·科尼格。显然，她在分析完从空间站带回的太古代细胞样本以后，发现细胞已经被真菌污染了，因此她下令把太空站上该实验用到的组织通通销毁。"

　　"情况是这样吗？"

"是的。但是在她下达的指令中，要求的销毁方式比较奇特，宇航员平时把无害的有机物丢弃在废物袋里，有时甚至还会把丢弃物裸露在潮湿的环境中。科尼格明确要求宇航员不能这样处理太古代细胞组织，她吩咐宇航员要把这些组织放到坩埚里焚毁，然后立即把残留物抛出空间站。"

杰克停住前进的步伐，看着丽兹。"如果科尼格博士是个生物恐怖分子，为什么她要毁掉自己的武器？"

"我对这一点也始终迷惑不解。"

他沉思着，想找出点头绪，但是一直没能得出答案。

"告诉我这个实验的详细情况，"杰克说，"确切地说，这种太古代细胞究竟是什么？"

"我和佩特洛维奇一起查阅了许多科学期刊，太古代细胞属于一种被称为极端微生物的单细胞生物种群——'它们能适应极端的气候条件。'这个种群二十年前才被人类发现，它们在海底的火山口附近生活——繁殖力十分强盛。在极地的冰帽和地壳深层这些人类认为没有生物存在的地方，它们都被发现过。"

"你是说它们属于那种能够在任何环境气候下都能生长的细菌？"

"不，这是生命的一个独立的分支。按字面上的意思，它们就是'古代的细胞'。它们确实非常古老，最早出现的年代可以追溯到所有生命形式起源的最初，甚至比细菌出现的年代还要早很多。太古代细胞是我们这个星球的第一代住民，也许它们还能延续到地球的灭亡，比其他所有生物生存的时间都要长。不管将来会发生什么事情 ——原了战争，行星对撞——它们都将存活在地球上，在人类灭亡以后还能生存很长时间。"她停顿了一会儿，做出了结论，"从某种意义上说，它们是地球最终的征服者。"

"它们是带传染性的吗？"

"不，这种细胞对人类是无害的。"

"那它们就不是这次的杀人有机体。"

"但你考虑过没有，如果海洋科学中心把其他别的什么细胞替代太古代细胞放入组织培养基那会怎样？如果科尼格博士在最后装箱前在实验器具中混入了其他有机体那又会怎样？我注意到了一个有趣的细节，海伦·科尼格恰好就是在这次事件升温之际无声无息地消失的。"

杰克没有马上接话，他在寻思海伦·科尼格为什么会突然命令销毁自己的实验对象。他想起了高登·阿比在前次会议上所说的话。也许这根本就不是什么破坏行动，只是某些人犯了错而已。

"我还听说了关于这个实验的更多细节，"丽兹说。"这些细节让我产生了警觉。"

"都有哪些细节？"

"比如说，它的资金来源。航空航天局以外的实验必须为争夺空间站有限的实验场地而进行激烈的竞争，科学家本人必须填写一份航天局材料科学应用局出具的申请表，说明该实验的商业用途，我们物资管理处首先会审核这份申请，在最终决定将其送入太空以前，申请书还将在几个不同的委员会之间传递，这个过程时间比较长——至少需要一年左右。"

"太古代细胞实验的申请花了多长时间呢？"

"六个月。"

杰克皱起了眉头，"怎么会这么快？"

丽兹点了点头。"的确太快了。这个实验不像其他大多数实验那样，需要竞争航天局的资助资金。这个实验是完全商业化的。也就是说，有人为这项实验买了单。"

这实际上也是航空航天局为了保证国际空间站的财政收支能够维持大体平衡常采取的一种方法——把空间站的存储或实验空间租给商业用户。

"为什么一个公司会花大把美元——我指的是大额资金——去培养一种几乎毫无商业价值的有机体？仅仅是为了满足他们探索科学的好奇心？"她不屑一顾地嘲笑着，"我才不这么想呢！"

"哪个公司买的单？"

"这家公司在加利福尼亚的拉霍亚，海伦·科尼格所在的海洋研究中心就隶属于该公司，它们主要从事挖掘海产品的商业用途，并以此牟利。"

杰克不像先前那样沮丧了，现在手头有了一些线索，可以着手制定下一步的行动计划，至少他有事可干了。

他飞快地说，"请给我海洋科学中心的地址和电话，我还需要和你通过话的那位雇员的姓名。"

丽兹爽快地答应了，"我这就给你。"

八月十七日

这一夜黛安娜睡得很不好，醒来时她觉得十分疲倦，头也疼得厉害。梦里的情景仍然在脑海中回映着。她梦见了祖国英格兰，梦见了幼年时康沃尔①的家，梦见了家门前那条整洁的砖石小道，小道两旁种满了茂盛的玫瑰花。在梦中，黛安娜推开了前门，门像以往那样发出吱拉吱拉的响声，需要为转轴加油了。她沿着小道向石屋走去，只需要走六步她就能到达石屋的前门，推开门她就能到家了，她真正的家。她渴望得到妈妈的拥抱，期待妈妈的原谅。但是六步变成了十二步、二十四步，她还是不能走近石屋。小路在黛安娜的脚下无限地延伸着，石屋在视野里却越变越小，也许永远无法到达。

黛安娜醒来时发现自己的两只胳臂都垂在了睡袋外面，她不禁发出了一声绝望的吼声。

睁开眼，她迎上了格里格斯关注的目光。虽然脸的大部分都被保护性过滤面罩和护目镜遮蔽着，但她还是能够看清格里格斯眼中的恐惧。

她打开睡袋，穿行在苏联的服务舱中。在还没来到镜子前面的时候，她已经猜到了自己的形象会是怎样的。

一抹深红正从左眼的眼白处扩散开去。

埃玛和卢瑟一起呆在昏暗的美方居住舱里，正小声地嘀咕着什

---

① 英国地名，在英国中部。

么。空间站的大部分区域已经断了电，只有苏联空间舱部分，因为有独立的电力供应设备，还在维持着全负荷运转。在黑暗中，美国空间舱就好像由若干漆黑的隧道组成的奇异迷宫般深不可测。在黑暗的居住舱中，最亮的光源来自于舱内唯一的那部电脑，电脑屏幕上正显示着环境控制和生命保障系统的实时监测画面。登上空间站以后，他们对这套系统越来越熟悉了，对原先训练中所学到的关于这套系统的组件以及分系统的功能有了切身的认识。此时需要他们熟练地操作这套系统，太空站上有污染物，需要利用这套系统来弄清是否整个空间站都受到了污染。当尼古拉在咳嗽的时候，卵状物质有可能已经遍及了整个苏联服务舱，而这时舱门是开着的。在很短的时间内，主要用于促进空气流通的分系统，已经把空气中的这些物质散播到了空间站的其他各个部分。这个时候环境控制系统有没有按照它的设计要求，把这些物质拣选并隔离开来？如果不是这样，污染会不会已经传播到了各处，每个舱都有它的踪迹？

电脑屏幕上的图像标明了空间站空气进出的通路。氧气由几个不同的供应源供给。其中最主要的来源是能把水分子分解成氢气和氧气的苏制伊列克发生器。备用氧气供应源是一个用化学制剂做原料的固体燃料发生器，这个发生器在需要时可以存储氧气，并且能够循环制氧、储氧。还配备了一套传输系统把混杂了氢元素的氧气传送到空间站各处。另外，在太空舱的连接处都安装了风扇，它们可以保证空间站空气的流通，同时还能集合不同的空气过滤器收集的空气杂质，把二氧化碳、水分和空气中流动的杂质颗粒排除到太空舱外。

"在短短的十五分钟内，这些高效过滤器不可能把每一个有机物的卵和幼虫都收集干净，"卢瑟指着图像上的高效过滤器说。"这个系统在百分之九十九的情况下是有效的，但是过滤器对于半径大于三分之一微米的杂质就无能为力了。"

"前提是这些卵物质必须要在空气中流动，"埃玛说。"但实际上，它们可以粘附在物体的表面。我之前亲眼看见过它们的移动过程，它们可以钻进缝隙里，可以躲在挡板后面，这样我们就无法发现它们了。"

"掀掉每一块盖板，把它们都抓出来可能要花费好几个月的时间。即使是这样，也许还有许多漏网之鱼。"

"不要去想掀盖板这种事，那样做什么效果也没有。明天我会检查所有的高效过滤器，分析一下空气中的微生物样本。现在只能指望这样做能够解决问题了。但是如果幼虫钻到了电气管道中，就甭想再找到它们了。"埃玛粗声叹着气，身体因为疲劳而显得非常沉重。她集中起全部的精力思考眼下的难题，"不管我们做什么，可能都不会有什么差别了，都已经晚了。"

"对黛安娜来说，确实已经太晚了，"卢瑟轻声说道。

今天，黛安娜的双眼已经出现了巩膜红肿的现象，她现在呆在苏联服务舱内。格里格斯下令在通向服务舱的过道中挂上一块塑料布，任何人不带上呼吸面罩和护目镜都不允许进入禁区。这个规定没有什么实际意义，埃玛想。他们呼吸着同样的空气，早前他们都接触过尼古拉，可能所有人都被传染上了。

"我们必须假定苏联服务舱已经被污染，再也不能被我们所用了，"埃玛说。

"可现在那里是唯一一个能源供应充足，可以让我们正常生活的太空舱啊！我们不能把它关闭掉。"

"我想你应该知道下一步该怎么办。"

卢瑟厌烦地叹了口气，"那只能再做一次太空行走了！"

"我们需要恢复这头的电力供应，"埃玛说，"你需要修理好外面的接头组件，以使太阳能面板能重新发电，如果我们剩余的电力供应再出现问题，那我们就真要大难临头了。到那个时候，我们不仅会失去环境控制系统的支持，连负责引导和探测的计算机也有可能完全失效。"这种情况被苏联人形象地称为"见棺阶段"，空间站如果失去了确定方位的动力，那么它就会失去人类的控制，在太空中毫无目的地旋转。

"即便我们恢复了电力供应，"卢瑟说，"也解决不了我们面临的真正问题，可怕的生物威胁！"

"如果我们能把污染限制在苏联的那一侧——"

261

"幼虫正在黛安娜的体内生长着，她就像一个炸弹，随时都有可能会爆发。"

"她一死我们就马上把尸体丢弃出去，"埃玛说，"抢在幼虫和卵物质从她尸体中散发出来之前。"

"那样还不够快，尼古拉活着的时候，就把这些东西咳出来过，如果我们等到她死了才……"

"卢瑟，你想说什么？"格里格斯的突然出现吓了他们一跳。两人不约而同转身面对着他。格里格斯正在通道里瞪着他们俩，他的脸在阴影中时隐时现，"你是不是说，在她还活着的时候，我们就把她扔出去？"

卢瑟向后退到计算机屏幕发出的光芒中，好像是在躲避格里格斯将要发动的攻击。"上帝知道，我说的并不是那个意思。"

"那种恐怖的幼虫——我们都知道现在它已经在黛安娜的身体中了。因此那只是个时间问题。"

"也许我们所有人体内都有。也许你的体内也有。正在你的体内生长、膨胀。我们是不是要把你也扔出去呢？"

"如果这样可以阻止它的蔓延，我认为有必要这样做。听着，我们都明白她马上就要死了，我们什么事情也不能为她去做。因此，我们必须先考虑——"

"你给我闭嘴！"格里格斯突然从通道里冲出，抓住了卢瑟的衬衫。两个人抱成一团撞向另一侧的墙面，然后被反弹回来。他们在空气中推来搡去，卢瑟摇晃着想要摆脱格里格斯的手臂，但格里格斯就是不肯放开他。

"别再打下去了！"埃玛大喊。"格里格斯，快放开他！"

格里格斯松开了手，两个人分散到两边，喘着粗气。埃玛像个裁判似的飘浮在两人中间。

"卢瑟说的对，"她对格里格斯说，"我们事前就要考虑清楚。我们不想那样干，但是我们别无选择。"

"沃特森医生，你会怎么办？"格里格斯反击道，"如果我们在你还活着的时候谈论怎样处置你的尸体，你会怎样想？难道你愿意听我们谈论为你的尸体打包需要多长时间，如何销毁你的尸体这类问题吗？"

"我们还指望你来做决定呢！现在我们三人正受到死亡的威胁，黛安娜自己对此也非常清楚。我竭尽全力在维持她的生命。但目前我还不知道采取什么治疗方法才能控制住她的病情。目前我只能给她注射大剂量的抗生素并等待休斯敦提供给我们一些起效的疗法。我认为，现在这里只有我们三个人了，我们必须做最坏的打算。"

格里格斯摇了摇头，他双眼发红，面容也因为悲伤而显得分外憔悴，"还能糟到什么程度？"

埃玛没有回答，她看着卢瑟，并在卢瑟的眼中看到了自己的真实想法。他们目前面临的正是最坏的情况。

"国际空间站，我们这里的医生需要与你们通话，"联络员的声音从通讯系统中传出，"国际空间站，请回话。"

"是杰克吗？"埃玛问。

听到是托德·卡特勒的声音，埃玛十分失望。"埃玛，是我，恐怕今天杰克不在约翰逊航天中心，他和高登一起去加利福尼亚了。"

天杀的，杰克，她想着。我现在需要你。

"对于再进行一次太空行走的提议，我们这里达成了一致意见，"托德说。"太空行走不仅要做，而且需要马上去做。我想问你的是，卢瑟目前的情况怎样？精神上、身体上都还好吧？你们是不是准备派他去做这次太空行走？"

"他很疲劳，我们都很疲劳，在过去的二十四个小时里，我们都没怎么休息。三个人都在忙于清洁太空舱。"

"如果我们给他一天时间休息，他可以进行太空行走吗？"

"在目前情况下，休息一天对我们而言就像是个遥不可及的梦。"

"一天到底够不够？"

埃玛考虑了一会，"差不多吧，让他补个觉就行了。"

"那好，现在提下一个问题，你能不能做太空行走？"

埃玛吃惊地问："你想让我做卢瑟的同伴？"

"我们认为格里格斯现在不适合做太空行走，他拒绝回应地面的一切联络要求，我们的心理学家认为目前他的状态很不稳定。"

"托德，格里格斯现在很悲伤。对于你们做出的不让我们回家的决定，他感到十分痛苦。还有些你们不了解的情况，他和黛安娜……"埃玛不知道该如何向他描述下去了。

"我们都知道。这些复杂的情感影响了他的工作效率。现在让他进行太空行走是非常危险的。因此，我们需要你来做卢瑟的搭档。"

"舱外行走服怎么办？另一件行走服对我来说太大了。"

"联盟号空间站上有一件行走服，这件衣服是为埃莉娜·萨维斯卡娅准备的，埃莉娜穿着这件衣服完成了几次太空行走任务，她的身高和重量都和你差不多，你去试试那件吧！"

"我终于有太空行走服啦！"

"你接受过失重训练，成绩也非常不错。你能顺利完成太空行走任务的。卢瑟在舱外需要你的支持。"

"病人怎么办？如果我在舱外呆的时间太长，谁来照料她？"

"格里格斯可以为她换输液瓶，他可以一直呆在黛安娜身边照料她。"

"如果病情出现反复那该怎么办？如果发生痉挛那又该怎么办？"

托德平静地说，"埃玛，她已经没救了。你现在没有办法改变这个事实。"

"这都是因为你们没能立即提供有效的疗法！相比之下，你们更在乎保住空间站。与我们这些宇航员相比，你们更在乎那些太阳能面板。托德，我们现在最需要的是特效药，不然我们都会死在这里。"

"我们没有什么特效药，至少现在还没——"

"那就让我们回家！"

"你们认为我们想把你们困在那里吗？认为我们有解决的办法？现在任务控制中心就像一个纳粹集中营，空军的那帮杂种占据了这里的各个角落，还有——"

突然间通讯中断了。

"医生？"埃玛叫着，"托德？"

依旧没有回应。

"联络员，我和基地医生的联系中断了，"埃玛说，"请马上帮我恢复。"

埃玛没有得到联络员的即时回复，过了好一会，才听到联络员的应答，"空间站，请再等一会儿。"

埃玛等了很长时间，正当她几乎不抱什么希望的时候，托德的声音出现了，但是这次的声音压抑了许多。显然受到了军方的威胁，埃玛想。

"军方在监听我们的对话，是吗？"

"你猜对了。"

"可我们是在讨论医务问题啊！这本该是条私密线路。"

"你要记住，这会儿再没有什么秘密了。"

埃玛定了定神，拼命克制住自己的愤怒。"好吧，我就不再抱怨了，告诉我你们在这种有机物上发现了什么就行了，我想知道我能用什么去对付它。"

"恐怕我手头没有什么能告诉你的。我刚和陆军传染病研究所的人谈过，就是负责嵌合体项目的那位伊萨克·罗曼医生。他告诉我的消息不太妙，所有抗菌药物和杀灭寄生虫的药物都对它无效，他说嵌合体的 DNA 比较近似于哺乳动物的基因类型，这意味着能够消灭嵌合体的药物同样也能毁灭我们的身体组织。"

"他们试过抗癌药物吗？这东西繁殖得就像癌细胞那样快，也许抗癌药能派上用场。"

"陆军传染病研究所试过了抗分裂药物，他们希望这种药物能在细胞分裂阶段杀死嵌合体。但不幸的是，需要用的剂量非常大，这些药物甚至会把宿主的胃肠黏膜统统剥离下来，把宿主也给杀死了。"

这真是最可怕的死亡方式，埃玛想。胃肠出现大面积的溃疡，血液就会从嘴巴和直肠里喷射出来。她曾经在地球上看到过这样的病例。在太空中场景会更加可怕。大团的血液会像红色的气球一样充满整个太空舱，黏附在一切物体的表面，黏附在每个宇航员的身上。

"那么没有药物能起作用了，对吧？"

托德没有答话。

"真的没有特效药了吗？有没有不会对宿主产生危害的药物？"

"他们只是提到了一种可能的疗法。但是罗曼医生认为这种疗法只能暂时起效，并不能完全杀死那些嵌合体。"

"是什么疗法呢？"

"高压舱疗法。这种疗法至少需要十个单位的大气压，这相当于在三百英尺的深海里潜水。实验中，被感染的动物在这样的高压下才能维持生存，感染六天以后还存活着。"

"至少需要十个单位大气压？"

"如果小于这个数字，感染过程就畅通无阻，宿主难逃一劫。"

埃玛失望地嚷了起来："即使我们把气压升到这个数值，空间站也承受不了如此大的压力。"

"两个大气压就足以把空间站的外壳压碎，"托德说。"另外，这种疗法还需要用到氢氧混合气，空间站目前是无法循环生成这种空气的，所以我本来就没想告诉你这种疗法。对你们空间站上的人来说，这是条没用的信息。我们也探讨过把高压氧舱送上太空的可能性，但是高压氧舱设备太大太沉了——能够把气压升得如此之高的设备——目前只有奋进号航天飞机的货舱才放得下。但问题在于奋进号目前正处于水平停放的整修过程，至少需要两周才能把设备送上货舱并发射。另外还需要与国际空间站对接，这意味着奋进号和它的机组都有被污染的危险。"他停顿了一下，斟酌着用词，"陆军传染病研究所说不能考虑这个方案。"

埃玛愣在那里。她变得异常愤怒。他们如果想要捞到那最后一根救命稻草——高压氧舱疗法，他们就得尽快回到地球。可那同样不是地球上那帮军人会考虑的方案。

"我们也许能够利用这种疗法来做些什么，"埃玛说，"你给我解释一下，为什么高压氧舱能起作用？为什么传染病研究所会想到用这么高的气压进行测试？"

"我也问过罗曼医生相同的问题。"

"他怎么讲？"

"他瞎扯了一通。说什么这是种新型怪异的有机体，我们需要考虑一些非常规的治疗方法。"

"他没有回答你的问题。"

"告诉我的就这么多了。"

十个单位的气压值接近于人类所能承受的极限。埃玛以前经常带着水下呼吸器去潜水，她最多也只敢下到一百二十英尺的深度，三百英尺这个深度只有一些莽汉尝试过。为什么陆军传染病研究所会用这么大的压力进行测试呢？

他们肯定有自己的理由，她想。他们一定是知道了什么事情，所以才会想到高压能起到一定的效果。

但他们并没有把实情透露给我们。

22

在前往圣迭戈的飞行旅途中，高登·阿比保持着他一贯的铁面人风格，在整个旅途过程中没有开口说过话。他们驾驶着一架T-三十八号小型飞机从埃灵顿基地出发，阿比负责驾驶，杰克占据了仅有的一个乘客位置。在空中他们没有任何交谈也并不奇怪。因为这种飞机的造型并不适于聊天，飞行员和乘客像花生壳里的两颗果实一样被前后隔开。但即使是中途在埃尔帕索加油，他们在狭窄机舱中舒展腿脚的一个半小时里，阿比也没有说过一句话。后来，当他们下了飞机，在停机坪边喝着从自动售货机中买来的苏打水时，阿比才哼出一句话。他斜眼看着正要缓缓下落的夕阳说："如果这次是我妻子在空间站上，我的紧张程度一定不会亚于你。"

接着他把空饮料罐扔进垃圾桶，转身登上了飞机。

飞机安全地降落在林德伯格机场，杰克驾着租来的汽车行驶在通往拉霍亚的五号州际公路上。高登依旧一言不发，无神地看着窗外。杰克平时总把阿比当作机器来看待，他猜想阿比那如计算机般灵活的脑子此时一定把窗外的景色也当作数据在处理着。虽然高登本人曾经是个宇航员，但就连和他在一个机组呆过的人也并不了解他。他能认真地完成所承担的全部工作，工作之余，却不愿与任何人建立亲近的私人关系。他本质上就是个孤独的人，安静的生活让他感觉轻松自然。平日里除了低度酒精饮品外，他从不喝其他烈性的酒类。正如他那突起的耳垂和滑稽的发型一样，人们已经把沉静看作了他个人性格的一部分。没有人能真正了解阿比，那是因为他认为没有必要对旁人敞开心扉。

因此，他在埃尔帕索的话语反倒让杰克觉得分外吃惊。如果这次是我妻子在空间站上，我的紧张程度一定不会亚于你。

杰克想象不出阿比害怕时会是什么样子，同样他也不能想象阿比这种人会不会结婚。就目前了解的情况，阿比还一直是个单身汉。

当他们沿着拉霍亚海岸线边的高速公路行驶时，午后的大雾从海面上渐渐侵蚀过来。他们差点错过了通往海洋科学中心的分岔口。高速公路上只是竖立了一个很小的标志牌标明了这条岔路，转上岔路后，公路两旁都是密密的桉树林。在岔路上前行了半英里后，他们总算看到了一幢大楼，这幢白色的大楼气势磅礴，内部的结构如碉堡般复杂，距离海边只有几十码。

在安检台边，他们遇见了一个身穿白色实验服的女人。"我是瑞贝卡·高尔德，"她边说边依次和两人握了手。"海伦走后，我负责这里的日常工作，今天早晨和你通话的就是我。"瑞贝卡身材矮胖，发根及耳，从外表上根本看不出性别，甚至连嗓音也是低沉沙哑，丝毫不具备性别特征。

他们随着电梯下到了地下层。"我不知道你们为什么要坚持到这里来，"瑞贝卡说，"我在电话中已经说过了，陆军传染病研究所已经把海伦的实验室翻了个底朝天，"她指着一扇门说。"你们自己去看看，基本上什么也没有留下。"

杰克和高登走进实验室到处查看，两人不约而同地露出失望的表情。文件架上空空如也，抽屉被拉开了，里面的东西被洗劫一空，甚至连试管架也未能幸免于难，试管全部都被抽走了。只有墙上的装饰还挂着，这些装饰大多数是旅游海报。海报上画着热带海滩、芭蕉树和阳光下肤色健康的少女们，一派悠闲安逸的热带风貌。

"军人来的时候，我正在自己的实验室里忙碌着。只听见这边传来一阵阵喘气声和玻璃砸碎的声音。我探出头，正好看见他们正把成箱的文件和电脑往车上搬，几乎搬空了海伦的实验室，连动物饲养器里的青蛙也全被他们拿走了。我的助手本想制止这场抢劫，但他们二话没说，就把我的助手摔到了一边。没有别的办法，我只好上楼到加布里埃尔的办公室求救。"

"加布里埃尔？"

"帕尔默·加布里埃尔，他是我们公司的董事长。他带着公司的法律顾问下了楼。结果也制止不了军人的劫掠。他们把实验用具装入自带的纸板箱，搬走了这里的所有东西。甚至连职工放在冰箱里的午饭也都拿走了。"瑞贝卡打开冰箱，让他们看里面的空架子。"我不知道他们究竟想发现什么。"她看着两个不速之客。"同样，我也不知道你们为什么要过来。"

"我想我们都在找海伦·科尼格。"

"我告诉过你，她辞职了。"

"你知道原因吗？"

瑞贝卡耸耸肩。"传染病研究所的人也一直在问这个问题，为什么她会对海洋科学中心不满。为什么她的精神状况会不稳定，我当然对此一无所知。依我看，她只是累了，对没日没夜的工作感到厌倦了，你们永远想象不出这里一周要工作多久。"

"没有人能找到她吗？"

瑞贝卡的下巴愤怒地扬了起来。"拜托，离开这里又不是犯罪，这并不意味她是个恐怖分子。但是传染病研究所的人把她的实验室当作犯罪现场来看待，就好像她在这里培养埃博拉或是什么别的杀伤性病毒一样。天知道，海伦只是个研究太古代细胞的科学家，那可是一种无害的海洋微生物呀。"

"你确定她在这里只进行这一项实验吗？"

"你在问我平时是不是一直注意着海伦？当然没有了。自己的工作已经让我焦头烂额了。海伦还能做什么事啊？她把自己的精力都放在太古代细胞的研究上了。送上空间站的培养基是她数年的工作成果，她把这些培养基看作自己职业生涯的胜利，她哪儿还有心思做别的事情。"

"你们是不是想开发太古代细胞研究成果的商业用途？"

瑞贝卡犹豫着，"我不太清楚。"

"那为什么还要在太空中研究它们？"

"麦卡莱姆医生，你听说过'纯科学'这个词吗？也就是纯粹不考虑其他方面应用的科学。世界上有许多怪异、有趣的生物，海伦是在加拉帕戈斯海沟中的一个火山口附近发现这些太古代细胞的。那里在海平面下一万九千英尺，压强大约在六百个单位左右，温度在沸点附近。即使是在那样严酷的环境下，这种细胞还能生长繁殖。我们从它们身上看到了生物的适应能力有多强。很自然，我们想去探求一旦这种生物脱离了那种极端的生存条件，在一个比较友好的环境下会发生些什么。比如说，脱离几千磅的压力环境后它会怎样生长。又比如说，没有了重力的束缚，它生长繁殖得会有多快。"

"我想问个问题。"高登打断了瑞贝卡的高谈阔论。杰克和瑞贝卡转过身来看着他。先前高登一直在实验室里闲逛，在空抽屉和垃圾桶之间望来望去。这会儿却站到了一张旅游海报跟前，他指着照片架边缘的一张快照，照片上一架巨大的飞机静静地躺在停机坪上，两个飞行员站在机翼下。"这照片是从哪来的？"

里贝卡又耸了耸肩。"我怎么知道？这是海伦的实验室。"

"这是架 KC–135 实验飞机，"高登说。

杰克这才明白高登关注这张照片的原因。航空航天局平时就是用这种 KC–135 实验飞机让宇航员们适应微重力环境。这种飞机能够按照弧度很大的抛物线轨迹飞行，就像空中的过山车一样，当它突然下坠时能产生近似于失重的效果。

"科尼格博士在实验中也会用上这种 KC–135 飞机？"杰克问。

"我只知道她曾去过新墨西哥州的一个机场进行飞行实验，具体用哪种飞机我可不知道。"

杰克和高登颇具深意的交换了一下眼神，租用 KC–135 进行四周的实验需要花上不少钱啊！

"这样的飞行实验资金由谁来提供？"杰克问。

"必须经过加布里埃尔董事长本人授权才能得到实验的资金。"

"我们能和他聊聊吗？"

瑞贝卡摇了摇头。"你们碰巧遇上他的几率很低。即使是这里的科学家整年下来也难得见上他一次。在全国各地都有他的实验机构，也就是说他现在不大可能在这里。"

"请您允许我再问一个问题，"高登说。他这时站在动物饲养器前，看着瓶底粘着的苔藓和鹅卵石。"这个仪器是用来放什么的呢？"

"它是用来放青蛙的。先前我不是已经跟你们说过了嘛？这些青蛙是海伦的宠物。陆军传染病研究所把它们和别的东西一起运走了。"

高登突然站直了身体，两眼紧盯着瑞贝卡。"她饲养的是哪种青蛙？"

里贝卡突然笑了起来。"你们这些航空航天局的家伙为什么老是问如此怪异的问题？"

"我只是有些好奇，我想了解一下她会把哪种类型的青蛙当作宠物来养。"

"我想也许是一种豹纹蛙吧，我倒情愿养一条狮子狗，这些青蛙看上去太脏了。"她扬起手，看了看手表，"好了，先生们，还有什么问题吗？"

"谢谢你，我想我们有了一些进展，"高登说。他没有再多说一句话，便走出了实验室。

杰克和高登坐在租来的汽车里，海上升腾的雾气飘散在汽车周围，车窗玻璃蒙上了一层水汽。豹蛙，杰克思索着。他想起北方豹纹蛙的基因正是嵌合体中三种外来动物基因中的一种。

"豹纹蛙的基因就是在这里混进去的。"杰克说，"就是这个实验室。"

高登点点头。

"陆军传染病研究所一周以前就知道这个地方了，"杰克说。"他们是如何发现的？他们怎会知道嵌合体是出自海洋科学中心的呢？看来必须设法要求他们把信息共享给我们了。"

"但是他们打着国家安全的旗号，不大愿意把信息透露出来。"

"航空航天局又不是他们的敌人。"

"没准他们就是这样认为的，也许他们认为敌人正是来自于航空航天局内部，"高登说。

杰克看着他，"难道是我们中的一个？"

"这仅仅是军方把我们排除在外的两个原因中的一个。"

"还有一个原因是什么？"

"另一个原因很简单，因为他们就是一群狗娘养的。"

杰克爆出一阵大笑，身子向后靠在驾驶座上。两人休息了一会儿，没有说什么话，一天下来已经够累了，晚上他们还要驾机返回休斯敦呢。

"我现在的感觉就好像是在和稀薄的空气打架，"杰克揉着眼睛说，"我不知道在和谁作战，为什么而作战？但我又不能停止战斗。"

"放心吧，我也不会放弃她。"高登安慰道。

两人没有提到具体某一个名字，但都知道对方说的是埃玛。

"我还能回忆起她第一次来基地时的模样，"高登说。车窗都被雾气笼罩住了，车内灯光昏暗，高登那张平凡无奇的脸在这种光线下比平常又阴沉了几分。他坐得笔直，视线落在前方，还真是个不懂得情趣的男人。"是我亲手把她选进了宇航员队伍，那一次，当我进入培训室，打量着这批新人的时候，我第一眼就看到了坐在前排正中的埃玛。她像是一点也不担心会被选上，一点也不担心会出洋相，她好像什么都不怕。"高登轻轻地摇了摇头，然后接着说，"我一点也不想把她送上去，每次当她被挑选进入一个新的机组时，我都想把她的名字划掉，当然不是因为她不够出色。上帝知道，确实不是因为这个原因。我只是不想看到她从发射架上出发，因为我知道存在太多可能会出差错的因素了。"他突然停顿下来，杰克以前从来没有听到过他一次说了这么多话，更不要说这次的话语完全是他内心的感情表白了。这给了杰克一个大大的惊奇，让杰克细数起喜爱埃玛的无数条理由。哪个男人会不爱埃玛？他自豪地想着。甚至连高登·阿比这样的奇人也不能免俗。

杰克发动了汽车，雨刷把挡风玻璃上蒙着的水汽刮了下来。现在已经是下午五点了，看来要在黑暗中飞回休斯敦了。汽车冲出车位，朝着高速公路出口的方向驶去。

还没开出停车坪，杰克突然听见高登说，"你看，那辆车要干什么？"

一辆黑色越野车在雾中横在了他们面前，杰克只好无奈地踩住刹车。接着又一辆小轿车冲进了停车位，前保险杠几乎要贴上杰克汽车的时候才停了下来。四个男人从这部车里跳了下来。

车门被从外面拉开，杰克吓得动也不敢动。有人命令道："先生，出来吧，两个都给我出来！"

"为什么我们要听你的？"

"少废话，给我出来！"

高登轻声对杰克说，"看来我们这回没有讨价还价的余地。"

两人不情愿地下了车，来人迅速地搜了两人的身，把他们的皮夹拿了出来。

"我们老大要跟你们俩说话，到后座去！"领头的彪形大汉指着黑色越野车说。

杰克看到四个人正虎视眈眈地盯着他们，抵抗并非明智之举。他和高登一起走向黑色的汽车，坐进了后排座位。

一个男人坐在前排座位上，他们只看到男人的后脑勺和肩膀，这人长着一头银白色茂密的头发，后背挺直，上身穿着一件银灰色西装。他把车窗摇下，接过了手下递来的两只没收的皮夹。他重新把车窗关上了，车外那帮爱管闲事的喽啰就看不见车内发生的事情了。他仔细检查了两只皮夹里放的证件，接着转过身，打量起后座的两位不速之客来。他的瞳孔像黑曜石一样漆黑，完全不能反射出看到的景象，两只黑洞好像把光线完全吸收进去了一样。他把两只皮夹扔到了杰克的膝盖上。

"先生们，休斯敦到这里可得不少路啊！真是辛苦你们了！"

"要不是埃尔帕索这里出问题了，我们可能一辈子也不会来这种鬼地方呢，"杰克的话颇具讽刺意味。

"航空航天局想从这里知道些什么？"

"我们想知道你们送上太空的培养基中真正放了些什么。"

"陆军传染病研究所已经来过了，他们把那个实验室扫荡了一通。他们拿走了所有的东西。科尼格博士的实验文件和她的电脑，如果你们有什么问题，我建议可以去问他们。"

"他们不肯向航天局交底。"

"那是你们的问题，和我没什么关系。"

"加布里埃尔先生，科尼格是你的雇员。你知道在她的实验室里发生了什么吗？"

杰克通过这个男人的举手投足认定他正是海洋科学中心的创建者。帕尔默·加布里埃尔①，这个有着天使姓氏的男人却是个眼中无光的阴郁男人。

"几百个科学家正为我工作，"加布里埃尔说，"马萨诸塞州和佛罗里达州都有我的研究所，我不可能知道具体每一个实验室里都在进行着什么实验，我同样不能为员工个人犯下的罪行负责。"

"这并不是什么罪行。我们想了解的是一种用生物工程技术研究出来的嵌合体——这种有机物杀死了我们的一架航天飞机的整个机组成员，而它正是从你的实验室出来的。"

"我手下的科研人员自由地进行自己的科学研究，我从不去干涉他们。麦卡莱姆医生，我本人同样是个科学家，我很清楚，只有让他们完全独立地工作才能发挥出最大的效能。他们需要探索世界奥秘的完全的自由。海伦在实验室中进行的实验完全是她个人的事务。"

"为什么要研究太古代细胞？她希望能发现什么？"

加布里埃尔回过身，直视着汽车前方。他们又一次面对着加布里埃尔的后脑勺和银色的发丝。"知识总会有用的。也许一开始我们没能认识到它的价值。比如说，起先我们并不知道海参的生殖习惯会对我们有什么用。后来我们知道了可以从深海海参身上提取到许多有用的荷尔蒙，现在海参的繁殖性对整个学界具有极高的研究价值。"

"那太古代细胞的重要性体现在哪里呢？"

---

① 加布里埃尔（Gabriel）是《圣经》中的七大天使之一，旧译加百列。

"这就是问题所在。我开办海洋科学中心主要就是研究这个问题，研究海洋有机物的用途。"他指着薄雾笼罩的大楼说，"你们一定注意到这幢大楼建在海边，我告诉你们，我的所有产业都建在海边。海洋就是我的聚宝盆。我希望能从海洋中找到新一代治癌良药，新的特效疗法。每次当我望着大海的时候，总会有种惬意的感觉。那是因为我们都出自大海，海洋是我们每个人的真正源头，所有的生命都出自大海。"

"你还没有回答我的问题呢！太古代细胞有没有什么商业价值？"

"那还有待于进一步的研究。"

"为什么要把它们送入太空？是不是在 KC–135 的飞行实验中发现了什么？是不是有关于失重状态下的生物状态？"

加布里埃尔摇下窗，向保镖打了个手势。车门被拉开了。"请你们出来吧！"

"等等，"杰克说。"海伦·科尼格在哪里？"

"她辞职以后，我再也没有得到过关于她的消息。"

"她为什么会下令把自己的实验对象全部销毁？"

杰克和高登被四个保镖拉出后座，推搡到租来的汽车前。

"她在害怕什么？"杰克大喊。

加布里埃尔没有回答杰克最后的两个问题。车窗被摇了下来，他的脸消失在深色玻璃的后面。

23

八月十八日

卢瑟把密封舱内的最后一点空气排出舱外，然后打开了外舱门。"我先出去，"他对埃玛说，"你慢慢来，第一次太空行走总会有点心惊肉跳的。"

第一眼看到空间站外广袤的太空让埃玛感觉到几分惊慌，她不由得抓紧了门边的把手。埃玛知道这种恐慌心态是很正常的，一般来说持续时间不会很长。几乎每个宇航员在进行首次太空行走的时候都会由于惊慌失措而陷入暂时的肢体麻痹之中。面对一望无垠的太空，宇航员总会产生一种茫然而又激动的感觉，不知身居何处。人类在经历了几百万年的进化过程之后，内心深处自然而然地会产生一种对跌落到深不可测空间的恐惧感，埃玛现在正是在极力战胜这种感觉。直觉告诉她，一旦松开把手，一旦冒险离开了出舱通道，她的身体就会垂直落下，坠入到深不见底的黑洞之中。理智地想想，这种情况永远不会发生，因为行走服的下摆连接着一条连接空间站的绑带。即使这根绑带断了，紧急救援装置也能把宇航员弹回空间站。宇航员的安全是有保证的，互不相关的几个小失误还不足以引发一场大的灾难。

但是，灾难却实实在在地在空间站上发生了，她想。一个接一个的失误，才导致了现在这种无法收拾的局面。空间站目前就像太空中的"泰坦尼克"那样风雨飘摇。照这样下去，更大的灾难马上就会接踵而至，这样的预感沉积在埃玛心中挥之不去。

这次他们不得已违反了操作规程。他们没有在减压舱内住满一夜，只在密封舱呆了四个小时就出舱了。从理论上讲，四个小时的时间足以让宇航员适应气压的变化，但对常规操作流程的改变无疑会增加舱外活动的风险。

埃玛做了一连串深呼吸，发现自己僵硬的身体在慢慢复苏。

"你在干什么？"她听见卢瑟通过内部通话系统发出的问话。

"我……我正欣赏着外面的风景呢！"

"没什么问题吧？"

"我很好，不用担心我。"说着她松开了把手，飘出了舱外。

黛安娜就快死了。

闭路电视的显示屏上出现卢瑟和埃玛在空间站外工作的情景，格里格斯看着屏幕，心里的怒火烧得越来越旺了。我们就是机器人，他想。一帮顺从的机器人，只知道被动地听从来自休斯敦的命令。这么多年以来，他一直安心于好好地做一个机器人，然而在目前这个危急时刻，他才意识到自己在太空探索这项伟大的事业中原来只是一个微不足道的小人物。他和其他宇航员一样，都是利用完即可丢弃的人，他们只不过是实现航空航天局宏伟蓝图的硬件设备而已。我们都会死在这里，但掌权的官员们，这种时候还想要我们执行那些冠冕堂皇的死板命令！

航天局把他踢出局了。他们背叛了他，背叛了空间站上所有的人。最后时刻他们还要求沃特森和艾姆斯扮演听话士兵的角色；他格里格斯可真的是什么也不用在乎了。

他的心里现在只有黛安娜。

格里格斯离开居住舱，向苏联舱那侧飘移过去。钻过通道内挂着的塑料隔离布，他进入了苏联太空舱部分。这次他甚至没有费心戴上自己的面罩和护目镜；还有这个必要吗？反正这里的人都难逃一死。

黛安娜被捆绑在医护板床上，她的眼球凸出得很厉害，眼睑红肿。那曾经被她引以为豪的坚挺浑圆的小腹，现在也膨胀起来。一定是充满了卵状物质，他想。他想象着它们在黛安娜那白皙的皮肤下面生长、繁殖的可怕场景。

格里格斯轻柔地触摸着黛安娜的面颊，黛安娜费力地睁开血痕遍布的眼睛，希望看清他的面容。

"是我，"他在黛安娜耳边轻声说道。格里格斯看见她的一只手正试图摆脱腕带的束缚，他连忙紧握住这只手。"戴安娜，你的手臂必须保持静止，现在正在给你输液呢！"

"我看不见你。"她呜咽着，"我什么也看不见。"

"我就在你身边，我不会离开你的。"

"我真不想这样死去。"

格里格斯的眼眶中闪烁着泪花，想对黛安娜说些安慰的话语。他本想保证她不会死，他会想尽一切方法维持她的生命，但是这些话他没能说出口，因为两人一直以来都是诚实相待的，这一次格里格斯还是无法对黛安娜说谎，他最终什么话也没有说。

黛安娜说，"我从来没有想过……"

"你说什么？"格里格斯脱口而出。

"我想说的是……怎么会发生这种事情。现在我病得这么重，觉得自己很没用，再也当不成什么英雄了。"她突然爆出一阵大笑，然后又痛苦地做了个鬼脸。"不像我想的那样……死得那样辉煌。"

辉煌的死亡。每个宇航员都想象过在太空中死亡的方式。一般都会预想死于气压的突变或葬身火海。临死前可能会有几十秒的惊惧，但真正的死亡过程却只是一瞬间的事情。从来没有人会想到在太空中还会有这样的死亡方式，不曾想过自己的身体会被另一种生物体慢慢蚕食、消化掉而痛苦地死去。不曾想过自己的身体竟然会对人类的安全造成危害。

宇航员是可以被牺牲掉的。格里格斯自己可以接受这一点。但他不能允许牺牲黛安娜。没有了黛安娜，他该怎么办啊！

他们是在约翰逊航天中心训练的时候相识的，很难想象他们见面

279

的第一天，格里格斯竟会认为黛安娜是个冰冷而又令人生畏的女人。这个女人在他看来虽然非常漂亮，但过于自信了。另外，黛安娜那浓重的英国口音也让他非常倒胃口，因为这种口音使她在宇航员中显得十分高贵，相对于格里格斯的得克萨斯乡下口音来说，她的口音无疑要清晰文明多了。最初的一周，互相之间没有什么好感，两人基本上没有说过什么话。

训练的第三周，在高登·阿比的要求下，两人勉强达成了谅解。

第八周，黛安娜把格里格斯带回了家。开始只是一起喝个小酒，讨论一下白天训练的得失。但是随着交流的深入，话题自然而然地转到了个人生活方面，转到格里格斯不幸的婚姻上去。两人在共同的不幸遭遇中找到了契合点，终于走到了一起。

他们对基地的所有人都隐瞒了两人之间的亲密关系，只是到了空间站之后，同事们才知道了这档好事。如果在这之前被上司看出了蛛丝马迹，布兰肯什普无疑会把他们两人都踢出宇航员名单。即便是在当今这个年代，基地长官也决不会允许出现宇航员离婚这种情况，如果离婚是由于和队伍中另一个宇航员有了私情那就更不得了了—— 一定会对宇航员队伍的士气产生极大的影响。如果发生了这种事情，格里格斯肯定会被无声无息地从宇航员名单上删除，再也不会出现在航天基地了。

在过去的两年里，格里格斯一直深爱着黛安娜。在这两年之中，即使在和结发妻子同床异梦的时候，他也在渴望着黛安娜，冥思苦想着和她在一起的办法。也许未来某一天，他们可以日夜相守在一起，即使冒着被航空航天局开除的风险也在所不惜。最近两年，正是由于有了这个梦想，他才好不容易在不幸的婚姻生活中挺了过来。现如今，虽然他和黛安娜在封闭的空间站已经一起呆了两个月，虽然两人之间不时也会有争吵，但他还是像以前那样爱着黛安娜。他不会放弃那个梦想，永远不会。

"今天是星期几?"黛安娜轻声问道。

"星期五了。"格里格斯拢起黛安娜的头发。"现在是休斯敦的下午五点半，"欢乐时光"① 来临了。"

她笑了。"感谢上帝，今天终于到周五了。"

"他们一定已经聚集在酒吧里，拿着爆米花，喝着鸡尾酒。上帝啊！我还能回想起你和我坐在湖边，一边喝着酒，一边观赏着美丽的落日……"

泪水在黛安娜的睫毛上闪烁，格里格斯的心都快碎了。他不会再拘泥于什么生物污染，也顾不上自己被传染上的风险了，他直接用自己裸露的双手为黛安娜擦去眼角的泪痕。

"你很痛苦吧？"他问道。"你还需要注射吗啡吗？"

"算了，省着点用吧。"别人马上会用上它的，这句话黛安娜没有说出口。

"快告诉我你现在需要什么。我有什么能为你做的。"

"我渴了，"黛安娜说，"我想喝之前提到的鸡尾酒。"

他对着黛安娜笑了。"我这就去帮你调，调那种不带酒精的。"

"先谢了。"

格里格斯飘浮进厨房，打开了食品柜。这个柜子里的食物都是苏联提供的，与美国食品有明显的区别。他找到了真空包装的盐渍鱼、各式香肠、一些产自苏联的谷类食品，还有伏特加——苏联人带上的很小的一瓶，表面上是当作药用的。

这也许是我们在一起喝的最后一杯酒。

他倒出一些伏特加，分装在两个饮料袋中，然后把酒瓶放回了食品柜。他又把水加进了饮料袋，黛安娜的那袋勾兑了大量的水，只能尝出一点酒味。就让她舔一下也好，他这样想着。鸡尾酒能带给两人欢乐的回忆，能让黛安娜想起两人在家中天台上观看太阳升起那一刻的美妙时光。他重重地摇了几下袋子，以使水和伏特加能更好地溶合在一起。做好了这一切，他回身去看黛安娜的情况。

黛安娜的口中吐出一团深红色的血球。

_____

① 欢乐时光，酒吧术语。指通常为一小时或更长的顾客优惠时段。或者饮酒减价，或者免费供应小吃。

281

黛安娜的身体在抽搐着，眼球缩了回去，牙齿咬在了舌头上，一缕血丝仍旧粘在破碎而毫无血色的舌苔上。

"黛安娜!"格里格斯声嘶力竭地狂叫着。

从黛安娜口中喷出的血流从中间折断，糅合成一个柔滑的小球飘散开去。很快，从破碎的舌苔和牙肉里渗透出来的血液补充了进来，又一个小球出现了。

格里格斯抓起医疗束缚板边事先准备好的塑料牙垫，想把它塞进黛安娜的牙齿缝隙中，这样可以防止口腔内的软组织被其他外伤破坏。但是，他一时无法把黛安娜的齿缝撬开，牙关部分的肌肉在人体肌肉中是最强壮的一部分，黛安娜此时咬得特别紧。格里格斯抓过一支安定，先看了看剂量，然后把安定放入针筒，准备为她注射。他把针尖对准吊瓶的输药孔，正当他开始推动活塞的时候，戴安娜的抽搐开始减缓了，他狠了狠心，依旧把针筒里的所有药水注入了吊瓶。

黛安娜的面部放松了，牙关也终于松弛下来。

"黛安娜?"他试着招呼。可黛安娜并没有回答。

黛安娜的嘴角处又渗出了血沫，格里格斯觉得必须采取一些方法来止血了。

格里格斯打开急救箱，找到了消毒纱布，他先扯下纱布的外层胶护纸，然后随手丢弃了这层纸，任它到处乱飞。他在黛安娜的头旁站定了位置。轻轻拉开牙关，破碎的口腔显露出来。

黛安娜咳嗽了几声，她自觉地把脸侧了过去。她咳出的是自己的血，其中的一部分又被她咽了下去。

"黛安娜，千万别动。"格里格斯的整个右手腕都伸进了黛安娜的下牙床，使她的牙关保持张开的状态。他左手扯开一卷纱布，擦拭起口腔中的血痕来。突然又是一阵痉挛，黛安娜的头颈一下伸直了，牙关咬了下来。

格里格斯疼得叫了起来。他的掌心被夹在黛安娜上下两排牙齿之间。被牙咬的疼痛如此剧烈以致他的眼前突然一黑。格里格斯感觉一团温热的血液喷溅在自己的脸上，看见一个明亮的小球在眼前升腾。两人的血液混合到了一起。他试图把手从黛安娜的口中挣脱出来，但是她的牙齿咬得非常紧，血液继续从口中不断地涌出，球体膨胀得越来越大。动脉受伤了！可他还是无法让黛安娜松口。强烈的痉挛使她的肌肉获得了超出常人的力量。

眼前完全黑暗了。

绝望之中，他操起左拳击打起黛安娜的牙齿来，但是牙关依然没有放松半点。

看到拳击完全没起作用，他又连续地打了好几下。刚才那个大的血球分裂成十几个小球，散播在他的脸上，他的眼睛里。可牙关还是紧闭着。四周已经满是血液了，他好像置身在血海之中，没有办法呼吸到一丝新鲜空气。

一片黑暗中他又毫无目标地狠击了一下黛安娜的脸，感觉到有骨裂的声音，但是他的手还是没有被松开。疼痛变得越来越厉害，越来越难以忍受了。巨大的恐惧笼罩着格里格斯，他的意识也渐渐模糊起来，他已经完全忘记了当初要为黛安娜做什么，只是机械地重击着黛安娜的脸部。

在尖叫声中，他终于把手抽了出来，然后迅速向后退却。他用左手握住右手腕，血流如缎带般在他身边散开。他在墙边靠了好一会儿，视野终于重新清晰了。他紧盯着黛安娜破碎的脸，看着她口中断裂的牙齿，这些都是他的拳头打出来的呀！

格里格斯绝望的吼叫声在狭小的舱室中回荡着，他的耳中充斥着自己灰心失望的喊声。我做了什么？我到底做了什么？

他飘到黛安娜身边，把她那破碎的脸捧在自己的手中。身上的伤痛好像完全消失了一样，他被自己拳头对黛安娜所造成的伤害吓坏了。

他发出了又一声嚎叫，这次完全是出于愤怒。他用拳头猛击着太空舱的墙，墙上的外层塑料墙面被震落下来。我们都会以这种方式死去。他把目光转到急救箱上。

他飘了过去，从里面拿出一把手术刀。

飞行医生托德·卡特勒看着眼前的医疗监护屏幕，突然感觉到一

283

阵心悸。屏幕上显示着黛安娜·伊斯特斯的各项生理指标的实时观测值。她的心电图轨迹突然迅速地上下波动起来。让他略感宽慰的是，这种情况并没有持续太久。片刻之后，心电图轨迹回归到先前的那种显示窦状缺血的平稳状态。

"报告总控制台，"他说，"我发现病人的心跳节奏有些问题，病人出现了五秒钟的心动过速现象。"

"发生这种症状会出现什么后果？"伍迪·埃利斯干脆地问道。

"如果这种情况重复出现，可能会有致命的危险。目前她的心速已经比较正常了，大约在每分钟一百三十跳上下，但这还是比她奔跑时要快得多，虽然没有大的危险，但这种情况让我感到非常担心。"

"医生，你有什么建议吗？"

"我建议给她用点抗心律不齐的药物，她需要吊上一点利多卡因和胺碘酮，这两种药在机载急救包里都有。"

"艾姆斯和沃特森现在都在舱外作业，必须让格里格斯来做这一切。"

"那我来交代他该怎么做吧！"

"好吧，联络官，让格里格斯上线说话。"

他们等待着格里格斯的答复，这期间托德的眼睛一直紧盯着监视器。看到的数字让他担心不已，黛安娜的脉搏计数一直在增加：十三万五千一百四十。数字停在一百六十不动了。观测线的震动由于病人的挪动或是电子设备的介入而消失了，上面到底发生了什么事情？

联络员报告说，"格里格斯指挥官现在联系不上。"

"她需要马上注射利多卡因，"托德说。

"现在无法联系上他。"

也许是没有听见，也许他拒绝与地面通话，托德想。地面上的人都在担心格里格斯的心理健康。难道他的精神已经完全崩溃了，以致没有注意到地面的呼叫？

托德的视线突然静止在监视屏上不动了。黛安娜·伊斯特斯的心动速率突上突下，极为不稳定。她的心室收缩得非常迅速，心脏已经完全起不到血液泵的作用，眼见病人的血压就快维持不住了。

"现在必须用药了，"托德斩钉截铁地说。

"但格里格斯联系不上呀！"

"让舱外的人赶紧进来！"

"不行！"飞行指挥插话道。"他们维修得正起劲呢，马上就要修复太阳能面板了，这种关键时刻千万不能半途而废。"

"但现在这个时刻对黛安娜非常关键啊！"

"如果现在我们让卢瑟和埃玛返舱，那么在未来的二十四个小时里维修就会中断下来。"宇航员回舱之后，不可能再立即出去。他们需要时间复原身体。如果再次出去，还要进行重复调整气压的过程。虽然伍迪·埃利斯没有说什么，但他心里想的可能和飞行控制室里的每个人都一样：即使把舱外的人叫进来，对于黛安娜来说也起不到任何作用。她的死亡看上去是不可避免的。

托德惊恐地发现，黛安娜的心电记录正持续下降，看不出有恢复的趋势。

"血压在下降！"他叫着。"至少让一个人回去吧！让沃特森医生赶紧回去！"

飞行指挥犹豫了一下。

终于他做出了决定，对联络员下令道，"照医生说的办。"

为什么格里格斯不回复地面的呼叫？

埃玛惊慌地抓着机架上的一排扶手尽可能快地移动着，穿着别人的行走服让她感觉移动缓慢而又笨拙。手套太大了，手掌的前后挪移弄得手心非常疼痛。维修工作让她觉得十分劳累，汗水浸湿了内衣，肌肉也因为疲劳而在不住地颤抖着。

"格里格斯，请你回话。该死，快回我的话呀！"她在内部通话器上吼叫着。

但是国际空间站内部沉寂依然。

"黛安娜怎么样？"她调了一下频道问地面的医生。

托德的声音出现了。"她的血压还在持续下降。"

"真该死！"

"沃特森，你千万不能冲动，小心点！"

"她还没有到最后的时刻，格里格斯溜到哪儿去了？"

埃玛感到呼吸困难，谈话无法继续进行下去了。她的注意力全部集中在了手腕上，努力去抓下一个扶手，努力不让身上的系带纠结在一起。离开了主机架的边缘，她一个冲刺冲向扶梯，但她突然停住了脚步，定睛一看，原来是袖子被工作平台的边角挂住了。

慢一点，这样下去我会杀了自己的。

她慢慢地把袖子解脱出来，检查袖子上有没有出现破损。埃玛走下扶梯，进了密封舱，这时她的心还在砰砰乱跳。她迅速关上舱门，并马上打开了气压均衡阀。

"托德，快跟我说吧，"气压刚开始上升，她便迫不及待地通过呼叫器喊开了。"现在心率情况怎样？"

"快要测不出了，我们仍然联系不上格里格斯。"

"这样下去我们就要失去她了！"

"我知道！我们都知道呀！"

"好吧，等到气压升到五个单位，我就——"

"可别忽略做气密性试验。"

"没有时间了。"

"沃特森，这个时候尤其不能出错啊。"

埃玛定了定神，做了一下深呼吸。在严酷的太空环境中，任何一点小错都会引起不可预想的恶果。她按照指令做了气密性试验，待气压回升到正常值后，打开了通往设备舱的舱门。接着她麻利地摘掉了手套，苏联的行走服要比美国的更容易脱下，但是埃玛还是用上了好几分钟时间才取下生命维持包。这样下去就真的来不及了，想到这一点，她怒气冲冲地踢掉了下身的行走服。

"地面医生，快告诉我现在的情况！"埃玛一路急速飘移，一路大叫着。

"她现在的心率又恢复正常了！"

回光返照！埃玛想。要想救黛安娜只剩下最后一次机会了。

埃玛身上只剩下一件清洁水洗罩衫了，她迫不及待地推开了通向空间站的舱门，因为急于见到黛安娜的缘故，她双脚胡乱地蹬了一下墙，头部首先冲进了太空舱。

一股水汽迎面扑来，模糊了她的视线。埃玛没有抓住身边的扶手，一头撞在远端的墙面上。刹那间她失去了意识，只是用手擦拭着进入眼球中的杂质。眼睛里进了什么东西？她自问着。别是卵物质！千万别是卵物质！……她的视野终于明晰了，但是随即进入眼前的一切让她惊愕不已。

在狭窄的节点舱里，到处都飘浮着蓝绿色的胶质小球。埃玛感觉到手里粘上了更多的水分。她低头一看，有一团黑色的液体残渍深入到了袖口深处，罩衫上也东一团西一块地遍布了深色的污点。她举起手，把袖子放在节点舱的灯光下照射。

袖子上的液体是人类的血液。

她惊恐地看着邪恶的球体在太空舱中铺天盖地地飞舞着，数量太多了……

埃玛迅速关上舱门，防止小球飞入密封舱造成新的污染。目前要保护空间站的其他部分似乎为时已晚，球体已经在空间站内蔓延开了。她飘进居住舱，打开乘员防污染包，戴上了防毒面具和护目镜。兴许血液并不是嵌合体的载体，兴许她还能保护自己。

"沃特森？"卡特勒在呼叫着她。

"鲜血……这里到处都是人的血液。"

"目前黛安娜的心跳非常微弱，请你马上采取措施！"

"我这就去！"她冲出节点舱进入连接苏联居住区的通道内，苏联太空舱要比没有电力供应的美方一侧明亮得多，血液凝成的红色小球在这里畅通无忌地飘浮着。一些球体撞到了墙上，把整个苏联舱染成了红色。还没出长长的通道，一个小球便迎面而来，当球体碰上埃玛的护目镜时，她条件反射性地闭上了眼睛，当她重新睁开双眼时，眼前模糊一片。她抬起手，用袖子擦拭起护目镜来。

视野又开阔了，首先映入眼帘的是格里格斯粉尘般苍白的脸。

埃玛大声尖叫着，两条腿绝望地在稀薄的空气中乱蹿，她一时间完全乱了方寸。

"沃特森医生？"

埃玛看见血沫依然粘附在格里格斯脖颈裂开的伤口上，空间站里横飞的血液显然都出自于这里——颈动脉的完全破裂。她伸出手战战兢兢地触摸着格里格斯头颈上未遭损伤的部分，想测一下他的脉搏，脉搏完全消失了。

"黛安娜的心电轨迹成了一条直线！"托德报告着。

埃玛的目光恐慌地转向通往苏联服务舱的舱口，黛安娜就隔离在那个太空舱里。挂在通道里的防疫塑料布已经被拿掉了，服务舱与空间站内的其他各部分现在都是连通的。

埃玛慌慌张张地飘进了苏联服务舱。

黛安娜仍旧被绑在医护板上，她的面部被打开了花，已经难以辨认了。牙齿也被打成了碎片，鲜血从嘴角持续不断地渗透出来。

最后埃玛才注意到了心电监控仪发出的尖锐的叫声，屏幕中央浮动着的是一条直线。她把手伸向监控仪的开关，但还没接触到仪器，手在半空中就停住了，一大团胶粘的蓝绿色物质在仪器开关上闪烁着。

卵物质，卵物质已经从黛安娜的身体里向外部流出，她已经把嵌合体释放到空气中了！

监控仪的叫声震得耳膜越来越难以承受，但是埃玛却好像完全没有注意到这难忍的噪音，只是默默地看着由单个卵物质集结而成的小团，它们闪着微光，一个接一个从埃玛的视野范围内游离出去。她眨了一下眼，视野重新清晰起来，这时她回想起从密封舱进入空间站的时候，曾经有液体打在她的脸上，进入到她的眼中。那个时候她还没来得及戴上护目镜。她仿佛又感觉到那液体打在脸颊上的感觉，冰冷而又执著。

埃玛伸出手触摸自己的脸庞，看见卵物质像颤动着的珍珠粘在了自己的指尖上。

埃玛终于忍受不住震耳欲聋的警报声，她关上仪器，尖叫声随之停止。突如其来的宁静使她的耳朵经历了一个短暂的"失聪"状态，她的耳朵一时还分辨不出风扇的嗡嗡声。风扇的作用是吸入被污染的空气，送到高效过滤器中进行处理。空气中的污血太多了，很快就会塞满过滤器。内部压力的异常升高很快就会激发过滤器中的触发装置，自动关闭过热的风扇。

"沃特森，请立即回复！"托德呼叫着。

"死了！"埃玛泣不成声，"他们两个都死了！"

卢瑟的声音突然出现在了耳机里。"埃玛，我要进来了！"

"不，"埃玛连忙阻拦他，"不能——！"

"埃玛，你再坚持一会儿。我马上就和你在一起了。"

"卢瑟，你现在千万不要进来，太空舱里到处都是污血和可怕的卵物质。空间站已经不能住人了，你最好呆在密封舱里别过来。"

"那可不是长久之计啊！"

"还存在什么长久之计吗！"

"埃玛，我现在已经关上了通向舱外的那道门，进入密封舱了，我正准备开始适应——"

"换气扇全都被关上了，我们没有办法对污染的空气进行过滤了。"

"我这里已经升到五个气压单位，进行完气密性实验就准备过来了。"

"你进来就会被嵌合体传染上的呀！"

"升压过程结束，我这就进来了！"

"卢瑟，我很可能已经被感染上了，该死的液体溅到了我的眼睛里。"她试着呼吸稳住情绪，但还是止不住哭泣。"你是唯一有可能生存下来的人，保留住这唯一的希望吧！"

卢瑟思索了很长一段时间，然后喃喃道，"天哪，埃玛，怎么会这样？"

"卢瑟，你听我说，"她试着平复自己的心绪，尽量理性地思考当前面对的局势。"卢瑟，你先转移到设备舱去，那里相对来说还是比较干净的，到了那里以后，请你摘下头盔，然后把个人通讯装置也取下来。"

"你说什么？"

"照我说的做，我这就去节点一号舱，我会在舱门的另一侧跟你交谈。"

托德突然大声叫道："埃玛，埃玛你不能擅自中断与地面的联系——"

"托德，这回对不起你了。"说着她关上了自己的个人通讯系统。

不一会儿，她就听见在空间站内部通讯线路上出现了卢瑟的声音。"我已经进入了设备舱。"

埃玛和卢瑟现在可以私下进行谈话，不用担心会被控制中心听见。

"留给你的还有一个选择，"埃玛说，"你可以把这里发生的一切告诉地球上的人，我已经没有办法做到这一点了，但你可以，你还没被感染，你不会把疾病带回地球。"

"我们先前不是已经说好了嘛！不把任何一个活人留在空间站上！"

"你的太空行走服里还有三个小时的洁净空气供应量，如果你现在马上进入返回舱，那你应该还来得及点火返回地球。"

"那样你不就困在空间站里了嘛！"

"不管怎样，我命中注定要困死在这里了！"埃玛又深深地吸了一口气，话音更加沉静了。"卢瑟，我们知道这样做肯定是违反规定的。也许我做的是个再坏不过的决定。但是如果我们向地面请示，我实在不敢想象他们会怎样回复——卢瑟，这回就赌一把吧。不过，到底要不要进行下去还是应该由你自己去决定。"

"这样做的话，你就逃不出去了。"

"不要考虑我，甚至不要想到有我这个人。"她缓缓地补充了一句，"我已经是个死人了。"

"埃玛，不要这么讲——"

"你到底想怎么干？直截了当地回答我这个问题，就想你自己！"

埃玛听见卢瑟做了一个深呼吸，"我想回家。"

我也想回家。埃玛的眼眶中饱含着泪花，上帝啊！我也想马上回到家。

"戴上头盔吧，"埃玛说，"我这就把舱门打开！你快到返回舱那边去准备出发吧！"

24

　　杰克快速跑过通往三十号大楼的台阶，向入口处的警卫出示了一下证件，便径直向特别空载控制室奔去。

　　高登·阿比在控制室门口拦住了他，"杰克，请你冷静一点，如果你进去引起一场骚乱，他们会把你扔出来的。如果这样，对埃玛是不会有任何帮助的。"

　　"我现在就要我老婆回家。"

　　"每个人都希望他们回家！我们已经尽了最大的努力，但是现在形势发生了变化，整个空间站都已经被污染了。环境保护系统中的过滤器也失灵了，执行舱外作业的宇航员没能完成万向接头的修复工作，因此舱内仍然没有恢复电力供应。再说，现在和空间站的联系也已经中断了。"

　　"你说什么？"

　　"埃玛和卢瑟单方面切断了与地面的联系。我们不知道现在上面到底怎么样了。这就是控制室的人急着要你回来的原因——他们指望通过你来恢复与空间站的联系。"

　　杰克在控制室的门口探头张望着室内的情况，里面的工作人员像往日一样端坐在控制台前履行着各自的职责。这些控制员在这个时刻竟然还能保持镇定和高效，杰克不禁感到有些恼火。看来这么多宇航员的死亡也没能改变他们冷静的专业精神，控制室工作人员的冰冷态度只是为他平添了几分悲伤，几分恐惧。

杰克走进控制室，看见两个空军军官正站在飞行总指挥伍迪·埃利斯身边监控着通讯系统的运作。这两个人的存在仿佛提醒着杰克控制室已经不受航天局的控制了，这一点让他感到很不舒服。当杰克经过后排座位，走向医生控制台的时候，几个控制员向他投来同情的目光，但杰克并没有停下脚步和其中的任何一个寒暄，而是直接坐到了托德·卡特勒身边的坐席里。他敏锐地觉察到身后的参观坐席中，还有另外一些空军士官正监视着整个控制室的一举一动。

"你了解到最近的消息了吗?"托德柔和地问。

杰克点了点头，心电监控仪上已经没有任何心电图轨迹，黛安娜死了，格里格斯也死了。

"空间站的大部分区域目前没有电力供应，卵物质在空气中飘来飘去。"

还有铺天盖地的鲜血，杰克能想见空间站目前的情况：昏暗的光线；尸体发出的恶臭；血液喷洒在墙面上，堵塞在高效过滤器里。空间站已经变成了一个恐怖异常的地狱。

"杰克，我们希望你能和埃玛交谈，让她告诉我们现在空间站上到底发生了什么事。"

"为什么他们会切断联系?"

"我们也不知道。也许他们对返回舱归来计划被中断感到很生气，他们有理由为此而生气。还有一种可能是他们两个的伤势也已经非常严重，无力与我们联系了。"

"不一定，他们有别的理由。"杰克看着前方显示着空间站在地球大气层外圈运行轨道的显示屏。埃玛，你现在在想些什么?他戴上耳机说，"联络员，我是杰克·麦卡莱姆，请帮我接通空间站。"

"医生，收到你的请求，我们再试着呼叫一次他们吧!"

所有的人都默默地等待着，但是空间站方面依然没有任何答复。

第三排控制台前的两个控制员突然转过头去看飞行总指挥埃利斯，杰克虽然戴着谈话器，没能听到什么声音，但他注意到坐在第三排控制空间站计算机运作和数据传输的控制员从座位里站了起来，把身体探到前排，正在跟第二排的某个控制员窃窃私语说着些什么。

坐在第三排的轨道行进控制员摘下耳机站了起来，他伸了个懒腰，走到一边的过道上。然后他慢慢地走下台阶，好像是准备出门上个厕所。当他经过医生控制台的时候，故意让一个小纸团落入到托德·卡特勒的怀里，接着便若无其事地出了边门。

托德打开纸团看了一眼上面的文字，然后侧过头面对杰克，脸上露出惊骇的神色。"空间站的人把电脑设置在了'返回'状态上，宇航员已经启动了返回舱的点火程序。"

杰克难以置信地回瞪着托德，人为设置的返回状态意味着空间站的宇航员把计算机设置到了自动控制，支持宇航员逃生的模式。他环顾了整个控制室一眼，没有一个控制员在内部联络系统里谈到利用返回舱一事，杰克看到的只是一排排宽宽的肩膀，每个人的视线都牢牢地锁定在面前的电脑屏幕上，他又斜眼瞥了一下伍迪·艾利斯，只见他依然无动于衷地站在那里，这样的身体姿态说明了一切。他知道正在进行中的事情，但他并不准备说出来。

杰克的后背冒出一层冷汗，他终于知道了埃玛和卢瑟切断联系的原因。他们做出了自己的决定，而且已经开始实施他们的逃生计划了。空军那帮人用不了多久就会知道这件事的。通过自己的空间监测系统，空军可以观测到近地轨道上如棒球大小的物体。也就是说，一旦返回舱从空间站脱离出来，就立即会受到位于夏延山空军基地的太空司令部的注意。迫在眉睫的问题是：军方会如何应对。

埃玛，你最好想明白自己在做什么事情。

返回舱点火以后，飞行器要用将近二十五分钟时间验证航向和着陆地点，接下来的十五分钟时间做脱离轨道的操作，最后一小时用来做绕地运动和最后的着陆，外层空间控制中心利用这段时间辨别返回舱，然后决定具体的对策是绰绰有余的。

坐在第二排的一个轨道监控员随意地举起了手，拇指向上方翘着。他用这个动作在向大家传递着消息：返回舱与空间站分离成功。无论接下去会发生什么事，宇航员已经上路了。

比赛正式开场。

控制室里的气氛刹那间紧张起来，杰克偷偷地看了站在伍迪身边的两位空军军官一眼，他们好像对正在进行的事情一无所知。其中一个一直盯着墙上的钟，像是急着要赴什么约似的。

时间一分一秒地过去，控制室里出人意料地平静。杰克撑起身体，心跳加快了，汗水浸湿了衬衫。这个时刻返回舱应该还在空间站的四周移动。宇航员会利用这段时间锁定定位卫星，决定着陆地点。

快，快点行动，杰克想，准备脱离轨道吧！

电话铃声打破了室内的平静，杰克看见伍迪身边的一个军官接起了电话。听了没几句，他的脸色渐渐阴沉下来，放下话筒，他质问起伍迪·艾利斯来。

"你们他妈的在搞什么明堂？"

艾利斯什么话也没有说。

这个军官飞快地击打着艾利斯控制板的键盘，看到显示屏上出现的画面，他露出一副难以置信的表情。他抓起刚才被搁置的话筒。"长官，是的，我这边已经证实了，返回舱确实已经脱离了空间站。不，长官，我不知道为什么会——是的，长官，我们一直在监控着，但是——"话筒中传来一大串响亮的责骂声，军官的脸涨得通红，汗水不断地从额头上渗出。最后他终于战战兢兢地挂上了话筒，身体因愤怒而战栗着。

"让它回去！"他命令道。

伍迪·艾利斯不动声色地回答道。"空间站上的返回舱与苏联的联盟号不同，我们不能让它像汽车那样自由地来回。"

"那就制止它们着陆！"

"我们做不到，返回舱的面前只有一条回家的路。"

三四个空军军官迅速走进控制室，他认出其中一个是太空司令部的格里高利将军——目前他负责航空航天局的所有行动。

"现在的情况怎样？"格里高利没好气地问道。

"返回舱已经出发了，但还没有脱离轨道！"红脸军官慌忙回答道。

"现在离返回舱到达大气层还有多长时间？"

"呃——我还没有得到这方面的信息。"

格里高利转而把这个问题抛给了飞行总指挥。"埃利斯先生，还需要多长时间？"

"这要考虑几个方面的因素。"

"别跟我扯什么工程术语，我需要得到你的答复，你马上给我个数字。"

"好吧！"埃利斯故意摆正了身体，怒视着格里高利。"估计在一个小时到八个小时之间，这取决于返回舱上的宇航员，他们最多可以在近地轨道上环绕四圈，如果他们愿意的话，现在就可以启动脱轨程序，一小时之内就能落地。"

格里高利一把抓起话筒。"总统先生，恐怕没有多少时间留给我们来做决定了。每一分钟他们都有可能脱离轨道。是的，总统先生，我知道你面对的是一个艰难的抉择。我的建议和普罗法特先生的完全一致。"

什么建议？杰克突然感到一阵惊慌。

一个空军军官在控制台边叫了起来。"他们开始点火脱离轨道了！"

"总统先生，我们没有时间了，"格里高利说。"我们现在就要知道你做出的决定。"接下来是一段很长时间的沉默，然后只见他如释重负般点了点头。"谢谢你，总统先生，你做出了正确的选择。"他挂上话筒，面对着手下的军官们。"按预定方案行动吧！"

"什么方案？"埃利斯问道。"你们这些人计划着要做什么？"

没有人搭理埃利斯。只看见一个空军军官拿起话筒发布着命令："准备 EKV 发射！"

什么是 EKV？杰克产生了疑问。他看着托德，托德一脸茫然的表情说明他同样也不知道这到底是什么发射。

对轨道飞行进行控制的控制员走到医疗控制台前悄声回答了杰克的问题。"是大气层外杀伤的意思，他们准备发射爆炸物在大气层外截杀返回舱。"

"在目标进入大气层以前，必须把它在外层空间就地炸毁，"格里高利说。

杰克站起来惊叫道，"不！"

控制室里的其他操作员几乎同时站了起来，他们的抗议声差不多要把屋顶掀翻了，联络员扯破了嗓子才让大家听到了他的即时报告。

"我收到国际空间站的联络信号！最新的联络来自国际空间站！"

国际空间站？这么说还有人在国际空间站上！有人被留在那里了！

杰克把手罩在耳机的听筒上，仔细辨听着来自空间站的声音。

是埃玛的声音："休斯敦，我是空间站的沃特森医生。任务专家艾姆斯没有被感染。我再重复一遍，他没有被感染，他是返回舱里唯一的乘员。我迫切地希望你们能够保证返回舱的安全降落。"

"空间站，我们听见了。"联络员说。

"你明白了吗？没有理由炸毁返回舱，"艾利斯对格利高里说。"请马上下令阻止大气层外杀伤行动。"

"我们怎么知道沃特森说的是事实？"格里高利马上反驳道。

"她说的肯定是事实，不然她为什么会被留在空间站上？你要知道，她唯一可以指望的救生工具就是返回舱，没有了返回舱，她就困在那里了！"

艾利斯的话使杰克顿时失去了知觉。他已经无法将注意力继续集中在艾利斯和格里高利的激烈争吵上，也不再关心返回舱的命运了。这个时刻他的心里只有埃玛——他的爱人，现在正困在空间站上，没有任何逃脱的机会了。她知道自己已经被传染了，她决意在那里等死。

"返回舱已经执行完脱离近地轨道的程序，正在接近大气层。"轨道的图像正出现在前方的屏幕上。

房间前面的显示屏上，一个光点在立体的世界地图上方绕行，光点代表着返回舱以及它上面唯一的乘客。这时通讯系统里传来了卢瑟的呼叫声。

"我是任务专家卢瑟·艾姆斯，我正准备进入大气层，所有系统完好。"

一个空军军官看着格里高利。"我们已经做好大气层外杀伤的准备了。"

"你们现在可以取消这次行动，"伍迪·埃利斯说，"他没生病，我们可以让他回来。"

"飞行器本身可能被污染了。"格里高利说。

"你又不能确定如此！"

"我不能冒这个险，我不能拿地球上数以亿计的生命做赌注！"

"该死的，这可是谋杀啊！"

"如果不遵从命令，他是知道我们会采取什么行动的。"说着格里高利向一边的军官点了点头。

"长官，大气层外杀伤指令已经开始执行了！"

房间里顿时炸开了锅。伍迪·埃利斯的脸色煞白，他震惊地看着前方屏幕上两个飞行物的运行线路朝着一个方向交会。

时间在悄悄地流逝，控制室内一片死寂。前排座位上的一个女控制员轻声地哭泣着。

"休斯敦，我到了大气层的外沿。"通讯系统传来卢瑟欢快轻松的声音，大家猛地一惊。"因为我身上还穿着笨重的太空行走服，因此如果有人在我着陆时能帮上一把，我会不胜感激的。"

没有人回应，没有人忍心在这个时候告诉卢瑟真相。

"休斯敦？"见无人回应，卢瑟问道，"嗨，地面有人吗？"

最终联络员接上了话，他的声调很不平稳，"返回舱，听见你的话了，我们为你准备好了啤酒桶、劲舞女郎和各色食品，你就等着……"

"算了吧，你们这些家伙刚才干什么去了？好吧，我这边马上就要进入电离层，信号快中断了，你们把啤酒给我冰好，我——"

通讯系统中忽然爆出响亮的静电杂音，通讯中断了。

前方屏幕上光点扩散成眩目的光团，返回舱被击中了。

伍迪·埃利斯颓然倒在自己的坐席上，把头深深地埋进双手。

八月十九日

"已经接通了空地联络，"联络员说，"国际空间站，请等待。"

杰克，拜托你来说话，一定要是你才好，埃玛在昏暗的居住舱里不断地祈祷着。排气扇因为阻塞也停止了工作，太空舱变得异常宁静，埃玛可以清楚地听到自己的脉搏声和空气从肺泡里吸进呼出所发出的声音。

联络员的话语仿佛从天而降，埃玛吓了一大跳。"接下来的通话是保密的，你们可以进行家庭内部对话了。"

"杰克，是你吗？"

"我在这儿，亲爱的，我一直都在这里陪着你。"

"卢瑟没有被传染上，我不是告诉你们卢瑟是干净的吗——"

"我们尽力阻止过了，但命令是由白宫发出的，那些人不想冒任何风险。"

"是我的错，"眼泪从眼眶中迸落出来。此刻她既孤独又害怕，为自己所做出的灾难性的错误决定深深地懊悔着。"我本以为那些人会让他回来，我本以为这是他逃生的最好机会。"

"埃玛，你为什么还留在空间站上？"

"我必须这样。"然后她深吸了一口气说，"我被传染了。"

"你只不过是暴露了片刻而已，并不意味着你一定传染上了嵌合体。"

"我刚为自己验过血，杰克，血液中的淀粉酶指标比平时要高得多。"

杰克沉默了下来。

"我暴露在空气中到现在已经过了八小时，因此距我最终发病……可能还有二十四到四十八个小时。"她的声音变得坚定起来。埃玛的声音听上去令人惊讶地平静，似乎她是在谈论自己的病人不可避免的死亡一般，丝毫听不出她是在说自己的事情。"在这段时间里，我还能做一些事情，首先是丢弃尸体，然后也许还可以换下一些风扇里的过滤器，想法子让这些风扇重新转起来。这样下一个机组的清扫工作可能会更简单些。如果还有下一个机组的话……"

杰克依然没有说话。

"关于我的遗体……"她的声音完全不带任何感情，"当那个时刻来临的时候，我想为了空间站的将来考虑，我最好出舱进行太空行走，这样我死后尸体就不会对空间站造成污染，我的尸体……"她喘了口气，"苏联人做的行走服不需要帮助就能穿上，那个时候来临之前，我可以在手上注射足量的吗啡和抗生素，因此，在空气耗尽的时刻我会处于睡眠状态。杰克，你想想看，这种死亡方式有什么不好，在太空中尽情飘移，远望着地球，远望着群星，在睡梦中走向永恒……"

埃玛终于听见了杰克的声音，此时杰克已经泣不成声了。

"杰克，"埃玛柔声说道，"我爱你，但我不知道我们为什么总会有那么多争执，我也知道其中有一些是我的错。"

杰克浑身战栗着，"埃玛，不要那样说！"

"过了这么长时间，我们才能这样敞开心扉去交谈，我也觉得确实非常愚蠢。也许你认为我现在留在这里是因为我已经有了必死的决心，但杰克，天地良心，我——"

"你不会死的，"杰克充满怒气地重复了一遍，"你真的不会死。"

"你一定听说了罗曼医生的分析报告，没有药物可以起作用。"

"高压氧舱就可以。"

"没人能及时把高压氧舱送上来，即使我能侥幸活下去，没有救生艇，我也逃不出来！"

"一定还有别的方法，你可以找别的东西达到高压氧舱的效果，高压氧舱对受到感染的老鼠有效果，因此也一定会对人类有效果，所以现在并不是一点办法都没有。毕竟只有那些接受高压氧舱治疗的老鼠活了下来。"

不，埃玛突然意识到，并不是只有它们。

她慢慢地转过身，狐疑地看着通往节点一号舱的通道。

老鼠，她突然想了起来，最后的那只老鼠还活着吗？

"埃玛?"

"等一会儿,我去实验室查看些东西。"

埃玛经过节点一号舱进入美国的实验室,结干的血痂发出的腥气在这里尤为浓烈,即使是在黑暗中,她都能看见墙上溅洒的血液。她径直来到了动物实验区旁,打开了鼠笼的外罩,把手电筒的光线照射进去。

光线中照出了一副惨烈的景象。这只肚皮鼓胀的老鼠仍然像上次查看时一样在垂死挣扎,四肢胡乱扑腾,嘴巴张开,大口地吞吐着空气。

你可不能死。埃玛想。你是幸存者,是打破规则的唯一例外,这也许能证明我并非毫无希望。

老鼠紧绷着全身,身体痛苦地打着转,一股鲜血从后腿之间射了出来,在空气中散落成旋转的小血珠。埃玛知道接下来会发生什么:伴随着大脑被嵌合体消化分解成一堆蛋白质,老鼠的身体会疾风骤雨般抽搐一阵。埃玛探身一看,一个新鲜的血渍出现在老鼠后臀部的毛发上,而后她又看见一个粉色的小东西从它的两腿之间向外挣脱。

小东西蠕动着。

老鼠又一次猛烈地向前冲着。

粉色的物体不断地颤动着,表面光滑无毛,终于从老鼠体内挣脱出来了。在粉色物体的外面还系着一根闪亮柔软的带子,埃玛终于看清了,这是一根脐带。

"杰克,"埃玛怔怔地说,"杰克!"

"我在这儿!"

"老鼠——这只母鼠——"

"它怎么了?"

"三周以来,这只母鼠一直保持着与嵌合体的接触,但它并没有生病,它是唯一存活下来的生命。"

"三周过去了,它还活着?"

"是的,我想我已经弄清楚了原因,它怀孕了。"

老鼠又开始翻腾,第二只幼鼠在鲜血和黏液的包裹下出世了。

"松山那天晚上把这只母鼠混在公鼠群中了，这一定是那天晚上结的种，"埃玛说，"上来以后我还没有时间好好研究过这些老鼠，我从没意识到……"

"为什么怀孕会使生物体排斥嵌合体的感染？你看出其中的差异了吗？"

埃玛在黑暗中飘浮着，绞尽脑汁想找到问题的答案。前一次舱外行走和卢瑟的死让她身心俱疲。她知道杰克也同样精疲力竭。现在，也只能指望他们两人疲惫的大脑能够在这么短的时间内找出对付她身上的传染物的方法了。

"好吧，好吧，让我来想一想孕期的特征，"埃玛说，"怀孕是一个非常复杂的生理过程，它不仅仅是简单的孕育胎儿那样简单，它同时也是新陈代谢的一种形式。"

"荷尔蒙，怀孕动物的荷尔蒙值都非常高，如果我们能模拟出这种场景，兴许我们能够重现这种老鼠身上出现的情况。"

*荷尔蒙疗法。*他思考着怀孕妇女体内存在有哪几种特殊化学物质。她逐一回忆起来了，有雌性激素、黄体酮、泌乳刺激素、人体绒毛促腺性激素等。

"避孕药，"杰克好像想起了什么，"你可以试着在注射避孕荷尔蒙的条件下制造一种伪怀孕的状态。"

"空间站上没有避孕药，急救箱中不会摆放这些东西的。"

"你检查过黛安娜的私人物品没有？"

"如果没有我们医生的允许，她是不会服避孕药的。我是这里的医生，这一点我还是知道的。"

"埃玛，请你无论如何都要检查一下她的私人物品。"

埃玛冲出实验室。在苏联服务舱内，她打开了黛安娜衣柜的抽屉。乱翻另一个女人的私人物品让她产生了一种罪恶感，即使这个女人已经死去。在叠得整整齐齐的衣物中她发现了一小袋糖，她以前从不知道黛安娜喜欢吃甜食，事实上，她对黛安娜的生活习性几乎一无所知。在另一个抽屉里，埃玛发现了香波、牙刷和月经带，没有避孕药。

她砰地一声把抽屉关上，"我在空间站上没找到能用的东西。"

"如果明天我们能发射航天飞机——如果明天你能得到这些避孕荷尔蒙——"

"他们不会同意发射航天飞机的，即使你真能开出一份药，但是把药送过来还需要三天呢。"

三天以后，她很有可能已经死了。

埃玛无力地靠在污血遍布的衣柜上，呼吸急促而又困难，身体上的每一块肌肉都紧绷着，她此时灰心失望到了极点。

"看来我们必须换一个角度来思考这件事情了，"杰克说，"埃玛，你别走开，我希望你和我在一起思考。"

埃玛狠狠地叹了口气。"我哪里都去不了。"

"为什么避孕荷尔蒙会对嵌合体起作用？这其中有什么奥妙呢？我们知道这些荷尔蒙具有某种化学意义——代表着细胞水平上的人体内环境，荷尔蒙是通过激发和抑制基因的活性进行工作的，通过改变细胞的功能……"杰克思索着，他想拓展自己的思维方向，找出一个合理的方案。"为了让荷尔蒙能起到防疫的作用，必须在锁定的细胞上找到一个特有的接收装置，这就好像是一把钥匙，只能配上一把独一无二的锁。如果我们能早点得到出自海洋科学中心的数据并花点时间好好研究一番——如果我们能够找出科尼格博士是否在这种有机体的基因组里掺入了其他动物的 DNA——那么我们一定可以抑制嵌合体的繁殖。"

"关于科尼格博士你知道些什么？她还在做什么别的科研项目吗？也许这是一个突破口。"

"我们得到了她的个人简历，我们也已经看过了她写的有关太古代细胞的论文。但尽管我们已经掌握了这些资料，她和她所在的海洋科学中心对于我们来说依然是一个谜。我们仍然在深挖关于他们的更多内幕。"

那会耗费宝贵的时间，埃玛想。时间对我来说已经不多了。

埃玛的双手由于长时间地抓着黛安娜的衣柜把手而变得非常疼痛。她松开手飘离了衣柜，心情十分沮丧。黛安娜柜子里的物品在她周围四散开来。首先散落出来的有大块的巧克力、M&M糖果和一大卷覆盖着玻璃纸的结晶生姜味糕点，这又一次验证了黛安娜对甜食的偏爱。埃玛突然注意到了最后落出来的那种食品。结晶生姜味糕点。

晶体。

"杰克，"她说，"我有了个主意。"

埃玛说着便奔出了苏联的实验舱，循原路返回美方的实验室，她的心跳不断地加快着。她来到实验室的负载计算机旁，黑暗的实验室里只有这台电脑的屏幕还在闪烁着奇异的光芒。埃玛调出行动数据文件，点击了一下名为"ESA"的文件夹，这是欧洲太空署的意思。这里集中记录了所有欧洲太空署负责试验的操作步骤和注意事项。

"埃玛，你想到了什么？"杰克的声音又一次出现在通讯线路中。

"你还记得吗？黛安娜正致力于蛋白质晶体生长的研究，这项研究是基于药物科学方面的考虑。"

"你说的是哪种蛋白质？"杰克立刻反应过来。埃玛知道杰克跟上了自己的思路。

"我正在查呢，这里有十几种……"

各种蛋白质依次在模糊不清的屏幕上闪现。屏幕上的游标在埃玛想要找的蛋白质名称上停住了：人体绒毛促腺性激素。

"杰克，"埃玛轻声说。"我想我为自己争取到了一些时间。"

"你找到什么了？"

"人体绒毛促腺性激素。黛安娜在空间站上培养了晶体，我必须通过输液把晶体中的这些蛋白质注入体内。现在晶体正放在真空状态的欧洲太空舱里，如果我现在就开始为欧洲舱减压，那么四五个小时以后我就能拿到那些晶体了。"

"空间站上有多少人体绒毛促腺性激素？"

"我在查。"埃玛打开实验文件，浏览了一下文件中的测试数据。

"埃玛？"

"等一下！我查到了最近的实验数据，接下去我还要查一下孕期人体中的人体绒毛促腺性激素水平是多少。"

"这个我来帮你查。"

303

"不，我自己找到了。好吧。如果我能在标准浓度的盐溶液中稀释这些晶体……再相对于我四十五公斤的重量……"埃玛把数字输入电脑。她有一个疯狂的想法。但是她不知道人体绒毛促腺性激素的生命周期和半衰期分别有多长，因此必须借助计算机进行计算。最后答案终于出现在了屏幕上。

"能坚持多久?"杰克问。

埃玛闭上了眼睛。时间不够长，不足以挽救我的生命。

"埃玛?"

埃玛松了口气，开始呜咽起来。"只能坚持三天。"

源　起

25

　　凌晨一点四十五分，杰克有点撑不住了，视线开始变得模糊，电脑屏幕上出现的字母在眼前忽隐忽现。"我们必须还要进行更多的调查工作，"他对身边格里森·刘说。

　　坐在键盘前的格里森·刘恼怒地看着杰克和高登，他们把她叫醒的时候，她在被窝里睡得正香呢。她没有来得及化妆以及佩带隐形眼镜就赶了过来。杰克和高登从来没有想到过他们优雅美丽的发言人也会呈现出这么一副黯淡无神的姿态。格里森鼻梁上挂着的那副厚重宽边眼镜使她眼角的皱纹看上去更加明显。"我告诉你们两个，通过数字图书馆帮你们找到的资料只有以下这些，关于海伦·科尼格，我没能找到什么有用的东西。关于海洋科学中心也只有些常规的公司新闻发布的资料。至于你们给我的那个名字帕尔默·加布里埃尔，你们也许已经看出来了吧，这个人不喜欢抛头露面。在过去的五年中，他只在《华尔街日报》的金融版上出现过一次，那是篇介绍海洋科学中心及其产品的商业性文章，没有提到任何生物地理方面的数据，在网络上甚至找不到他的照片。"

　　杰克把身体埋进座位揉了揉自己的眼睛。过去的两个小时，他们三人呆在公共事务办公室里查遍了网上数字图书馆中关于海伦·科尼格和海洋科学中心的每一篇文章。提及海洋科学中心的文章倒有不少，其中大多是介绍其产品的，从洗发水、药品到肥料，几乎应有尽有。但是对于科尼格和加布里埃尔这两个人的背景资料，他们几乎一无所获。

"重新输入科尼格这个名字试试吧，"杰克说。

"我们已经把她名字的各种不同拼法及其组合在电脑里试过了，"格里森说，"还是没有任何结果。"

"把太古代这个单词输进去。"

格里森叹着气输入了这个单词，然后把光标移到了"搜索"上。

一长串令人眼花缭乱的引文出现在屏幕上。

"远古的地球生物。科学家为发现新的生命形式而欢呼雀跃。"（《华盛顿邮报》）

"太古代细胞将成为这次国际会议的主题。"（《迈阿密先驱报》）

"深海中发现的新组织为我们提供了生命起源的线索。"（《费城探索者报》）

"伙计们，这样进行下去不会有什么进展，"格里森说，"光是读这个单子上的文章就要花费我们一整晚的时间，为什么我们不可以先让计算机帮我们把这些文章调出来，自己先去休息一下呢？"

"等等！"高登说。"请把光标挪到下面。"他指着屏幕底部的一段引文："'科学家死于加拉帕戈斯群岛的一次潜水事故'（《纽约时报》）。"

"加拉帕戈斯群岛，"杰克说，"科尼格博士就是在那里发现太古代细胞群的，就在加拉帕戈斯海沟里。"

格里森点击了一下链接，正文出现了，报道中的故事发生在两年以前。

版权所有：《纽约时报》。

分类：国际时事。

标题：科学家死于加拉帕戈斯群岛的一次潜水事故。

作者：朱利奥·佩雷斯，《纽约时报》特约记者。

正文：一位研究太古代海洋组织细胞的美国科学家昨天死于在加拉帕戈斯海沟发生的一起事故中。他乘坐的潜艇不幸嵌入海沟中的一个峡谷缝隙。今天早晨，加布雷拉号救援船已经用缆绳把遇险的潜艇拉上了海面，但并没有发现斯蒂芬·D.阿赫恩博士的尸体。

"就在昨天，我们知道他还在海底活着，但我们那时还来不及组织救援，"加布雷拉号上一位参与这次研究的科学家说，"他被困在一万九千英尺的水下。我们用了十几个小时才把潜艇弄出海下的山体缝隙并把它拖上来。

阿赫恩博士是圣迭戈加利福尼亚大学的地理学教授，他平时居住在加利福尼亚州的拉霍亚。

杰克说，"你们注意到没有，那条救援船的名字叫加布雷拉号。"

杰克和高登交换了一下眼神，他们同时被一种令人震惊的想法惊呆了：加布雷拉号。帕尔默·加布里埃尔。

"我打赌这是一艘海洋科学中心的船，"杰克说，"当时海伦·科尼格一定也在船上。"

高登的视线重新回到了电脑屏幕上。"非常有趣，对于阿赫恩是个地理学家这一点，你们怎么看？"

格里森打着呵欠问，"有什么奥妙吗？"

"在海洋探索船上，地理学家有什么可干的？"

"研究海底的岩石？"

"让我们用他的名字做一番搜索吧。"

格里森叹着气说："你们欠我一整晚的睡眠时间。"说着她在屏幕上打上了斯蒂芬·D.阿赫恩，而后马上又按下了搜索键。

屏幕上出现了一个列表，列表里总共有七篇文章。其中六篇记载的是他在深海中的死亡事件。

另外一篇发表于阿赫恩死前一年。

"在马德里进行的国际地理年会上，加利福尼亚大学地理学教授将展示他在陨石研究上的最新发现并做主题演讲。"（《圣迭戈联合

报》）

两人紧盯着屏幕，他们被所看见的内容惊呆了，半天说不出一句话来。

高登愣了半晌才轻声说，"杰克，就是这个了，他们竭力对我们隐瞒的就是这件事。"

杰克的双手一时失去了知觉，喉咙也渐渐发干。他的注意力集中在一个单词上，这个单词告诉了他一切。

陨石。

约翰逊航天基地长官肯·布兰肯什普的房子在克里尔湖畔的一长排房屋中并不显眼，许多基地的官员都住在这里。对于单身汉来说，这幢屋子未免太大了些。在安全灯光芒的照耀下，杰克发现门厅被整理得非常干净，外围的铁栅栏也擦得锃亮。凌晨三点门厅里还亮着安全灯，这很符合布兰肯什普的性格特征，在工作中他同样以注重安全著称。内部的人常说他对安全设施有一种病态的痴迷。也许现在就有一个监视探头在照着我们俩吧，杰克一边这样想着，一边和高登一起等待着布兰肯什普来为他们开门。门铃响过好几遍，里面的灯才亮了起来，接着布兰肯什普出现了，他矮胖的身体外披着睡衣，一副拿破仑的样子。

"现在可是凌晨三点啊，"布兰肯什普说，"你们两个来这儿干什么？"

"我们需要和你谈一谈，"高登说。

"我的电话坏了吗？你们难道不能事先打个电话给我吗？"

"我们不能用电话，不能在电话里跟你谈这事。"

三人一起步入房间，直到看着房门关严实了以后，杰克才开了腔，"我们已经知道了白宫方面想隐瞒的事情，我们也已经知道了嵌合体是从哪里出来的了。"

布兰肯什普看着杰克，刚才由于好梦被扰而掀起的怒火顿时被他抛之脑后。他转而看着高登，想从高登那里确认一下杰克是不是在瞎诈唬。

"我们知道了这种嵌合体是从哪里来的，因此所有发生的事情都顺理成章了，"高登说，"为什么陆军传染病研究所要千方百计隐藏这个秘密，为什么白宫会视之为心腹大患，这两个问题都有了答案，这是因为我们所面对的这种有机体的行为方式是之前任何医生所从未遇见过的。"

"你们是怎样发现的？"

杰克回答了这个问题。"我们知道在嵌合体里有人类、鼠类和两栖动物的 DNA。但是传染病研究所对我们隐瞒了在基因组里是否还有别的生物的 DNA。他们没有告诉我们嵌合体到底是什么物质，也没有告诉我们它来自哪里。"

"你们昨晚不是告诉我这些兴风作浪的小东西是出自海洋科学中心送上空间站做实验的太古代细胞组织吗？"

"那时我们是这样认为的。但是太古代细胞本身并不危险，它们不会使人类患病——因此航空航天局才会批准这项实验。但是送上太空的太古代细胞在某些方面与一般的太古代细胞是不同的，这一点海洋科学中心并没有告诉我们。"

"什么不同？你能解释一下吗？"

"不同点在于它的出处是加拉帕戈斯海沟。"

布兰肯什普摇了摇头。"我看不出这有什么不同的。"

"这些组织是被一艘名为加布雷拉号的科考船上的科学家发现的，这艘船属于海洋科学中心。其中有一位科学家名叫斯蒂芬·D. 阿赫恩。他在探索开始前最后一刻被请上船做专职顾问。但是在科考过程中，他却遇难了。他乘坐的潜艇被夹在海沟底部的缝隙中，空气耗尽后，他死于窒息。"

布兰肯什普什么也没有说，只是紧紧地盯着杰克。

"阿赫恩以对陨石的研究而蜚声于世，"杰克说。"陨石是流星与地球相互撞击时产生的大块岩石，这是阿赫恩教授的研究领域——地理学中流星和小行星的分支。"

布兰肯什普还是没有说话。*为什么他没有反应？*杰克思考着。*难道他还不明白我的意思？*

"海洋科学中心邀请阿赫恩去加拉帕戈斯海沟是因为他们需要得到专家在地理学方面给出的意见,"杰克说,"他们想知道在海底发现的东西到底是什么。会不会是小行星的残骸。"

布兰肯什普的脸变得十分僵硬,他转身向厨房走去。

杰克和高登跟着他来到了厨房。"这就是白宫害怕嵌合体的真实原因吧!"杰克说,"他们知道它从哪里来,知道它的属性。"

布兰肯什普拿起话筒开始拨号。片刻后他开始说话,"我是约翰逊基地的长官肯尼思·布兰肯什普,我需要同杰拉德·普罗法特交谈。是的,我知道现在是几点。但眼下的事十万火急,如果你能帮我转接到他家……"接着是一阵长时间的等待,终于布兰肯什普开口了,"他们全都知道了。不,我没诉他们。他们是自己发现的。"短暂的停顿。"杰克·麦卡莱姆和高登·阿比。是的,先生,他们现在都在我的厨房里。"说着他便把话筒交给杰克。"他想跟你们通话。"

杰克拿起话筒。"我是麦卡莱姆。"

"有多少人知道了?"杰拉德·普罗法特首先问到了这一点。

杰克马上领会了这条信息的敏感程度。他说,"我们医疗组的人都知道了,还有海洋科学中心的一些人。"杰克只说了这些,他认为最好不要向普罗法特提及具体的姓名。

"你能让他们对这件事保密吗?"

"那要看了。"

"看什么?"

"看你们的人肯不肯和我们合作,并把所有的信息分享给我们。"

"麦卡莱姆医生,你们想要什么?"

"我们需要你们做到完全透明,把所有关于嵌合体的信息提供给我们。其中要包括尸检结果以及你们所做的医学实验的数据。"

"我们如果不肯拿出来呢?你们会采取什么行动?"

"航空航天局的同事会同时向这个国家的所有新闻机构发传真。"

"你们能告诉他们什么呢?"

"我们会把真相告诉他们,告诉他们这种有机物并不是地球原生的。"

听筒那边沉默了。即使拿着话筒，杰克还是能听见自己心跳的声音。我们猜测的准确吗？我们是否发现了真相？

普罗法特说，"我这就授权罗曼医生把所有事实都告诉你们，他会在怀特桑兹等待你们的到来。"电话挂断了。

杰克挂上话筒，看着布兰肯什普。"布兰肯什普？"

布兰肯什普的沉默只是激起了杰克的愤怒，他向前跨了一步，怒目圆睁，布兰肯什普被这股气势威慑住了，退到厨房的墙边。"你到底知道多长时间了？"

"只有——只有几天。我宣誓了要保密的。"

"是我们的人在那里等死！"

"我没有别的选择！所有人都被吓坏了！白宫，甚至还包括国防部。"布兰肯什普深吸了一口气然后直视着杰克。"你一到怀特桑兹就会明白我的意思。"

八月二十日

埃玛用牙齿紧咬住止血带的一头，把绷带绷紧。左臂上的静脉像蓝色的蠕虫一般在她苍白的皮肤下呼之欲出。她飞快地在肘前端静脉处抹上了一点酒精，然后两眼畏缩地看着针尖。突然她像个不可救药的瘾君子似的把针筒里的所有药物注入了静脉，连其间止血带从手臂上脱落下来都浑然不觉。注射完以后，她闭上双眼，任身体在空中自由悬浮，她想象着绒毛促腺性激素的带着希望沿静脉流向心脏和肺叶，然后再由心脏输送到动脉和毛细血管中。她好像已经感觉到了药效，头疼消失了，体内火烧般的高温也在渐渐退去。还剩三剂，她想，还能坚持三天时间。

她想象着自己已经游离出了体外，然后她看到了自己。从远处看，自己就像一个浑身斑点的婴儿蜷缩在一口棺材中，嘴角边流出一长串黏液，黏液在空气中断成几段，每一段看上去就像蛆一样蠢蠢欲动。

她突然张开眼睛，意识到刚才一直沉浸在睡梦中。身上的衬衫被汗水浸透了，这是一个好迹象，这意味着烧开始退了。

她按摩着太阳穴，想尽快从梦境中解脱出来，但她一时无法摆脱虚幻的梦境；真实世界和凶险的梦境仿佛重合到了一起。

埃玛脱下满是汗水的衬衫，换上了一件从黛安娜柜子里拿出的干净衬衫。尽管做了噩梦，但短暂的小憩使她精神焕发，她又可以重新出发，寻求新的解决方案了。她飘进美国实验室，调出关于嵌合体的所有文件，这是一种来自地球外的有机物，托德·卡特勒曾经告诉过她，所有航天局了解到的关于这种生命体的资料都已经传到了空间站的电脑上。她浏览着这些文件，希望能找到新的线索，找到其他人还没有想过的新方法，但是她所查阅的大多数文件都是雷同的。

她无意中打开了一个基因文件，屏幕上当时出现了一个由 A、C、T、S 组成的貌似永无止境的核苷酸序列。这就是嵌合体的基因码——传染病研究所就只提供了经过他们挑选的一部分，埃玛恍惚地看着这串代码飞快地滚下屏幕，她心里十分清楚，屏幕上闪现的就是她体内外星生物的实质。是对付敌人的武器，但前提是必须知道如何利用这些代码。

武器。

埃玛突然想到杰克先前提到的有关荷尔蒙的一句话。必须在锁定的细胞上找到一个特有的接收装置，这就好像是一把钥匙，只能配上一把独一无二的锁。

为什么绒毛促腺性激素这种哺乳动物的荷尔蒙可以抑制外星生命形式的繁殖？她思考着。为什么这种与地球上一切生物体相异的外星有机物，会正好拥有一把与人类特定荷尔蒙相配的锁头？

电脑屏幕上，核苷酸序列滚到了尾部。埃玛看着屏幕上闪烁的游标，她想到了嵌合体的基因是攫取了地球若干物种的 DNA 而最终形成的，因此，它变成了部分人类、部分鼠类、部分两栖动物的怪异的生命形式。

她连通了与休斯敦的联系。"我需要同生命科学委员会的人通话，"埃玛说。

"指定某人吗？"联络员问道。

"最好是两栖动物研究者。"

"沃特森医生，你稍等一下。"

十几分钟以后，航天局生命科学委员会的一位王博士出现了。"你有两栖动物的问题要问?"

"是的，我想咨询一下有关豹纹蛙的问题。"

"什么问题呢?"

"如果把豹纹蛙和人类的荷尔蒙放在一起，会发生什么事?"

"哪种特定的荷尔蒙?"

"雌激素，或是绒毛促腺性激素。"

王博士没有丝毫犹豫便回答了这个问题。"从总体上来讲，环境中的雌激素对蛙类是有害的。实际上，科学家对于这个课题已经做了很多实验，有相当一部分科学家认为，目前世界范围内的蛙类数量减少是由于小溪和池塘被类雌激素物质污染而造成的。"

"什么是类雌激素物质?"

"指的是某类杀虫剂。这类杀虫剂是仿雌激素的构造发明的。它们能破坏蛙类的内分泌系统，使蛙类不能继续繁殖或生长。"

"照你这么说，这种雌激素是不会伤害人体的吧!"

"是的，它只能破坏蛙类的繁殖。"

"是不是蛙类对雌激素特别敏感?"

"哦，是的。蛙类比哺乳动物更敏感。再加之青蛙的皮肤是可透水的，因此，一般而言，它们更易受到毒素的感染。这就是它们的阿喀琉斯之踵①。"

阿喀琉斯之踵，埃玛愣住了，慢慢沉思起来。

"沃特森医生?"王博士问，"你还有别的什么问题吗?"

"我还有一个问题要问您。存不存在一种疾病或毒素能够杀死青蛙，但却伤害不了哺乳动物?"

"你提出了一个有趣的问题。我们先从毒素来说吧，它的摧毁性

---

① 阿喀琉斯是古希腊神话中的海神之子，是一个战无不胜的勇士。他虽然号称刀枪不入，却有一个致命之处——脚后跟。后来在特洛伊战争中，被箭射中脚后跟而丧命。"阿喀琉斯之踵"常被用来形容令人致命的弱点。

主要取决于使用的剂量。你给青蛙喂上一点砒霜，它马上就会死。但是人服用了大剂量的砒霜同样也会死。至于由细菌引起的疾病，比如说是某种特定的病毒或真菌，它们也许只能杀死青蛙。我不是医生，所以我也说不清它们是否对于人体来说是绝对无害的，但是——"

"病毒？"埃玛打断了王博士的话，"你指的是哪几种？"

"好吧，比方说，蛙病毒属。"

"我从来没有听说过这类病毒。"

"世界上只有两栖动物专家才知道它。它们是 DNA 类病毒，属于虹彩病毒的一部分，我们认为这种病毒就是导致蝌蚪水肿综合症的根源，蝌蚪得了这种病后，身体会肿胀得很大，并伴有出血症状。"

"这对蝌蚪来说是致命的吗？"

"确实是的。"

"这种病毒能杀人吗？"

"我不知道，我想没有任何人知道这一点。我只知道蛙病毒属几乎杀死了世界范围内所有的青蛙。"

阿喀琉斯之踵，埃玛想，我终于把它找出来了。

嵌合体在把青蛙的基因加入到自己的基因组以后，具备了两栖动物的某些特征，其中就包括两栖动物的易受损伤性。

埃玛问："有没有什么办法能够得到这种蛙病毒属的活体样本？我在想是否可以用它来对付嵌合体？可以做个实验来验证一下。"

王医生思考了很久。"我可以试一试，"他说，"没有人尝试过这种实验，甚至没有人想过——"

"你能得到这种病毒吗？"

"当然可以，我知道在加利福尼亚就有两家两栖动物实验室目前正在进行有关活性蛙病毒属的实验。"

"那就拜托你了。还有一件事要请你帮忙，请你把这个消息告诉麦卡莱姆医生，他也需要知道我们的这一进展。"

"他和高登·阿比刚从这里出发前往怀特桑兹，等他们到了那里我再和他们联系吧！"

汽车在公路上飞驰，扬起了荒漠上的阵阵沙尘，野草根漫天飞散。杰克和高登驾车经过警卫室，进入到通电的铁篱笆里面。两人跳下汽车斜睨着天上的太阳，太阳呈现出橘黄色，光晕的四周灰蒙蒙的，这是大气被沙漠遮天蔽日的扬尘所污染而形成的景观。两人从埃灵顿到这里的一路上，只是见缝插针地休息了几个小时，因此，当杰克直视阳光的时候，眼睛感觉有些疼痛。

"先生们，跟我来，"司机说。

他们跟着司机步入大厦。

这次军人对他们俩的接待方式与杰克上次来时截然不同。护卫他们的士兵显然比上次更有礼貌。伊萨克·罗曼医生亲自到前台迎接他们的到来，虽然他对两人的来访显得并不十分高兴。

"麦卡莱姆医生，只允许你一人和我一起进去，"他说，"阿比先生必须在这里等，这是我们事先说好的吧！"

"我没有和任何人达成过这种协议，"杰克说。

"普罗法特先生以你的名义这样交代过。正是因为受到了普罗法特先生的特别关照，我们才会允许你进入这幢大楼。我没有什么时间陪你，因此不要在这件事上跟我讨价还价，损失的是你的时间。"说完他便转身走向电梯。

"别老拿军队的陈腐规章来唬人！"高登说，"你们去吧，我在这里等。"

杰克跟着罗曼走进了电梯。

"我们先去地下二层的二级动物实验区，"罗曼说，"我们把实验用动物都放在了那里。"电梯门打开就看见了一面玻璃墙，这就是动物实验区的观察窗。

杰克走上前去，看着实验区里的景象。十来个穿着防污染服的工人正在装着蜘蛛猿和犬类的笼子里工作着。正对玻璃墙的是一排被玻璃面板覆盖间隔的鼠笼。罗曼指着这些鼠笼对杰克说，"每一个笼子上都标注有老鼠被感染的日期和时间，我想不出有什么办法能更好地观察染病老鼠的死亡过程。"

在标注着"一天"的笼子中，六只老鼠显得非常健康，正生气勃勃地相互打闹着。

下一个笼子标注着"两天"，病征开始显现，六只老鼠中有两只在不停地打冷颤，眼睛里充满了血丝。另外四只则扎堆抱在一起昏睡。

"感染嵌合体的头两天，"罗曼说，"是嵌合体自身的复制阶段，你应该十分清楚，这和地球上的那些传染病毒完全不同，地球上的生命体只有到了成熟期才开始繁殖，而嵌合体却是先复制繁殖，然后再开始生长，它们繁殖的速度极快，在四十八小时里一个嵌合体细胞能够复制到一百多个。一开始它们只能在显微镜下才能被看见——肉眼是绝对看不见的。因为它的体积非常小，所以可以在人丝毫没有察觉的情况下，被呼吸进体内或是被身体粘膜吸收进去。"

"这么说来，在生命周期的早期阶段，它们就是具有传染性的了？"

"应该说，在整个生命周期里，它都是具有传染性的。它们一旦被释放到空气中就会对生命体产生威胁，这通常发生在受害者死亡时和死后尸体解剖或自然分解的时刻。一旦你被嵌合体感染了，它就开始在你体内繁殖，每个分裂的个体自由地生长，生长成……"他停顿了一下，"我们甚至不知道应该如何称呼它们。也许可以像你们一样把它称为卵物质吧，因为在它的中心包含有一个类似幼虫的生命形式。"

杰克的目光转移到了下一个"三天"的笼子，笼子里所有的老鼠都在抽搐着，四肢扑打着像是身体受到了持续的电击一样。

"到了第三天，"罗曼说，"幼虫生长得极快，它们会渐渐占领宿主的脑部，把宿主本身的脑物质排挤出去，从而破坏神经系统的绝大部分功能。到了第四天……"

两人接着伸头去看第四个笼子，在这个笼子里，只有一只老鼠还活着。尸体还没有被移走，尸体的腿部已经僵硬，嘴巴大张着。后面还有三个笼子，在这些笼子里，可以看到死鼠的分解过程。

到了第五天，死鼠开始膨胀。

第六天，肚子已经胀得很大，皮肤因被拉紧而翘了起来，黏液从

318

张开的眼睛中滴落下来，在鼻孔上闪闪发光。

还有第七天……

杰克在观察窗前停住了，他盯着"七日"的笼子，分解的尸体像被抽了气的气球一样散落在笼子的底部，皮肤完全裂开，显露出身体内部一团团发黑散开的内脏，在一只老鼠的脸上粘有一大团混沌胶粘的球体，球体还在不停地颤动着。

"卵物质，"罗曼说，"在这个阶段，尸体的体腔内布满了这种物质，它们以令人惊异的速度快速生长，不断蚕食着尸体的体内组织，消化着尸体的肌肉和器官。"他看了看杰克，"你熟悉寄生胡蜂的生命周期吗？"

杰克摇了摇头。

"成年胡蜂把它们的卵注射到活的毛虫的体内，幼虫在生长过程中，不断地吸收着宿主的淋巴液。在这个过程中，宿主还是活的。接着幼虫会不断蚕食宿主的内部器官，直到幼虫最后从死亡宿主的身体中挣脱出来。"罗曼看着这些死鼠说，"这些幼虫也同样在活的宿主身体内部繁殖生长，它们就是杀死宿主的罪魁祸首。那些幼虫先是集中到脑部，慢慢地销蚀脑灰质的表面，然后破坏毛细血管造成内出血，从而增加脑内的压力。接着眼部因充血而爆裂，宿主开始体验到由于眼瞎而造成的头疼，继而神志不清，步伐变得像醉汉一般摇晃。在感染的三到四天时间内，宿主就会死亡，但是这种幼虫还会继续蚕食尸体，攫取尸体的DNA，用这些DNA来加速自身的进化。"

"进化成什么？"

罗曼看着杰克。"我们目前也不知道嵌合体最终会变成什么样。每一代新的嵌合体都会从不同的宿主身上得到新的DNA，我们现在面对的嵌合体已经和最初遇见的嵌合体不一样了，它的基因组变得更加复杂，生命形式也更为先进。"

更多不同人的DNA，杰克想。

"这就是我们对外界保密的原因，"罗曼说，"任何恐怖组织或是敌对国家都有可能到加拉帕戈斯海沟去挖掘太古代细胞，一旦落入到他们手中……"他的声音消失了。

"也就是说这种物质完全不是人造的。"

罗曼摇了摇头，"这种物质是无意中在深海海沟中被发现的，然后被加布雷拉号带回了陆地。起先科尼格博士认为自己发现了一种新型的太古代细胞。但是，她发现的却是我们面前的这种嵌合体。"他面无表情地望着眼前这堆蠕动着的卵物质。"一千多年以来，这种物质一直处于海平面一万九千英尺的小行星碰撞地球遗留的残骸中不得脱身，事实是它们一直生活在深海中，而不是在陆地上。"

"现在我明白你为什么要用高压氧舱进行测试了。"

"我们考虑上千年以来，嵌合体一直是比较温和地生存在高压环境中的。如果我们可以重现这种高压环境，也许能使它重现温和的习性。"

"你们做到了没有？"

罗曼摇了摇头。"只是在一个很短暂的时间段内达到了我们想要的效果。嵌合体的习性已经被太空中的微重力改变了。也就是说，当它被带到国际空间站以后，微重力激活了它的繁殖机制，这个转变过程对地球上的生物体来说是致命的。突然失去了重力的束缚使嵌合体能够无拘无束地繁殖。"

"高压氧舱的疗效能维持多久呢？"

"被感染的老鼠在高压氧舱内一直很健康，我们最早放进去的一批呆在里面已经有十天之久，它们到现在都安然无事。但一旦把它们拿出来，病势就会不断恶化。"

"你认为蛙病毒属会有什么效果吗？"一小时以前航天局生命委员会的王博士刚把埃玛的最新发现简要地通报给了杰克。几乎在同一时刻，罗曼的实验室也收到了由空军飞机载来的两栖动物病毒。"我们航天局的科学家认为这种病毒会对嵌合体起作用。"

"理论上这是行得通的。但是光凭这一点就要派一架航天飞机去展开救援行动还为时尚早，首先我们必须要验证蛙病毒属的疗效，不然我们就有可能搭上另一个机组的性命。我们必须先对这种病毒进行测试，说白了吧，至少要几个星期才够。"

埃玛可等不了几个星期，杰克想，她那边只有三天剂量的绒毛促腺性激素。他看着堆满死鼠的笼子一言不发，笼子里的卵物质正在腐烂的尸体身上闪闪发光。现在要靠我去为她争取时间了。

时间，他的脑海中突然产生了一种想法。他想到了罗曼医生刚才提到的一句话。

"你告诉我，呆在高压氧舱里的老鼠已经存活了十天，对吗？"

"是这样的。"

"但是现在距离发现号的失事也才有十天啊？"

罗曼躲闪着杰克的视线。

"你一开始就准备做这种高压舱实验了吧，这意味着早在尸检之前，你们已经知道了要对付的是什么物质。"

罗曼转身便朝电梯走去，杰克一把抓住他的衣领，把他的身体整个扭转过来。罗曼惊讶地喘着粗气。

"送上太空去的实验对象并非用于商业用途，"杰克说，"是不是？"

罗曼甩开杰克的手，踉踉跄跄地向后退去，身体靠在了玻璃墙上。

"国防部把海洋科学中心当做一个幌子，"杰克说，"你付钱给他们，让他们把嵌合体替你带上太空。这样就可以掩盖嵌合体用于军事目的的事实。"

罗曼出其不意地一个侧身，摆脱了杰克，想往电梯那里逃。

杰克伸手抓住罗曼穿的实验服，这回他拉紧了罗曼的衣领。"这不是什么生物恐怖主义，这完全是你由于自己的错误引起的！"

罗曼的脸红得发紫，"我——我透不过气了。"

杰克放开了罗曼，罗曼的身体靠着墙壁一点点往下沉，脚一软，一屁股坐在了地上。他一时说不出话来，只是瘫软地坐在地上，竭力想稳住呼吸。最后他终于能说话了，但声音却仿若耳语。

"我们没有别的方法知道它在失去重力的情况下会如何表现？"

"但你们知道它来自外星。"

"是的。"

"你知道它就是嵌合体，还知道它已经具备了两栖动物的 DNA。"

"不，不，我们真不知道这事。"

"不要跟我打马虎眼。"

"我们不知道蛙类的 DNA 是怎样进入嵌合体基因组的！这个过程肯定发生在科尼格博士的实验室里，这是一个天大的错误。科尼格博士在海沟里发现了这种物质，也是她最先意识到了它的来历和价值。海洋科学中心知道我们会感兴趣的。一种地球外的有机物——我们当然很有兴趣！国防部把这项实验命名为 KC－一百三十五，并为它在太空站上的实验舱位买单。但是它不能作为军方的正式实验送上太空，那样这个实验就要经过许多相关委员会的审核，回答许多问题。航空航天局会奇怪军方为何会对一种海洋微生物感兴趣。但是，如果把它作为私人组织的实验就不会被问到什么问题，因此我们把它作为商用物资送上了太空，由海洋科学中心作为赞助商，指定科尼格博士作为首席研究员。"

"科尼格博士现在人在哪里？"

罗曼慢慢站起身来，"她已经死了。"

这个消息让杰克吃了一惊。"怎么会死了？"他的声音低了八度。

"她死于一场事故。"

"你认为我是这么好骗的吗？"

"这是事实。"

杰克仔细琢磨着罗曼的语气和表情，发现他并不像是在说谎。

"这起事故是差不多两周以前在墨西哥发生的，"罗曼说，"刚好是在她从海洋科学中心辞职以后，她乘坐的出租车在事故中完全毁损了。"

"那么你怎么解释陆军传染病研究所对科尼格实验室进行的那场劫掠呢？你难道敢拍胸脯保证说你没有参与其中吗？我可以肯定，你一定亲眼目睹了实验室文件被销毁的那一幕。"

"我们正在谈论一种外部世界的生命形式，这种有机物比我们所能想象到的更可怕。我承认，这次实验是个错误，是场灾难。但是，你也要考虑一下，这些信息如果被恐怖分子窃取，那会引发怎样的灾难。"

这就是航空航天局被蒙蔽的真实原因，如果不是杰克和高登坚持要调查下去，真相很可能永远不会公之于众。

"麦卡莱姆医生，你还没有看到这种有机物最危险的一面，"罗曼说。

"你指什么？"

"我还有其他的东西想让你瞧一瞧。"

他们乘着电梯下到了地下三层，终于进入到黑暗地牢的最深处，杰克想。出了电梯他们又遇到了一面玻璃墙，比上层更多的工人穿着防护服在里面工作着。

罗曼按了一下内部通话系统的按钮说，"你们能把样本拿出来给我们看一下吗？"

一个实验室助手点了点头。她来到一个铁制的拱门前，旋开了复合锁，然后消失在铁门后面。过了一会，她推着一辆小车又出现了，车上的托盘里放着一个铁制的容器，她把小车推到观察窗旁让外边的人观看。

罗曼点头向实验助手示意着什么。

她打开铁容器，取出一个有机玻璃制成的圆柱体，然后把它放置在托盘上，圆柱体内的生物在甲醛溶液的浇灌下轻微地上下跳动着。

"我们是在松山健一郎的脊柱内侧发现它的，"罗曼说，"当发现者号坠毁时，健一郎的脊柱保护了它。因此当我们把它取出来的时候，它还是活着的，但也仅仅是在苟延残喘。"

杰克想发表自己的见解，但他一句话也说不上来，他被眼前圆柱体里的生物吓坏了。此时他只能听见排风扇发出的嘶嘶声和自己狂乱的脉搏声。

"幼虫最后长成了这个样子，"罗曼说，"这就是嵌合体生长的下一个阶段。"

杰克终于明白了军方及白宫保密的理由。有机玻璃圆柱体内福尔马林溶液中保存的生命体解开了所有的疑团。虽然在采集时被碾压过了，但它的核心部分还是清晰可见，它的中心有一层透明的两栖动物的皮肤，还有一根幼虫的尾巴。另外杰克还看到一个胚胎类物质缠绕在脊柱上——不是两栖动物，而是一种更令人感到恐惧的动物胚胎，因为观察者一眼就能看出它的基因特征。更像哺乳动物，杰克想。甚至有可能是人的雏形。它长得越来越像它的宿主了。

通过感染其他物种，它可以一再改变自己的面貌。它可以攫取地球上任何有机物的 DNA，不论对方有多大的体型。最终它将摆脱供其生长和繁殖的宿主，独立自主地生长和繁衍，也许它甚至会比世界上的一切生物都更有智慧。

埃玛的身体成了嵌合体活的护养所，它们正在她的身体里滋润地生长着。

杰克站在大楼旁的一块停机坪上看着面前荒芜的临时跑道，此时他的身体还延续着刚才在地下室时的状态，不断地颤抖着。把他和高登带到怀特桑兹空军基地的吉普车在视线所及的尽头渐渐缩小成一个光点，扬起一阵阵扇形的尘土。眼睛由于接触了直射下来的太阳光线而流出了泪水，一时间沙漠游移出了视野，在泪水的光影中忽隐忽现，就好像在水底一样。

杰克擦干泪水，转身看着高登。"没有别的办法了，咱们就这么干吧。"

"那样做的话风险太大了，出差错的可能性很高。"

"飞行器发射总会有风险的，每一次发射、每一次执行任务都是这样，这一次又有什么不同呢？"

"但这次发射和航天局的发射是完全不同的，没有做任何预案，也没有后援。依我看，采取这样的行动太不计后果了。"

"但我相信他们能让发射成功，还记得他们的口号吗？体积更小，速度更快，价格更实惠！"

"好吧！"高登说，"但就算你能顺利从发射架上出发，就算空军不会对远地者二号采取任何措施，你到了空间站上还会遇到一个更大的问题：如果蛙病毒属在太空中对嵌合体不起作用，到那时你该怎么办？"

"高登，从一开始有一件事我就没弄明白：为什么两栖动物的

DNA 会进入嵌合体的基因组中？嵌合体是怎样获得蛙类基因的？罗曼认为这是一次事故，是在科尼格实验室中发生的一次悲惨的错误。"杰克说着摇了摇头，"我根本不赞成他的说法，我认为是科尼格故意把蛙类基因掺进去的，她把这种基因当作一种保护措施。"

"我不明白你的意思。"

"也许她想在了前面，她估计到了发生危险的可能性。如果这种全新的生命形式在无重力环境下发生了变异，如果我们所说的嵌合体失去了控制，她希望到那时能有一种方法去消灭它们。也就是在它们的防御体系中找到一个类似后门那样的物质。我想就是这个了。"

"某种蛙类病毒？"

"是的，它肯定对嵌合体是有效的，它一定会有效，对于这一点我可以拿生命来当赌注。"

两人之间刮过一股狂风，扬起尘沙和一些散碎的纸片。高登转身看着停在停机坪上那架从休斯敦飞来的小型飞机深深地叹了口气，"可不能轻易拿生命做赌注啊！"

26

八月二十二日

卡斯珀·穆霍兰德已经狼吞虎咽地吃下了三包消食片，但是他仍然觉得整个胃部在向外冒着酸气。几十米开外，远地者二号像一只箭一样竖立在沙地上。对于围观的人群来说，它并不是特别显眼，在场的大多数人曾经亲身经历过航天飞机发射时惊天动地的壮观景象，曾经被航天飞机一轮轮的冲天巨焰所深深地震撼过，但是就眼前的远地者二号来说，它并不像航天飞机，充其量只是儿童玩具而已。卡斯珀能清晰地看见站在新建观礼台上的观众越过荒凉的沙漠地带，投射在发射架上的失望眼神。每个观众都希望看到体型巨大、气势磅礴的飞行器，人人都钟情于形体和力量。优雅简单却灵巧微小的东西吸引不了他们的兴趣。

又一辆车停在了观礼台边，一拨新的参观者从车里鱼贯而出，他们一下车，便纷纷抬起手遮蔽刺眼的清晨阳光。他认出了其中的马克·卢卡斯和哈什米·拉希德，这两个人三周以前曾经到机库实地参观过远地者飞行器。当他们看着发射架时，卡斯珀看见他们的脸上也显露出与前一批客人相同的失望神态。

"我们离发射架还能近一点吗？"卢卡斯问。

"恐怕不行，"卡斯珀说，"为了你们的安全着想，你们只能呆这么远，毕竟助推剂有爆炸的可能。"

"但是我们想在近处观察一下发射的步骤。"

"可以让你们到空地联络中心去观看发射过程，那里的地位相当于休斯敦基地里的任务控制中心。远地者离开发射架以后，我会马上开车带你们到那里去，你们可以在联络中心里仔细地观察一下它是怎样进入近地轨道的。卢卡斯先生，任何一个机械工程团队都能研制出发射航天器的装置，而我们这次测试的核心是怎样使远地者二号安全地进入太空轨道，然后再飞越空间站，这是一个远比发射更为复杂的过程。我们之所以把演示时间推迟了四天也是出于这个原因，因为今天处于一个更为合适的发射窗口①，更易于向你们演示飞行器同空间站对接的过程。一言以蔽之，远地者二号就是航空航天局梦寐以求的那种飞行器。"

"这次大概不能做实际的对接吧？"拉希德问。"我听说空间站正处于检疫隔离状态。"

"是的，这次并不能实际对接。远地者二号只是我们做的一个雏形。飞行器目前不能真正与国际空间站对接的原因是因为我们还没有为它装备一套轨道对接系统。但是我们会让它尽量接近国际空间站以表明我们已经具备了对接的技术能力。你看，我们的飞行器可以在短时间内调整发射的日程，这是我们产品的又一个卖点。太空飞行中最重要的是灵活性，没有预见到的事情随时都有可能发生。我的同事苏利文·阿比所遭遇的车祸就是一个最新的例子。你一定已经注意到了，即便阿比先生骨盆骨折了，我们也没有取消发射，而是改由通过地面来控制整个过程，这就是我所说的灵活性。"

"推迟发射的某些原因我是能够理解的，"卢卡斯说，"比如说恶劣的天气。但是这几天没有气候问题，因为什么原因要推迟四天，我到现在也没有弄明白。正因为如此我们的一些合伙人不能及时赶到这里观摩发射过程。"

---

① 航天术语，指为完成特定任务而发射宇宙飞船时的发射时限。

卡斯珀感觉到最后一颗消食片已经完成了它的消酸作用，口腔里又开始有点泛酸。"原因很简单，"他拿出一块手绢擦拭着前额的汗水。"这和我前面向你提到的发射窗口有关。空间站所处的轨道与地球运行轨道之间有五十一点六度的夹角，如果你手里有一张太空轨道图，你就会发现空间站与地球之间的角度在正负五十一点六度之间变化。随着地球的自转，这张图上的空间站距离近地轨道的距离也在不断地增减。另外，地球也不是一个纯粹的球体，这又进一步加深了对接的复杂性，因此，我们认为太空站运行轨道和发射路线重合的那个时间点将会是发射飞行器的最佳时机。考虑到这许多种影响发射和对接的因素，我们制定了好几种不同的发射方案。当然还有许多看似渺小但影响重大的问题，比如说放在白天还是晚上发射，允许的发射角度，最新的天气情况……"

　　客人的眼睛变得呆滞无神起来，卡斯珀心里一沉，感觉仿佛马上就要失去这个客户了。

　　"分析了所有的因素，"卡斯珀摆出了一副非常自信的样子。"我们认为今天早上七点十分是最适合的发射时间，你们不是也希望看到一次完美的发射吗？"

　　卢卡斯抖了抖身体，就像是一只疲乏的大狗刚从小憩中清醒过来。"是的，当然如此。"

　　"我还是想离发射架近点，"拉希德先生显得很不甘心，他看着远处发射架上飞行器顶部的扁头，目光中流露出渴望。"离得这么远，我们根本看不到什么，从这里看过去太小了，难道不是吗？"

　　卡斯珀竭力掩盖着自己紧张的情绪，脸上堆满了逢迎的笑容，"拉希德先生，你听说过这样一句话吗：决定结果的不是事物的大小，而是你处理它的方法。"

　　只有靠这最后一搏了。杰克想。一串汗珠从他的太阳穴上方滴落下来，积淀在飞行头盔的边缘。杰克试着控制自己的脉搏速度，但是他的心却像一头狂暴的野兽一般想要飞冲出胸腔。这么多年来的梦想在这一刻终于要实现了：坐在飞行器的驾驶座上，头盔紧闭，氧气从管道里徐徐吸入，倒计时渐渐走向终点。在梦中，杰克从来没有害怕过，有的只是兴奋和期待。但是一旦身临其境，恐惧感却油然而生。

"离发射还有五分钟，我们将进入最后的倒计时阶段。"通讯器的那头传来高登·阿比沉静的声音。在怀特桑兹到内华达的来路上，今天早些时候杰克在远地者机库换装的时候，最后在他们驾车穿过沙漠前来发射架的途中，他反复询问过杰克要不要改变主意。现在对于杰克来说是最后的机会了。

"我们现在还可以终止倒计时，"高登说，"我们还可以停止这次发射任务！"

"我一定要上去。"

"那么这将会是发射以前我们之间的最后一次通话联系了。接下去的相当长一段时间内我们之间什么联系都不会有，你得到的数据传不到地面上，你也接收不到空间站的讯息。只有当我们终止整个行动，让飞行器带你回家的那个时刻，我们才能再次联系上你。"如果还有那个时刻的话。这句话高登没有说出口。

"我明白。"

一阵难熬的沉默过后，高登又开腔了。"你没有必要这样做，没有人希望你做这件事。"

"不必再多说了，你就在下面好好地看着吧，好吗？"

高登的叹息声在耳机中显得特别清晰。"好吧，祝你一路顺风，还有三分钟了。"

"高登，谢谢你为我所做的一切。"

"杰克·麦卡莱姆，上帝会祝福你的！"

这时通讯线路中突然夹杂进了许多杂音。

这可能是我听到的最后一段声音了，杰克想。从这个时刻起，唯一同地面的联系便是他面前控制台上导航和飞行电脑中从远地者地面控制中心实时传输上来的数据。飞行器将按照这些数据的指令飞行，杰克在驾驶舱里什么事都做不了，和呆头呆脑的实验猴没有什么两样。

他闭上眼睛倾听自己的心跳声，心跳已经平静了下来。他此时觉得特别镇定，仿佛已经准备好去面对任何可能发生的变故。飞行器两侧发出嗖嗖的燃料助推声，飞行器与发射架分离的时刻就要到来了。杰克的脑海中出现了碧蓝无云的天空，大气层像海水一样深邃，他必须穿过像海水一般密集的大气层才能进入到那寒冷、清澈的外层太空世界。

来到埃玛正在垂死挣扎的地方。

观礼台上的人群陷入到那种发射前常有的令人窒息的平静之中，闭路视频系统上的倒计时钟已经走过了六十秒的标志位，指针还在继续向前转动着。马上就要进入发射窗口了，卡斯珀想，此时他的前额上又泛出一层汗液。他以前出来没有想到过这个时刻会真正来临，他本以为这次发射会推迟、中断，甚至取消。毕竟，在远地者系列飞行器的发展过程中，坏运气一直伴随着他们，已经有了那么多让他失望揪心的时刻，他已经不敢对自己倾注了全部心血的宝贝再产生什么希望了。他望向看台，观众们全都在注视着倒计时钟，嘴巴半张随着指针的节奏默读着秒数，开始只是少数几个人轻轻地读出了声，平静的空气中顿时骚动起来。

"二十九，二十八，二十七……"

零乱的低语声渐渐会合成一片声浪，随着时间一秒一秒地过去，这股声音变得越来越大。

"十二，十一，十……"

卡斯珀的手突然间不自觉地颤动起来，他不得不握紧了身边的栏杆，脉搏振动的余波传染到了手指的尖端。

"七，六，五……"

他闭上了眼睛，老天爷啊，我们这回真的能成功发射吗？

"三，二，一……"

观看的人群同时屏住了呼吸，推进器的怒吼完全盖住了人群的惊呼声，卡斯珀的眼睛又睁开了，他抬头看去，一团烈焰直冲苍穹。接下去会发生什么？像远地者一号一样划出一道闪光，然后在震耳欲聋的爆炸中毁灭吗？卡斯珀忧心忡忡地想着。

但是想象中的一幕并没有发生，烟火裹着飞行器继续向空中上升，直到成为一个小点消失在碧蓝的天空中。

一只手重重地抓住了他的肩膀，他回过神，转身看见马克·卢卡斯正对着他微笑。

"穆霍兰德先生，带我去空地联络中心吧，这次发射可真是精彩绝伦啊！"

卡斯珀又一次惊恐地把视线投向天空，还好，没有发生什么爆炸。

"我想你从来没有对发射的成功产生过疑问，是吧？"

卡斯珀清了清嗓子。"当然不会有任何问题。"

最后一剂。

埃玛推着注射针筒上的活塞，把药剂全部推进了静脉。然后她抽出针尖，随手把针筒一扔，拿过一块棉球放在刚才的落针处，最后把胳臂折过来以保持血流的畅通。埃玛感觉到这次注射对她来说简直就像是一次神圣的仪式，她做每一个动作的时候都是郑重其事的，仿佛这每一个细微的动作，身体的每一种触感都将是她最后的体验。从针尖扎进皮肤开始，到湿重的棉球放入胳臂弯处结束，仪式的每一步都仿佛透着一种悲壮的气氛。埃玛的心中只有一个念头，这最后一点绒毛促腺性激素到底能让自己存活多长时间啊！

埃玛转了个身，鼠笼已经被她转移进了光线充足的苏联服务舱。母鼠蜷缩成球状，浑身颤动着，在做最后的挣扎，孕期荷尔蒙的作用已经消失，而幼鼠在今天的早些时候便已死亡。到了明天，埃玛想，空间站上就只剩下我一个活物了。

不，她并不是唯一的活物。在她的身体里还有一种全新的生命形式。一旦摆脱了休眠状态，几十个幼虫就会开始在她的身体里繁殖生长。

埃玛把手放在肚皮上，好像一个孕妇在感知着子宫内的婴儿。在她体内的全新生命像真的婴儿一样，也会复制并带走她的部分 DNA，因此从某种意义上来说，它们也是她的后代，它们还拥有之前经历的

331

所有宿主的基因特征。松山健一郎，尼古拉·鲁登科，黛安娜·伊斯特斯，现在轮到了埃玛。

她会是最后一个，今后再不会有新的宿主，再不会有新的受害者，因为不可能有新的援救人员出现了。空间站完全变成了传染病蔓延的坟墓，与古代那种封闭的与世隔绝的麻风病人聚居地没有什么两样。

埃玛飘出苏联服务舱，进入到空间站电力中断的那部分区域。这里没有足够的光线指引她前进的道路，她一路摸索着，安静的空间站内只能听见她沉重的呼吸声，所呼吸的空气分子大多都是被她死亡的同伴所吸进呼出过的。即使到了现在这个时刻，她还时不时能感觉到五个同伴就在她的身旁，时不时能听见他们回荡在舱内的声音。但到了最终，一切都归于沉寂。毕竟这里是他们生活工作的地方，处处都能见到他们留存的痕迹。

用不了多久，埃玛想，人们也会在这里找到我留下的痕迹。

八月二十四日

午夜刚过，杰拉德·普罗法特被一阵电话铃声惊醒了。铃响了两遍，他已从深度睡眠状态摆脱出来，精神高度警觉。没有任何犹豫，他一把抓过话筒。

话筒另一端的声音显得非常急迫，"我是格里高利将军，我刚从军队在夏延山脉的控制中心得知，昨天在内华达进行的那次模拟发射升空的飞行物现在正和空间站处于同一对接轨道上。"

"飞行物是谁发射的？"

"远地者机械公司。"

普罗法特皱起了眉头，试着回忆起这个名字。每周在世界的不同地点都会执行许多次发射任务，世界范围内有十几个空间公司被准许在外层空间进行探测和科学实验。这些发射任务中有检测推进系统的，有把卫星送入地球轨道的，甚至还有些任务仅仅是把人类的骨灰撒入太空。美国空间司令部现在每天要跟踪轨道中九千多架人造物体的行动轨迹。"请告诉我关于这次内华达发射的细节，"他问道。

"这个公司正在测试一种可重复使用的太空旅行器。发射是在昨天早晨七点到十点之间进行的，他们按规定在联邦航空署备了案，这次发射据称是为了实验这种新型航天器的可重复使用性。这次发射的目的是把飞行器送入近地轨道，与国际空间站在轨道中交会一次，然后返回地球。我们已经对这个飞行器跟踪了一天半的时间，根据最近一次对它在轨道上的跟踪记录，我们发现它离空间站的距离要比之前备案的距离近得多。"

"两者距离会有多近？"

"这取决于下一次轨道运行的操作。"

"可能与空间站实际对接吗？有没有进入空间站的可能性？"

"对于这架飞行器来说是不可能的，我们有它全部的技术资料，它仅仅是个原型系统，没有装备对接装置。它充其量最多和空间站相交错，两边如果有人的话，也许还能打个招呼之类的。"

"招手？"普罗法特一下从床上坐了起来，"你是说这个飞行器是人操纵的？"

"先生，我刚才仅仅是做了一个假设。远地者公司报告说这是一次无人飞行。他们放了一些动物上去，其中包括一只蜘蛛猿，但是并没有飞行员。一天多来，我们并没有捕捉到航天器和地面之间的声音联络。"

蜘蛛猿，普罗法特思索起来。它的存在意味着不能忽略人类参与到升空行动中的可能性。因为动物和人类在太空中的适应环境和空气水平是一致的。他对发射信息的匮乏感到忧虑，更让他忧心的是这次发射的时间点恰好与嵌合体污染事件相重合。

"我认为没有什么需要担心的，"格里高利说，"但是你曾经吩咐过要把近期一切发生在太空中的事件报告给你。"

"请把远地者公司的情况告诉我，"普罗法特说。

格里高利轻蔑地哼着。"是一个无足轻重的小公司，十二个年轻的工程师在内华达创办了该公司，一直以来他们都没什么运气。一年半以前，他们进行了第一次发射，他们的原型飞行器仅仅运行了二十秒便坠毁了，最初的几个投资人马上就撤离了，我很奇怪他们竟然还能坚持到现在。他们的推进器采用的是苏联人的技术，机身轻巧简单，回归地球时可以用降落伞来进行控制，这样可以保证它的可重复使用。除了飞行员，它只能携带三百公斤的物资。"

"我马上就去内华达，我们必须对此保持应有的警惕。"

"普罗法特先生，我们会继续对该飞行器进行跟踪。现在，我们军方认为没有采取行动的必要。那是个非常小的公司，他们仅仅是想吸引一些投资商而已。如果发现飞行器有产生威胁的苗头，我们会马上从地面派出拦截器带它下来。"

格里高利的判断可能是对的，那种心血来潮把猴子送上太空的举动从任何角度看来都不会对国家安全产生什么真正的威胁。在这件事上，他必须谨慎行事才行，卢瑟·艾姆斯的死已经在全国范围引起了一轮抗议浪潮。在这个节骨眼上，再击落一架航天器是极不明智的——哪怕只是一家私人小公司的实验机。

但普罗法特还是对远地者号这次发射存在的诸多疑点感到担忧。发射的时间点，模拟对接操作，最重要的是，没有谁能弄清这次发射的飞行器上是否有人在？

如果不是救援任务，它还能是什么任务呢？

他打定了主意，"我这就去内华达！"

四十五分钟以后，普罗法特已经把车开出了自家的车道。夜空澄净，星星在蓝色的天空上像针孔一样闪耀着。宇宙中大约有一千亿个银河系，每个银河系中又包含大约一千亿颗星星。这些星星中又有多少颗拥有自己的行星？又有多少行星上有生命居住？普罗法特想起了生源论，这种理论认为生命存在于宇宙中的每个角落。那种认为生命只存在于太阳系中地球这个浅蓝色球体上的看法在世人看来就像古代太阳和行星围绕地球旋转的学说一样荒唐。从严格意义上来说，只要存在以碳为基础的化合物和某种形式的水分，生命就有了赖以生存的必要条件。而这两个条件在宇宙中是非常充足的，这就意味着无论其形态是多么原始，宇宙中都大量存在着各种生命形式。而星际之间的浮尘上也很有可能带着细菌和孢子，这些原始生物会把生命的种子撒播到宇宙的每个角落。

如果这种生命形式作为宇宙之间的尘埃降临到一个有生命存在的星球上又会发生什么情况呢？

普罗法特最不希望在地球上发生的就是这类事情。

他曾经认为星星是美丽的，他曾经以敬畏和探究的眼光观察着宇宙。但是，现如今当他仰望星空的时候，他看到的是确定无疑的外来威胁和生化危机带来的世界末日。

人类的最终征服者，正悄悄地从天界向我们走来。

我快死了。

埃玛的手在剧烈地颤抖着，头也疼得非常厉害。她为了不让自己大声叫出来，不得不咬紧了牙关。最后那针吗啡只是稍微减轻了一点点疼痛，体内的麻醉剂让她头晕目眩，看不清楚眼前的屏幕。她把手放在键盘上，用意志努力控制着双手的颤动，待抖动稍微减缓了一点以后，她开始打起字来。

私人邮件：致杰克·麦卡莱姆

如果现在能让我许下一个愿望，我希望能再一次听到你的声音。我不知道你现在身处何地，也不知道为何我再不能和你说话，我只知道身体里的小东西正炫耀着它们的胜利。现在这个时刻，我能清楚地感觉到它们前进的脚步，我能感觉到自己的气力正在被它们慢慢地消耗。和它们战斗的时间已经够长了，我累了，我要睡了。

当我写下这段话的时候，我最想对你说的是我爱你，我从来没有停止过爱你。人们说站在死神殿堂门边的人不会说谎，人们说临终忏悔都是大实话，而这就是我的临终遗言。

埃玛的双手抖动得越来越厉害，再也不能在键盘上打下任何文字。她深深地叹了口气，按下了发送键。

她在急救包里翻出了安定药瓶，里面只剩下两粒安定了，她就着水一口把两粒药吞了下去。她的视野开始发黑，双腿感觉麻木，就好像完全是另一个陌生人的腿脚，而不再是自己的一部分一样。

没有多少时间留给埃玛了。

埃玛没有力气再去套上一件舱外行走服，但是现在她死在哪里已经不是个重要的问题了，因为空间站里已经充满了嵌合体，她的死亡只是在空间站上增加了一件需要清扫的东西罢了。

她最后一次走向空间站中漆黑的部分。

节点舱的穹顶是埃玛在最后时刻最想呆的地方，她可以自由地飘浮在这里欣赏地球的美丽。透过窗户，她可以看见里海海面上蓝灰色的冰帽，哈萨克斯坦共和国上空席卷的乌云和喜马拉雅山脉上终年不化的积雪。几十亿人正生活在那里，埃玛想，而我却将在天堂上化为尘埃。

"埃玛？"托德·卡特勒的声音出现在空地通讯系统中。"你现在的情况怎样？"

"不是……很好，"埃玛的声音非常微弱。"全身都很疼痛，视线开始模糊不清，我已经把安定吃完了。"

"埃玛，你听我的，一定要坚持住，不能放弃希望啊！至少现在还不要。"

"托德，我已经不行了。"

"不，还没有失去希望，你一定要有信心——"

"期待奇迹出现？"她轻笑了一声。"对于我来说，真正的奇迹是能够进入太空，在没几个人能到的太空上远望地球……"她用手轻轻地摩擦着穹顶的玻璃，感受到太阳射线带来的温暖。"我现在的唯一愿望是能和杰克说上话。"

"我们正想法促成你们的对话。"

"他在哪儿？为什么你没有找到他？"

"他正忙着疏通各种关系，想让你尽快回家！相信他，你会得救的。"

泪花从埃玛的眼中闪现。杰克，我永远相信你。

"我现在能为你做些什么？"托德问，"你想不想与其他什么人谈话？"

"不，"她叹息着，"我只要杰克。"

通讯系统的那端沉默了。

"我想——我现在最需要的是——"

"你想要什么？"托德问。

"我要睡一会儿，我现在只想休息一下。"

托德清了清嗓子。"好吧，你睡吧，如果有什么需要的话，请马上呼叫我，我会一直在这里的。"他最后轻柔地说了声，"埃玛，晚安。"

晚安，休斯敦，埃玛在心里默默地念着。她取下头上戴的对话装置，让它自由飞进黑暗之中。

27

一个由黑色的公务用轿车组成的方队在远地者机械工业大楼门口停住了，轮胎带起一片尘土。杰拉德·普罗法特走出领头的那辆车，抬头仰望着大楼。这幢楼看上去更像个巨大的机库，整幢楼没有一扇窗户，外表寒酸，只是拿一件破旧的卫星设备来装饰光秃秃的屋顶。

普罗法特对格里高利点了点头："马上把大楼包围起来。"

仅仅过了一分钟，格里高利的手下便做出了包围完毕的手势。普罗法特定下心，迈着坚定的步伐走进大楼。

进了大楼，他发现一群乌合之众聚集在一起，每个人的脸都是一副紧张和愤怒的表情。他很快在其中发现了两张熟悉的面孔：宇航员培训中心主任高登·阿比和航天飞机飞行总指挥兰迪·卡彭特。正如他预料的那样，航空航天局参与了此次发射，这幢位于内华达沙漠之中的毫无特色的建筑已然化身为反叛行动的中心。

这里的规模显然要比航空航天局的飞行控制中心小得多，地面上没有铺地板，满屋子都是胡乱缠绕的电线和光纤，一只奇丑无比的胖猫在废弃的电子设备中穿行着。

普罗法特走到控制台前，看着电脑上的数据问道，"现在飞行器的情况怎样？"

格里高利的一个手下，来自美国太空司令部的飞行控制说，"先生，远地者二号已经又一次完成了加速，现在正在向轨道的右边界移动，四十五分钟以后它就能和空间站交汇。"

"立即停止飞行器的前进。"

"不能这么干!"高登·阿比说。他从人群中脱身而出，走向普罗法特。"不要这样做，你不理解——"

"我们不允许发生任何救援空间站宇航员的行动，"普罗法特说。

"这不像你说的那样是什么救援行动!"

"那它上去干什么? 很明显它的目的就是与空间站对接。"

"不，你说错了，远地者航天器没有这个能力，它没有对接系统，因此不可能有传染的机会。"

"阿比先生，你没有回答我的问题，远地者二号这次到底执行的是什么任务?"

高登犹豫了一下，"远地者公司只是希望通过向我们展示一下他们的航天器具备接近空间站的能力而获得与我们合作的机会，这只是一次对远地者航天器的测试，仅此而已。"

"普罗法特先生，"来自太空司令部的飞行控制说，"我发现了一个疑点。"

普罗法特把视线投向了控制台，"什么疑点?"

"疑点在于机舱内的气压上，现在机舱内的气压已经降到了每平方米八磅，那里的气压本应是每平方米十四点七磅。据我分析，不是航天器机身上出现了一个巨大的裂缝，就是他们有意识地在给机舱降压。"

"气压这么低已经维持多长时间了?"

飞行控制匆忙在键盘上击打起来，屏幕上马上出现了一幅图表，图表上记录着机舱气压的变化情况。"从这幅图我们可以看出，发射后的前十二个小时气压维持在每平方米十四点七磅。大约在三十六个小时以前，气压下降到了十点二磅每平方米，直到一小时以前气压都维持在这个水平。"突然他的下巴缩紧了。"先生，我知道他们想干什么了，他们显然是在做氧气预呼吸的准备活动。"

"什么叫氧气预呼吸?"

"氧气预呼吸是舱外行动前必须做的使人体适应舱外气压的活动，

339

这也就意味着一次太空行走。"他看着普罗法特,"我认为航天器上一定有人。"

普罗法特转身面对着高登·阿比。"谁在上面?你们把谁送上去了?"

高登发现自己没有办法继续掩盖真相了,不情愿地嘟哝着,"上去的人是杰克·麦卡莱姆。"

埃玛·沃特森的丈夫。

"那么这确实是一次救援行动了,是吗,"普罗法特问,"你们是怎样计划的?让他进行太空行走,然后再怎么干?"

"在他这次穿在身上的苏联舱外行走服上配备了一个弹射救助包,他可以使用这个小玩意把自己从远地者二号推进到空间站上,然后通过密封门进入空间站。"

"这次他是去接妻子,然后把妻子带回来,是这样的吧?"

"不,我们的计划不是这样的。杰克明白——我们都明白——埃玛不能回来的原因。杰克去空间站的目的是要把蛙病毒属带上去。"

"如果这种病毒起不到预想中的作用呢?"

"杰克想用这种病毒来赌一赌。"

"他把自己置身于被传染的威胁之中,我们不会让他回来的。"

"杰克没打算回来!航天器不会带他回地球。"高登停顿了一下,怒视着普罗法特。"杰克很清楚他走的是条不归路。他接受了这个条件。是他的妻子在空间站上等死!他不会——他也不能——让埃玛孤独地死去。"

普罗法特目瞪口呆地站在那里,一句话也说不出来,他的目光停留在控制台监视屏滚动的数据上面。这时他想到了自己死在贝塞达医院里的妻子艾米;想起了自己狂奔向丹佛机场试图赶上下一班回家航班的情景;想起了当他上气不接下气赶到机场,却无奈地看着飞机在眼前升空时的失望心情。他想杰克现在一定也怀着同样的失落感,离目标如此之近,却只能无可奈何地看着它远去。想到这里,他暗暗下了决心,这个计划不会伤及地球上除了麦卡莱姆之外的任何人。既然他在了解后果的情况下做出了自己的选择,我还有什么理由要去阻止他呢？

他对自己的飞行控制员说，"把控制权交还给他们吧，让此次任务继续进行下去。"

"普罗法特先生？"

"照我说的做，让航天器继续它的飞行。"

众人都没想到他会这么说，远地者公司的控制员清醒过来以后都蹑手蹑脚地坐回了自己的位置。

"阿比先生，"普罗法特看着高登。"你很清楚我们正监视着麦卡莱姆的一举一动。我不是你们的敌人，但我要对这个国家大多数人的利益负责，如果有必要，我会毫不犹豫采取必要的行动。如果让我发现在你们的计划中有一点儿把这对夫妻带回地球的企图，我会立即下达炸毁远地者二号的命令。"

高登·阿比点了点头。"这正是我所希望的。"

"那么我认为我们已经了解了各自的立场。"普罗法特转过身，看着眼前一排控制台前的控制员们吩咐道，"请继续进行下去吧，让杰克快点到他妻子那边去。"

杰克平静地站在远地者二号的舱门内侧。他的身体保持着平衡状态，身心都已经做好了就此走入永恒的准备。

面对空旷的太空，杰克突然产生了一种眩晕感，这是以前在地面上失重训练器械上训练时所从来没有体验过的。这时他的身体内部也因为突然的压力变化好像受到了外力的击打一样，一股巨大的恐惧感觉瞬时笼罩了他的全身。杰克已经打开了通往远地者二号运货平台的舱门，视线穿过运货平台的两扇抓斗式大门，进入杰克眼帘的就是下方的地球，从杰克目前的位置看过去，它只是一个模糊不清的小圆点而已。他没法看到国际空间站，因为空间站正位于视线以外的航天器上方。如果要想进入空间站，他必须先向下绕过运货平台的大门，然后转一圈，行进到远地者二号的背面。但是首先他必须把退回密封舱的怯懦想法甩在身后。

"埃玛，"他轻轻地叫着。呼唤爱妻的名字此时对他来说仿佛成了某种庄严的仪式。他换了一口气，准备放开握在手中的把手，马上纵身到天际之中。

"远地者二号，这里是休斯敦联络中心，远地者——杰克——你听到了吗？请回话。"

耳机中突然传来的熟悉声音让杰克吓了一跳，他没有料想过地面会主动进行联系。休斯敦方面公开与他建立联系的事实表明他乘着远地者二号进入太空的事情已经被揭穿了。

"远地者，请立即回话。"

他没有马上应答，他犹豫着是否要向地面人员证实此刻他确实在航天器中。

"杰克，白宫方面已经许诺不会干涉你的行动。当然这建立在你完全清楚此去决无回头路可走的基础上。"联络员停顿了一下，然后苦口婆心地说。"一旦你登上了国际空间站，就永远不能离开那儿，再也不能回家了。"

"这里是远地者二号，"杰克终于开口了，"我已收到讯息，我完全明白。"

"你仍然要继续行动吗？再好好考虑一下吧。"

"你们以为我是为了什么上来的？难道就是为了看风景来这儿兜一圈的吗？"

"呃，我们明白你的想法了。但是在你采取进一步行动之前，我们必须告诉你，埃玛和我们之间的联系大约已经中断六个小时了。"

"你所说的'中断联系'是怎么回事？"

"埃玛六个小时以来一直没有回应我们的呼叫。"

六小时，杰克想着。过去的六个小时里到底发生了什么事？远地者二号是两天以前发射的，航天器耗费了四十八小时才在轨道内赶上国际空间站并完成了一系列仿对接动作。在这段时间内，他切断了与外界的一切联络，对在空间站上发生的事情一无所知。

"你可能已经太晚了，也许应该重新考虑——"

"目前的生理指标情况怎样？"他打断了地面联络员的话，"心率是多少？"

"她的身上没有测控仪。她没有连上导线。"

"原来你们根本不知道上面的情况，那你们还瞎指挥什么？"

"就在她选择中断谈话的前一刻，她发了封邮件给你。"联络员轻声补充了一句，"杰克，她在信上跟你道别。"

不。他立即松开了手，冲出密封舱，头部先钻进了货运区。不。他焦急地抓住货运区外侧的一只扶手翻身跳过抓斗门，来到远地者二号的另一侧。空间站突然出现在他的眼前。空间站巨大的身形盘踞在他的头顶，发出变幻莫测的光芒，杰克顿时被空间站的雄伟壮丽惊呆了。接着，他突然惊恐地想到了另一个问题，空间站的密封舱在哪里？我怎么没有看见密封舱！眼前有这么多舱位，那么多太阳能光板，杰克的面前足足有两个足球场大小的区域，他完全失去了方向感，迷失在广阔的空间站舱体中。

杰克定了定神，认出了突出在外面的暗绿色联盟号舱体，他现在正在苏联空间舱的正下方。接着一切都清楚了，他认出了美方的空间站部分，而后他又认出了美国的居住舱，居住舱尽头的节点一号舱正连着密封舱。

他知道该怎么做了。

杰克鼓起了勇气，因为只携带了一个弹射器，在一个相当长的距离内他将失去绑带的支持，单单靠着空间站外的铁栏杆支撑住身体。他启动了弹射器，身体随之弹出远地者二号，向国际空间站飞去。

这是杰克的第一次舱外行走，之前他从来没有过这样的经验，因此显得笨手笨脚的，他完全判断不出弹射的速度以及与目标之间的距离，结果他重重地撞上了空间站的外壳，差点被铁皮反弹出去。万幸的是，他设法抓住了空间站外的一个把手。

我必须抓紧时间，埃玛就要死了。

由于心中充满了恐惧，杰克的身体变得十分虚弱，他沿着居住舱外的铁扶手一点点往前爬，呼吸越来越急促，越来越沉重。

"休斯敦，"他喘着粗气说，"我需要医生——请他赶快上线——"

"明白。"

"我快——快要到节点一号舱了！"

"杰克，我是地面医生。"耳机中传来托德·卡特勒轻微但很急促的声音。"你和我们已经有两天没有联系了，因此有一些事情我必须要告诉你。从两天前开始，她的生理指标开始恶化了，淀粉酶水平和肌酸磷酸激酶水平都高得吓人。六小时前的最后那次通话中，她一个劲地抱怨着头疼和视野模糊。对于她现在的情况我们无从知晓。"

"我已经到了空间站密封舱的门口！"

"我们已经把空间站控制软件调整到了舱外行走状态，你可以进去调整气压了。"

杰克拉开舱门钻进了密封舱，当转过身准备关上内门时，他又瞄了远地者二号一眼，那架航天器渐行渐远，已经踏上了回家的旅程，他已经错过了回程的最后时机。

杰克封上舱门。"打开气压平衡阀，"他说，"开始气压调整。"

"我已经为你做好了最坏的打算，"托德说，"如果她——"

"告诉我点儿有用的吧！"

"好吧！我刚从陆军传染病研究所得到了一些最新的情报。报告说蛙病毒属对被感染的动物是有效的，但仅仅是在感染的早期有效。如果能够在最初的三十六个小时内及时用药，被传染的动物就可以被治愈。"

"如果在三十六小时以后用药呢？"

卡特勒没有回答，他的沉默说明了一切。

外舱的气压上升到了十四磅每平方米，杰克迫不及待地打开中舱门，冲进设备舱。他狂暴地甩开手套，飞快地脱下苏制行走服，身体往后一仰，调节温度用的水冷罩衫从上身脱落下来。从行走服内部的几个口袋里他取出了各种急救药和早已加满了蛙病毒属药液的针剂。做完这一切，杰克的心中又充满了恐惧，他不敢想象在空间中会面对着何种景象。迟疑中他打开了通向内舱的舱门。

见到的情景是他之前所能预见到的最坏情况。

埃玛正飘浮在黑暗的节点一号舱内，像一个溺水者在暗淡无光的深海中飘游一样。她的四肢有节奏地痉挛着，强烈地震动已经伤害了脊柱。头部不断地前后摆动着，长发像鞭子一样挥舞。埃玛正在做最后的垂死挣扎。

决不能这样，杰克想，我不会让你死。埃玛，我对天发誓，我不会让你就这样离开我。

杰克抓住埃玛的手臂把她拖向仍然有电力供应的苏联舱部分，埃玛的身体就像受了电击的动物一样，在他的怀抱中强烈地震颤着，仿佛随时都有可能挣脱出去。埃玛的身形是如此轻柔，如此娇小，但垂死的身体产生出巨大的力量使杰克几乎不能完全抓牢她。另外失重对杰克来说也是个问题，他还没有完全适应太空的失重环境，因此在前往苏联舱的一路上，两人像醉汉一样在通道边沿和墙壁之间撞来撞去。

"杰克，快告诉我，"托德问，"现在的情况如何？"

"我已经把她转移到了苏联舱——正要把她绑到医疗板上——"

"给她注射病毒了没有？"

"我先要把她给绑好，她正不住地抽搐着——"杰克用维可牢①尼龙搭扣绑住埃玛的胸膛和大腿，把她的身体固定在医疗板上。但头却还在不断地向后摆，眼球往上跳动着，巩膜泛出可怕的红光。快注射病毒，来不及了。

一片止血带吊在医疗板的边缘。杰克取下止血带，把它绑在埃玛抽动的手臂上，接着他使尽浑身力气拉开了埃玛的手肘，好不容易才把肘部的静脉显露了出来，最后杰克用牙齿拔下了套在针尖外的针帽，把针尖扎进了埃玛的手臂，他这才松了一口气，推动起活塞来。

"打进去了！"他兴奋地叫着，"整支针剂都给她注射进去了！"

"她表现如何？"

"她还在颤抖！"

"急救包里有苯妥英钠溶液②。你快给她吊上吧。"

"我看见了。我马上给她打！"这时他看见止血带正从身边飘过去，这让他想到在失重环境下，任何没有固定住的东西都会马上飘

---

① Velcro，美国维可牢公司，专业生产尼龙钩毛搭扣产品。
② 一种抗癫痫药物。

走。杰克连忙在空中抓住这片止血带，然后又在埃玛的手臂上忙开了。

过了一会儿，他报告说，"苯妥英钠已经打进静脉了，输液正常。"

"病人有什么变化没有？"

杰克仿佛没有听见地面医生的问题，只是在心中喃喃地默念着，埃玛，快给我回来，不要死在我面前。

埃玛的脊柱慢慢放松下来，脖颈瘫软，头部也停止了对医疗板的敲击。但是眼球仍然向外突起着，杰克能清晰地看到双眼的两片虹膜，眼睛这时看上去就像被充血巩膜围住的两潭死水。当杰克进一步看到埃玛的瞳孔时，不禁从喉咙里发出一阵深沉的吼声。

她的左边瞳孔完全扩张，外表全部发黑，毫无生命气息。

他来得太晚，看来已经无力阻止埃玛的死亡了。

杰克把脸埋在双手中，希望单凭信念就能维持埃玛的生命。但即使是在杰克祈祷着埃玛不要离开自己的时刻，他也十分清楚不能单靠祈祷和简单的触碰去救埃玛。死亡是器官衰竭的过程，在这个过程中，细胞表皮上的离子运动在生物化学的多重作用下渐渐减缓，脑波慢慢平稳，心肌细胞的有节奏收缩消退成为轻微的颤动。仅靠祈祷无法让埃玛继续存活下去。

但是毕竟埃玛现在还没死。

"托德。"他呼叫着。

"我在。"

"最后时刻发生了什么情况？在那些实验用动物身上发生了什么？"

"我不明白——"

"你说过如果用药用得及时，蛙病毒属是能够起作用的。这意味着蛙病毒属具有杀死嵌合体的能力。我想问一下，如果用药用得晚，那会发生什么情况？"

"过了三十六个小时，大量的身体组织就会被嵌合体破坏，从而出现大面积的内出血——"

346

"出血点在哪里？尸检的结果怎样？"

"在对犬类进行的嵌合体实验中，有四分之三的案例表明，最致命的出血发生在颅内。嵌合体的消化酶破坏了大脑皮层表面的血管，造成血管破裂，大规模的颅内出血又会导致颅内压的暴涨。杰克，患者的脑部就像受了一次严重的外伤，脑组织最后会从头颅内部脱落下来。"

"如果能止住血，避免脑部被损坏，情况会怎样？如果我们能帮助患者平安地度过这个艰难的阶段，也许就能等到蛙病毒属发挥它的特效了。"

"可能吧。"

杰克看着埃玛扩散的左瞳孔，一段令他挥之不去的可怕回忆突然出现在脑海之中：黛比·哈宁在医院的担架上昏迷不醒。那次杰克失败了，他等待了太长的时间，最后才决定为她动手术。由于自己的犹豫不决，黛比永远离开了人世。

这次我一定不会失去你，埃玛。

杰克说，"托德，埃玛的左瞳孔放大了，我想她现在马上需要做颅脑开洞手术。"

"什么，你要在黑暗的环境里作业？没有 X 光——"

"这是埃玛的唯一机会了！我需要一把医用锥子，快告诉我工具放在哪里！"

"稍等片刻。"几十秒以后，托德又回来了。"我们不清楚苏联人把工具放在什么位置，但航空航天局的工具全放在节点一号舱的储藏架上。到了那里，你可以检查一下诺梅克斯①包上的标签，里面的东西很容易辨认。"

杰克冲出苏联服务舱，在前往节点一号舱的道路上他又一次被通道的四壁撞得鼻青脸肿，当最终打开储藏架的时候，他的手还在不住地颤抖。取出三个诺梅克斯包以后，他才看到了那个写着"机械钻/齿片/适配器"标签的包。他背上这只包以后，又抓起了一个装有螺

---

① 一种轻质耐高温的人造纤维，可用以制作宇航服或消防服。

丝起子和锤子的包，便飞出了节点舱。他仅仅离开了埃玛几分钟时间，但一想到回去的时候，埃玛可能已经死了，他不由得加快了飘行的速度，一头扎进了苏联服务舱。

埃玛还在呼吸，她仍然活着。

杰克把诺梅克斯包固定在桌子上，取出了机械钻。机械钻本来是用来建设和修理空间站的，而不是神经外科专用的那种医用钻头。可是现在手里只有这把钻头，他得好好考虑一下如何利用它来进行手术。他感到非常害怕，因为这是他第一次在非无菌的环境下手术，利用的工具平时是用来对付铁栓，而不是血肉和骨头的。杰克看着软绵绵地躺在医疗板上的埃玛，他想到了头颅下掩藏的物质，想到了保存着埃玛情感和梦想的灰白质，正是这些东西造就了一个与众不同的埃玛。而目前这些东西却正处于生死存亡的边缘。

杰克找出急救包，把剪子和剃须刀拿了出来。杰克抓起一把埃玛的头发开始剪起来，然后他细心地将发根部剪了个干净。在左侧颞骨旁清理出一个下刀口。你这美丽的头发。我是那么爱你的头发，我是那么爱你。

杰克拢起埃玛剩下的头发，这样就不用担心头发上的污迹会感染创口了。接着他用上了好几条胶带把埃玛的头绑在医疗板上。然后他就开始准备工具了，这时他的动作变得更麻利。吸取导管，手术刀，然后是纱布。随后他把钻头扔进消毒液，用酒精细致地清洗了一遍。

杰克戴上一副无菌手套，拿起了手术刀。

当杰克切开头皮的时候，乳胶手套包裹下的手部皮肤感觉又湿又冷。血液从头皮中渗了出来，渐渐汇聚成一股细流。杰克用纱布把血吸干，钻头进得更深了，最后钻头顶部终于碰到了骨头。

把头骨打开意味着把脑部完全暴露在严酷的微生物入侵环境下，但人体的复原能力是最强的，可以经受住一切可以想见的外界侵犯。当杰克在埃玛的颞骨旁打开一个小孔的时候，当杰克深入钻头的时候，他一直提醒着自己这一点。古埃及人和印加人都成功地使用过环钻术，那时没有杀菌技术，而且用的同样也是非常粗糙的工具。想到这点，杰克充满了信心，手术一定能够成功。

杰克的手非常平稳，注意力全部集中在已经深入头骨的钻头上。如果不小心多深入了一毫米，不仅有可能破坏脑组织，破坏埃玛大脑中保存的许多珍贵回忆。更严重的会刺破脑膜中动脉，从而引发一场无法抑制的大出血。每深入一点，他都会休息一下，喘上一口气，顺便观察一下钻入的深度。他不断提醒自己，慢一点，慢一点。

杰克突然感觉到钻头已经深入到头骨的最里端，贯通了头骨。此时杰克的心脏仿佛提到了嗓子眼，他小心翼翼地把钻头从开口处取了出来。

颅外表面的钻口处立即渗出了血，很快就形成了一个血泡。流出的血液呈深红色——显然是静脉血，杰克如释重负般地叹了口气。非动脉血的事实表明颅内的压力正在下降，内部的出血开始从杰克钻出的小孔中流出来。杰克吸出了血泡，然后又开始在埃玛的头颅上继续钻起一个又一个的洞来，在这个过程中，他不断地用纱布擦拭着创口上渗出的血液，最后杰克终于在埃玛的头颅上穿了一圈一英寸见方的开孔。当打完最后一个洞口时，杰克的双手全部抽筋了，额头上挂满了汗珠，但是他还不能停止工作，在一个没有护士的手术中，每分每秒都是极其珍贵的。

杰克从包里拿出螺丝起子和圆头锤。

救救她吧。一定要起作用啊。

螺丝起子现在被派上了凿子的用处，杰克轻轻地把凿尖对准了头盖骨。随后他咬紧牙关，一鼓作气把头骨外侧的副椎骨拔了下来。

血液像巨浪般涌了出来，刚刚打开的巨大开口一下子把淤积的血液全部释放出来，污血渐渐遍布了头皮的外表面。

血液把卵物质也带了出来，冲出头颅后，集结成团的卵物质在空气中颤动游弋着。杰克用吸入试管抓住了一些卵物质，把它们放入真空瓶中。在历史上，人类面临的最危险敌人都是世界上最小的生命体。病毒，真菌，寄生虫，现在轮到了你——嵌合体，杰克看着瓶口想到。但是我们一定能够消灭你。

血液持续不断地从头皮上开的小孔中渗出，随着血流不断地涌出，脑内的压力下降得很快。

杰克看了看埃玛的左眼，瞳孔仍然扩散着。但当他把光线照射在上面的时候，他发现——亦或只是想象——瞳孔的边缘闪过一道微光，像是死水上出现了一波微澜。

你会活下去的，他想。

杰克用纱布将埃玛头上的几处创口包好，然后又在埃玛的胳膊上吊了一瓶含有类固醇和苯巴比妥①的生理盐水，这样能加深埃玛的昏迷状态，防止脑部受到进一步的损伤。之后他把测心律的导线固定在埃玛的胸前。完成这些工作后，他为自己绑上了止血带，把一针蛙病毒属溶剂打进了自己的静脉。生还是死，答案马上就能揭晓。

杰克在心电监视仪上看到埃玛的心率保持着非常平稳的状态，他把埃玛的手放在自己的手心中，等待着爱人的回归。

八月二十七日

高登·阿比走进特别空载控制室，看了一眼在控制台前埋头工作的男男女女。在前方的屏幕上，国际空间站正在全球空地地图的上方迂回前进着。这个时刻在阿尔及利亚的沙漠中，如果恰好有一个村民在眺望夜空，他就会碰巧看到一颗像金星一样明亮的奇异星球从天边掠过。在太空中，它是独一无二的，因为它既不是神的作品，也不是大自然力量的产物，而是出自于人类灵巧的双手。

在距离阿尔及利亚荒漠半个地球距离的这个房间内，工作人员正观察并控制着这颗奇特的星球。

伍迪·艾利斯转过身，心事重重地向高登点了下头。"没有消息，那里非常安静。"

"上一次联系是在什么时候？"

"五小时以前杰克说要休息一会，自那以后还没有联络过。他已经连续三天没有休息过了，我们尽量不去打扰他。"

三天了，埃玛的情况还是没有什么显著的变化。高登长叹了口气

---

① 一种镇静安眠药。

走向最后一排的飞行控制席。坐在控制席上的托德·卡特勒显然已经好几天没刮胡子了，形容憔悴，正全神贯注地观察着监视器里埃玛各项生理指标的异动。他这几天又休息了多长时间呢？高登想到了这个问题。这里的每个人看上去都已经精疲力竭了，但是没有人打算向小小的嵌合体投降。

"她还在坚持着，"托德轻轻地说，"已经让杰克把苯巴比妥停了。"

"但是她到现在还没有摆脱昏迷状态吗？"

"没有。"托德叹着气把身体沉入了坐椅，用拇指轻轻地捏着眉心。"我不知道还能为她做什么，以前我们可从没有处理过太空中的神经外科问题。"

从来没有处理过，这句话在过去的几周中曾被许多人重复过。这是个新问题，我们从来没有遇见过。但是在太空探索中，新问题总是难免的，你永远不可能知道下一刻会发生什么问题。航天团队必须为层出不穷的新问题找到各自的解决方案，每一个小小的成功都建立在数不清的失败和牺牲之上。

即便这几周发生了一连串的悲剧，他们还是取得了一些成果。远地者二号已经安全降落在亚利桑那州的沙漠中，卡斯珀·穆霍兰德正在为他的公司和美国空军商谈两者之间的第一笔合同。在登上国际空间站三天以后，杰克依然保持着健康——这表明蛙病毒属对预防和治愈嵌合体都有疗效。即使是埃玛的存活——虽然情况还不是非常乐观，也可以被看作是一个小小的胜利。

虽然这一切成果可能只是暂时的。

高登看着监视器上埃玛的心电图图形，一种悲壮的情感在他的胸口油然而生。大脑停止工作以后，心脏还能坚持多长时间？他思索着。她能够从昏迷中苏醒吗？看着一个曾经充满活力的女人慢慢死去要比见证她的突然死亡感觉要难受得多。

他突然坐直了身体，目光凝固在监视器上。"托德，"他说，"埃玛发生了什么情况？"

"你说什么？"

"埃玛的心脏好像有点不对劲。"

托德抬起头，看到了监视器上跳动不停的心电轨迹。"怎么会这样，"他叫嚷着，一只手伸出去要打开通话器开关。"那不是她的心脏吧。"

监视器发出的尖厉警报声打断了杰克的好梦，他一下子就惊醒过来。在医院急救病室度过的无数个夜晚已经教会了他如何从沉睡的梦境快速转换到清醒状态中。他一睁开眼睛，马上就弄明白了自己身处何地，他知道一定发生了什么不寻常的事情。

杰克想马上到发出警报的监视器跟前，却发现自己的身体完全倒转过来。从他的角度看过去，埃玛的面部朝下，就好像是被吊在了天花板上。三根心电导线中的一根从她身上散开了，看上去像海草在水下漂浮一样。杰克把身体转了一百八十度，空间站上的物体仿佛在瞬间中归了位。

杰克重新安好了埃玛身上的心电导线。因为想到了可能出现的最坏结果，当把视线投向监视屏幕时，他的心跳得很快。万幸的是，一条平稳跃动的长线出现在他的眼前。

突然之间——情况发生了变化，长线在眼前振动起来，埃玛动了。

杰克低下头看着埃玛，埃玛的眼睛睁开了。

"国际空间站上没有人应答，"联络员说。

"继续喊话，我们想要杰克马上回话！"托德说。

高登迷惑地看着眼前监视器上的生理读数，不知道发生了什么事，他想到了最坏的情况。心电图线突上突下，接着突然变成了一条直线。不会吧，他想，我们难道已经失去了她！

"只是连接线脱落了吧，"托德说，"也许是痉挛把她身上的导线弄松了！"

"空间站还是没有回应，"联络员说。

"上面到底发生了什么？"

"快看!" 高登大叫了一声。

前方的屏幕上突然出现了一个小圆点,人们的视线纷纷投落在这个圆点上。

"医生,我听到国际空间站传来的声音了," 联络员宣布道,"他们需要马上得到您的帮助!"

托德火速回到了自己的座位上。"地面控制,请帮我把其他联络通道都切断。杰克,请你快说吧。"

这是一次私人之间的谈话,除了托德,没有人知道杰克说了些什么。控制室突然沉静下来,所有人的视线都集中在医生控制台这里。就连坐在托德身边的高登,此时也完全看不到托德的表情。托德的身体向前倾斜着,双手抱住了头,仿佛要排除一切干扰。

托德突然开腔了,"杰克,坚持住,这里的人都等着听到这个好消息呢!我这就告诉他们。" 托德面对着飞行总指挥伍迪·艾利斯翘了下拇指。"沃特森醒了,她可以说话了。"

接下来的一幕将会永远铭刻在高登·阿比的记忆深处。他听见房间里的声音越来越响,欢呼声此起彼伏,托德重重的一掌猛击在他的后背上。而丽兹·吉安尼则兴奋地吹起了口哨。伍迪·艾利斯快乐的表情中还夹杂着一丝难以置信的神色,最后他一屁股跌坐在椅子上。

但是高登最不可能忘记的是自己当时的反应,他当时环顾了一下房间,感觉到自己的喉头哽咽了,眼眶也模糊了。在航空航天局的这么多年里,没有人看到高登·阿比哭过,现在同样也不能让他们看到自己的哭相。

当高登从座位上站起来的时候,房间内的人群还在狂欢。他悄无声息地退出了房间,没有人注意他的行迹。

五个月以后
巴拿马城 佛罗里达

转轴发出的嘎吱声和金属的哐当声在空旷的海军机库中回响着,通向高压氧舱室的小门打开了。杰拉德·普罗法特看见两个海军医生

353

走了出来，两人出来的时候都迫不及待地呼吸着外面清爽的空气。他们已经在密闭的环境中呆了一个月了，因此在刚接触到自由空气的时候会感觉到有些眼花。两人镇定下来后，又转身去帮助最后两位居住者走出高压氧舱室。

埃玛·沃特森和杰克·麦卡莱姆依次从高压氧舱室里走了出来，他们看到杰拉德·普罗法特已经迎了上来。

"沃特森医生，欢迎回来，"他说着伸出了右手以示问候。

埃玛犹豫了一下，然后握住了普罗法特的手。埃玛的外表要比照片上消瘦虚弱得多。四个月隔离在空间站上，再加上其后高压氧舱内五周的生活，造成了目前的这种结果。埃玛身上的肌肉完全失去了弹性，苍白的脸上，两只大眼暗淡无神。头盖骨的创口边长了一圈稀疏的银发，与头上另一边充满活力的金色长发形成了鲜明的对比。

普罗法特看着两位海军医生说，"让我们单独呆一会儿，好吗?"两位医生遵命离开了，脚步声渐行渐远。

普罗法特看见高压氧舱室门口只剩下他们三个人了，便问埃玛："你现在感觉好吗?"

"非常好，"埃玛说，"他们告诉我病已经好了。"

"应该说嵌合体已经从你的身上消失了，"普罗法特纠正着埃玛的话。两者之间存在着非常重要的差别。虽然他们已经证实蛙病毒属能够根除实验动物身上的嵌合体，但是谁也不能确定埃玛的日后的情况是否乐观。他们现在能确认的是嵌合体确实已经从埃玛的身上消失了。自从埃玛从空间站上被转移到奋进者航天飞机的那一刻起，她的身体就开始承受着反复不断的血检、X光照射和活组织检查。虽然这些检验的结果都是良性的，但是陆军传染病研究所依然坚持这些测试必须在高压氧舱内进行。仅仅是在两周以前，实验人员方才把高压氧舱内的气压下降到正常气压，埃玛仍然保持着健康。

即使到了现在，埃玛也不是完全自由的。在余生里，她一直会是嵌合体研究的主要对象。

普罗法特看着杰克，他看出了杰克眼中包含的怒气。杰克一句话也没有说，但他的手臂紧紧环绕着埃玛，明显在向他发出警告，不许你从我这里把她夺走。

"麦卡莱姆医生，希望你能够理解我所做出的决定都是有道理的。"

"我明白你所说的道理，但这并不说明我赞同你的决定。"

"那么我们至少在一点上——还能互相理解。"普罗法特没有向杰克伸出手，他觉察到杰克可能会拒绝与他握手。最后他只是简单地说了一句，"外面有很多人在等着你们，我可不能让他们等得太久了。"说完他就离开了。

"别急着走，"杰克说，"接下去怎么办？"

"你们现在可以回家，只要不错过定期的检查就没问题了。"

"不，我是想问对那些该对这件事负责的人怎样处理？那些把嵌合体送上太空的人会受到何种惩罚？"

"不会再有任何处罚了。"

"这算什么？"因为愤怒，杰克的声音突然间高了八度。"没有处罚？就这样不了了之？"

"我们会采取通常使用的方法来对待这件事，包括航空航天局在内的政府部门一般都会采用这种方法。先是让责任人靠边站，然后悄悄地让他们退休。不会有任何的调查，这样这件事的真相就永远不会公之于众了。你想一想，如果嵌合体的事情被外界知道了，那会对世界和平产生多么大的危害啊！"

"但是有人因为它而死去了。"

"我们可以把他们的死归咎于马尔堡病毒，就说是无意中被一只受到感染的猴子带到空间站上的。卢瑟·艾姆斯的死我们可以对外宣称是返回舱的机械故障造成的。"

"应该有人为此负责！"

"为什么负责，难道仅仅为了一个错误的决定？"普罗法特摇了摇头，他转过身看着机库虚掩的大门，一缕阳光从门缝中钻了进来。"没有任何罪名能够成立。只是一些人犯了错而已，只是有一些人不知道自己处理的是什么东西罢了。我知道这会让你很失望。但是在这次事件中，并没有什么需要惩罚的十恶不赦的恶棍，只有……你们两位英雄。"普罗法特说完以后,双眼直视着杰克,观察着他的反应。

两个男人对视了好一会儿。在杰克的眼中,普罗法特没有看到温暖和信任,但是他看到了一丝敬意。

"你的朋友在等着你呢!"普罗法特说。

杰克坚定地点了点头。他和埃玛两人一起走出了机库的大门。当他们出门的时候,阳光立即照射进机库。杰拉德·普罗法特眯着眼只能看见杰克和埃玛留在地上的倒影,杰克搂着埃玛的肩膀,埃玛的身体斜倚在杰克的胸前。在一片震耳欲聋的欢呼声中,他们的影子越来越小,最后消失在了正午刺目的阳光里。

海　洋

28

　　一颗流星从天边掠过，洒下几点星光。埃玛沐浴在加尔维斯顿海湾吹来的海风中，尽情地呼吸着暖洋洋的空气。埃玛对回家所看到的一切都感到十分新奇。一望无际的星空；湖中的礁石和船体碰撞，轻轻地震荡着甲板；湖水拍打着桑内克号帆船发出隆隆的水声，一切都是那样的美好和安逸。埃玛已经有很长时间没有体验到地球上的感觉了，哪怕是微风轻拂过她的面孔这么一点小事也会让她欣喜不已。在空间站隔离的最后一个月里，她经常遥望着地球，发疯一般回想着翠绿青草的气息以及海上空气的咸味和光脚板下泥土带来的松软感觉。她那时就打定了主意，当我回到家时，如果我还能回家，我一定再也不会离开了。

　　现在埃玛终于回到了地球。她又可以尽情地领略地球上的美景，呼吸新鲜的空气了。但尽管这样，她还会时不时把渴望的目光投向天上的群星。

　　"这些天里，你想过要重回太空吗？"杰克的话语是如此轻柔，声音很快便随夜风飘散掉了。他和埃玛并肩躺在桑内克号的甲板上，紧握着埃玛的手，他的目光同样也定格在夜空之中。"你想过没有，'如果再给我上天的机会，我会毫不犹豫地再去一次'？"

　　"每天都会想啊，"埃玛低语。"你说奇怪不奇怪？当我们在空间站上的时候，每时每刻都在谈论什么时候能回家。一旦我们真正回了

359

家，我们又会经常想着要回去。"她用手指摩擦着头皮，那里令人惊奇地长上了一圈银发，但是她仍然能够感觉到杰克的手术刀在头皮软组织处留下的疤痕。这块疤痕将永远留在那里，时时唤起她对这次空间站劫后余生的回忆。但是每当看到天空的时候，心中总会升腾起对广阔宇宙的向往之情。

"我想我总是在期待着下一次机会，"她说。"就像水手总是期待着重返海洋，不管上次的航程是何等的艰险。不管他们回到陆地时是何等热切地亲吻着土地，过了几天时间，他们保准就会怀念起大海来，期望着重新回到海面上。"

但是她再也不能回到太空了，就像一个被困在海洋包围的陆地上的水手一样，虽然一直能见到大海，但海上生活的岁月却一去不复返了。因为嵌合体的缘故，埃玛再也不可能回太空了。

虽然基地和传染病研究中心的医生再也没有从她的身体里发现传染物质，但是他们无法确定嵌合体是否完全被根除。也许它只是潜伏在埃玛身体的某处，谁也不能预测如果埃玛重回太空，究竟会发生什么事。

她再也回不去了。虽然还是宇航员队伍中的一分子，但她已经被看做是个异类，再也领受不到什么任务了，她的梦想要靠别人延续下去。现在，一支新的队伍已经登上了空间站，他们将完成杰克和埃玛未完成的修理和清扫生物废料的工作。下个月，哥伦比亚号航天飞机将把主机板和太阳能面板带上空间站，国际空间站不会消失。为了它的运转，许多人失去了宝贵的生命，废弃它无疑会让这些牺牲变得毫无价值。

又一颗流星在他们的头上划过，像火球一样翻滚着，最后消失在视野中。他们两人一起等待着，祈盼着下一颗流星的出现。看到流星的人可能会把它看做是某种征兆，或是从天而降的天使，还有人会趁着这个机会许下一个心愿。但是埃玛只把它们看做是太空中星体的残骸，从冰冷、黑暗的宇宙尽头飞来的过客而已。它们只是一些岩石和冰块罢了，并没有什么大不了的。

当埃玛微微扬起头，继续眺望着夜空的时候，桑内克号遇上了一股巨浪。起伏不定中天上所有的星星仿佛都向她飞冲过来，她在刹那间跨越了时空。她闭上了眼睛，这时心脏却毫无预兆地开始急跳起来，她感觉到额头上渗出了几滴冷汗。

杰克抓起她那只颤抖的手，"身体有什么不舒服？你冷吗？"

"没有，不，不冷……"埃玛艰难地吞咽着口水。"我突然想到件可怕的事。"

"如果传染病研究所的看法是对的——如果嵌合体真是被陨石带到地球上的——那证实了地球外也有生命存在。"

"是的，确实是这样。"

"如果它是有智慧的高级生物会怎么样？"

"它又小又原始，怎么会有智慧呢？"

"但是把它送到地球上来的人可能是高级动物，"埃玛轻声地说。

杰克躺在埃玛身边一动不动，他只是柔声附和了一句，"你说的是地球的殖民者吧！"

"对，这就像把种子撒播在风中一样。不管嵌合体降临到任意一个太阳系的任意一个星球上，它都要去感染当地的物种，把它们的DNA复制到自己的基因组中。这样，嵌合体不需要历经几百万年的进化便可以很快地适应当地的环境。如果这样的话，就需要发现一种基因工具来保证原来生活在那里的物种不致灭绝。"

嵌合体一旦出现在某个新的星球上，它便会成为这个星球的统治者，那么接着会发生什么？嵌合体生命的下一个阶段是什么样的，埃玛不知道如何回答这些问题。但是她认为问题的答案一定隐藏在尚未被解密的嵌合体基因组中，隐藏在依然神秘莫测的DNA序列里。

又一颗流星从他们的面前飞过，这让人不由得想到宇宙是喧嚣而不断变幻的，地球在广阔的宇宙间只是一个孤独的旅行者。

"在嵌合体下一次到来之前，"埃玛说，"我们必须要做好准备。"

杰克坐起身看了看表。"越来越冷了，"他说，"我们赶紧回家吧。如果错过了明天的新闻发布会，高登一定会暴跳如雷的。"

"我从来没有看到他失态过。"

"你不像我那样了解他。"杰克拉起升降索，主帆随之升了起来，在风中飘动着。"要知道，他也在暗暗地爱着你。"

"高登那家伙？"埃玛笑了，"真是难以想象。"

"你知道什么事情是我难以想象的吗？"杰克充满爱意地说，"我不能想象哪个男人会不爱你。"说着他便把埃玛拉进了船舱。

突然水面上起了一阵风，风力灌满了船帆，桑内克帆船穿过巨浪，在加尔维斯顿海湾上奋勇前行。

"这就回家了，"杰克说。靠着岸上灯光，而不是星星的指引，他把船头调整到了西面，然后在风中加速前进着。

前方有他们爱的小巢，那里灯火闪耀。

图书在版编目（CIP）数据

太空异客／（美）格里森著；陈杰译.—北京：新星出版社，2009.3

ISBN 978-7-80225-603-3

Ⅰ. 太… Ⅱ. ①格…②陈… Ⅲ. 科学幻想小说-美国-现代 Ⅳ. K257.06

中国版本图书馆CIP数据数字（2008）第213525号

GRAVITY

by TESS GERRITSEN

Copyright© 1999 by Tess Gerritsen

This edition arranged with Jane Rotrosen Agency Llc.

Through BIG APPLE TUTTLE-MORI AGENCY，LABUAN，MALAYSIA.

Simplified Chinese edition copyright© 2009 New Star Press

All rights reserved.

著作权登记图字：01-2005-5606

太空异客

（美）苔丝·格里森　著；陈杰　译

责 任 编 辑：王　欢
责 任 印 制：韦　舰
装 帧 设 计：　设计·邱特聪
　　　　　　　yp2010@yahoo.cn

出 版 发 行：新星出版社
出　版　人：谢　刚
社　　　址：北京市东城区金宝街67号隆基大厦　100005
网　　　址：www.newstarpress.com
电　　　话：010-65270477
传　　　真：010-65270449
法 律 顾 问：北京建元律师事务所

读 者 服 务：010-65267400　service@newstarpress.com
邮 购 地 址：北京市东城区金宝街67号隆基大厦　100005

印　　　刷：北京中科印刷有限公司
开　　　本：660×970　1/16
印　　　张：23
字　　　数：226千字
版　　　次：2009年3月第一版　　2009年3月第一次印刷
书　　　号：ISBN 978-7-80225-603-3
定　　　价：33.00元